Willi Achten
Die wir liebten

PIPER

Zu diesem Buch

Die Siebziger in der westdeutschen Provinz. Ein Dorf, in dem die Zeit stillzustehen scheint. Für Edgar und seinen Bruder Roman ist das Leben überschaubar und gut. Bis sich ihr Vater am Maifest in die Tierärztin verliebt und die Familie verlässt. Die Mutter zieht sich immer mehr in ihren Lotto-Laden zurück. Die Jungen sind bald sich selbst überlassen. Schließlich steht das Jugendamt vor der Tür, um Edgar und Roman in den »Gnadenhof« zu holen. Ein Heim, in dem das dunkle Deutschland überdauert hat.
In glühenden Bildern erzählt Willi Achten von einem spannungsvollen Jahrzehnt, dem unauflösbaren Band zwischen Geschwistern und dem Aufbruch einer Generation, die dem Erbe ihrer Eltern mit aller Entschiedenheit entgegentritt.

»Willi Achten schreibt Szenen, die man nicht mehr vergisst. Diese beiden Brüder werden die Leser lange begleiten.«
Sylvie Schenk

»Ein Text, der kalte und heiße Gefühle weckt, eigene Erinnerungen kitzelt und in die Schatten hinter den braunen Möbeln blicken lässt.« *NDR Kultur*

»Ein einfühlsames Geschwisterportrait und zugleich ein Soziogramm der Siebzigerjahre in der deutschen Provinz«
Deutschlandfunk Büchermarkt

Willi Achten wuchs in einem Dorf am Niederrhein auf. Er studierte in Bonn und Köln. Seit den frühen 1990er-Jahren ist er als Schriftsteller tätig. Er ist verheiratet und hat zwei Söhne. Willi Achten lebt im niederländischen Vaals bei Aachen.

Willi Achten

Die wir liebten

Roman

PIPER

Mehr über unsere Autorinnen, Autoren und Bücher:
www.piper.de

Wenn Ihnen dieser Roman gefallen hat, schreiben Sie uns unter Nennung des Titels »Die wir liebten« an *empfehlungen@piper.de*, und wir empfehlen Ihnen gerne vergleichbare Bücher.

Das Motto des Romans entstammt dem Gedicht »Vom Verschwinden meiner Schwester im Alter von 3 Jahren, 1965« von John Burnside aus dem Band »Anweisungen für eine Himmelsbestattung«, übersetzt von Iain Galbraith, Carl Hanser Verlag München, 2016.

Die Arbeit des Autors wurde gefördert von der Stiftung Literatur – begründet von Dieter Lattmann. www.stiftung-literatur.de

Unser Versprechen für mehr Nachhaltigkeit
• Klimaneutrales Produkt
• FSC®-zertifiziertes Papier
• Hergestellt in Europa

FSC www.fsc.org MIX Papier aus verantwortungsvollen Quellen FSC® C083411

Ungekürzte Taschenbuchausgabe
ISBN 978-3-492-31859-4
September 2021

Umschlaggestaltung: zero-media.net, München
Umschlagabbildung: Vizerskaya / Getty Images
Satz: Satz für Satz, Wangen im Allgäu
Gesetzt aus der Sabon Next LT Pro
Druck und Bindung: CPI books GmbH, Leck
Printed in the EU

»Vielleicht erkennen wir erst im Rückblick,
dass wir alle Voraussetzungen für das Glück hatten.«

John Burnside

Teil 1

1971–1972

1

Das Unglück meines Bruders begann in der sechsten Klasse. Sein Unglück war auch mein Unglück. Alles fing an, weil Roman mutiger war als ich. Eine Tugend kann ein Verhängnis sein. Das ahnten wir damals nicht.

Roman riss die Tür auf, flog durch die Reihen, warf sich auf seinen Stuhl und keuchte, als hätte er einen langen Lauf absolviert. Er wischte sich den Schweiß von der Stirn, schaute zur Tür. Ich sah, wie blass er war. Dann hörten wir es. Das Tack-Tack des Gehstocks auf der Treppe, die von den Privaträumen Honolds runter zu den Klassenzimmern führte, das Schleifen des Schuhs über die gebohnerten Holzdielen im Flur, das schwere Atmen. Schließlich rochen wir den Zigarrengeruch, der ihn umflorte wie ein immerwährendes, schales Parfum und ihm vorauseilte, bevor er das Klassenzimmer betrat, in dem wir uns zum Silentium trafen – Schüler der Klasse 4 der Volksschule und wir, die wir schon das Gymnasium in der Kreisstadt besuchten und zweimal wöchentlich zur Nachhilfe kamen, damit wir nicht jämmerlich scheiterten, fern des Dorfs und der Obhut unseres ehemaligen Rektors. Honold war hager und groß, und sein Kopf leuchtete wie die Boje, die man vor ein paar Tagen im See befestigt hatte. Er stelzte zum Pult, stellte seinen Gehstock ab, nahm den Rohrstock und schlug sich damit in die offene Hand, dass es klatschte.

»Wer?«, fragte Honold leise. Auf der Handfläche furchten sich die Striemen in die Haut.

»Wer hat es getan?« Er blickte über uns hinweg zum Fenster hinaus, als ließe sich dort die Antwort finden. Dann legte er den Rohrstock aufs Pult, ergriff seinen Gehstock und setzte sich in Bewegung. Sein krankes Bein mit dem stumpfen Fuß zog er nach. Es mutete weich und fladderig an. Niemand von uns hatte es je gesehen. Knöchel und Wade hielt er mit einem Strumpf bekleidet. Nie trug Honold Sandalen, auch im Sommer nicht. Selbst wenn er sich am Pult niederließ und das Hosenbein nach oben rutschte, der Strumpf verdeckte alles. Keiner von uns schien sich an den Anblick des seltsam leeren Hosenbeins gewöhnt zu haben. Unsere Blicke blieben daran hängen, fanden nicht mehr zurück zur Tafel oder zu seinem Mund, aus dem die Kopfrechenaufgaben, Multiplikationen und Divisionen, in die Klasse schwirrten. Nur wenn sich einer von uns auf seinen Schoß setzen musste, weil er eine Aufgabe glänzend gelöst hatte, oder übers Knie gelegt wurde und Prügel bezog, kamen wir dem Bein nahe. Mehr als die Schläge selbst fürchteten wir nur, es zu fühlen, das nie gesehene, schlaksige Bein. War es aus Holz? Bestand es aus einem gummiartigen Material, das ihm Form und Konsistenz verlieh, hart und nachgiebig zugleich? Jeder, der übers Knie gelegt wurde, wollte und musste eine Einschätzung geben. Gerüchte waren im Umlauf. Es sei ihm im Krieg abgeschossen worden. Andere wiederum hatten vom Knochenfraß gehört, einer Krankheit, die einen über Nacht befallen konnte und die das Bein Stück für Stück aufzehrte, wie ein gefräßiger Marder.

Schlimmer als alle Vorstellungen bezüglich Substanz und Ursache der Verletzung und des Verlusts war der Gedanke, es eines Tages tatsächlich berühren zu müssen. Das wollte keiner. Selbst mein Bruder nicht. Ja, noch die Aussicht, es ohne den Blickschutz der Hose und des Strumpfes sehen zu müssen, schreckte uns. Unvorstellbar, den Rektor im Schwimmbad in der Badehose anzutreffen.

»Wer?«, zischte der Rektor. »Wer von euch?«

Er hatte den ersten Tisch erreicht. Verharrte, schaute die beiden Mädchen an, die sich duckten. Nie würde eines der Mädchen aus der ersten Reihe so etwas tun. Etwas, von dem wir nichts Näheres wussten, das aber in der Welt sein musste. Etwas, das Honold so über alle Maßen in die Wut trieb. Etwas, das Roman angerichtet haben konnte. Wer sonst?

Auch ich duckte mich jetzt, hielt den Blick auf die braunen, unterschiedlich hohen Schuhe gesenkt. Der Schuh, in dem das kranke Bein steckte, reichte über den Knöchel hinaus, glich einem Schlittschuh, freilich ohne die Kufen. Ich hielt den Rücken gekrümmt, senkte den Kopf, hörte das Aufsetzen des Stocks und das Schleifen auf dem Parkettboden. Tisch für Tisch lief Honold die Reihen ab, schaute jedem ins Gesicht, musterte uns, ob sich nicht einer verriet durch rote Flecken am Hals, durch hastiges Atmen, das die Not ahnen ließ, entdeckt und überführt zu werden. Ich hörte Roman atmen, ich sah den Schweiß auf seinen Tisch tropfen. Er saß aufrecht da, schien Honold wie selbstverständlich zu erwarten, der uns gleich erreicht haben würde, in einigen wenigen Augenblicken, die uns noch blieben, bis er so unerträglich vor uns stehen würde wie ein bissiger, zähnefletschender Hund, der ansetzt zum Sprung. Mein Bruder war verrückt. Er hätte sich ducken müssen wie alle anderen, nichts und niemand würde ihn retten können, wenn Honold es zum Äußersten kommen ließ, der Schritt für Schritt auf uns zu kam, bis er, nachdem die Zeit sich noch einmal streckte, Herzschlag um Herzschlag, Atemzug um Atemzug, in der angstsatten Luft vor uns stand und das leere Hosenbein nachflatterte, während das andere unbewegt und starr am Rand des Tisches stand. Ich wagte nicht aufzuschauen.

»Warst du das?«, bellte die Stimme des Rektors. *Du* konnte nur mein Bruder sein. Oder glaubte der Rektor gar, dass ich … Ich doch nicht. Ich nie!

»Sag die Wahrheit!« Noch war die Stimme gezügelt. Aus den Augenwinkeln sah ich, Roman schaute ihn an und sagte kein Wort. Sein Blick war in wutenge Schlitze versenkt. Wie ein stiller Mönch in die Weite schaut, so schaute mein Bruder in die gelben Wolfsaugen des Rektors. Plötzlich klatschte der Stock auf unseren Tisch, einmal, zweimal, dann rührte er mit der Spitze in den Schweißtropfen meines Bruders, die die Tischplatte sprenkelten. Schließlich packte Honold meinen Bruder am Ohr, riss ihn vom Stuhl und zerrte ihn zum Pult. Er setzte sich, legte Roman übers Knie, und der Stock fuhr in die Höhe, um gleich auf ihn niederzujagen wie ein Falke, der aus großer Höhe auf sein Opfer stürzt.

»War zu spät, komm von zu Haus, musste rennen, deshalb schwitze ich«, sagte mein Bruder mit fester Stimme, und der Stock verharrte über seinem Hintern.

Der Rektor stellte Roman zurück auf die Füße. Über Romans Gesicht huschte ein Lächeln. In Honolds Gesicht kochte die Wut. Die Haut hatte sich aufgeworfen, wirkte faltiger als sonst. Er stieß Roman zurück zu uns, und mein Bruder ging ab wie von einer Bühne. Sein Schritt war bestimmt, ich las keine Angst in seinen Augen, er nahm Platz, kniff mir ein Auge. Roman strich sich über die Stirn, die nun trocken war, nur das Haar glänzte feucht. Er hatte rotes Haar, ein dunkles Tizianrot, es stand ihm gut, und seine Haut war nicht die blasse, sonnenängstliche Haut anderer Rothaariger, sondern wurde im Sommer kastanienbraun.

Honold schien noch nicht genug zu haben. Wer genau hinschaute, sah, dass die Wut nicht erloschen war, sondern ungebrochen aus seinen Augen starrte. Wo Füße angstvoll scharrten, ein Gesicht aufflammte, an einem Fingernagel gekaut oder die Haut am Nagelrand abgeknibbelt wurde, verbiss sich sein Blick, zerrte er immerzu an seinem Opfer und verlangte nach einer Antwort: »Wer? Wer war das? Redet!«

Niemand sagte etwas, selbst der Ängstlichste nicht. Unser Schweigen zog teigig durch den Raum, es hatte etwas Physisches bekommen. Die Uhr tickte. Keiner rührte sich, kein Finger streckte sich in die Höhe. Ich sah das gesunde Bein des Rektors einen Schritt tun. Das andere folgte ihm in die Schlacht, zu Theo und Stefan in der zweiten Reihe, sie traf das betäubende, schmerzende Schreien des Rektors. Auf die beiden hatte er es schon immer abgesehen. Zweimal waren sie bereits sitzen geblieben, und er drohte ihnen mit der Hilfsschule oder mit dem Heim, dem Gnadenhof, der ein paar Kilometer entfernt am Rand des nächsten Dorfes lag. Ihr Vater war ein Flüchtling aus dem Osten, der hier bei uns im Dorf *nach dem Krieg* ein neues Leben angefangen hatte, wie Mutter sagte. Es gab *vor* dem Krieg, und es gab *nach* dem Krieg. Anders ließen sich die Zeit und das Leben nicht einteilen. Das Davor klang wehmütig und das Danach erleichtert. Bitter schmeckte allein *im* Krieg. Dann senkte sich die Stimme.

Honolds Gedonnere schlug in Theos und Stefans Ohren, dass ihre Körper zur Seite knickten. Ins Heim gehöre, wer sich nicht an die Regeln halte. Ein Anruf von ihm genüge. Dort würde man uns die Flötentöne schon noch beibringen. Honold kippte auf sie zu, gebadet in seinem Toben, ein Krieger, plötzlich nicht mehr kreuzalt, sondern fast jung.

Bevor er mit dem Oberkörper auf dem Tisch aufschlug und von dort in die Stuhlreihe rauschen würde, riss er sich hoch, schwankte, bebte in allen Knochen und hetzte zum Nachbartisch. Er stürzte von Tisch zu Tisch – und niemand, der ihm eine Antwort auf seine Frage gab, niemand, der endlich das befreiende, uns alle befreiende *Ich* sagte oder es flüsterte oder es nur nickte. Niemand, auch ich nicht, sagte *Ich*. Und nun schoss seine Wut an unseren Tisch zurück, sie schien sich gerade bei uns noch einmal zu verdoppeln, vielleicht weil mein Bruder ihn so unverwandt anschaute, seinen Blick direkt in das Geschrei hielt.

Ein einziges Mal nahm er den Blick fort, schaute mich an und musste die Tränen, die winzigen Tränen in meinen Augen gesehen haben, und schließlich wird er das Rinnsal bemerkt haben zu meinen Füßen, vielleicht auch nur den Geruch, denn als Honold verstummte und die Nase rümpfte und ein hauchfeines Grinsen wie eine sehr dünne Maske sich auf seinem Gesicht einfand, stand mein Bruder auf, langsam, mit Bedacht, und in seinem Rücken fand ich Schutz. Es war der Rücken eines Zwölfjährigen, aber es war ein Rücken, und Honolds Kopf verschwand aus meinem Sichtfeld. Der gesunde Fuß machte einen Schritt zurück. Von meinem Platz blickte ich auf den schürfrauen Parkettboden, auf dem das versehrte Bein und der versehrte Fuß Position behielten, und genau dort, auf Höhe des Schienbeins, traf ihn der Tritt meines Bruders.

Alle sahen es und hörten das trockene, spleißende Geräusch, das keinesfalls von splitterndem Holz herrühren konnte. Kein Holzbein also, schoss es mir durch den Kopf. Der Rektor taumelte, aber er fiel nicht. Er wankte in den Schultern, ein Zittern durchfuhr seinen Körper. Alle Farbe floss aus seinem Gesicht ab, wie ein wasserlöslicher Anstrich bei einem Regenschauer von der Mauer rinnt, und darunter deckte sich die Blässe auf, die von der Nase zum Mund und über die Wangen zu den Ohren kroch. Die Zeit stand still.

Roman ließ den Stuhl zur Seite kippen und ging an Honold vorbei. Alle Augen folgten ihm, sprangen dann zum Rektor zurück, der das gesunde Bein an sich zog und meinem Bruder folgen wollte. Das andere Bein jedoch blieb, wo es war, rührte sich nicht. Allein in der Hüfte war eine Bewegung auszumachen. Er nahm seine Hände zu Hilfe, rüttelte an seinem Oberschenkel, stellte das Bein bei und wollte die Verfolgung meines Bruders aufnehmen, der bereits am Pult stand, ihn anschaute, ruhig, ohne Häme, ohne Angst. Honold machte einen Schritt und ruckte das Bein nach, das am Schienbein einknickte. Stumm schleifte er es Dezimeter um Dezimeter in Romans Richtung, der auf ihn zu warten schien. In den Tischreihen war es still, wie es stiller nicht hätte sein können und nie gewesen war. Nur das Schleifen war zu hören. Ich sah den Nacken des Rektors, schweißnass, ich sah seinen gekrümmten Rücken, hörte das mühselige Atmen. Erst als er meinen Bruder fast erreicht hatte, drehte Honold sich um und schaute mich an, als brauche er meinen Blick, um zu tun, was aus seiner Sicht zu tun war.

Er nahm auf seinem Stuhl Platz. Roman legte sich über sein Knie und ließ die Stockschläge über sich ergehen. Einige wenige, kraftlose, wäre es nicht absurd gewesen, hätte man meinen können, behutsame, zärtliche Schläge, und ich glaubte, Tränen in Honolds Augen aufschimmern zu sehen.

2

Auf dem Heimweg drängte ich Roman zu erzählen, ob er und was er getan hatte, oben in den Privaträumen des Rektors. Da war meine Hose schon getrocknet. Doch er schwieg, und die Art, wie er schwieg, verriet mir, dass er das, was er nicht aussprach, wirklich getan hatte. Er schritt stur vor sich hin durch die von Birken gesäumte Allee, verzog keine Miene. Eine Lightning vom nahen britischen Militärflughafen schoss durch die Wolkendecke. Ein Knall ließ den Himmel und den Ort erbeben, als das Flugzeug die Schallmauer durchbrach. Wir rissen die Hände zum Kopf, aber zu spät, der Knall fuhr uns in die Ohren, dass ein hohes Sirren sie füllte und die Trommelfelle schmerzten. Für einige Minuten würde ein Rauschen bleiben und sich dann verflüchtigen. Ich war geräuschempfindlich, immer schon. Wenn die Welt mich treffen wollte, war es Lärm, der mir zusetzte und auf meinen Nerven ritt. Solche Flugmanöver waren keine Seltenheit. Ohne Vorwarnung fielen sie über das Dorf her, am Tag wie in der Nacht. Verhandlungen mit den Briten waren aussichtslos. Es war Kalter Krieg, man musste Opfer bringen. Die Orte entlang der deutsch-niederländischen Grenze, in denen die Royal Air Force Germany seit Mitte der Fünfziger ihr Quartier aufgeschlagen hatte, opferten Schlaf und Gehör.

»Sag schon«, hörte ich mich wie unter Wasser sagen. »Was hast du getan?«

Mein Bruder blieb stehen, rieb sich über den Bauch, als sei der Knall auch dort eingedrungen und müsse fortmassiert werden. Er wandte sich um, schaute mich an und setzte sich auf das Gartenmäuerchen des Pastorats. Von einem Zierbusch brach er einen Zweig ab und rührte damit über das Kopfsteinpflaster.

»Sag«, legte ich nach. Würde ich ihn lange genug bedrängen, würde er reden und ich ihn noch mehr bewundern, als ich es ohnehin tat. Denn in jeder Beziehung ist einer der Stärkere und einer derjenige, der mehr liebt.

Roman sprach leise und mit belegter Stimme. »Vögel«, sagte er. »In einem Käfig. Sahen schäbig aus, ein kleiner und ein großer, und der Große pickte den Kleinen. Sein Kopf war ganz kahl und blutete. Hab sie freigelassen. Sind ins Wohnzimmer geflogen. Dann hab ich die Fenster geöffnet.«

Roman zerbrach den Zweig und stand auf. Jeder wusste von Honolds Liebe zu seinen Vögeln. Manchmal hatte er sie mit in den Unterricht gebracht und ins Fenster gestellt. Es wurde immer sehr still in der Klasse, alle schauten zum Käfig, und bisweilen sangen die Vögel. Dann legte sich ein Zauber über die Andacht im Raum, und die Augen des Rektors glänzten. Wenn er später den Käfig mit einem Tuch bedeckte und zum Unterricht zurückfand, war er sanft, als seien der Gesang der Vögel und die Stille in der Klasse ein Liebesbeweis, der ihm galt.

Wir erreichten die Metzgerei, die Luft roch nach gebratenem Hackfleisch. Der orangefarbene VW Bus des Metzgers stand mit offener Heckklappe am Straßenrand. Wir starrten ins Wageninnere. Auf eine Plastikfolie gebettet lag ein Ferkel mit blasser, borstenfreier Haut und aufgeschnittenem Bauch. Die Bauchhöhle war mit Kartoffelstreifen, Rosmarinzweigen und Zwiebelringen gefüllt sowie mit ein paar Knoblauchzehen. Niemals hätte ich in das gräuliche Fleisch greifen und es aufklappen können, um die Zutaten hineinzulegen. Das Tier sah nicht wirklich tot aus. Ihm haftete noch der typische Ferkelgeruch an, seine Augen glänzten, die Haut wirkte feucht. In seinem Maul ein Strauß Petersilie, als müsste der Tod garniert werden.

Vielleicht wollte ich es meinem Bruder ein wenig gleichtun. Vielleicht wollte ich ihm zeigen, dass das, was passiert war, die Angst, die mich in die Hose hatte pinkeln lassen, eine Ausnahme, ein einmaliges Missgeschick war. Ich tat, was ich glaubte, tun zu müssen: etwas Widerspenstiges, Mutiges. Roman war immer mutig. Er hatte etwas von Robin Hood. Ein Poster von ihm hing an der Decke über seinem Bett, und er konnte ganze Abende dort liegen, eine Kassette abspielen und den Geschichten um Robin Hood lauschen, während er zur Zimmerdecke hochschaute in das wild entschlossene Gesicht, dessen Züge der dunkle Bart nicht verdüsterte, sondern adelte.

Ich zupfte mit spitzen Fingern die Petersilie aus dem Maul des Ferkels, nahm den Schraubenzieher, der neben einem Stahlspieß auf der ausgebreiteten Folie im Wagen lag, und steckte den Schraubenzieher hinein. Es gab dem Tier etwas Geschändetes. Roman grinste, dann erstarb das Grinsen, und ich ahnte, warum. In meinem Rücken hörte ich ein Pfeifen. So pfiff nur einer: Metzger Trinkhoff. Wenn wir auf dem Heimweg von der Schule an seinem Laden vorbeikamen, konnte man ihn oft pfeifen hören. Eine helle, beschwingte Melodie. Tauchte er dann im Hof auf, mit blutiger Schürze und blau-weiß gestreiftem Schiffchen auf dem Kopf, und machte sich daran, eines der an Haken hängenden Schweine zu zerlegen, dann passte sein hageres Gesicht mit den schmalen Lippen und den gequält dreinblickenden Augen unter den kräftigen Brauen nicht zu diesem Lied.

Erschrocken trat ich zur Seite und öffnete damit für den Metzger die Sicht auf das Ferkel. Hein Trinkhoff galt als jähzornig. Wenn eine Sau beim Töten nicht spurte und Faxen machte, rammte er dem Tier schon mal das Messer in den Hals oder spaltete seinen Schädel mit der Axt. Diesmal blieb die Wut aus. Er lehnte sich in den Wagen, entfernte den Schraubenzieher und hielt uns den Stahlspieß unter die Augen.

»Den hättet ihr nehmen sollen«, sagte er. »Wenn ihr schon da seid, könnt ihr mir auch helfen.«

Ihm helfen? Wobei? Er nahm das Ferkel und wuchtete es zur Heckklappe hin. Der Kopf ragte ein Stück über die Stoßstange hinaus.

»Festhalten«, sagte er. Wir stutzten. »Haltet es fest. Einer am Kopf, einer am Hintern, oder seid ihr blöd?«

Wir schauten uns an. Trinkhoff war ein anderes Kaliber als der Rektor. Mein Bruder bückte sich und legte seine Hände auf die Hinterläufe, mir blieb, den Kopf zu halten. Der Anblick der bläulichen Augen, in denen der Widerschein des Sonnenlichts lebendig funkelte, erschreckte mich. Ich zwang meine Hand auf die kalte Haut. Ein Geruch schlug mir entgegen, wie ich ihn von Schinkenwurst kannte, nicht länger der Ferkelgeruch. Ein kalter Fleischgeruch, nicht salzig, ein wenig sauer, nicht herb, eine leicht bittere Süße. Trinkhoff ging in die Hocke und schob den Spieß in das Maul des Ferkels. Ich hörte ein Knacken, ein trockenes Schmatzen, ein Geräusch, als schneide man durch Fleisch. Immer weiter drückte er den Spieß durch das Tier hindurch, und schließlich kam die Spitze am Hintern heraus. Trinkhoff erhob sich, schob den Körper weit ins Innere des Wagens zurück und gab uns ein Zeichen, ihm zu folgen.

Wir hatten seine Metzgerei nie betreten mit Ausnahme des Hofs und des Verkaufsraums. Jetzt führte er uns in einen beige gekachelten Raum mit schwarzen Bodenfliesen, auf denen blutige Pfützen standen. In den Kübeln neben den Arbeitstischen lagen Fleischlappen, lagen Rippchen und Schweineohren, lagen Schweinefüße, kalkweiß. Die Luft roch salzig und dampfte. Er führte uns zu einer Theke mit großer Glasfront. Dort lagen bäuchlings, die Vorderpfoten ausgestreckt wie ruhende Hunde, rosige Ferkel. Schnauzen und Ohren hatten einen Rotstich, als hätte man sie angemalt – als gäbe es dafür eine Farbe, so wie für Holz und Metall. Der Metzger ging hinter die Theke, schob eine der Glasscheiben zur Seite und hieß uns, zu ihm zu kommen.

»Macht schon«, sagte er und zeigte auf die Ferkel. »Ich hab's eilig. Ich muss zum See, zu Harry und Helene, und die Viecher dort abgeben. Der Grillverein macht da eine Sause.«

Grillverein? Wir hatten nie von einem Grillverein gehört.

Jeder von uns musste ein Ferkel nehmen und hinaus zum Wagen tragen. Anders als Roman, der es waagerecht auf seinen Unterarmen trug, hielt ich das Tier senkrecht wie eine Schultüte, sein Gesicht mir zugewandt. Ich stierte direkt auf die Schnauze, die keine zwanzig Zentimeter von mir entfernt war. Es war, als herzte ich ein kleines Kind, nur dass dieses geschlachtet und tot war und mich aus milchigen Augen ansah. Das Ferkel roch penetrant und viel stärker als das im Wagen, es drehte mir den Magen um, als ich mich bückte und es auf die Plane im Kofferraum legte. Ein Sud aus Ekel und Kummer über das Schicksal dieses Ferkels stieg in mir hoch, und ich erbrach mich über die Stoßstange, aber auch auf die Ladefläche, auf das Hinterteil der Schweine, die Roman und Trinkhoff dort abgelegt hatten – eine stinkende Soße. Ich taumelte, ich ging in die Knie, rappelte mich wieder hoch, schwankte auf Roman zu, ich konnte nicht glauben, was ich getan hatte, nie zuvor hatte ein Geruch mir so zugesetzt, es war so unvermittelt, so tief aus meinem Inneren gekommen, dass ich doch schuldlos war. Das sah Trinkhoff anders, er trat mir in den Hintern, mit voller Wucht, dass ich auf den Asphalt flog und mich vor Schreck nicht rühren konnte, bis Roman mir aufhalf.

Und erst, als er sah, dass mir weiter nichts passiert war, und erst, als der Metzger die Tiere ausgeladen hatte und im Hof mit dem Wasserschlauch abspritze, ging er zu ihm und fragte: »So, und wann genau steigt das Grillfest?«

»Halt die Schnauze«, raunzte Trinkhoff und sah nicht von den Ferkeln auf, die er nun mit kräftigem Strahl aus kurzer Distanz reinigte und inspizierte.

Mein Bruder nickte, seltsam entspannt und gefasst. Nicht kleinlaut oder ängstlich, ganz und gar nicht ängstlich. An jenem Tag wurde mir klar, dass mein Bruder sich im Griff hatte. Dass alles, was er tat, einem Plan folgte.

3

Zu Hause erwähnten wir den Vorfall nicht. Auch am nächsten Tag nicht. Wir setzten uns mittags an den Küchentisch, wo bereits die Kartoffeln in der Pfanne brieten und die panierten Schnitzel im buttergelben Sud auf uns warteten. Damals kochte meine Großmutter noch, war die Krankheit gerade erst ausgebrochen. Sie hatte dunkles, nur leicht ergrautes Haar, war rund und drall und genoss die Freuden von Schokolade und Kuchen.

Ich nahm nur Spinat und Kartoffeln, zerquetschte sie mit der Gabel und gab einen Stich Butter dazu, bis ein leicht sämiger Brei entstand. Vom Fleisch nahm ich nicht. Auch vermied ich den Blick auf die Schnitzel.

Leonhard, Großmutters Vetter, kam an den Tisch. Er bewohnte ein einliegendes Zimmer im Haus mit separatem Zugang vom Garten aus. Die Mahlzeiten, die Fernseh- und Spielabende verbrachte er bei uns in der Küche. Leonhards Zimmer war armselig. Es hatte ein Waschbecken, aber keine Dusche. Wo duschte Leonhard, fragte ich mich. Duschte oder badete er nie? Jedenfalls tat er das nicht bei uns im Haus.

Als Kind ist der Gedanke, dass nichts bleibt und alles von der Zeit radiert wird und man am Ende derjenige ist, der die Erinnerungen und die Geschichten einer Familie in sich trägt, kein Gedanke, der sich denkt. Man denkt bis zum Ferienanfang und ans Ferienende, man denkt im November an den Nikolaus und das Weihnachtsfest, an den Schnee, der hoffentlich bald fallen wird, aber nie an den Tod der Eltern, nie an das, was geschehen könnte, meinem Bruder und mir, Leonhard, der Großmutter und Großtante Mia.

Leonhard setzte sich, strich mir übers Haar.

»Wo steckt Mia?«, fragte er und schaute in die Runde.

Meist saß Mia im Wohnzimmer unter der großen Marienfigur und strickte. Ein pausenloses Stricken: Pullover und Socken, und wenn diese alle verschenkt und übergeben waren an Verwandtschaft und Nachbarn, strickte sie Überzieher für Kissen und Armlehnen, ja selbst für die Füße der Sessel und Sofas und für den Handlauf der Treppen hatte sie blau-grün karierte Wollverkleidungen gestrickt. Nur mit Mühe konnte Vater sie davon abhalten, sie dauerhaft dort anzubringen. Aus Gefahrengründen, weil der Bürgermeister es in allen Häusern verboten hätte. Eine Warnung, die für einige Zeit half. Später musste der Bundeskanzler herhalten. Kiesinger, dann Brandt. Schon bei Brandt blieb die Wirkung der Worte aus, drängte meine Großtante Mia ins Freie, auf die Straße, in den Wald und umspannte Straßenschilder und Wegweiser, Bäume und Sitzbänke mit ihren bunten Wollbezügen. Wir mussten sie auf ihren Streifzügen einfangen, Roman und ich. Manchmal wollte sie uns nicht nach Hause begleiten, da halfen auch der Bundeskanzler und der Bürgermeister nicht. Wir hassten es, schleiften sie mit uns. Jeder nahm einen Arm und zog Mia die Straße hinauf oder einen Waldweg entlang. Sie war störrisch wie eine Kuh.

Mia hatte es gut bei uns. Niemand wollte ihr die Marotte ernsthaft abgewöhnen. Nur sie eindämmen, bevor das Haus und die ganze Straße unter der Wolle verschwanden. Von Zeit zu Zeit dekorierte Mutter als Zeichen des guten Willens und als Anerkennung von Mias Arbeit ein oder zwei

Meter am Ende des Handlaufs mit ihrem Strickwerk. Sie drapierte es am Morgen, wenn Mia aufstand. Jeder, der die Treppe benutzte, sah Mias Werk und griff dort nicht an den Handlauf, denn die Wolle rutschte, schlingerte auf dem Holz und bot der Hand keinen Halt. Mutter bekränzte obendrein Stuhlbeine und versprach, im Laufe des Tags weiteres blankes, unbestricktes Holz zu schmücken, weil der Wollschmuck schön aussehe, sagte Mutter zu Mia, ganz schön, so schön wie nirgendwo sonst, bei niemandem im Dorf. Das war Mia wichtig. Dass es so schön wie bei niemandem war.

Wann immer ich mich zu ihr setzte, konnte ich sie damit froh machen, im Herzen froh, dass ich ihr sagte, niemand stricke so schön wie sie. Mia hatte keine Kinder, und wie ihre vier Schwestern – mit Ausnahme meiner Großmutter – hatte sie nicht geheiratet. Es gab keine Kinder und keinen Mann, auf den sie hätte stolz sein können, nicht mal auf die eigene Schönheit konnte sie sich etwas einbilden, denn Mia war nicht schöner als andere. Sie war eine großgewachsene Frau mit länglichem, schmalgeschnittenem Gesicht und einer wohlproportionierten Nase, die wohl mein Bruder von ihr geerbt hatte.

Ich trug die große Nase meines Vaters im Gesicht, was mir mit den vollen Lippen einen Zug von Verwegenheit und Kraft verlieh, dem ich kaum gerecht wurde. Ich sah mutiger aus, als ich war. Mein Spiegelbild log. Meine Seele hatte es schwer, dagegen anzukommen, und lange versuchte ich, nicht meinen Gefühlen, sondern meinem Spiegelbild gerecht zu werden. Mein Bruder war kleiner als ich. Er hatte einen kräftigeren Körperbau, war schon als Junge muskulös, und sein Gesicht mit den roten Haaren, dem dunklen Teint und den grünblauen Augen verfehlte seine Wirkung selten. Er war hübsch, und wie allen Menschen, die gut aussehen, traute man ihm keine Grobheit, keine Gemeinheit und wohl auch keine Durchsetzungskraft zu. Doch von allem hatte mein Bruder mehr als genug. Sie hätten nicht sein Gesicht, sie hätten die kräftigen Hände, seine Statur studieren und seine immer ein wenig bebende Stimme hören sollen.

»Mia müsste im Wohnzimmer sein. Holst du sie zum Essen?«, fragte Roman, und Leonhard stand auf. Niemand schlug meinem Bruder etwas aus. Sein Wort galt.

Leonhard verließ die Küche und kehrte kurz danach mit Mia am Arm zurück. Behutsam ließ er sie auf ihren Stuhl sinken.

»Lasst uns beten«, sagte Großmutter.

Meine Eltern fehlten. Sie fehlten oft. Vater schaffte es selten, pünktlich aus der Backstube zu kommen, und Mutter noch seltener aus ihrer Lotto-Annahmestelle, die zwei Kilometer die Straße hinunter in einem Ladenlokal untergebracht war.

»Wir warten nicht länger.«

Großmutter hatte eine sanfte Stimme. Ungeduld oder Tadel klangen bei ihr weniger drängend oder brüsk. In ihrem Blick lag so etwas wie mildes Wohlwollen. Der ganzen Familie gegenüber, sicher aber galt ihre Liebe vor allem Roman und mir. Wie Mutter bemerkte sie, wenn ich bedrückt war. Manchmal, so schien es mir, sah sie es mir an, bevor ich es selbst merkte, und drückte mich an sich. Ich spürte ihren Körper. Eine Festigkeit, die mehr war als die Festigkeit der Muskeln oder des wohlverteilten Specks am Bauch und an den Hüften.

Wenn ich etwas zu beichten hatte, beichtete ich erst Mutter, dann Großmutter und am Ende Vater. Das war die unumstößliche Reihenfolge – eine Konstante für die Ewigkeit, so schien es. Hätte Großmutter einen Leitspruch besessen, so hätte er heißen müssen: Gnade vor Recht. Er galt immer. Jedenfalls für mich.

Alle bekreuzigten sich und beteten: »Komm, Herr Jesu, sei unser Gast und segne, was du uns bescheret hast.« Mia griff mit beiden Händen in die Schüssel. Zwei Kartoffeln rutschten ihr aus der Hand und schlugen auf den Tisch. Eine in Leonhards Wasserglas. Dort lag sie nun still wie eine überdimensionale Cocktailfrucht.

»Macht nix«, sagte Leonhard und beließ die Kartoffel im Glas. Er spießte ein Stück Fleisch auf, legte es auf Mias Teller und schnitt es ihr klein. Dann häufte er zwei Löffel Spinat daneben. Mia mochte Spinat. Als ihr Mund von Fleischstücken und Kartoffeln mehr als gefüllt war, wollte sie Spinat nachnehmen, stellte fest, dass nichts mehr hineinpasste, und löffelte sich ihn ins Haar. Löffel um Löffel leerte sie den Spinat auf ihren Kopf. Leonhard war nicht reaktionsschnell genug und Großmutter an diesem Tag seltsam still und in sich gekehrt. Roman war es, der ihr den Löffel aus der Hand riss, zur Spüle lief, ein Handtuch anfeuchtete und den Spinat aus dem Haar wischte.

»Man muss sie im Auge behalten«, sagte Roman. »Immer.«

Vater kam in die Küche, wusch sich die Hände und setzte sich an den Tisch. In Bäckerkleidung, die Arbeitshose im Pfeffer-und-Salz-Muster. Die weiße Konditorjacke hatte er aufgeknöpft. Nie sah er mitgenommen aus, was bei den Arbeiten unter Zeitdruck oder in der Hitze der Backstube leicht hätte sein können. Vater wirkte wie ein Fernsehkonditor, ein Bäcker aus dem Bilderbuch, so weiß und unbekleckert.

»Entschuldigt«, sagte Vater. »Musste die Brötchen und das

Gebäck für den Grillverein zusammenstellen. Günter fährt gleich raus.«

»Grillverein?«, fragte Roman.

»Ja, Grillverein. Trinkhoff hat ein paar Leuten eine fixe Idee in den Kopf gesetzt. Kurbelt sein eigenes Geschäft an. Sie treffen sich bei Harry und Helene im Restaurant.«

»Ich komm mit und helfe«, hörte ich Roman sagen.

Vater schaute von seinem Teller auf, und ich legte die Gabel aus der Hand. Es war ungewöhnlich, dass Roman sich freiwillig meldete. An einem gewöhnlichen Wochentag. Ohne Aussicht auf eine besondere Vergünstigung. Ohne Chance auf einen Fußballabend im Stadion in der Stadt, am Bökelberg.

»Gut«, sagte Vater und schaute Roman immer noch an. »Dann mach das.«

»Ich komme auch mit«, zog ich nach.

Später stiegen wir zu Günter in den Kadett und quetschten uns zu zweit auf den Beifahrersitz. Die Scheiben waren beschlagen von den Schwaden der warmen Brötchen, die Vater eben hatte backen lassen.

»Wisch mal, Edgar«, sagte Günter zu mir und startete den Motor. Ich nahm ein Tuch aus dem Handschuhfach und wischte damit über die Windschutzscheibe und die der Beifahrertür. Ich reichte das Tuch weiter. Günter preschte vom Hof und ließ die Kupplung schleifen. Vaters Mercedes durfte Günter für solche Fahrten nicht anrühren.

Günter war seit Urzeiten als Geselle bei meinem Vater angestellt. Er war beinahe ein Familienmitglied. Wir sahen ihn an allen Tagen, nur am Sonntag nicht. Günter bewohnte ein kleines Zimmer auf dem Mehlspeicher, ein Zimmer für unverheiratete Gesellen, die keinen eigenen Hausstand hatten, die bei uns frühstückten und zu Mittag aßen, die nur das Abendbrot auf ihrem Zimmer einnahmen und dort auch am Sonntag aßen, denn am Sonntag wollte Mutter, mehr noch als Vater, dass wir eine Familie waren. Schon Mia und Leonhard zählten am Sonntag nicht dazu, aber sie konnten wir nicht fortschicken. Mia würde einen Tag auf sich allein gestellt nicht überleben, und wir auch nicht, weil sie aus Versehen das Haus anstecken oder unter Wasser setzen würde. Ihre Verkalkung, so nannten die Eltern Mias Erkrankung, hatte in den letzten Jahren zugenommen. Leonhard, der in der Bäckerei am Ofen arbeitete und den Garten bewirtschaftete, durfte man ebenfalls nicht ausschließen. Er war kriegsversehrt. Im Ersten Weltkrieg hatte man ihm am Kemmelberg in Westflandern in den Kopf geschossen und im Lazarett hinter der Front abgelegt zum Sterben. Er war damals achtzehn Jahre alt, nie aus seinem Dorf herausgekommen, seine erste Reise würde seine letzte sein, wenn nicht ein Wunder geschah. In den Briefen, die er in den Monaten zuvor nach Hause geschrieben hatte, hatte es geheißen, die Menschen in Feindesland sprächen ähnlich wie wir. Ein westflämischer Dialekt, dem Niederländischen verwandt und daher für Leonhard keine fremde Sprache, war doch unser Plattdeutsch dem Flämisch-Niederländischen sehr nahe. Als ihm im Lazarett hinter dem Vorhang dämmerte, dass die Visite, die Ärzte, die Herren über Leben und Tod durch den Bettensaal schritten, da schrie er zu ihnen rüber, in ihre weißen Rücken, die sich entfernten, die ihn nicht auf der Liste hatten, die glaubten, sich davonmachen zu müssen zu anderen Köpfen, anderen Beinen, die zu operieren sich lohnte. »Nehmt mich, nehmt mich, ich will nicht sterben«, schrie er, bevor er in die Kissen sank und sich bekreuzigte. Sie erhörten ihn. Sie entfernten die Kugel aus seinem Kopf, setzten ihm eine Metallplatte ein. Er überlebte, sprach und bewegte sich wie vorher. Nur wenn Aufregung, Angst, gar Panik ihm zusetzten, begannen die Wörter zu holpern, sprangen die Laute ungeformt aus seinem Mund, dass wir erschraken, Roman und ich. Leonhard sprach dann, als bettele er um Luft, als drohe er an den Wörtern zu ersticken, bis er schließlich die Augen verdrehte, zu Boden schlug und mit zuckenden Gliedmaßen und Schaum vor dem Mund einige Minuten scheinbar mit einem unsichtbaren Feind kämpfte, und wir alle Stühle, Tische aus seiner Reichweite entfernten, damit er sich an ihnen nicht verletzen konnte.

Seine Ausbildung zum Polizisten nahm er nicht wieder auf. Seine Karriere am Ofen begann, am Schieber und am Dampfventil, ein Leben lang blieb er Hilfsarbeiter, mit einer eigenen kleinen Bibliothek: Bücher über den Krieg, national-heroische Schriften über den Jagdflieger Manfred von Richthofen, den Leonhard in Cappy an der Somme vor dessen letzten Flug gesehen hatte – Richthofen, längst zum Mythos geworden, zum König wie zum Teufel der Lüfte ernannt in seiner roten Fokker, von Deutschen wie Briten. Leonhard lehrte uns alles über Richthofen. Er führte uns zurück in die Schlachten an der Somme und an der Marne. Wir kannten Hindenburg und von Moltke. Wir kannten den Schlieffen-Plan. Wir kannten die Verlustzahlen der Franzosen und Deutschen bei Bellefontaine und Rossignol in den ersten Wochen des Krieges, und wir kannten die Zahlen derjenigen, die ab 1915 im Gaskrieg umkamen. Leonhard erzählte uns alles über die »Dicke Bertha«, eine Kanone, die 150 Tonnen wog, auf zehn Güterwaggons an die Front transportiert wurde und von zwanzig Soldaten bedient werden musste – der Stolz der Armee und der Stolz von Krupp in

Essen, damals die beste Waffenschmiede der Welt, wie Leonhard sagte.

Günter steuerte den Opel aus dem Dorf hinaus, passierte die Kartoffelfelder, die endlosen Getreidefelder, die der Wind bürstete. Am Horizont die Kammlinie des Waldes. Er fuhr zum See, rumpelte den Waldweg hinunter bis zu einem kleinen Restaurant, ein Ziegelsteinbau mit rotem Dach. An manchen Sonntagen kamen wir mit den Eltern hierher, aßen zu Mittag, wenn wir ohne Mia und ohne Leonhard sein wollten und Großmutter auf Mia aufpasste.

Günter parkte vor der Küche. Auf der Terrasse flatterte eine Fahne am Mast mit dem Logo des Grillsportvereins *Glutsbrüder*, es zeigte eine knusprige Bratwurst und eine gekippte Flasche Ketchup, aus der ein Schwall roter Flüssigkeit durch die Luft in Richtung Wurst segelte. Roman und ich trugen die Brötchenkörbe, Günter das Blech mit den Obstfladen. Die Küche roch nach Braten und Frittenfett.

Helene, die Wirtin, nahm uns die Körbe ab und bugsierte sie auf die Ablage vor den beiden gemauerten Grills, auf denen bereits zwei der Ferkel sich in knusprige braune Fleischhaufen verwandelt hatten. Ein Grinsen huschte wie ein Schatten über Romans Gesicht. Dann holte sie ihr Portemonnaie aus der Tasche ihres Kittels und gab uns ein Trinkgeld. Helene war klein und fassrund und ihre Wangen von der Anstrengung des Tragens gerötet. Günter stand bereits an der Theke. Wir stellten uns zu ihm und investierten das Trinkgeld in eine Cola. Harry zapfte Günter ein Bier und servierte uns die Cola. Neben Helene wirkte Harry dürr wie ein ausgehungerter Vogel. Er hatte eine krähenspitze Nase, ein kantiges Kinn, große hungrige Augen und schütteres

Haar, das immer nach Lavendel duftete, obwohl man dies nur wahrnahm, wenn er nicht in seinem Lokal, sondern im Dorf auftauchte.

»Jungs«, sagte Harry. »Schön, euch zu sehen.« Wir nickten, und wieder war da dieses Grinsen auf Romans Gesicht.

»Viel zu tun?«, fragte Günter und zeigte auf die an der Stange flatternde Fahne.

Harry nickte.

»Eine Sportveranstaltung also«, flötete Günter.

»Großer Sport«, stimmte Harry zu und konnte sich ein Lachen nicht verkneifen.

»Garantiert bewegungsarm«, sagte Günter. »Niemand kommt ins Schwitzen.«

»Da bin ich mir nicht sicher«, sagte Harry. Er zeigte auf das Bord voller Pokale. »Um die geht es heute. Gesucht wird der beste Wurstgriller, der schnellste Steakgriller, und als Königsdisziplin treten am Abend zwei Teams gegeneinander an, um die besten Spanferkelgriller zu finden. Wir grillen die Ferkel vor, den Rest übernehmen die Herren selbst, nehme mal an, dass es nur Herren sind.«

»Und das Fleisch? Was passiert damit?«, fragte Roman.

Harry sah ihn verdutzt an. »Sie haben ihre Familien eingeladen und ein Barbecue-Team vom Flughafen. Die Briten bringen auch ihre Leute mit. Den Rest verputzen Helene und ich und der Hund.«

»Ausverkauft also?«

»Ausverkauft.«

»Da werden die Kamine qualmen«, sagte Günter.

Harry nickte.

»Gut denn«, sagte Günter und trank sein Glas aus. »Fahren wir.«

»Wann geht's los, das Ferkelgrillen, wann fällt da eine Entscheidung?«, hörte ich meinen Bruder fragen.

»Nicht vor zehn Uhr«, sagte Helene, die mit zwiebelroten Augen am Hackbrett stand.

Warum fragte er das?

4

Vielleicht war unsere Kindheit auf eine bestimmte Art glücklich, weil die Eltern keine Zeit hatten, sich um uns zu kümmern. Sie waren vereinnahmt von all ihren Verpflichtungen im Lotto-Laden und in der Bäckerei. Selbst in ihrer Freizeit und in den Ferien beaufsichtigten sie uns kaum und hinderten uns nicht daran, das zu tun, was wir liebten zu tun, was uns begeisterte und herausforderte. Sie ließen uns all die Fehltritte machen, auch jene, die an uns haften blieben und unser Leben einfärbten. Das war die Kehrseite, von der wir damals nichts ahnten.

Vater hatte die Bäckerei vor vielen Jahren von seiner Tante Mia übernommen, die kinderlos geblieben war. In den Dreißigern hatte sie ihren Meisterbrief erworben. Weit und breit war sie neben ihren Schwestern die einzige Frau in einer solchen Stellung und gab diese um keinen Deut auf, als die Nazis und ihr befremdendes Frauenbild, das Frauen kein selbstständiges Leben ohne Mann und Kinder zubilligen wollte, ihr in die Quere kamen. In den Fünfzigern, nach Abschluss der höheren Handelsschule, verließ Vater das Dorf, lernte Confiserie in Genf und Salzburg und kehrte nach ein paar Jahren zurück. Er blieb dem Ofen und der Sahne, der Mengmaschine und den Torten treu. Er baute die Firma aus, sie prosperierte, er richtete eine Filiale im Nachbarort ein. »Man muss sein Maß kennen«, sagte Vater, ohne dass ich damals wusste, was er meinte.

Mutter hatte ihr eigenes Auskommen. Sie verschwand am Morgen in ihren Laden, kehrte zum Mittagessen ins

Haus zurück, um dann bis zum frühen Abend wieder in ihr Glücksinstitut zu verschwinden. Denn nichts anderes als die Hoffnung auf Glück meinten die Leute, die einen Lottoschein kauften, zu nähren. Nährte Vater die Menschen mit Brot, so fütterte Mutter sie mit Illusionen. Darüber hinaus war Mutter für Vater unersetzlich, was die Zahlen und die Buchhaltung anging. Sie jonglierte mit seinen Zahlen, mit den roten und den schwarzen. Sie hatte sie im Kopf. Egal, ob sie sie jubeln ließen oder schlaflos hielten. Sie wusste um den Gewinn und den Verlust, bevor Vater davon wusste. Sie fühlte Zahlen. Sie kannte ihre Halbwertzeit und ihre Langzeitwirkung auf das Gemüt. Erkannte am Einkauf von Milch und Zucker, von Mehl und Backmitteln, wie es um die Bäckerei stand, wie ihr Herz schlug, das vitale Herz, das von den Menschen, die dort arbeiteten, gespeist wurde. Von Günter und Leonhard, von Klara, die im Laden die Backwaren verkaufte. Mutter wusste anhand der Zahlen, wie es um Vater stand, um seinen Mut und seine Begeisterung für die Arbeit. Wie ein Arzt ein Blutbild liest, so las Mutter die Bilanz. War ihre Zeit auch begrenzt, mehr als bei anderen Müttern, so war sie mir und nicht nur mir, auch Roman, dennoch nah. Ich konnte sie besuchen, wann immer mir danach war, und in den Stunden, in denen kaum jemand ihren Laden aufsuchte, konnte ich mit ihr sprechen. »Setz dich«, sagte sie, und dann wusste ich, dass sie in meinem Gesicht, an meiner Haltung erkannt hatte, dass mir etwas auf dem Herzen lag. So nannte sie das. Ich konnte es ihr sagen oder nicht sagen. Mutter bohrte nicht nach. In solchen Momenten war sie ganz bei mir, ohne mich zu drängen. Hinterher sprach sie die Absolution aus. Meistens. Vater war anders. Ihm fehlte der Blick für uns. Ein Blick, der alles sieht. Er liebte uns, aber er kannte uns nicht. Vaters Aufmerksamkeit galt sich selbst, und an zweiter Stelle dem Betrieb. Uns begegnete er mit Langmut, wann immer wir über die Stränge schlugen.

Manchmal legte Mutter eine Schallplatte auf. Udo Jürgens, der von der Liebe sang. Ein wenig kitschig, und doch anders als die schmalzigen Schlagersänger. Das spürte ich. Mit Udo Jürgens floh Mutter hinaus in die Welt, in eine romantische Welt, in der Udo von einem Sommer sang, der zu Ende geht oder von einem letzten Brief an eine Geliebte. Lieder, die uns beide in eine wohltuende Traurigkeit versetzten, eine Melancholie, die nicht schmerzte. Dazu aßen wir Gladbacher Knööp, Nusstrüffel mit Marzipanfüllung, die Mutter von Zeit zu Zeit aus der Stadt von der Konditorei Heinemann mitbrachte, von der Konkurrenz, wie Vater schmunzelnd sagte.

Nach Udo Jürgens oder den Beatles, nach *Ob-la-di, Ob-la-da*, das mit seinem karibischen Flair bei Mutter für gute Laune sorgte, brachen wir zu einem Spaziergang auf, und sie schloss den Laden ab. Für ein, zwei Stunden. Vielleicht brauchte sie die Zeit mit mir, wie ich die Zeit mit ihr brauchte. Mutter fuhr oft und gerne hinaus zu einem Park, nahe dem Gnadenhof, ein schlossartiges Gebäude am Rande eines Walds. Sie liebte den Park, die großen Buchen, den Weiher und die Wege, die von dort in die Heide führten. Lange vor dem Krieg hatte ihr Vater im Auftrag des Besitzers den Park angelegt. Damals war das Schloss ein Schloss und kein Ort für schwer erziehbare Kinder und Jugendliche, Jungen allesamt. Eine Ziegelmauer trennte das Heim vom öffentlich zugänglichen Teil des Parks. Keines der Heimkinder sahen wir je. Sie waren uns ferner als die hungernden Kinder im Fernsehen, Kinder aus Biafra, die mit ihren Hungerbäuchen und Köpfen wie Leichenschädel seit drei Jahren immer wieder mal in der *Tagesschau* gezeigt wurden, dass es uns in den Blick und auf den Magen schlug. Kinder in Not gab es nur in Afrika. Sie hatten ein Gesicht. Die Kinder und Jugendlichen im Heim hatten keines. Die Mauer schien unüberwindbar. Die Jungen blieben uns verborgen. Sie waren eine eigene Spezies, die wie Zootiere eingepfercht waren. Einen Zoo konnte man besuchen, den Gnadenhof nicht.

Wann immer die Rede auf das Heim und die Nonnen kam, die die Anstalt betrieben, endeten die Gespräche schnell, versandeten, als hätten die Erwachsenen keine Worte für die abgeschlossene Welt, die niemand zu Gesicht bekommen hatte – so wie man die dunkle Seite des Mondes nicht sehen konnte. Der Anblick des Heims ließ mich die Unbeschwertheit spüren, in der ich aufwuchs. Vielleicht weil ich hinter der Mauer das Unglück wusste. Man gewöhnt sich an das Glück, wenn es nicht bedroht ist.

Unsere Runde durch den Park endete am Weiher. Wir fütterten die Enten mit altem Brot. Der Weiher war voller Entengrütze und das Brot im Wasser gesprenkelt von den kleinen grünen Blättchen, die auf der Wasseroberfläche schwammen. Das rote Ziegeldach des Anwesens schien zwischen dem Laub der Buchen hindurch. Oft schwiegen wir, saßen einfach nur da, schauten dem Lichtspiel auf den Blättern der Bäume oder auf dem Wasser zu, bevor wir zu den Heideflächen spazierten. Blühte die Heide, überzog die Landschaft ein Violett, aus dem das dunkle Grün der Wacholderbüsche herausragte. In der Dämmerung lag ein wenig von diesem schönen Schein auf unseren Gesichtern. Was ich ansprach, wurde leicht, verlor seinen Schrecken: die Schulnoten, ein Streit mit Roman, nichts Schlimmeres. Und Mutters Ängste? Sie erwähnte sie nicht, und ich kannte sie nicht. Ja, ich verstieg mich zu der Vermutung, dass keine Angst Mutter wirklich band. Weder versetzten sie Angelegenheiten und Tätigkeiten, die ihr wichtig waren, in Unruhe, noch fand die Angst ihr Ziel in denjenigen, die sie liebte und deren Verlust sie hätte fürchten können: damals, als noch nichts in unser Leben eingedrungen war, in jener Windstille, in jenen schönen milden Tagen des Frühlings, die nur jemand als endlos begreift, der das Leben nicht kennt.

Vor Feiertagen nahm das Pensum in der Bäckerei zu. Erst recht am Vorabend zum Maifeiertag. Mutter half an diesen Tagen in der Backstube und hielt ihr Lotto-Toto-Geschäft geschlossen. Sie reinigte die Tische und die Arbeitsgeräte, belegte die Mürbeteigböden mit Erdbeeren, sie schlug Sahne, rührte in der Kuvertüre, bestrich die Nusstörtchen damit, stellte Lieferungen zusammen, die Günter dann ausfuhr. Sie ließ sich von Leonhard anweisen, zum richtigen Zeitpunkt das Brot aus dem Ofen zu holen. Sie war das Mädchen für alles. Es war das Jahr 1971.

Wie viele Familien im Dorf wollten wir am Abend in der Nachbarschaft das Maifest feiern. Als die Arbeit getan war, duschten wir und zogen uns um, Mutter legte Rouge auf und schminkte ihre Lippen mit einem zarten Rosa. Ihre Haut war eher blass, und das Rouge und der dezente Lippenstift gaben ihr für ein paar Stunden einen Hauch von Frische und Erholung. Ich wusste nicht, ob Vater sie begehrte. Nie sah ich ihn sie küssen. Seine Umarmungen hatten etwas Linkisches und Kameradschaftliches. Sie schienen frei von Erotik. Nicht dass ich eine Ahnung davon hatte, aber wir sahen Filme, und darin küssten Paare einander, warfen sich Blicke zu. Nicht unsere Eltern. Keine Küsse, keine Blicke. Manchmal warf unsere Mutter sich meinem Vater an den Hals, nie im Betrieb, nicht vor anderen, nur vor uns, an Weihnachten, in den Ferien, wenn wir sonntags ins Kino gingen, in der ersten Reihe saßen, so nah an der Leinwand, dass man meinen konnte, in den Film hineinzuspringen. Vater liebte das, die erste Reihe. Wir nicht. Er ließ Mutters Küsse, die Umarmungen geschehen, nahm sie entgegen, wie man einen Geburtstagsgruß von jemandem entgegennimmt, der einem eher fremd ist, mit dem eine Umarmung nie lange dauert. Nur die Oberkörper berührten sich kurz, und mitunter klopfte seine Hand sachte auf Mutters Rücken, als wage sie nicht, dort liegen zu bleiben, als müsse sie klopfen, um aus der Intimität zu entkommen.

Wir fuhren mit den Rädern über den Marktplatz. Roman hatte darauf bestanden, dass wir sie mitnahmen.

»Lass uns später ein wenig herumfahren. Den ganzen Abend am Maibaum sitzen ist langweilig.«

Der Maibaum war geschmückt mit bunten Bändern. Die Männer tranken einen ersten Schluck, die Frauen saßen an den Tischen. Vater reichte man ein Bier, wir nahmen uns eine Cola. Mutter strich uns übers Haar, wandte sich nach Vater um, aber der war bereits im Pulk der Männer eingetaucht. Mutter setzte sich zu den Frauen, die Schnapsgläschen vor sich stehen hatten. Manchmal schaute sie zu Vater hinüber, der scherzte und lachte, auf den Fußballen wippte, was er immer tat, wenn die gute Laune anklopfte und er sie in sich hineinließ. Wir versorgten uns mit Nudelsalat, aßen Kartoffelchips aus knisternden Tüten, drehten ein paar Runden auf dem Rad und langweilten uns wie vorausgesehen. Von unseren Mitschülern waren nur ein paar Streber gekommen. Mädchen mit Zöpfen und Jungen, die Tennis statt Tischtennis, Hockey statt Fußball spielten.

Als es dunkel wurde, das Lagerfeuer brannte, die Musik erklang und Paare den Tanzboden, ein Viereck aus Spanplatten, betraten, setzten wir uns an einen Tisch und schauten zu. Vater tanzte mit Mutter. Sie hatte ihn aufgefordert. Leonhard hatte sich die Nachbarin geangelt. Er wirkte angestrengt, hielt den Blick abwechselnd auf seine Füße und in die Weite gerichtet, in die nun schwarz werdende Nacht. Auch Trinkhoff tanzte, flotte Drehungen und Hüftschwünge, und seine Frau stimmte in jeden Schritt, in jede Finte ein, sie waren eingespielt. Meine Eltern nicht. Sie tanzten uninspiriert und zugleich feierlich, als befänden sie sich in der Tanzschule, als müsste jeder Schritt durchdacht und vorbereitet werden. Sie schoben einander in quälendem Tempo übers Holz.

Die Nacht war ungewöhnlich warm, und die Musik ungewöhnlich gut, wie wir fanden, ein paar Beatles-Songs wurden gespielt, nicht nur der grausam deutschtümelnde Heino, der quäkende Bata Illic mit seinem Song *Candida*, der mir in den Ohren wehtat. Auch Peter Alexanders *Der letzte Walzer* und *Hier ist ein Mensch* schmetterten über den Marktplatz. Schließlich Peter Maffays Hit *Du*, da tanzte man eng, da verschwanden meine Eltern von der Tanzfläche. Ebenso bei Peter Orloff und dem *Mädchen für immer*.

Der dicke Mike schob mit seinem Rad auf uns zu. Mike hieß eigentlich Michael, aber seine Mutter hatte vor einem Jahr begonnen, ihn Mike zu nennen. Weil sie Nina und Mike, das Schlagerduo, und ihren Hit *Lola* unwiderstehlich fand, hatte Mike erzählt. Er war außer Atem und sein Gesicht war gerötet. Auf seinem geschorenen Kopf schimmerte im Schein des Feuers die Kopfhaut durch. Mike stellte das Rad ab und setzte sich zu uns. Er griff in die Tüte und stopfte sich eine Handvoll Chips in den Mund. Seine fleischigen Lippen glänzten vom Fett.

»Darf ich?«, fragte Mike und zeigte auf unsere Colaflaschen, die erst zur Hälfte ausgetrunken waren.

»Nein«, sagte Roman, bevor ich antworten konnte.

Mike nickte. Er hatte kein Geld für eine Cola. Er hatte auch kein Geld für einen anständigen Haarschnitt. Seine Mutter, die mit ihm alleine lebte, seit sich seine Eltern getrennt hatten, schor ihn jeden Monat mit dem alten Rasierapparat seines Vaters. Auf dem Kopf und im Nacken sah man nach dem Schnitt Fettröllchen, und das Scheren ließ hässliche Streifen auf der Kopfhaut zurück.

Mike schnappte sich ein Glas Limonade, das herrenlos auf dem Tisch stand, und trank es aus.

»Tut gut«, sagte Mike.

Wir schwiegen. Dann stierte Mike auf die Tanzfläche, wo jetzt *Massachusetts* lief. Vater tanzte. Nicht mit Mutter. Er tanzte mit der Tierärztin, die vor ein paar Jahren ins Dorf gezogen war und die Praxis des alten Meyer übernommen hatte. Eine sandblonde, schlanke Vierzigjährige, unverheiratet. Warum unverheiratet, fragte sich das Dorf. Mutter stand abseits. In der Hand ein Bierglas, an dem sie nippte und wie wir zum Tanzboden schaute. Vater tanzte anders, geschmeidiger als vorhin mit Mutter. Es war beunruhigend, aber der Eindruck drängte sich auf: Er tanzte beseelter. Jeder konnte das sehen. Roman sagte kein Wort. Er knibbelte an der Papiertischdecke, riss sie ein, friemelte Stückchen für Stückchen ab. Mutter kam an unseren Tisch. Setzte sich zu uns, stand wieder auf, machte einen Schritt ins Leere, setzte sich wieder, griff zu den Chips. Irgendein Idiot hatte *A Whiter Shade of Pale* von Procol Harum aufgelegt, der ultimative Song zum Slow, zum Klammerblues. Vater verharrte einen

Augenblick, schaute zu uns herüber, seine Arme öffneten sich, er machte einen Schritt zurück, von der Aschblonden fort, und einen vor und zu ihr hin, die dort, wo Vater die Arme offen hielt, eintrat, über seinen Arm strich und seine Hand nahm und ihn, zwar noch auf Abstand, nur die Hände berührten einander, von der Mitte zum Rand des Tanzbodens dirigierte, wo das Licht uns nun ein wenig schummriger vorkam.

Vaters Gesicht brannte, als er von der Tanzfläche zu uns an den Tisch kam und die Tierärztin beim Bierstand zurückgelassen hatte. Nicht die Scham hatte sein Gesicht gerötet, man sah es an den Augen. Er spendierte uns eine weitere Cola, auch für Mike.

»Holt für eure Mutter ein Glas Sekt«, sagte Vater.

»Nein. Keinen Sekt.«

Mutter klang spröde und kleinlaut. Ihre ganze Person wirkte geschrumpft. Sie ließ sich von Roman einen Schnaps einschenken, nippte daran wie ein Vogel. Ihr Blick stahl sich zum Grill, wo die Tierärztin in eine Wurst biss und sich mit Trinkhoff unterhielt. Manchmal sah sie zu uns herüber, sondierte Mutter und uns und suchte Vaters Blick. Wieder spielten sie die Bee Gees. Die Tierärztin warf ihre Serviette in den Papierkorb und machte einen Schritt auf die Tanzfläche zu. Mutter nahm Vaters Hand, hielt sie, hielt sie fest, dass er nicht fliehen konnte. Aber wer Augen hatte, sah, dass Vaters Blicke nur ein Ziel kannten. So hatten wir Mutter nie gesehen, so angstvoll und kindlich. Sie hatte *ihr* Leben, verdiente in ihrem Laden eigenes Geld, und zwar nicht wenig, das wussten wir. Sie war nicht Vaters Anhängsel. Sie war das kaufmännische Gehirn hinter Vater, der zwar seinen Betrieb im Griff hatte, aber liebte er den Beruf? Was oder wen liebte Vater? Das war die Frage.

Diesmal tanzte Trinkhoff mit der Tierärztin. Seine Hand wanderte über ihren Rücken, sie bog den Kopf zurück, immer wieder straffte sie sich in den Schultern, als müsse sie vor irgendwas gewappnet sein. Roman verzog das Gesicht, vielleicht musste er an die Ferkel denken, wenn er Trinkhoff sah, an den Tritt in meinen Hintern, vielleicht dachte er an Vater und dessen Tänze mit der Tierärztin.

Er beugte sich zu Mike, flüsterte ihm etwas ins Ohr. Mike schaute unbewegt zum Feuer, das unsere Gesichter und Bäuche wärmte, nur der Rücken war ein wenig nachtkalt. Schließlich nickte Mike, stand auf und nahm sein Fahrrad.

»Komm«, sagte Roman zu mir, »es wird Zeit.«

Ich nickte ebenfalls, ohne zu wissen, was er meinte. Mutter schaute auf Vater, und Vater schaute auf die Tanzfläche.

5

Wir schnappten unsere Räder, drehten eine Runde, fuhren durch den Schein des Feuers, der an den Bäumen und den Pflastersteinen leckte. Wir radelten durch das Summen der Stimmen, durch das Klimpern einer Gitarre. Die Bee Gees waren verstummt. Wie ein Taubenschwarm schwirrten wir über den Platz und flatterten dann ab in die Nacht, durch die spärlich beleuchteten Gassen, hinaus in die Felder, und eine Ahnung stieg in mir auf, verfestigte sich, als wir den Wald erreichten und in sein Schweigen fuhren. An den Beinen spürten wir die kalte Luft, die von Zeit zu Zeit aus einer Fichtenschonung, aus einem dichten jungen Buchenwald auf den Weg strömte, uns begleitete und verschwand, wenn wir an offeneren Flächen mit einzelnen hohen Bäumen vorbeirollten, jeder in seinen Gedanken gefangen, ich zumindest, denn mir war nun klar, welches Ziel wir ansteuerten.

Als der See sichtbar wurde, sein matter Glanz in der Nacht, als der Parkplatz sich aufdeckte, eine sandige blanke Fläche, und uns der Duft der Würste und Steaks in die Nase stieg, und das Säuseln der Stimmen sich unter das Surren der Reifen mischte, hielten wir an, kippten die Dynamos weg und fuhren die letzten Meter ohne Licht, bevor wir die Räder hinter Büschen versteckten. Ich war mir sicher, dass es mehr sein würde als ein bloßer Besuch beim Grillsportverein und dass Roman einen Plan, eine Idee ausgeheckt hatte, die am Ende eine Flucht nötig machte.

»Kommt«, sagte Roman und hielt auf eine kleine Baustelle am Rande des Parkplatzes zu. Sie war von einem rostigen Bauzaun eingefasst. Harry bewahrte dort Balken, Sand und Steine, eine Leiter und einen Stapel Dachziegel auf. Was wollte Roman damit? Mike sah uns an, er biss sich auf seine glänzenden Wurstlippen. Roman ging zum Zaun und stemmte eines der Gitter aus der Verankerung. Er nahm zwei Dachziegel vom Stapel, wog sie in der Hand und legte sie zurück.

»Zu schwer«, sagte er

»Zu schwer für was?«, fragte ich.

»Wirste noch sehen.«

Er fischte sich ein Brett von einem Holzstoß und versuchte, es in der Mitte durchzutreten.

»Lass mich das machen«, sagte Mike. Mike stellte zwei Kalksandsteinblöcke auf, ließ einen Abstand dazwischen und legte das Brett auf die Steine. Ein Tritt genügte.

Ich wusste noch immer nicht, was Roman vorhatte. Traute er mir nicht? Hatte er Mike vorhin am Feuer eingeweiht?

»Ihr packt euch die Leiter«, sagte er.

Mike und ich nahmen die Holzleiter und bugsierten sie durch den Spalt des Bauzauns. Wir trugen sie runter zum See, umrundeten das Haus außerhalb der Lichtfelder, die aus den Fenstern des Restaurants nach draußen schwappten. In einem großen Bogen näherten wir uns der Rückseite des Gebäudes, wo sich die Küche befand. Sie hatte ein schmales Fenster, und es blieb genug Platz, um die Leiter ein paar Meter entfernt vom Fenster am Haus aufzustellen, ohne dass man uns von der Küche aus bemerken konnte. Ich hatte begriffen. Rache ist süß. Nur dass Trinkhoff nicht unter den Gästen war. Roman kannte keine Skrupel. Hatte er einmal einen Weg beschritten, war er nicht abzuhalten, als sei in ihm eine Kompassnadel fixiert worden, die unbeirrbar die Richtung vorgab.

»Willst du das wirklich tun?«, fragte ich.

»Mach schon«, sagte er. »Mike bleibt hier unten, versteckt sich im Gebüsch und warnt uns, wenn jemand kommt. Pfeif, wenn die Tür aufgeht, Mike. Du kannst doch pfeifen?«

Mike nickte und atmete schwer. Seine Lippen schienen ein wenig schmaler geworden zu sein. Er huschte in ein Gebüsch, von dem aus sich das Dach und die Tür einsehen ließen.

Roman stieg voraus. Er hielt die Bretter in den Händen. Ich folgte ihm. Das Haus hatte ein Pultdach. Von der Traufe würden es nicht viel mehr als ein paar Meter bis zum First sein. Wir streiften die Schuhe ab, legten sie in die Dachrinne und kletterten Schritt um Schritt auf leisen Sohlen nach oben. Durch die Ziegel stiegen die Stimmen zu uns empor, das Lachen und Poltern, das Klirren der Gläser und Teller, der Gesang: Ein Trinklied der Briten, das anständiger klang als unsere Volkslieder. Wir setzten uns neben die Kamine. Beide qualmten kräftig, und die Schwaden rochen würzig. Das Wettgrillen musste in vollem Gang sein. Ein paar Minuten warteten wir, horchten.

»Heute wollen wir marschiern. Einen neuen Marsch probiern, in dem schönen Westerwald. Ja, da pfeift der Wind so kalt. Oh, du schöner Westerwald. Über deine Höhen pfeift der Wind so kalt«, tönte es zu uns hoch. Wir hatten keine Ahnung, welche Bedeutung dem Lied zukam, es klang ältlich und blöd, es klang nach Zucht und Ordnung, es klang nach Rektor Honold und nach Trinkhoff.

Mike blieb still. Roman lächelte. Er schien diese Minuten zu genießen. Die Auszeit, bevor wir es tun würden und die Flucht begann, die unerträgliche Spannung in den nächsten Tagen, ob man uns auf die Schliche kommen würde, falls wir heil durch den Wald und die Felder gelangten und am Maibaum eintrafen. Keiner dort unten im Restaurant ahnte, was geschehen würde. Dann pfiff Mike. Wir erstarrten. Duckten uns auf dem Dach, pressten uns an die Ziegel. Jemand kam nach draußen, musste die Leiter bemerkt haben, denn sie bewegte sich nun, schwankte, kam abrupt zur Ruhe, und wir hörten den kräftigen Strahl einer biervollen Blase gegen die Wand und wahrscheinlich auch auf die Sprossen der Leiter spritzen, bevor die Tür wieder ins Schloss schlug.

Wir mussten es hinter uns bringen. Spätestens jetzt überkam mich die Angst. Wir mussten runter vom Dach und weg vom Haus, weg vom Wald und vom See. Ich nahm Roman die beiden Bretter aus der Hand und legte sie auf die Kaminöffnung. Roman grinste beifällig und tat es mir nach. Die Rauchsäule an beiden Kaminen verhungerte, riss ab, dünnte in der Luft aus, verflüchtigte sich. Unter den Brettern sahen wir es brodeln. Ein beißender, sich gelblich verfärbender Qualm quoll darunter hervor, auch an den Brettenden waberte es. Ein enormer Druck musste entstanden sein, die Bretter vibrierten leicht, als drängte ein Bienenschwarm im Kamin ins Freie.

Wir warteten, und bald schon hörten wir Schreie, elende, sich überstürzende Panikrufe sowie heftiges Husten. Wir ratterten auf dem Hintern das Dach hinunter, rhythmisch schepperten die Dachziegel im Stakkato, als würde jemand mit einem Klöppel über ein Xylophon ratschen. Wir rutschten zur Dachrinne, zu unseren Schuhen, bogen sie mit zittrigen Fingern auf, schlüpften hinein, banden sie eilig zu, da rannten die Ersten schon zur Tür hinaus, da hörten wir Mike durch die Büsche brechen und sich davonmachen, wir ohne Zeit, die Schnürsenkel wirklich festzuzurren, denn da standen sie schon am Fuß der Leiter, Grillsportler mit vollem Mund und puterroten Köpfen versperrten uns den Weg nach unten. Nur seitwärts übers Dach konnte die Flucht gelingen. Wir liefen das Dach entlang, die Augen auf den schmalen Grat gerichtet, den die Dachrinne und die erste Ziegelreihe bildeten. Jenseits der Umzäunung für Harrys Hund sprangen wir in die Tiefe, in den freien Fall und landeten auf dem Boden, die Verfolger waren erst an der Längsseite des Maschendrahtgeheges. Als die Männer die Querseite passierten, rannten wir schon außerhalb der Lichtfelder, die aus den Fenstern in die Nacht drangen, und erreichten den See, schlüpften wieder aus den Schuhen, weil wir glaubten, sie würden uns dadurch nicht hören können.

Wir spürten den Schmerz kaum, wenn wir auf Steine und Stöcke traten, wir hetzten das Ufer entlang, holten Mike ein, der keuchte, der am Ende war, den wir nie hätten mitnehmen dürfen, der sich in den Ufersand fallen ließ, und den wir an den Armen packten und hochrissen. Wir schlugen ihm mit der flachen Hand ins Gesicht, und er hetzte wieder los, taumelte mehr, als er lief, das Herz schlug uns bis zum Hals, unsere Kehlen brannten vom stoßweisen Atmen, wir durften die Räder nicht nehmen, keinesfalls einen der Waldwege benutzen, wir mussten rennen, nichts als rennen, in unseren Ohren das Schreien, ein wütendes, entsetztes Schreien, mein Gott, wenn jetzt alles abbrannte, wenn jemand umkam, Harry oder Helene, einer der Briten, die doch flottere und edlere Menschen zu sein schienen, ohne düstere Vergangenheit, ohne solche Ausgeburten der Hölle, von denen Vater am Mittagstisch und Großmutter beim Abendbrot erzählten und zu denen Leonhard schwieg, seltsam angstvoll und wie von einer Last erdrückt, die man in Albträumen spürte und am Tag nicht gern erinnerte. Wenn nur der Hund nicht wäre. Konnte er unsere Spur riechen wie die Bluthunde in *Onkel Toms Hütte* und bei *Huckleberry Finn*? Ein Schäferhund, jung und gewiss bissig, sonst säße er nicht in einem Raubtiergehege. Sein Bellen hallte durch den Wald, brach sich an den Bäumen und echote durch die Nacht, die nicht finster war. Zum Glück sahen wir, wohin wir traten. Wenn wir nur Mike nicht dabeihätten, den schwitzenden, immer wieder stehen bleibenden, sich wie unter Schmerzen krümmenden Mike, dieses Fettfass, das uns in Teufels Küche brachte. Zurücklassen konnten wir ihn nicht, im Verhör würde er alles gestehen. Auch uns hämmerte das Herz in der Brust, auch wir konnten das nicht mehr lange durchhalten, das Rufen, das Brüllen der Männer hinter uns, die Lichtkegel der Taschenlampen, die groß wie Scheinwerfer waren, das Knattern eines Motorrads. Besaßen sie eine Enduro, bedeutete das unser Ende. Mit einer Enduro konnten sie mitten durch den Wald preschen, brauchten nicht mal Wege. Nur ins Unterholz kämen sie mit einer Enduro nicht. Dort mussten wir hin, tief in den Holunder, in den Ilex und seine Dornen. Wir rissen Mike mit uns. Er weinte. Roman schlug ihm wieder ins Gesicht. »Willst du hier verrecken? Willst du, dass der Hund dich frisst? Willst du in den Knast, den britischen Knast, die verhören und quälen dich so lange, bis du gestehst.« Mike schwankte, taperte hinter uns her, die Taschenlampen und das Geschrei kamen näher, wir sprangen über einen Wasserlauf, dahinter fiel die Böschung ab, eine Wiese, das Moos schluckte unsere Schritte, dann eine Tannenschonung, die Bäume niedrig, aber eng beieinander, dass sie uns verbargen, auf allen vieren krochen wir in das Dickicht hinein, zwei, drei Meter, dass wir den Waldweg noch sahen, die Taschenlampen, die

Männer, die Grillsportler, wenn nur Mike nicht so laut atmete, wir drückten seinen Kopf auf den Boden, dorthin sollte er atmen, in die Nadeln, das spärliche Gras. Mike wollte den Kopf heben, sich wehren, aber Roman warf sich über ihn.

»Pssssst, Mike, alles wird gut«, zischte Roman in das Dröhnen des Motorrads, das Flackern der Lampen, deren Licht über den Weg und die Böschung, die Wiese und die Schonung tastete. Harry hielt den Hund an der Leine. Der Hund riss ihn vorwärts, hin zur Böschung, schlug wütend an, wir waren geliefert, einen Moment lang verharrte er am Wasserlauf, ein Vogel flog auf, rauschte über uns hinweg, und Harry zerrte den Hund auf den Weg zurück.

Wir warteten, eine Stunde und mehr. Erleichtert stellten wir fest, dass keine Sirene ertönte, kein Feuerwehrwagen über den Weg preschte und Helenes und Harrys Restaurant offenbar nicht brannte. Wir zogen die Schuhe an, rieben uns Dreck ins Gesicht, so kannten wir es aus Filmen. Mike war immer noch schweißnass. Sein Flanellhemd klebte ihm am Bauch. Ich reichte Mike ein Tempo. Er wischte sich übers Gesicht.

Manchmal hörten wir das Motorrad und den Hund in der Ferne. Als sie verstummten, krochen wir aus unserem Versteck, pirschten auf den Weg zurück und folgten ihm bis zur nächsten Abzweigung. Sie führte nur tiefer in den Wald. Dort würden sie uns wahrscheinlich nicht suchen. Sie würden auf dem Hauptweg, der zum Dorf führte, patrouillieren. Die Räder würden wir lassen, wo sie waren, und morgen holen.

Wir liefen durch die Nacht, die Füße schmerzten und die Gedanken auch. Es musste nach Mitternacht sein. Zu Hause würden sie uns vermissen. Was, wenn Vater und Mutter nach Hause gekommen waren und sie unsere Betten leer vorgefunden hatten? Was, wenn Helene und Harry uns auf dem Dach erkannt hatten, wenn sie in der Menge gewesen waren, die aus dem Restaurant geflohen war, oder sie eine Beschreibung hatten, die auf uns passte? Wir stapften durch den Wald, schlugen einen großen Bogen, hörten unsere Schritte und das Knirschen des Sands unter den Schuhen, manchmal schrie ein Vogel im Wald auf, zeternd, laut. Es war eine helle Nacht, der Mond schien, und Züge lichter Wolken trieben über den Himmel. Dann und wann zog der Lichtpunkt eines Flugzeugs durch die Gazewolken und verschwand an der Krümmung der Gipfelkrone des Waldes. Schließlich ein Knattern und Schnurren, ein Motor, der im Takt lief, der Motor eines VW Käfers, aber da rollte der Wagen schon auf uns zu, und wir sprangen zur Seite, und er fuhr ein paar Meter aus und kam zur Ruhe.

Wir kannten das Auto, und der Fahrer kannte uns. Schulte war Gemeindeförster, und im Wald konnte man immer auf ihn treffen, anscheinend auch um diese Zeit. Er stieg aus, kam auf uns zu. Schnell wischten wir uns mit den Hemdsärmeln den Dreck aus dem Gesicht, halfen mit Spucke nach.

»Wo geht's hin, Jungs?«

»Nach Hause.«

Schulte steckte sich seine Pfeife an. Man sah ihn immer rauchen. Sein Kopf war immer umwölkt.

»Ziemlich spät«, schmatzte er und behielt die Pfeife im Mund. Der Rauch kräuselte sich unter der Hutkrempe.

»Ziemlich«, sagte Roman, in dessen Zügen sich die Anspannung verlor, konnte man doch sicher sein, dass Schulte – wie er sich gab – nichts von unserem Anschlag auf die Grillsportler mitbekommen hatte.

»Na, dann steigt ein.«

Wir schauten uns an, Mike war der Erste, der nickte und sich in Bewegung setzte.

»Hinten ist Platz«, sagte Schulte. »Rutscht rein.« Er öffnete auf der Fahrerseite die Tür zum Fond. Wir staunten, hatten nicht bemerkt, dass der Beifahrersitz besetzt war. Ein Mann mit Hut und dichtem Bart. Wir wünschten einen guten Abend, und Mike schob ein Gute Nacht hinterher, was auch nicht passender klang. Der Mann schwieg, er hing in seinem Gurt, schien zu schlafen. Es gab kein passendes Begrüßungswort für diese Zeit. Niemand von uns war je außer Haus gewesen so tief in der Nacht.

Schulte legte den Gang ein und fuhr los. Der Mond war hinter einer Wolkenbank verschwunden. Ein strenger Geruch hing im Wagen. Er musste von dem Mann auf dem Beifahrersitz ausgehen. Schulte schaltete die Scheinwerfer nicht ein. Es war stockdunkel. Der Pfeifenrauch zog durch den ganzen Wagen. Ich fragte mich, warum Schulte ohne Licht fuhr. Wollte er vermeiden, das Wild aufzuschrecken? Wir fuhren im Schneckentempo durch den Wald und die Nacht, und der Geruch des Mannes auf dem Beifahrersitz und der Geruch der Pfeife nahmen zu. Der Gestank dehnte sich in jede Nische aus, waberte um unsere Köpfe, füllte jede Leerstelle, nistete sich im Haar ein, quoll über die Windschutzscheibe und den dichten Bart des Beifahrers, der ungerührt, auf seinem Sitz hockte und kein Wort von sich gab. Auch Schulte sprach ihn nicht an. Er konzentrierte sich aufs Fahren. Lugte angestrengt durch den Rauch auf das schmale helle Band des Waldwegs. Niemand wagte, Schulte um eine Pause zu bitten, eine Unterbrechung, damit wir Luft holen konnten, selbst Roman nicht, der die Augen zukniff und die Nase in den Fahrtwind hielt. Jetzt noch einen

Zwischenfall im Wagen, wie am Morgen in der Metzgerei bei Trinkhoff, es würde meine Nerven überfordern. Zu viel war passiert in den letzten Stunden. Die Sache mit Vater und der Tierärztin, die Sache mit Helene und Harry, von der Schulte nicht wissen konnte und die Eltern am besten nie etwas erfahren sollten – ein Wunsch, der sich nicht erfüllen würde, nicht erfüllen konnte. Jeder im Dorf würde davon erfahren. Obwohl nicht feststand, dass uns jemand erkannt hatte.

Der Wald lichtete sich. Schulte schaltete das Licht ein. Bald fuhren wir durch die Felder mit fußhohem Mais und kniehohem Roggen. Wir sahen das Blaulicht von Weitem, und einen Moment stotterte der Käfer, rollte aus. Leise tuckerte der Motor im Leerlauf vor sich hin. Schulte stieg aus, sah in Richtung des Blaulichts, das am Ende des Feldwegs, dort, wo er auf die Dorfstraße traf, vor sich hin strahlte und einen blauen Schein in die Dunkelheit streute. Schulte schaute zurück zum Wald, schien abzumessen, ob ein geordneter Rückzug anzutreten war oder gerade dies ihn verdächtig machte und die Polizei auf den Plan rief. Er musste getrunken haben. Warum sonst sollte ihn ein Polizeiwagen erschrecken? Oder waren wir etwa ins Fadenkreuz gelangt? Wartete in ein paar Hundert Metern Entfernung keine Verkehrskontrolle, sondern ein Fahndungskommando auf uns? Hatten Harry und Helene die Polizei eingeschaltet? Schulte stieg zurück in den Wagen, seine Finger trommelten auf das Lenkrad. Er legte den Rückwärtsgang ein, fuhr ein paar Meter, stoppte erneut. Er musste es sich anders überlegt haben, denn nun hielt er auf die Dorfstraße zu. Mir rutschte das Herz in die Hose, Roman und Mike stierten ängstlich auf das näher rückende Blau. Allein der Mann auf dem Beifahrersitz schien die Ruhe selbst zu bleiben.

Schulte fuhr vor, bremste sanft ab, der Wagen stand, und er kurbelte das Fenster herunter. Die Polizisten lehnten an ihrem Auto und rauchten. Einer der beiden trat seine Zigarette aus und lief zu uns an den Wagen. Er beugte sich zu Schulte herunter.

»Führerschein und Fahrzeugpapiere bitte, Verkehrskontrolle.«

Nie hatte sich eine Aufforderung der Polizei besser angehört.

Schulte tat, wie ihm geheißen. Es bedurfte nur eines Griffs in die Innentasche seiner Jacke, schon hielt er die Papiere in den Händen und reichte sie zum Fenster hinaus.

Der Polizist schaute sie sich an und gab ihm die Papiere zurück.

»Blasen Sie bitte ins Röhrchen. Sie sind damit einverstanden?« Seine Stimme klang müde.

Schulte nickte und beeilte sich auszusteigen. Der zweite Polizist kam dazu und reichte ihm das Gerät. Schulte blies, und der Polizist sah auf die Skala.

»Keine Beanstandung«, sagte er tonlos zu Schulte und steckte das Röhrchen in seine Jackentasche.

»Dann die Personalausweise der Insassen, bitte.«

»Jungs, eure Ausweise«, rief Schulte.

Wir schauten uns an und antworteten wie aus einer Kehle: »Haben wir nicht dabei.«

Der Polizist kam an die offen stehende Fahrertür. Er ließ den Lichtkegel seiner Taschenlampe über uns gleiten, dann sprang das Licht zu Schultes Beifahrer und verharrte dort auffällig lange.

Ich beugte mich vor, blickte zur Tür hinaus. Das Gesicht des Polizisten zuckte, und ein Grinsen kroch über seine Züge. Die Taschenlampe in seiner Hand zitterte.

Sein Kollege öffnete die Beifahrertür und sagte: »Aussteigen bitte.« Der Mann schüttelte sich vor Lachen.

»Nur die Ruhe«, sagte Schulte. »Ich kann alles erklären.«

»Bitte, nur zu«, sagte der Polizist.

Jetzt stiegen auch wir aus.

»Ich bin Förster. Hab die Sau frisch geschossen, konnte sie nicht im Wald liegen lassen. Bin quasi im Dienst.«

Was hatte Schulte gesagt? Ungläubig sahen wir zur Beifahrertür. Auf dem Sitz saß ein Wildschwein. Schulte kutschierte in seinem Wagen ein Wildschwein. Das Licht der Taschenlampe lag auf dem behaarten Gesicht, ließ die trockene Schnauze und die trüben, toten Augen des Tiers aufscheinen. Es war zwei Uhr früh. Die Kirchturmuhr schlug.

Schulte fuhr uns bis ins Dorf hinein. An der Kirche ließ er uns aussteigen.

»Beeilt euch«, sagte er. »Muss nicht jeder mitkriegen, dass ich eine tote Sau im Auto habe. Gibt nur Gequatsche. Wir haben uns verstanden, nicht wahr?«

Wir kletterten aus seinem Käfer. Die Sau saß unverrückt auf dem Beifahrersitz, Schulte hatte ihr den Hut tief in die Stirn gezogen. Er fuhr los. Wir schauten ihm nach, wie er knatternd die Dorfstraße entlangfuhr. Wir setzten uns auf die Stufen, die zur Kirche hinaufführten. Ich schloss die Augen und fühlte die Müdigkeit in allen Gliedern. Vom Marktplatz drangen Stimmen zu uns herüber. Ein Gemurmel, in das sich Gelächter und das Krakeelen der Betrunkenen mischte.

»Lass uns gehen«, sagte Roman.

Wir nahmen Mike in die Mitte. Das Maifeuer brannte noch. An den Tischen saßen ein paar Männer. Vater war nicht zu sehen. Auch Mutter und die Tierärztin nicht.

»Kein Sterbenswörtchen, Mike«, raunte Roman. »Zu niemandem.«

Mike nickte müde. Seine Schritte waren schwer.

6

Das Haus schlief. Kein Licht brannte. Wir schlossen die Tür auf, schlichen im Dunkeln die Treppe hinauf. Brachten keine Stufe zum Knarzen. Wir öffneten die Tür zu unserem Zimmer, streiften die Klamotten ab, legten uns mit pochenden Herzen ins Bett, horchten, nichts regte sich. Wie konnte das sein? Hatte niemand unser Fehlen bemerkt?

»Schlaf gut«, flüsterte ich.

»Du auch«, sagte Roman.

Ich hörte an seinem Atem, dass er lange nicht einschlafen konnte. Ich lag da und spürte, dass alle Versuche, meine Gedanken zu beruhigen, nutzlos waren. Unser Überfall auf die Grillsportler und Vaters Tanz mit der Tierärztin, beides ließ mein Herz in einen nervösen Galopp verfallen.

Wir wurden früh wach. Unter uns in der Küche hörten wir Stimmen. Leonhard, Mia, Großmutter. Vaters Stimme fehlte, und Mutters Stimme fehlte. Wir wuschen uns, zogen uns an, gingen runter in die Küche. Mutters und Vaters Tassen, die Teller waren unbenutzt. Vielleicht schliefen sie noch. Nichts an den Blicken der anderen verriet, dass sich etwas verändert hatte. Leonhard putzte seine Brille. Mia aß ihr Ei. Vorsichtig löffelte sie es aus, kaute jeden Bissen sorgsam und mit einer Anstrengung, als wäre es kein Ei, sondern ein Stück Schwarzbrot. Eigelb lief aus ihrem Mundwinkel zum Kinn. Leonhard wischt es mit seinem Taschentuch weg. Großmutter stand am Herd und briet für uns die Spiegeleier. Der Geruch erinnerte mich an Helene und Harry. Wir setzten uns, ich bekam kaum einen Bissen herunter. Roman biss herzhaft ins Brötchen. Leonhard setzte sich an Vaters Platz.

»Jungs«, sagte Leonhard, »es gab ein Malheur letzte Nacht. Ihr wisst, wovon ich spreche.«

Großmutter legte ihr Spültuch zur Seite und setzte sich neben Leonhard. Durchs Küchenfenster fiel Sonnenlicht auf ihr Gesicht. Ein Glanz lag auf den braunen Altersflecken. Wegen der Sonne musste sie zwinkern. Leonhards Blick lag auf Roman, wanderte dann zu mir.

»Sagt schon, was ist passiert?«

»Was habt ihr angestellt?«, unterstützte Großmutter ihn.

Roman schwieg. Er ließ sich nicht locken. Leonhard oder Großmutter zu belügen wäre mir nie in den Sinn gekommen. Auch jetzt würde ich sie nicht belügen können. Es war undenkbar.

»Hört zu, Harry hat angerufen. Eure Eltern wissen bisher von nichts. Harry wird gleich hier sein. Noch will er nicht zur Polizei gehen.«

»Hat es gebrannt?«, stürzten die Worte aus meinem Mund. Leonhard lächelte, und Großmutter biss sich auf die Lippen. Roman stieß mir unterm Tisch gegen das Schienbein.

»Ihr müsst mit ihm sprechen«, sagte Leonhard und stand auf. »Wartet hier.«

Er ging nach draußen. Durch das Küchenfenster sahen wir ihn im Hof stehen und rauchen. Ein Wagen fuhr vor. Harry stieg aus. Leonhard reichte ihm die Hand, sprach mit ihm. Harry löste sich von Leonhard, machte ein paar Schritte auf dem Hof hin und her wie ein Raubtier im Käfig. Wieder redete Leonhard auf ihn ein. Harrys Schritt verlangsamte sich, dann verschwanden beide aus unserem Blickfeld. Großmutter legte mir ihre Hand auf die Schulter, und am liebsten hätte ich mich an sie gedrückt und mich zwischen ihren Armen verborgen – vor dem, was nun geschehen würde. Leonhard kam in die Küche, Harry folgte. Als er uns sah, schüttelte er den Kopf. Großmutter ging zum Küchenschrank und stellte zwei Schnapsgläschen und eine Flasche Korn auf den Tisch. Sie schenkte ein, setzte sich ans Kopfende des Tischs. Harry trank den Schnaps in einem Zug, dann war er gewappnet. Gegen Roman und mich und gegen zu große Milde.

»Alles ist versaut. Die Spanferkel, die Küche, mein Verdienst für den Abend. Warum? Und warum ihr?«

Roman schwieg, ein trotziger Zug lag um seinen Mund.

»Ihr seids gewesen, Jungs.«

»Wer sagt das?«, fragte Roman. Seine Stimme fuhr ein wenig auf.

»Jemand, dessen Mutter den Schaden nicht zahlen kann. Jemand, der ein schlechter Lügner ist.«

Leonhard und Großmutter schauten mich an. Vor allem aber Harry musterte mich. Harry war in Ordnung. Wir hätten das nicht tun dürfen. Wieder trat Roman gegen mein Schienbein.

»Ihr habt eine Minute, dann fahr ich, und das wäre nicht gut für euch.«

Harry begann zu zählen. Bei fünf legte Leonhard ihm eine Hand auf den Unterarm. Harry zählte weiter und stand auf. Unruhe kroch in Leonhards Gesicht. Großmutter stand auf, wollte Korn nachschenken. Harry schüttelte nur den Kopf. Mir wurde heiß, mein Gesicht musste feuerrot sein. Ich spürte Schweiß den Nacken hinunterlaufen. Wenn Vater das erfuhr … und Mutter, wie enttäuscht musste sie sein. Der Schweiß trat auf Stirn und Schläfen, ich musste das aufhalten. Harrys Blick brannte auf mir. Auf jedem Tropfen, auf jeder verdammten Schweißschliere. Ich durfte jetzt nicht schwitzen, es verriet mich. Ich wollte weg, raus aus der Küche, weg von Harry und Leonhard, fort von Roman, der nicht so herumzappelte wie ich.

Harry schaute mich an, er war bei vierunddreißig. Bei sechzig würde Schluss sein. Er ging in kleinen Schritten zur Tür, Roman rührte sich nicht, sagte kein Wort, mein Mund war trocken.

Leonhard zückte sein Portemonnaie und sagte: »Lass gut sein, Harry. Du siehst es doch«, und er musste nicht mal auf mich zeigen, alle wussten Bescheid. Keiner musste es aussprechen. Mein Schweiß sprach für sich. Leonhard nahm vier Hunderter aus seinem Portemonnaie, hielt sie Harry unter die Nase und fragte: »Reicht das?«

Harry nahm das Geld und hörte auf zu zählen, kam auf mich zu, fuhr mir über den Kopf und sagte: »Mensch, Junge.«

Roman würdigte mich keines Blickes. Leonhard fuhr uns in den Wald. Er hatte seine halbe monatliche Kriegsversehrtenrente für Harry geopfert. Immer wieder schaute ich Roman an, der stur auf den Waldweg glotzte. Sein Kopf zitterte leicht, weil der Wagen rumpelte. Ich schämte mich. Ich hätte nicht schwitzen dürfen.

Leonhard brachte uns zu der Stelle, wo wir die Räder abgestellt hatten. Mikes Rad war fort. Er hatte gepetzt. Mike war so schwach wie ich. Leonhard putzte seine Brille, legte den Gang ein und fuhr davon. Der Wagen zog eine Staubfahne hinter sich her.

Roman hob sein Fahrrad auf.

»Es tut mir leid«, sagte ich und war froh, aus den Speichen ein paar Zweige entfernen und Roman nicht anschauen zu müssen.

»Wenn es mal drauf ankommt, und es kann immer mal drauf ankommen, wirst du es nicht durchstehen, schon bei Typen wie Harry oder Honold nicht, bei Trinkhoff nicht. Was ist los mit dir, Edgar?«

»Wir hätten das nicht tun sollen«, sagte ich zu den Speichen.

»Schon wegen der Ferkel mussten wir es tun«, sagte Roman in meinen Rücken und setzte sich aufs Rad.

Ich schaute ihm nach. Er trat kräftig in die Pedale und verschwand schnell aus meinem Sichtfeld.

Die Tische waren gefegt, als ich aus dem Wald heimkehrte. Auf dem gekachelten Boden standen Pfützen, in denen sich das Licht der Neonröhren spiegelte. Teigreste schwammen im Wasser – Archipele, die Vater von den Tischen geschrubbt hatte. Später, wenn die letzte Arbeit getan war, würde Günter sie mit dem Abzieher in den Gully kehren, und die Gummilippe würde über die nassen Fliesen flutschen und ein Schmatzen in die Stille legen. Vater beachtete mich nicht. Er schnitt zwei Scheiben aus einem weichen Tortenboden. Eine der Scheiben legt er auf einen Mürbeteigboden, den er mit Konfitüre bestrichen hatte. Er pfiff vor sich hin, kochte Kirschsaft in einem Topf auf und rührte etwas Stärke ein, bevor er die Kirschen dazugab, kurz erwärmte und auf den Tortenboden verteilte. Vater bevorzugte Kirschen aus unserer Obstplantage. Sie wurden entkernt und eingefroren, und er kochte sie nur minimal auf, bevor er sie für seine Schwarzwälder Kirschtorte verwendete, ließ ihnen die Konsistenz, zuckerte und alkoholisierte sie mit Kirschwasser.

Er richtete kein Wort an mich. Er musste von unserem Anschlag auf Harrys Lokal gehört haben. Selbst wenn Leonhard und Großmutter es ihm verschwiegen hätten, es musste zu ihm vorgedrungen sein. So etwas sprach sich herum. Er schien mich zu ignorieren, wollte mir offenbar zu verstehen geben, dass ich Luft für ihn war. Er musste ahnen, dass mich das mehr als alles andere schmerzte.

Vater schalte den Boden und den Kirschbelag mit einem Tortenring ein. Bis zum Oberrand des Rings blieb Raum, in den er gekühlte Sahne füllte, die er an der Rührmaschine geschlagen, mit Gelatine versteift und mit Cointreau verfeinert hatte. Das gab dem Kuchen den Pfiff. Auf die duftende Masse legte er den zweiten Tortenboden, bevor er erneut Sahne schlug und darin geschmolzene Schokoflocken verrührte. Vater wollte gewinnen. Ein Wettbewerb der Konditoren-Innung: für Torten, für Alltagsgebäck. Dieser Kuchen hier sollte sein Prototyp sein, ein Modellkuchen, der, wenn er gelang und ihm gefiel, nachproduziert wurde. Kein Konditor ging ohne Vorbereitung in so einen Wettbewerb. Ihn zu gewinnen schaffte Umsatz. Vater konnte die Urkunde ins Geschäft hängen und auf dem Militärflughafen bei den Briten damit Werbung betreiben.

Bei der Kuvertüre nahm er nicht irgendeine Billigvariante, sondern belgische Schokolade, die aus Charleroi geliefert wurde. Mit der Schokoladensahne bestrich er nun den Tortenboden. Anschließend fertigte er eine weitere Sahnemasse an. Auch sie verfeinerte er mit Cointreau und rührte ihr einen Hauch von geschmolzener Schokomandelkuvertüre unter. Das Temperieren der Kuvertüre sei das eigentliche Geheimnis, hatte Vater einmal gesagt. Jetzt pfiff er vor sich hin, eine Melodie, die ich vom Festplatz kannte, sie erinnerte mich sehr an *Massachusetts* von den Bee Gees. Er entfernte den Ring und strich die Ränder der Torte mit der Sahne ein, die steif geschlagen war und einen schönen dunklen Schokoladenglanz hatte. Ich räusperte mich. Vater blieb ungerührt bei der Sache, füllte den Spritzbeutel mit einer Sahne-Krokant-Mischung und steckte eine glänzende Spritztülle aus Metall auf den Schaft, deren Austritt gezackt war, sodass die Girlanden und Rosenknospen, die Vater auf den Kuchen applizierte, gerippt waren. Er war ganz bei sich und der Arbeit, nicht bei mir. Und schließlich platzte es aus mir heraus, dass wir in Harrys Lokal die Kamine verschlossen und alle in Panik versetzt hätten, was mir leidtue, herzlich leid.

»Verrückt seid ihr, total verrückt, wie man nur auf so etwas kommen kann«, sagte Vater und setzte seine Arbeit fort, ohne aufzuschauen und mir eine Standpauke zu halten, mindestens das hatte ich erwartet. Es fiel aus, das väterliche Gericht, und jetzt machte ich mir Sorgen, nicht um mich, aber um ihn und mehr noch um Mutter.

7

Nichts schien sich verändert zu haben, Mutter und Vater schliefen in einem Zimmer und in einem Bett. Aus ihren Worten war kein Streit, keine Verstimmung, kein Argwohn und keine Eifersucht herauszuhören. Nur eine Wortarmut saß bei uns mit am Tisch; keine, die groß auffiel, sondern von Leonhard und Großmutter in Schach gehalten wurde, indem sie sie mit ihren Worten füllten.

Vater hatte zu rauchen begonnen. Nach dem Mittagessen steckte er sich eine Zigarette an und verschwand auf den Hof. Wir sahen den Rauch vor dem Fenster emporsteigen und wunderten uns. Vater hatte nie geraucht. Er hatte an Sonntagen Werner Höfers Diskussionsrunde *Der internationale Frühschoppen* geschaut und über die Diskutanten den Kopf geschüttelt, die sich eine Zigarette nach der anderen ansteckten, auch Pfeife rauchten, bis Höfer und die Journalistenrunde, meist pausbäckige Herren im besten Alter, am schwarz betuchten Pulttisch von einem Schleier umflort, allmählich in ihren Konturen verschwammen und schließlich unsichtbar wurden, als wollten ihre Gestalten hinter den Worten verschwinden, die fest dem Rauch widerstanden. Kaum einer hustete, bis auf eine der wenigen Damen, die Höfer in seine Sendung einlud. Es war eine Gesellschaft meist wohlgenährter Männer, und selbst wenn eine Frau mit am Tisch saß, etwa die von Vater als famos bezeichnete Fides Krause-Brewer, sprach Höfer die Runde mit »meine Herren« an und blieb unwidersprochen. Frauen schienen prädestiniert zu sein, im Hintergrund den Wein in die bauchigen Gläser nachzuschenken, der den Herren die Zunge schwer und den Blick hinter den schwarzen Hornbrillen glasig machte, während sie über die Folgen der Ermordung Robert Kennedys für die amerikanische Politik und den Vietnamkrieg im Besonderen sprachen. Fiebrig wurden die Mienen, vor allem die des eulengesichtigen, glatzköpfigen Höfers, als vor zwei Jahren in Bonn Willy Brandt die Wahl zum Bundeskanzler gewann, nachdem die FDP sich auf die Seite der SPD geschlagen hatte und geschah, was nie geschehen konnte: dass die CDU den Weg in die Opposition antrat, von einer dolchstoßenden FDP gezwungen.

Bei uns zu Hause sprach in den nächsten Tagen niemand von der Tierärztin, und auch nicht vom Abend am Maibaum. Weder Leonhard noch Großmutter schauten ernst drein. Von Mia war eh nichts Außergewöhnliches zu erwarten. Sie strickte vor sich hin, schien mit dem Glück der Narren gesegnet zu sein und arbeitete an einem Schal, der eines Tages unser Haus warm einpacken sollte, damit es im Winter nicht fröre und Halsschmerzen bekäme.

Zu Harry und Helene hatte Mutter uns begleitet – am frühen Morgen, als das Lokal ohne Gäste war und wir ohne Zuschauer die Entschuldigung ausgesprochen hatten. Roman mit fester, beinahe sachlicher Stimme, ich mit fahriger Fistelstimme, während ich auf meinen Wangen das Fieber der Scham gefühlt hatte. Helene und Harry hatten das nicht verdient, was wir angerichtet hatten.

»Edgar, denk an die armen Ferkel, die zu Spanferkeln wurden, denk an Trinkhoffs Tritt«, hatte Roman gesagt, »das macht dich mutiger.«

Helene und Harry hatten Pech, waren schuldlos in die Sache hineingezogen worden. Weder Mut noch das Gefühl, auf der richtigen Seite zu stehen, stellte sich ein, als ich ihnen gegenüberstand und ihnen die portionierte und um ein Probierstück reduzierte Kirschtorte überreichte, die Vater für gut befunden hatte. Die Küchendecke war rauchschwarz. Die Gesichter von Helene und Harry blass, die Mienen betrübt. Unser Coup blieb ein idiotischer Streich und kam nicht in die Nähe der Taten eines Robin Hood, obwohl Roman das genau so sah und nicht müde wurde, mir zu verklickern, dass ich schwer von Kapee war und mal wieder nichts begriff.

Harry schaute mir starr in die Augen, als ich die Bitte um Entschuldigung anbrachte. Um Verzeihung könne man nur bitten und sich nicht vorschnell und schnodderig Erleichterung verschaffen, indem man dem Opfer ein »Entschuldigung« um die Ohren haue, sich quasi selbst schon ermächtigt habe, hatte Leonhard gemeint.

»Wie konntet ihr nur!«, sagte Helene, und ich spürte die Bitternis in ihrer Stimme. Sie hatte uns so was nicht zugetraut, diese Gemeinheit.

»Ihr habt den Abend, ihr habt alles versaut«, sagte Harry.

»Ich zahle euch den Verdienstausfall für die nächsten Tage«, sagte Mutter. »Und die hier«, sie zeigte auf uns, »die hier, die putzen euch das ganze Lokal nass aus, wenn ihr das nicht schon selbst gemacht habt.«

»Haben wir nicht«, sagte Harry und drehte sich zur Theke. Mit dem Finger fuhr er über den Edelstahltresen. Er hielt uns den rußschwarzen Zeigefinger hin.

Helene stellte die Torte ab, holte einen Eimer Wasser, Wischtücher, Aufnehmer und Schrubber. Die Sühne nahm ihren Lauf. Bei jedem Tisch, den wir abwuschen, bei jedem Stuhl, den wir zurück an den Tisch stellten, fühlte ich mich wohler, und als Helene uns gegen elf Uhr eine Fanta reichte, war ich erleichtert.

Alles hätte seinen unspektakulären Lauf genommen, wir wären rehabilitiert gewesen und ohne ein mulmiges Gefühl in die sonntägliche Kirchenbank und in den Fußballverein zurückgekehrt, hätte Helene nicht am frühen Morgen ohne Harrys Wissen die Polizei informiert und Anzeige gegen Unbekannt gestellt. Die Polizei stellte die Ermittlungen ein, nachdem Harry sich dem Dorfpolizisten Buhnke erklärt hatte. Anders die Fürsorge: Die Damen und Herren vom Kreisjugendamt wollten, mussten den Vorgang prüfen, kamen zu uns, machten sich ein Bild von der Lage vor Ort und klärten uns darüber auf, bei Gelegenheit unangemeldet aufzutauchen. Man wolle sichergehen, dass alles in Ordnung sei. Das Bild einer heilen Familie vorzugaukeln versuchten viele.

Alles hätte einen glimpflichen Fortgang genommen, die Dame aus der Kreisstadt wäre ein weiteres Mal zu uns gekommen, hätte endgültig alles in bester Ordnung vorgefunden und die Akte geschlossen, wenn Vater nicht Mitte Mai den Wettbewerb gewonnen hätte, und wäre bei der Preisverleihung nicht die Tierärztin anwesend gewesen. Drei Reihen hinter uns nahm sie Platz und begrüßte und gratulierte Vater nach der Preisverleihung im Foyer der Kreishandwerkerkammer mit einem Kuss auf die eine und auf die andere Wange. Es wirkte seltsam frivol, wir kannten das nur aus französischen Spielfilmen, sonst reichten ihm doch alle anderen nur die Hand: Kollegen, Vorstände, Leonhard, Großmutter. Meine Mutter errötete, es war weniger Wut als Scham. Auch Vater errötete bis über beide Ohren. Es war weniger Scham als Verlangen: Seine Augen leuchteten.

Sie leuchteten die ganzen nächsten Tage. Ein tiefes Unbehagen überkam uns. Wir wurden wachsam. Sahen ihn mit der Tierärztin im Laden der Bäckerei reden. Vater war sonst nie im Laden anzutreffen. Er musste spüren, wann sie hereinkam und einkaufte. Wir sahen ihn nach der Messe am Sonntag, wenn wir unseren Dienst als Messdiener verrichtet hatten und aus der Sakristei kamen, mit ihr vor der Kirche stehen, anstatt ins Wirtshaus zu gehen. Seine Wangen leuchteten, ein Rot, das tiefer wurde, wenn wir uns dazustellten, ihr Gespräch für einen Moment verstummte und sie die Arme vor der Brust verschränkten, von einem Bein aufs andere traten oder sich ins Haar griffen. Damals wussten wir nicht, was das bedeutete, dieses Gleichzeitige, die Synchronität der frisch Verliebten, aber wir ahnten es. Wir folgten Vater, wenn er das Haus verließ, wenn er zu einem Spaziergang aufbrach. Vater war nie spazieren gegangen ohne Mutter. Und nie an Tagen, die kein Sonntag waren. Kurz nach ihm verließen wir das Haus, schnappten uns die Räder und trafen ihn wie zufällig im Wald und am See, immer allein, in sich versunken, immer seltsam misstrauisch, wenn wir uns begegneten. Ob wir ihn verfolgten? Ob wir nichts Besseres zu tun hätten, als ihm aufzulauern, fragte er.

Eines Nachmittags hörte ich Vater telefonieren. Das Telefon befand sich im Wohnzimmer, und die Tür zur Küche war nur angelehnt. Seine Worte, zuckersüß und klebrig im Ton, drangen zu mir heraus, als ich in die Küche ging und den Kühlschrank öffnete. Ich wusste, Vater sprach nicht mit Mutter, die um diese Zeit im Lotto-Laden war. Vater sprach mit einer neuen, einer falschen Stimme, und der Klang seiner Worte stach mir ins Herz. So klang der Verrat, wenn er glaubte, unmaskiert sein zu dürfen. Wenn er sicher war, dass niemand unerlaubt seinen Zungenschlag hörte. Ich hielt den Griff der Kühlschranktür in der Hand, wagte nicht, sie zu schließen, fühlte die kühle Luft an meinem Arm. Hörte und wünschte, dass meine Ohren sich schlössen, dass sie barmherzig wären und mich schonten. Mein Herz fing wild an zu schlagen.

Die Furcht, dass Vater uns verließ, nagte nun stetig an mir. Eine Furcht, die ich mit in den Schlaf nahm und die morgens am Bettrand saß und mich weckte. Eine Furcht, die ich nicht mal mit Roman teilte: Ich erzählte ihm nichts von dem belauschten Telefonat, als wollte ich es nicht in die Welt bringen. Und damit blieb die Furcht in meinem Innern und wuchs.

8

Der Ginster blühte spät in diesem Jahr. Er warf sein Gelb in den Abend und in den Nieselregen, der so fein war, dass man ihn kaum fallen sah. Der Regen verlieh dem Trottoir und den Dachziegeln einen feuchten Glanz, und als ich das Fenster öffnete, duftete die Luft. Ein Sonnenstrahl drang durch das Abendgrau und spiegelte sich gleißend an der Fernsehantenne des Nachbarn. In der Ferne pflügte ein Bauer sein Feld. Er hatte es den Winter und den Frühling über nicht bewirtschaftet. Es war von Riedgräsern und Schmielen bewachsen. Das Blau der Kornblumen, das flatterige Rot des Mohns stand zwischen dem jungen Grün der Brennnesseln. Die aufgeworfenen Furchen glänzten speckig. Eine Amsel saß im Wipfel der Tanne vor unserem Haus. Ein einsamer Gesang. Kein Vogel antwortete. Ich hörte Roman mit seinem Rad über den Gartenweg davonfahren. Die Räder drehten im Kies. Wohin fuhr er so spät?

Ich eilte die Treppe hinunter. Aus dem Wohnzimmer drang das Gemurmel des Fernsehers. Vater war nicht da. Immer häufiger verbrachte er die Abende nicht mit uns. Würde er uns verlassen? Würde er es wirklich tun? Ich öffnete leise die Haustür, schnappte mir im Schuppen mein Fahrrad und folgte Roman. Ich sah sein Rücklicht durch die Felder treiben. Der Weizen stand hüfthoch. Die Luft war warm trotz des Regens. Roman fuhr zum Wald. Die Bäume dufteten noch intensiver als der Garten, als würde der Regen auf den Blättern und Nadeln ein ätherisches Öl freisetzen. Ein Kuckuck echote durch den Wald. Die Reifen surrten im

Sand. Roman hielt auf den See zu, ließ Förderband und Silo des Saugbaggers hinter sich, der auf dem Grund des Sees nach Kies schürfte. Am gegenüberliegenden Ufer sah ich Licht in Harrys und Helenes Restaurant. Roman legte das Rad in den Sand, lief zum Ufer, schaute über den See, eine graue Fläche, marmoriert von den Regentropfen. Ich wartete, war mir sicher, dass er mich bemerkt haben musste. Er rührte sich nicht, winkte mich nicht zu sich heran. Ich setzte mich in den Sand. Er sagte kein Wort, und auch ich sagte nichts.

»Wenn du schon da bist, kannst du auch mitkommen«, rief er schließlich zu mir herüber.

Ich folgte ihm zu einer kleinen Bucht, in der ein Boot lag. Es war mit einer Kette an einem Baum befestigt. Roman steckte den Schlüssel ins Vorhängeschloss und löste die Kette.

»Komm«, sagte er. »Rudern wir eine Partie.«

»Von wem ist das Boot?«

»Habe es gestern jemandem abgekauft.«

Ich staunte. Er hatte mir nichts davon erzählt. Ich nahm hinter ihm Platz und ergriff das Ruder mit beiden Händen, tauchte das Blatt ins Wasser und zog. Das Boot schob sich vom Ufer fort. Bei jedem Zug bewegte sich der Sitz, eine Art Schlitten auf Schienen.

»Du musst im Takt bleiben«, sagte Roman.

Ich versuchte es. Das Boot nahm Fahrt auf, pflügte durchs Wasser. Ein Reiher hob aus einem der Bäume am Ufer ab, schwebte uns voraus über den See. Sein Flug war träge, als sei es eine Last, sich so spät am Abend aufzumachen. Wir folgten ihm. Das Boot surrte über den See. Zug um Zug entfernten wir uns vom Ufer und näherten uns dem Glanz des schwimmenden Lichts, das das Restaurant aufs Wasser warf.

Das Wasser perlte von den Ruderblättern ab. Ich stemmte die Füße gegen das Brett, das quer im Boot stand, stieß mich mit den Fußballen ab, nahm den Schwung des Schlittens unter mir auf und zog, was die Muskeln hergaben.

»Zieh!«, rief Roman.

Wir waren im Rhythmus, waren ein Team. Wir ließen nicht nach, waren aufeinander eingespielt, obwohl wir nie zusammen gerudert hatten. In den Ohren das Eintauchen der Ruder, das satte synchrone Teilen des Wassers, das Gleiten des Kiels. Das Atmen, das immer gleiche Atmen. Wir waren ohne Ziel, nur Bewegung. Die Arme und der Hintern schmerzten. In den Waden entstand ein Druck, als wäre ich lange bergauf gelaufen. Ich wollte mir keine Blöße geben. Ich war nicht weniger trainiert als Roman. Kannte vom Fußballtraining die Waldläufe und die Spurts, kannte das Rennen mit Bleigewichten. Immer weiter pullten wir das Boot durch den See in die beginnende Nacht hinein. Die Zeit verlor sich und irgendwann auch der Schmerz. Der Körper schaltete in eine Automatik. Zug um Zug. Nichts anderes. Keine Gedanken, die störten, die sich breitmachten. Ein Glücksgefühl, ein kleiner Rausch durchströmte mich. Bewegung heilt. In erster Linie die Seele.

An jenem Abend, in jener Nacht ließen wir das Boot am Ufer einer Insel auslaufen. Eine sandige Insel, die sich aus dem Abraum des Baggers gebildet hatte, bewachsen von Birken, Kiefern und Schilfkolonien. Wir hievten das Boot ans Ufer, streiften die Kleider ab und glitten ins Wasser. Trieben erschöpft und müde im flachen Wasser. Ich spürte den Regen im Gesicht, den Geschmack des Schweißes im Mund. Ich tauchte ein paar Züge, um mich herum nur eine graustichige Schwärze. Irgendwann wurde mir kalt. Ich stieg aus dem Wasser, rieb mich mit dem Unterhemd trocken, so gut es ging, zog mich an. Es hatte aufgehört zu regnen. Ich setzte mich in den nassen Sand, zog die Knie an, umfasste meine Beine, legte den Kopf auf die Knie und fror.

Roman machte ein Feuer aus dürren Zweigen und kleinen Ästen. Das Holz war feucht. Es qualmte stark und wärmte nur wenig. Wir hockten Seite an Seite und stierten auf die schmalen bläulichen Flammen, die sich nicht aufschwangen zu richtigen Flammen.

»Meinst du, Vater verlässt uns?«, fragte ich unvermittelt. Die Frage war mir rausgerutscht. Ich hatte sie nicht stellen wollen, jedenfalls nicht jetzt. Sie musste mir auf der Zunge gelegen haben, ohne dass ich es gespürt hatte.

Roman zögerte. Er kannte sich in der Liebe kaum besser aus als ich. Die Mädchen in der Schule oder im Dorf mochten ihn, das konnte ich sehen. Aber nie hatte ich ihn mit einem Mädchen gesehen, weder zu Hause noch am See, im Bus oder auf dem Schulhof, Hand in Hand oder so etwas.

»Mag sein«, sagte Roman.

»Für Mutter ist es eine Katastrophe«, flüsterte ich.

»Für uns alle ist es eine Katastrophe, für dich am meisten, nicht wahr?«

Ich antwortete nicht. Ich schämte mich, weil es stimmte, was Roman sagte. Ich schämte mich auch stellvertretend für Vater, weil er uns verriet und bald im Stich lassen würde, das spürte ich. Ich wünschte, Roman hätte gesagt, dass Vater die Tierärztin aufgeben würde, dass er sie sowieso nicht liebe, dass es nur eine Art Versehen, ein Intermezzo, eine Laune sei.

Mit elf ist man nicht ausgerüstet für ein Leben ohne seinen Vater. Mit elf ist ein solcher Verlust vernichtend. Er stiehlt einem den Rest der Kindheit, jenes Zwischenreich, bevor die Wirren der Pubertät alles überzeichnen.

»Edgar, du hast ja mich«, murmelte Roman leise, dass man es kaum hören konnte im Plätschern des Wassers, im schwachen Knistern des Feuers. Einen Moment spürte ich seine Hand auf meinem Oberarm, eine Bewegung, als würde er mich zum Trost streicheln. Aber ich konnte mich täuschen, und die Bewegung endete auch sofort. Sie hatte etwas Unstimmiges, denn Roman hatte mich nie gestreichelt.

Mit der Kälte kroch mir die Müdigkeit in die Glieder. Ich streckte mich aus, wandte das Gesicht vom Feuer ab. Hörte das leise Surren der Mücken, die aber nicht näher kamen. Der Qualm hielt sie mir vom Leib. Ich roch das Wasser, den Sand und den Rauch. Später hörte ich das Knacken des Holzes und einmal das Prasseln von Romans Urinstrahl im Sand.

Als ich wach wurde, saß Roman im Boot, saß auf seinem Rollsitz und rauchte. Ich hatte ihn noch nie rauchen gesehen. Der Geruch des Tabaks tilgte alle anderen Gerüche. Das Feuer brannte scheinbar geruchslos. Über dem See waren alle Lichter erloschen, die Ufer waren blind und dunkel. In der Ferne schlug ein Nachtvogel an.

9

Noch waren die Bruchlinien in unserer Familie nur Haarrisse, die sich übersehen ließen. Und mir war oft danach, sie zu ignorieren und die Furcht, von Vater verlassen zu werden, mit der Vorstellung zu maskieren, dass alles blieb, wie es war, schon allein weil meine Wünsche die Wirklichkeit imprägnierten gegen Vaters Wünsche, als würden meine seine einschränken oder gar aufheben. Dass Vater Hoffnungen hatte, die die meinigen ausradierten, diesen Gedanken musste ich mit einem Bann belegen und tilgen. Nichts war da mehr von Nutzen als ein Kokon scheinbarer Normalität und Nähe zu Vater. Roman wird es nicht anders ergangen sein. Auch er suchte den Kontakt zu Vater. Wir halfen ihm in der Backstube, wir halfen ihm in der Konditorei. Simple Arbeiten. Bleche putzen, Böden schrubben, Sahne schlagen, Eier quirlen. Wir hatten Zeit – für jede Arbeit, die Vater uns auftrug, und für jede, die wir von ihm erfragten. Sein skeptischer Blick begleitete uns, wenn wir die Tische mit einer Sorgfalt schrubbten, die nicht mal Günter oder Leonhard an den Tag legten. Wir ließen uns Zeit, denn Zeit, die verstrich, war Zeit, die wir bei Vater waren. Eine scheinbar sichere Zeit. Noch stand der Verlust nur vor der Tür, hatte das Haus nicht betreten.

Brach er zu einem Fußballspiel auf, wollten wir ihn ins Stadion begleiten. Und es fühlte sich an wie immer. Nur: In diesen Wochen waren wir drängender, fordernder. Wenn seine Bekannten und Freunde nicht die Plätze im Wagen reserviert hatten, nahm er uns mit. Also gondelten wir an einem Samstagnachmittag über die Dörfer. Als in der Ferne die Flutlichtmasten auftauchten, stieg die Aufregung. Nicht nur bei uns. Auch bei Vater. Damals kannte jeder in Deutschland, viele in Europa und selbst Männer auf den Fidschi-Inseln oder auf Sri Lanka Mönchengladbach und seinen Fußballclub. Es war ein Fußball, den man so bislang nicht gesehen hatte. Das Spiel hatte eine Ästhetik bekommen. Es war schnell, intelligent, fast schwerelos. Es war ein Tanz mit dem Ball, und die Akteure waren Artisten. Keine Knochenbrecher. Sie umgab eine künstlerische Aura, die Aura der Ballkunst. Sie sollten zu Idolen werden, das Wort vom *linken* Fußball wurde geprägt, nicht zuletzt, weil es ein Fußball war, der ohne das große Geld gespielt wurde. Dieses wurde in München, in Mailand, in Madrid verdient, aber die Fohlen schlugen München, Mailand und Madrid. Ihr Spiel war nicht allein auf das Ergebnis, den Sieg aus, ein Spiel musste etwas Rauschhaftes oder Verspieltes haben, und oft hatte es das. Es war etwas Prometheushaftes in ihm. Die Auflehnung gegen das Establishment des Mammons, des biederen Fußballs, des biederen Denkens. Ein 5:4 ist schöner als ein 1:0, sagten sie. Es gab Menschen im Stadion, die sich hinreißen ließen zu sagen, diese Mannschaft spiele wie keine vor ihr. Ihre Augen glänzten, da das Spiel und das Schöne, das Athletische und das Elegante eine Allianz eingingen.

Wir fuhren durch die Vororte, durch die Trübnis der Vorgärten und Klinkerbauten, der Gartenzwerge und Butzenscheiben, der Textil- und die Maschinenfabriken, die Ödnis der leeren Parkflächen vor den Supermärkten, die damals um 14 Uhr schlossen. Wir spielten gegen den Tabellenzweiten, was uns nicht weiter beunruhigte. In der Zeitung hatte ich gelesen, Schalke sei nicht Mailand, keine Sorge, ein solches Fiasko für einen Gegner wie die sieben Tore, die wir vor drei Tagen gegen Mailand geschossen hatten, geschehe kein zweites Mal, so der Schalker Torhüter Norbert Nigbur im Interview. Wir zweifelten daran. Übermütig, wie wir waren.

»Nehmt den Mund nicht so voll«, riet uns Vater. »Im Fußball wiederholen sich Sensationen nicht, jedenfalls nicht so schnell, wie ihr glauben mögt.«

Er sollte unrecht haben. Es war ein besonderes Spiel gewesen, eines, von dem Vater gesagt hatte, es hätte nie ein vergleichbares für unseren Club gegeben. Vater war ohne uns in seinem blauen Mercedes mit seinen Freunden zum Stadion gefahren. Kurz vor Mitternacht war er heimgekehrt, und wir waren noch wach gewesen, kein Sender hatte das Spiel gegen eine der besten Mannschaften der Welt übertragen. »Sieben zu eins«, hatte Vater in der Tür gesagt, »Heynckes, le Fevre, le Fevre, Netzer, Heynckes, Netzer, Sieloff«, und er hatte uns an sich gedrückt, und bis in den Schlaf und bis in den Donnerstagmorgen hielt dieses Gefühl, Zeuge eines Wunders, eines Fußballwunders zu sein, das ich so nur aus den Märchenbüchern kannte. Sieben auf einen Streich. Wir hatten die Gesetzmäßigkeit von »Geld schießt Tore« außer Kraft gesetzt. Die Mannschaft hatte als krasser Außenseiter gegolten. Erst als wir die Nachrichten gehört und erfahren hatten, dass der Verlierer Protest gegen die Wertung des Spiels eingereicht hatte, war die Freude der immer größer werdenden Angst gewichen, dass wir wegen eines Büchsenwurfs gegen einen der Spieler – eine leere Coladose hatte ihn aus zwanzig Meter am Kopf getroffen – um diesen Sieg gebracht werden könnten. Inter Mailand, der vielfache Champion und Weltpokalsieger, war in den Fußballgremien gut vertreten, hatte die richtigen Leute an den richtigen Stellen. Wir waren Provinz. Ein Gabelstaplerfahrer, sagte man im Radio, war bezichtigt worden, die Büchse geworfen zu haben.

»Na und«, hatten wir gerufen, und Vater hatte genickt. Eigentlich dürfte da nicht viel folgen, eine Geldstrafe vielleicht für den Verein wegen mangelnder Aufsicht, ein Platzverbot für eines der nächsten Spiele. Ein eher harmloser Vorfall – es sei denn, man gewann gegen eine Mannschaft mit den allerbesten Verbindungen zur UEFA …

Wir setzten uns mit Vater auf die Tribüne. Klatschten, als die Mannschaften einliefen. Das Spiel begann, und ich hoffte, dass sie es noch einmal taten, so hoch gewinnen, als Ausgleich, weil ich das Spiel gegen Inter verpasst hatte, auch wenn ich ahnte, dass Vater wohl schon recht hatte, im Fußball ließ sich nichts wiederholen. Das 1:0 fiel kurz nach dem Anpfiff, das 2:0 nur eine Minute später. Als Bleidick, der Abwehrspieler, in der 23. Minute traf, einer, der selten ein Tor schoss, und kurz darauf Heynckes das 4:0 erzielte, war mir klar, und nicht nur mir, allen im Stadion, das eigentlich Unmögliche wiederholte sich. Wie schon gegen Mailand spielte sich unsere Mannschaft in einen Rausch. So hatten wir es vor zwei Tagen, am Donnerstagmorgen, in der Zeitung gelesen, und ich hatte einen Stich in der Brust gefühlt. Der Stich, der einen heimsucht, wenn man etwas Entscheidendes, Unwiederbringliches verpasst hat. Ein Spiel, von dem man jahrelang sprechen würde. Unsere Spieler waren auch heute leichtfüßig. Ballsicher. Strotzten vor Selbstvertrauen. Jeder Pass gelang. Bei Netzer sowieso. Niemand saß mehr. Alle standen. Wir sangen, wir klatschten, wir tanzten, waren außer uns, tauchten ein in das Neunzig-Minuten-Glück eines Samstagnachmittags, wir drei und weitere 27000.

Gladbach überrollte die Schalker. So würden wir es am Montag in der Zeitung lesen. Wir waren Zeugen. Die Schalker waren schwerfällig, liefen hinterher. Zur Halbzeit stand es 5:0, und mit hängenden Köpfen trotteten sie vom Platz. Wir waren dabei.

Schalke verlor am Ende 7:0 an jenem Samstag. Bei jedem Tor drückte Vater uns an sich. Er jubelte, und wir jubelten. Näher waren wir ihm nie in diesen Wochen. Für diese Stunden wohnte kein Misstrauen in unserer breiten Brust. Weder ihm gegenüber noch gegenüber der Tierärztin oder der UEFA. Es waren unsere schönsten Fußballtage.

Das Glück hielt nur für kurze Zeit. Dann wurde unser Sieg gegen Mailand, eine der besten Mannschaften der Welt mit den besten Kontakten zur UEFA, annulliert, und wir sahen Vater mit der Tierärztin auf einer Bank an einem Waldweg sitzen. Bevor er uns entdeckte, rissen wir unsere Räder auf dem Weg herum und wendeten, aber das Bild, er und sie, Hand in Hand nebeneinander auf einer Bank, brannte sich ein, und tagelang stand es uns vor Augen, im Klassenzimmer und im Bus, unter der Dusche und im Bett, bevor wir einschliefen. Wenn wir Vater begegneten, senkten wir den Blick, weniger weil wir fürchteten, dass er in unseren Augen hätte lesen können, als dass wir in seinen Augen ein verräterisches Strahlen und Leuchten hätten entdecken können, was uns nur tiefer verstört hätte, bis in den Schlaf und die Träume hinein, die bereits den Klang und den Glanz des Unheils in sich trugen. Nichts fürchten Kinder mehr, als dass ihr Leben zerbricht.

10

Kurz darauf passierte die Sache mit Mike. Bei uns hatte der Tod noch keinen Zutritt gefunden. Ihm haftete etwas Abstraktes an wie die Landung auf dem Mond, die wir vor zwei Jahren diffus und schlaftrunken in der Nacht vor dem Fernseher verfolgt hatten und die für unser Leben keine Relevanz hatte. Für Mike kam der Tod mit den Polizisten ins Haus, die eines Abends vor der Tür standen, um Einlass baten und mit gesenkten Blicken eintraten, auf der Couch Platz nahmen, sich räusperten und Mike und mich aus dem Zimmer schickten. Es war dieses Nein, geschrien, wieder und wieder, das ihn zurückstürzen ließ zu seiner Mutter, die auf und ab lief, sich auf die Beine und die Arme schlug. Sie schien uns nicht zu bemerken, warf sich gegen die Wand, und die beiden Polizisten versuchten, sie einzufangen, sie führten sie zu einem Sessel, legten ihr eine Hand auf die Schulter, reichten ihr ein Glas Wasser, wie ich es aus den TV-Krimis kannte, als könne das Wasser den Schmerz unterbrechen, und sprachen von einem Wandbruch in der Kiesgrube, der Mikes Vater verschüttet hatte.

Jeder ahnte, wie sehr Mike ihn vermisste. Zwar lebten seine Eltern getrennt, aber er hatte seinen Vater regelmäßig in der Werkssiedlung besucht. Ein paar Kilometer auf dem Rad waren es bis zu ihm gewesen, der eine kurze Liaison mit einer jugoslawischen Kellnerin aus dem *Dubrovnik* eingegangen war, die Familie verlassen hatte und seit diesem Höhenflug allein lebte.

Wochenlang erschien Mike nicht in der Schule, verpasste den Sexualkundeunterricht, einen Aufklärungsfilm, in dem detailliert auf Geschlechtskrankheiten hingewiesen wurde. Bilder, die mich schaudern ließen. Dasjenige, auf das wir die ganze Zeit warteten, wurde schnell mit einer Grafik abgetan und dem Hinweis, bei der Zeugung lege der Mann seinen Samen in die Gebärmutter. Mike verpasste den Geschichtsunterricht, in dem Dr. Wolz an den Geburtstag der Journalistin Beate Klarsfeld erinnerte, die zusammen mit ihrem Mann Nazi-Täter aufspürte und ins Licht der Öffentlichkeit zerrte. Täter aus der ersten Reihe und auch Schreibtischtäter wie den ehemaligen Kanzler Kiesinger, den Klarsfeld auf einer CDU-Veranstaltung vor ein paar Jahren geohrfeigt hatte. Wolz bewunderte Klarsfeld für ihren Mut, darauf aufmerksam zu machen, dass Kiesinger von Beginn an tief verstrickt war in die Propaganda des NS-Regimes. Im Schnellverfahren am gleichen Tag sei sie zu einem Jahr Gefängnis verurteilt worden.

»Schnellverfahren?«, fragte Roman, der an diesem Tag in unsere Klasse strafversetzt worden war, weil er sich im Unterricht mit dem Chemielehrer angelegt hatte.

»Ja«, sagte Wolz, »ganz recht. Im Ausland ist das nicht gut angekommen. Wisst ihr, warum?«

»Weil der Begriff an die Schnellverfahren der Nazi-Justiz erinnert«, sagte Roman.

»Genau«, sagte Wolz und lächelte.

Auch in Deutschland habe es Proteste gegen das Urteil gegeben. Heinrich Böll habe Klarsfeld rote Rosen geschickt – als Anerkennung ihrer Tat, fuhr Roman fort. Ich wusste, das hatte er von Vater erfahren, der Böll über alles schätzte.

Sogar dem Fußballtraining blieb Mike fern. Jeder konnte sich vorstellen, wie sehr Mike der Tod seines Vaters mitgenommen haben musste – bis auf Owe. Er quatschte ihn an der Frittenbude an. Stellte sich in die Reihe, direkt in Mikes Rücken, als Mike seine Bestellung aufgab.

»Achtzig, zehn, zehn.«

Das war ein Code, den jeder verstand. Große Pommes, Mayonnaise, Ketchup.

»Haben dich vermisst, Mike. Wo haste gesteckt? Bei den Nonnen im Gnadenhof? Biste da untergekrochen?«

Mike schwieg.

»Wärst dort gut aufgehoben. Die haben immer ein Plätzchen frei für Jungen wie dich. Jungen ohne Vater. Da sind die ganz heiß drauf, kannste mir glauben.«

Mike senkte den Kopf, und ich sah, dass sein Nacken und seine Ohren rot anliefen.

»Nur Fritten gibt's da keine.«

Mike nickte und nahm die Frittentüte entgegen. Owe stieß mit seinen Knien in Mikes Kniekehlen. Mike knickte in den Beinen ein, verlor die Tüte aus den Händen, sie schlug zu Boden.

»Sorry«, sagte Owe. »So ein Pech.«

Mike drehte sich nicht um.

»Hier haste 'ne Mark und kauf dir 'ne neue«, sagte Owe und fing meinen Blick.

Ich sagte kein Wort.

Auch vor mir hatte er sich damals aufgespielt und das Heim ins Spiel gebracht, nachdem er von unserem Anschlag auf Harrys Restaurant gehört hatte. Immer wieder, wenn er mich ohne Roman auf der Straße antraf, als würde etwas wahrer oder wahrscheinlicher, wenn man es nur oft genug wiederholte. Etwas, das ganz ausgeschlossen war. Mike? Vielleicht. Wir? Nie! In jedem Dorf, auf jedem Schulhof gibt es einen wie Owe. Er ist laut und gemein, er ist stark und vulgär, er ist frühreif und hat eine große Klappe und jede Menge Jungen an seiner Seite, die ihn fürchten und nicht wissen, ob sie ihn nicht gar lieben sollten. Allen voran Stefan und Theo, jedenfalls eine Zeit lang. Owe nannte sie seine Fähnriche. Sie gaben ihm Feuer, wenn er sich eine Zigarette anstecken wollte. Sie besaßen ein silberfarbenes Benzinfeuerzeug, dessen Docht mit einer leuchtenden gelben Flamme brannte. Sie versorgten ihn mit Patronen für sein Luftgewehr, mit dem er Tauben vom First der Kirche schoss. Sie sammelten die toten Vögel ein und warfen sie den Leuten in den Garten.

Owe hatte rotes Haar, nicht das dunkle Tizianrot Romans, sondern ein fahles Rot, und seine Stimme klang grell und überdreht. Seine Augen trugen ein blasses Spargelgrün, was ihm eine kränkliche Note gab, aber das täuschte. Owe war nie krank. Selbst Torturen wie ein Bad im Hof seiner Eltern in einem Zuber mit eiskaltem Wasser, das Radeln durch den Wald nackt bis auf die Unterhose an einem Frosttag im Januar konnten ihm nichts anhaben. Allen anderen schon. Wer auf Owes Seite sein wollte, der musste Qualen durchstehen, musste ihm und seinen Fähnrichen beweisen, dass er kein Weichei war. Wer unter Owes Schutz stehen wollte, musste sich dessen würdig erweisen. Nichts anderes wollte Mike. Roman ging Owe aus dem Weg, und Owe ging Roman aus dem Weg, obwohl Roman jünger war. Roman hatte etwas an sich, das sich am besten mit Autorität beschreiben lässt. Niemand fürchtete ihn, aber es erlaubte sich auch niemand Scherze mit ihm.

Nicht weit von unserer Bäckerei befand sich eine alte Tuchfabrik. Das Dach war an manchen Stellen eingestürzt. Die Zwischendecken aus dünnen Spanplatten baumelte faulig von den Sparren. Die Holzbalken waren vom Pelz des Schimmels befallen. Die Garnspulen übersät mit Rattenkot. Meterhohe rostige Webstühle, in denen zerschlissenes Tuch eingespannt war, standen in der Halle. Die Spulen waren zerfleddert von einem unbekannten Fraß. Auf den Kalendern und Rechnungspapieren im Büro, auf den Stühlen, den Schränken, auf dem aufgequollenen Furnier lag der Staub der Jahre, fingerdick. Hustete jemand, stiegen dicke Wolken auf und bissen uns in die Nasen, es roch nach Schmutz und Elend, nach Verwüstung und Zerfall. Der Wind pfiff um die Mauern und in den leeren Fensterbögen, aus denen das Glas herausgeschlagen worden war. Er spielte in den Drähten der Webstühle, in den Kleiderbügeln aus PVC, die jemand an eine aufgespannte Leine quer durch die Halle gehängt hatte.

Nie trauten wir uns alleine in diese Düsternis. Manchmal kamen wir her, um unsere Nerven zu reizen, eine Angstlust. Auch an diesem Tag. Ein Nachmittag im November. Ein fadendünner Regen trieb übers Land. In der Luft lag der Geruch von Herbst. *Betreten verboten. Eltern haften für ihre Kinder*, so die schwarzen Lettern auf gelbem Metallgrund. Das Schild trug rostige Sprengsel an den Stellen, wo die Farbe abgesplittert war, weil wir das Schild mit der Zwille beschossen hatten. Auch heute hatten Roman und ich unsere Zwillen dabei, holten einen Kiesel aus der Tasche und schossen direkt in das Wort *verboten* hinein, das bisher die meisten Treffer abbekommen hatte und dessen Lettern unleserlich wurden.

Ein trübes Licht stand in der Halle und der Regen tröpfelte durch das ramponierte Dach. Ein paar Tauben flogen auf, die in den Löchern und Nischen der Mauern nisteten. Auf sie hatten wir es nicht abgesehen. Manchmal kletterten wir als Mutprobe über die Balken, an eine Mauer heran und klauten ein Ei, das wir einer anderen brütenden Taube unterjubelten. Die Tauben saßen auf aufgetürmten Nestern, jedes wurde auf den Resten des anderen errichtet. Es waren Burgen aus Kot, in denen man, wenn ein Tier aufflog, mitunter die Kadaver einer Jungtaube fand, madendurchsetzt, die Augen weggefressen.

Alle fürchteten den Anblick, und alle fürchteten das Rutschen über die Balken, die halten mochten oder nicht. Wir wählten die, über denen das Dach weitestgehend unversehrt war, die nicht verrottet waren. An anderen Stellen schimmerten sie grünlich nass. Dorthin stiegen wir nie – auch wegen der Ratten, die aus irgendeinem Grund da ihre Laufstraßen hatten, von denen sie sich Zugang zu den Nestern verschafften. Schlimmer als einen Kadaver zu finden war die Furcht, auf eine Ratte zu treffen. Wir schossen mit den Zwillen auf sie. Sie fiepten und schrien, wenn wir sie trafen.

An jenem Nachmittag schauten wir hoch unters Dach auf der Suche nach einer Ratte. Wir hörten die Stimmen schon von Weitem, einen Chor aus hellen, gebrochenen Jungenstimmen. Ein Schwirren, das sich stetig näherte, anschwoll, vor den Fensterlaibungen stand, einen Moment aussetzte und sich dann durch die Stahltür zwang, die aufflog und kurz darauf scheppernd wieder zuflog. Als sie uns sahen, verstummten sie. Mike mitten unter ihnen, an Owes Seite, nicht wie ein Begleiter, nicht wie ein Freund, eher wie ein Gefangener, denn er sah zu Boden, und sein Handgelenk lag fest in Owes Griff. Die Jungen, unter ihnen Stefan und Theo, schauten zu Owe, wir kannten sie alle, waren mit ihnen zur Dorfschule gegangen, der eine oder andere spielte mit uns am Samstag Fußball.

Sie schienen überrascht, uns hier vorzufinden. Owes Blick irrte zu den Balken, zu Roman, schweifte über die Gesichter der anderen. Dann zerrte er Mike mit sich. Sie hielten auf einen Verschlag zu, einen Zwischenboden, auf den hinauf wir uns nie wagten. Owe wies mit dem Kopf auf eine Leiter, ein klappriges Ding mit dürren Holzstufen, die wir nie benutzten. Wozu auch? Da oben verschwanden die Ratten. Sie wanden sich durch einen Spalt, der sich zwischen den Dachpfannen und der Außenwand des Verschlags auftat. Ihre glänzenden kahlen Schwänze, die entlang der Mauerkrone baumelten, waren das Letzte, was man sah. Wenn wir eine Ratte mit einem Kiesel erwischt hatten, schwankte das Tier auf dem Balken, manchmal blieb es dort bewegungslos liegen, und nur sehr selten schlug eine Ratte vom Balken hinunter und verendete auf dem Boden vor unseren Augen, weniger durch den Treffer mit der Zwille als durch den Sturz. Manches Tier drehte sich um die eigene Achse, rutschte über den Boden in eine Ecke der Halle und starb. Kamen wir am nächsten Tag wieder, fand sich nichts von der toten Ratte. Wir ahnten, was mit ihr geschehen war.

Theo und Stefan lehnten die Leiter an den Balken. Owe schob Mike zum Fuß der Leiter. Die Jungen wichen zurück. Man sprach von Rattennestern, von Taubenkadavern, einem Rattenkönig, einem riesigen gelblich-falben Tier mit funkelnden Augen, mit dem es selbst ein Straßenkater nicht aufnahm. Leonhard hatte von einem Frettchen berichtet, das jemand dort hinaufgehetzt hätte und das nicht wieder aufgetaucht sei, nur seine Schreie seien zu hören gewesen. Owe stand hinter Mike. Mike tat keinen Schritt, er schaute in die Runde, die Panik fleckte sein Gesicht rot-weiß.

»Keine Faxen, Mike«, sagte Owe und stieß ihn in den Rücken, sodass er mit dem Kopf gegen eine Trittstufe schrappte.

Die Jungen wichen noch weiter zurück, sammelten sich hinter uns, als seien wir nun Owes Kohorte. Roman rührte sich nicht.

»Dein Vater wär stolz auf dich, Mike«, raunte Owe, und ein fieses Lächeln glomm auf seinem Gesicht. »Du musst jetzt da hoch. Denk an deinen Vater. Er hätte es gemacht.«

Roman machte einen Schritt auf ihn zu. Ich folgte ihm, auch die anderen.

»Komm schon, Mike. Einen Fuß für Mutti, einen Fuß für deinen Vater.«

Owe bückte sich, riss an Mikes linkem Fuß und stellte ihn auf die erste Sprosse. Dann nahm er den rechten Fuß, der sich vom Boden löste.

»Recht so«, sagte Owe. Er drehte sich zu uns um und grinste. Theo und Stefan erwiderten das Grinsen gequält. Roman nickte.

»Weiter gehts, Mike. Alles muss man sich verdienen.« Owe klang heiter.

Mike klammerte sich an die Leiter, presste sein Gewicht gegen die Sprossen.

»Und noch ein Schritt, Mike. Denk an deinen Vater!«

Mike schüttelte den Kopf. »Geht nicht, kann nicht«, stöhnte er.

Auch Roman schüttelte den Kopf und machte einen weiteren Schritt auf Owe zu.

»Mike, versprochen ist versprochen. Reiß dich zusammen, und dann kannste bei mir und den Jungs mitmachen, dann biste einer von uns.« Owe klang milde.

»Will nicht«, sagte Mike leise.

»Und ob«, sagte Owe. »Alles andere ist Betrug. Erst das Fahrrad von mir kriegen, ohne einen Pfennig zu bezahlen, und wenn ich 'ne kleine Entschädigung will, dann kneifen.«

»Ich gebs dir zurück. Ehrenwort«, stotterte Mike.

»Zu spät, Mike. Benutzt ist benutzt, auch wenns 'ne alte Scheese ist. Du musst da rauf. So ist der Deal.«

Mike schüttelte den Kopf, und wieder riss Owe an seinem Fuß und stellte ihn eine Stufe höher. Den zweiten verkantete Mike zwischen den Sprossen. So sehr Owe zog, der Fuß blieb, wo er war.

»Er will nicht, hörst du«, sagte Roman und stellte sich zu Owe.

»Er muss. Er hats unterschrieben. Eigenhändig, unter Zeugen.«

Owe umklammerte die Leiter, wie man einen Baumstamm umklammert. Sein Atem blies in Mikes Kniekehle.

»Zahlen kann er nicht, muss er auch nicht für das Rad, aber hier rauf, das muss er.« Owes Stimme war glatt und schmeichelnd.

»Gut, dann ist es so«, sagte Roman. »Lass mich es Mike erklären, ich bring ihn nach oben.«

Owe drehte sich um, presste jetzt mit dem Rücken gegen Mike und die Leiter. Sein Blick flackerte.

»In Ordnung«, sagte Owe, und ein Lächeln spielte in den Mundwinkeln. »Zuerst muss er nach oben, und oben könnt ihr dann reden.«

Und jetzt schaute Owe auf mich. Ich sah, wie er in seinen Gedanken kramte und zum Gegenschlag ausholte, um Romans Plan, wie immer er aussehen sollte, zu torpedieren.

»Hab 'ne bessere Idee«, sagte Owe. »Edgar soll ihn begleiten. Edgar soll ihn fit machen fürs Abenteuer. Nicht wahr, Edgar, du pisst dir nicht in die Hose, du bringst den guten Mike da hoch.«

Ich hörte das Raunen der Jungen und sah Roman an, der einen Moment ratlos war, der einknickte unter Owes Worten. Ich hatte etwas gutzumachen, das mit dem Schwitzen, als ich uns in der Küche verraten hatte vor Harry. Jetzt war eine Gelegenheit da, die nicht wiederkommen würde.

Ich nickte. Roman schüttelte den Kopf. Die anderen hinter mir raunten erneut. Ich hörte sie mit den Füßen scharren und näher kommen. Es klang wie ein Bienenschwarm, der in einem Baum nistet und in den plötzlich eine Bewegung fährt. Ich erkannte das Staunen in Owes Blick, dann glomm etwas wie Enttäuschung darin auf, bevor er sich wieder fasste und zur Seite trat. Mike sah mich an. Die Angst musste in jeder Pore, in jedem Muskel seines Körpers sitzen, und ich konnte ihn verstehen und fühlte, ich musste es schnell tun, Schritt für Schritt, bevor der Mut der Verzweiflung mich verließ und ich wieder so ängstlich wurde, wie ich war. Mike konnte meinen Mut torpedieren, konnte sich weigern, mir zu folgen, und sich seiner Angst ergeben. Es hätte mich verschont. Aber sein Fuß, der vorhin verkeilt und geschützt zwischen den Sprossen gehangen hatte, machte den Schritt hinauf, und ich, ich folgte Mike, berührte ihn am Bein und er verstand, und bevor er den nächsten Schritt machte, rückte er ein wenig zur Seite und ließ mich ihn überholen. Die Leiter schwankte, und Owe lehnte sich erneut gegen Mike, stabilisierte die Leiter und schnitt uns gleichzeitig den Fluchtweg ab. Wir mussten hinauf und bei jedem Schritt, den ich mich höher zwang, gefolgt von dem todesblassen Mike, spürte ich die Blicke in meinem Rücken. Ich erreichte die letzte Stufe, gleich würde ich in den Verschlag hineinsehen müssen. Dann hörte ich das Fiepen, und ich erstarrte. Mike musste es ebenfalls gehört haben, sein Fuß stand in der Luft, wir schauten uns verstohlen an. Das Grinsen kehrte in Owes Züge zurück, schwang sich auf, schien über uns triumphieren zu wollen. Vielleicht löste dies meinen Fuß. Ich tat den Schritt und einen zweiten, um nicht mit Kinn und Mund auf Höhe des Zwischenbodens zu verharren, um wenigstens das Gesicht aus dem Dreck rauszuhalten, aus dem Mief der Wolle und Kunstgarne, dem Staub und den Spulen, dem riesigen bunten Haufen, über den zwei, drei Schatten huschten. Das Fenster an der Stirnwand war blind vor Dreck. Davor, auf dem Sims, hockten sie, und ich schwang mich auf die Plattform, und sie rührten sich nicht, starrten, nur ihre kahlen Schwänze kehrten über den Backstein. Uns trennten vielleicht acht Meter. Mike folgte und Roman schaute ihm nach und mir zu, erstaunt und voller Sorge. Er stand neben Owe, nicht wie ein Freund, sondern wie jemand, der gewappnet sein wollte für das, was nun folgte. Mike atmete schwer, als er mich erreichte, und sein Blick jagte hin und her zwischen mir und den Ratten und fand keine Ruhe, wenn er hinunterschaute zu Roman und Owe.

»Wcitcr, Mikc, mach cin paar Schritte hinein, dann ist alles geschafft. Wenn dein Vater dich sehen könnte, er wär stolz auf dich.«

Auf wie viele Meter nähert man sich dem Schrecken, auf wie viele Meter seiner Angst? Wie stark sind die Nerven? Wie lange kann man sie zurückdrängen, die Flut? Wir behielten das Fenstersims im Auge, setzten den Fuß auf eine querliegende Bohle, wollten vermeiden, direkt in einen der Garnhaufen zu treten. Die Ratten am Fenster rührten sich, duckten sich, nahmen die Haltung eines Schwimmers am Beckenrand ein, bevor er absprang. Einen weiteren Meter in den Verschlag hinein balancierten wir über eine Planke, dann gab es keine Brücken mehr, über die wir gehen konnten, dann blieben allein die Knäuel und die leeren Spulen, dann würden die Ratten springen. Ich fühlte, dass es nicht weiterging. Bei mir jedenfalls nicht. Ich fühlte, dass ich den Schritt in einen der Haufen nicht machen konnte. Dies war die Grenze.

»Noch ein Stück«, hörten wir Owe hinter uns sagen. Sein Kopf tauchte auf, dann sein Rumpf. Höher stieg Owe nicht.

Ich sollte es später oft erfahren: Niemand kann seine Grenze überschreiten. Wer es einfordert, erlebt, dass derjenige, den er vor sich hergetrieben hat, umkehrt, umschwenkt, nicht moderat, nicht friedlich, sondern mit der Wucht der Verzweiflung und dem letzten Mut, denn hinter dieser Grenze gibt es kein Leben, das man weiterführen kann. Für niemanden, für Mike nicht, für mich nicht.

Ein winziges Stück rutschte Mikes Fuß von der letzten Planke ab, nur seine Fußspitze, die einen der Haufen touchierte, worauf sich eine der Spulen bewegte, und direkt vor uns ein Rascheln erklang, das Rascheln von Körpern, die einander berührten, aneinander rieben, als löste sich Körper von Körper, als geriete in Bewegung, was nicht in Bewegung geraten durfte – eine vielköpfige und vielschnauzige Menge, eine Rotte, eine Plage, und mitten in der Flucht oder im Aufruhr befand sich: der König, der Rattenkönig. Er würde sie führen, lenken, geradewegs auf uns zu. Die Wolle, das Garn, alles hob sich, wie eine Decke, unter der ein eigenes Leben haust, unbekannt und furchtbar. Eine Schnauze tauchte auf, spitz, schnuppernd, daneben eine zweite und eine dritte, eine vierte, feucht, alle feucht, und jetzt rutschte die Haube, die Fadendecke zur Seite, rutschte von diesem Haufen, diesem kreisrunden Rattenhaufen ab, in dem jedes Tier mit dem anderen am Schwanz verknotet war, zahllose, die auffuhren, in die Höhe sprangen, fiepten, sich zu drehen begannen, im Kreis herum, langsam wie ein Karussell, das in Fahrt kommt, sich dreht und schwingt, auf uns zuschwingt, während wir wie erstarrt sind, und jetzt springen die Ratten vom Fenstersims und kennen nur eine Richtung, tauchen ein ins Garn, in die Wolle, in die Spindeln und Spulen, die eine Bewegung durchfährt, auf uns zu, eine Welle, die wogt, die nur eine Richtung kennt, und Mike schreit, und der Bann bricht, wir fahren herum, auf die Leiter zu, auf Owe zu, der dort steht und schaut und schaut, bis Mike auf ihn zustürzt, die Leiter touchiert, die Leiter kippt, Owe springt, springt in die Tiefe, es ist Roman, der die Leiter auffängt, aufrichtet, dass wir herunterkönnen, auf dem Hosenboden rutschen, Stufe um Stufe runterschrappen, ein Geräusch, in das sich das Fiepen der Ratten mischt, die am Rand des Verschlags geifern und gaffen, die Hälse strecken und schnuppern, als müssten sie Witterung aufnehmen, bevor sie zur Leiter stürzen, was Roman sieht und die Leiter mit einem Fußtritt fällt, die kippt und zwei, drei Ratten mit in die Tiefe reißt, dorthin, wo Owe liegt, jammernd und sich auf dem Boden windend, wie ein verwundetes Tier, das nicht schnell genug fliehen kann, wo doch alle schon, Theo und Stefan, auch Mike und ich, zur Tür stürzen, denn die Ratten sind panisch, jagen auf Owe zu, der schreit und aus dem Tränen eines großen Schmerzes und großen Schreckens stürzen, die er nicht halten kann, die Roman ihm einen Moment gönnt, dass alle es sehen, bevor er ihn an den Schultern packt und mitschleift über den faulig schmutzigen Boden hinweg zur Tür hinaus und fort von den Ratten.

Draußen erst wollte er ihn aufrichten, aber Owe schrie wie am Spieß, und da erst sahen wir es, das Blut an seinem Bein, das durch die Hose sickerte, die Roman mit der kleinen Schere an seinem Taschenmesser aufschnitt bis zu dem spitzen Knochen, der aus dem Bein hervorlugte, als hätte man ihn wie einen großen Nagel durch ein Vierkantholz getrieben. Ein Knochen, der sehr spitz war wie ein durchgebrochener Hähnchenknochen. Roman kniete sich hin, wischte Owe den Schweiß vom Gesicht, und Theo und Stefan schauten ihn an, wie sie ihn nie angesehen hatten, als sie aufbrachen, endlich, nachdem der Krankenwagen gekommen war und Owe seine Fahrt angetreten hatte.

Jeder wusste, dass Owe nicht der Gleiche sein würde, wenn er das Krankenhaus verlassen und zu uns zurückkehren würde. Schweigend schauten wir dem Krankenwagen hinterher, der auf die Durchgangsstraße bog, die Anhöhe zum Dorf hinaus nahm und schließlich durch die Felder jagte, auf denen der Kappes geerntet wurde. Die ganze Zeit tönte das Martinshorn und lag Romans Hand auf meiner Schulter.

11

Unsere Bäckerei war ein Organismus. War Vater ihr Hirn, so war ihr Herz die Backstube mit den Öfen, den Mengmaschinen, dem Gärschrank, den Arbeitstischen, all den Werkzeugen, den Schabern und Schaufeln, den Waagen und Messern, den Rollhölzern und Gärkörben, den Sieben und Pinseln. Es duftete nach Zimt und Mehl, nach Teig und Brötchen mit goldbrauner Kruste, die, so frisch aus dem Ofen, noch dampften. Prasselten sie vom Schieber in die bereitstehenden Körbe, so war ein praller, trockener Klang zu hören.

Es war warm in der Backstube. Wer die Hitze nicht mochte, war hier nicht gut aufgehoben, musste fliehen, fort von den Broten, die Leonhard und Günter mit Schiebern aus dem Ofen holten. Beide in kurzer Hose und im weißen, gerippten Unterhemd, und der heiße Dampf umwölkte ihre Köpfe. Günters Schultern und Waden waren bleich wie Mehl. Er lebte in der Backstube, sie war sein Leben. Sonn- und Feiertage waren für ihn eine leere weite Fläche mit dem Glanz einer Wüste, die ihn am Morgen schon, wenn er aufwachte, erschrecken musste. Günter reichte beinahe nie Urlaub ein. Wohin reiste ein Mann ohne Familie? Wohin reiste ein Mann, der das Dorf nie verließ?

Günter und Leonhard legten die Backwaren auf Holzroste. Sie bestrichen jedes Brot mit einer wasserdünnen Tunke aus Stärkebrei, dass es zischte und noch mehr dampfte. Der Stärkebrei ließ die Brote glänzen. Eine Backstube ist der Hölle näher als dem Himmel. Die Arbeit am

Backofen ist die wärmste und eine der wichtigsten. Die Laibe mussten goldbraun und die Kruste ausgebacken sein. Holten sie ein Brot zu früh oder zu spät aus dem Ofen, war alles versaut. Die ganze Arbeit, die Mühe und das Mehl, die Zeit und das Geld. Günter und Leonhard waren die Meister am Ofen. Unermüdlich löschten sie Schieber um Schieber auf die Tische oder in die Körbe. Tag für Tag. Vater nicht. Er floh vor der Hitze und der Anstrengung in die Konditorei. Sie war kühl und still. Hier schepperte kein Radio, kein Ofen glühte. Sie roch nach Sahne und Kirschgeist. Sie war das Reich der Fingerspitzen und nicht des Bizeps. Sie kannte nur das feine Besteck von Messern und Marzipanstechern, mit den zarten Klingen von Skalpellen, den Schäufelchen für grammgenaue Zucker- und Mehlgaben, den Teigspritzen aus Edelstahl mit millimetergroßen Öffnungen, um Blüten und Kronen aus Schoko- und Erdbeersahne auf die Kuchen zu zaubern. Die Konditorei war dem Himmel näher als der Hölle.

Oberhalb der Backstube und über dem Geschäftsraum lagen das Korblager und das Mehllager. Eine Welt aus Säcken, alle groß und schwer, Roggen- und Weizenmehl, Hafer und Gerste. Die Säcke waren bedruckt mit Typen- und Gewichtangabe. Säcke, die Roman und ich nur gemeinsam die Treppe herunterwuchten konnten, immer in der Furcht, ein Sack würde reißen, die Treppe und den Hof einstäuben, was nur ein einziges Mal geschah. Günter ging alles leicht von der Hand. Wir hörten ihn nie ächzen oder fluchen. Er stellte sich vor einen Sack, ging etwas in die Knie, ließ den Sack kippen und bugsierte ihn auf die Schulter. Dort ruckelte er ihn zurecht und schritt scheinbar mühelos davon. Eine Hand ruhte auf dem Sack, dirigierte das Gleichgewicht. An manchen Tagen balancierte Günter die Säcke freihändig über den Mehlspeicher und die Treppe hinunter bis zur Backstube.

Eine Bäckerei ist mehr als die Backstube. Sie ist umgeben von Stationen, die ihr zuarbeiten – wie der Bungert, unser Obstgarten für die Kirschen, die Äpfel, die Aprikosen, die in den Aprikosen- und Apfelkuchen, auf die Obstfladen und Kirschtorten wanderten. Roman und ich halfen bei der Ernte. Ganze Nachmittage standen wir in und unter den Bäumen und ernteten. Zur Kirschenzeit waren unsere Finger schwarz vom Saft, getönt über Tage, keine Bürste konnte ihn vollkommen aus der Haut scheuern. Hinter dem Bungert lag das Feld für die Futterkartoffeln, die an die Schweine verfüttert wurden. Die Sahnestücke, die nicht verkauft wurden, die Schokokuchen, die am Samstag gebacken und am Sonntag weiterhin die Theke füllten, wurden am Montagmorgen mit den aufgekochten Futterkartoffeln vermengt und in den Trog geworfen. Die Schweine waren die Resteverwerter, und wir wiederum verwerteten die Schweine. Unsere Kühltruhe war immer gut gefüllt mit Koteletts und Blutwurst, mit Pannas und Schinken. Kein Kreislauf, aber Synergien.

In diese Welt fiel ein Schatten. Er näherte sich, als wir Mitte Januar, der erste Schnee war in der Nacht gefallen und gleißte im Sonnenlicht, aus der Schule heimkehrten und am Mittagstisch Platz nahmen: ein konkreter, physischer Schatten und nicht nur der Schatten der Auflösung, die immer mehr um sich griff, da Vater und Mutter in unserer Anwesenheit kaum noch miteinander sprachen. Ich sah diesen Schatten aus den Augenwinkeln, als Mia für einen Moment von allen unbeaufsichtigt am Tisch saß und sich die Schüssel mit dem Rosenkohl angeln wollte, das Tischtuch zu sich herzog, während um Vater und Mutter das Schweigen kroch. Eines, das voller Gram und voller Wut in ihren Blicken und über ihre Lippen schwamm. Eines, das ihnen ihre Arme vor der Brust band. Eines, das Leonhard die Küche verlassen und Großmutter zur Spüle eilen ließ. Eines, das uns auf die Teller starren ließ, die sich langsam und stetig bewegten, über den Tisch wanderten, wie auch die Schüssel, die von Geisterhand auf dem Tisch zu reiten schien, während Vater abrupt aufstand, dass der Stuhl kippte, auf den Boden schlug, schepperte und gleichzeitig oder nur wenige Sekunden später die Teller und die Schüssel mit dem Tischtuch über den Tischrand spazierten und in den freien Fall gerieten, neben Mias Füßen aufschlugen und zersprangen und mit ihnen alle Gläser. Gurkensalat und Obstsalat garnierten den Scherbenhaufen zu ihren Füßen. Sie stand auf, machte einen, machte zwei Schritte in die Scherben hinein – in Pantoffeln, dünne Schuhe für flauschige Teppiche und nicht für Scherben. Es knackte und knirschte unter ihren Füßen.

An der Tür schellte es. Als hätte es noch dieses Geräuschs, dieses Impulses bedurft, stürmte Vater zur Haustür, und Mutter sprang ihm nach, zerrte an seinem Arm, die Worte flogen ihm um die Ohren, Worte, die von der Tierärztin, von Verrat sprachen. Der Schatten rückte näher an die Milchglasscheibe der Haustür heran. Vater riss sich los und stieß Mutter aus Versehen zur Seite. Mutter schlug mit dem Kopf gegen den gusseisernen Heizkörper, blieb benommen am Boden sitzen, ein Rinnsal Blut tränkte ihr Haar, während Vater die Tür aufriss und der Blick frei wurde auf eine Frau, die eine helmartig in die Höhe toupierte Frisur trug. Mutter hielt die Tränen nicht zurück und schlug die Hände vors Gesicht. Mia lief mit blutenden Fußsohlen in die Diele und folgte Vater zur Haustür hinaus – auf dem Boden rote

Fußspuren hinterlassend. Roman überließ es mir, mich um Mutter zu kümmern, während er Mia hinterherrannte, die versuchte, Vater einzuholen, der mit hoher Drehzahl vom Hof fuhr. Ich strich Mutter über die Wange und die Schläfe, vorsichtig, um ihr nicht wehzutun. Wo genau die Wunde saß, wusste ich nicht. Ich spürte Tränen in meine Augen steigen. Wenn die Frau an der Tür nicht gewesen wäre, hätte auch ich losgeheult, so war nur das Schluchzen meiner Mutter zu hören, die schließlich die Hände vom Gesicht nahm und blutige Striemen dort zurückließ, als sei sie gegeißelt worden, mitten ins Gesicht hinein, dabei waren es nur ihre Hände, die vom Blut verschmiert waren, sie musste sich an die Wunde, vielleicht irgendwo am Hinterkopf, gegriffen haben. Dann betrat Frau Schneidewind das Haus. Keine Erklärung meiner Mutter, kein Wort Leonhards, weder Großmutters Begründungen noch Romans und meine Einlassungen halfen, die Situation zu entschärfen. Jedes Wort wurde uns im Mund umgedreht.

»Das Wohl der Kinder, das seelische und körperliche, ist gefährdet! Das ist mehr als offensichtlich. Ich werde handeln müssen.«

Sie fuhr sich ins Haar, fühlte, ob ihre Frisur noch saß.

»Das ist lächerlich«, sagte Leonhard.

Die Schneidewind bohrte ihren Blick in ihn hinein. Leonhard ließ sich nicht beirren, machte einen Schritt auf sie zu.

»Die Zustände sind unhaltbar!«

»Welche Zustände?«, bellte Leonhard und stand nun dicht vor ihr.

»Familiäre Gewalt aufgrund von Überforderung. Mangelnde Fürsorge um Kinder und Schutzbefohlene«, bellte sie.

»Sie meinen Mia?«

»Ich habe meine Schlüsse zu ziehen. Verwahrlosung ist da noch das kleinste Vergehen.«

»Sie sind ja verrückt! Sie machen aus einer Mücke einen Elefanten.«

Leonhards Stirn berührte nun fast ihre Stirn. Aber sie wich nicht zurück.

»Allein schon wegen des Vorfalls im Grilllokal hätten wir behördlicherseits handeln müssen. Wenn ich das hier sehe, erscheint dieser Anschlag in einem ganz anderen Licht.«

Leonhard schüttelte den Kopf. Großmutter war leichenblass, jetzt hätte ich sie gerne an mich gedrückt.

»Es war ein Streich, ein idiotischer, zugegeben. Aber mehr war es nicht«, sagte Großmutter, und ihre Stimme flatterte.

»Wo ist der flüchtende Vater zu finden? Dies wird nicht der erste Akt häuslicher Gewalt sein. Wir werden ihn ausfindig machen.«

Ich sah, dass Roman der Kamm schwoll.

»Hauen Sie ab!«, brüllte Roman, stürzte auf die Schneidewind zu und fuchtelte mit seinen Händen vor ihrem Gesicht herum. »Sie kapieren überhaupt nichts, wollen es nicht kapieren.«

Leonhard und Großmutter nickten. Frau Schneidewind schüttelte den Kopf. Ein böses Lächeln kam auf ihr Gesicht.

»Verschwinden Sie!«, giftete Roman.

Ihr Blick wurde eisig.

»Nichts ist so, wie Sie es darstellen. Verpissen Sie sich!«

Ein Ruck durchfuhr ihren Körper, als hätte sie einen Stoß in den Rücken bekommen.

»Sie werden von mir hören!«, schnauzte sie und trat den Rückzug an.

Einen Moment verharrten wir wie erstarrt, dann löste sich Leonhard, drängte zur Tür hinaus, lief zu ihrem Wagen, einem beigen VW Käfer. Roman folgte ihm, sein Gesicht war ganz leer. Ich ging zu Großmutter, wir umarmten uns, und ich spürte, dass diesmal sie sich bei mir barg. Ich roch den Duft von Kölnisch Wasser und dahinter etwas Saures von ihrer Haut aufsteigen. Ich wusste, so roch Angst.

Als Roman ins Haus zurückkam, waren seine Ohren rot und feurig, als hätte man sie malträtiert, ob mit Ohrfeigen oder Drohungen. Er half Mutter auf, wusch ihr das Gesicht, führte sie an den Küchentisch.

Etwas Kaltes, etwas nie Dagewesenes machte sich im Haus breit. Leonhard säuberte Mias Fußsohlen, schmierte sie mit Jod ein und brachte sie dazu, sich aufs Sofa zu legen. Mutter bekam einen Schnaps. Sie, die sonst kaum trank, kippte ihn runter und verlangte einen weiteren. Ihre Hände umklammerten das Glas. Am Nachmittag war Mutter betrunken. Wir brachten sie ins Bett, ließen die Rollläden herunter. Roman saß bei ihr, hielt ihre Hand.

Am Abend kehrte Vater nicht zurück, auch am Morgen blieb er verschwunden. Günter und Leonhard erledigten die Arbeiten, backten Brötchen, die klein und hart waren und für den halben Preis verkauft werden mussten. Als Vater auch an diesem Abend nicht heimkehrte und Mutters Geschäft geschlossen blieb, war allen klar, dass unser Leben eine Wendung genommen hatte.

Mutters Tröster blieb der Schnaps. Sie trank ein paar Gläser vor dem Schlafengehen und noch ein paar, wenn sie nicht schlafen konnte, was häufig, was immer der Fall war. Vater kehrte in die Bäckerei zu seiner Arbeit, aber nicht zu ihr zurück. Das Mittagessen nahm er mit uns ein, legte sich dann eine Stunde im Wohnzimmer aufs Ohr. Am frühen Nachmittag fanden wir ihn in der Backstube, am späten Nachmittag war sein Auto vom Hof verschwunden. Besuchten wir ihn in der Backstube oder der Konditorei, fuhr er uns übers Haar, fragte, wie es in der Schule lief, ließ sich die Anstoßzeiten für die Fußballspiele am Samstag geben, doch verriet uns nicht, wo er wohnte.

»Irgendwo. Fragt nicht«, sagte er.

Bei der Tierärztin jedenfalls wohnte er nicht. Nie sahen wir seinen Wagen vor ihrem Haus parken. Nicht am Morgen, nicht in der Nacht.

Aber wir waren uns sicher, dass sie endgültig in unser Leben eingedrungen war und uns Vater weggenommen hatte. Wir würden ihm auf die Schliche kommen.

Als der Brief von der Fürsorge kam, fuhren beide Eltern in die Stadt. Als sie heimkehrten, nahmen sie uns zur Seite.

»Vorerst geschieht nichts«, sagte Vater, »aber ihr müsst euch zusammenreißen. Es darf nichts mehr passieren. Was Mia angeht, bekommen wir Besuch.«

»Man will sie uns wegnehmen«, sagte Mutter.

»Ich bin ihr Vormund«, sagte Vater. »Es soll nur eine vorübergehende Unterbringung sein.«

Sein Blick blieb auf dem Fußboden haften, als suchte er nach einer Münze oder etwas Ähnlichem, das er verloren hatte.

»Euer Vater will sie wegbringen lassen«, sagte Mutter. »Er will euch retten. Man hält uns für überfordert mit einem solchen Haushalt. Mia oder ihr, das war die Frage.«

»Nur eine Empfehlung von Amts wegen«, sagte Vater und schaute nicht auf. »Wir dürfen selbst entscheiden, ob wir Mia …«

»Erpressung«, sagte Mutter. »Nichts dürfen wir entscheiden.«

Wir verstanden Mutter nicht. Was war ein Vormund? Was eine Unterbringung? Und wo?

»Mia kommt ins Irrenhaus«, sagte Mutter.

»Nein«, sagte Roman. »Nicht das Irrenhaus. Das dürft ihr nicht zulassen.«

»Er hat schon unterschrieben«, sagte Mutter und deutete mit dem Finger auf Vater, dessen Augen sich verschleierten, als müsse er weinen oder niesen.

»Nur eine Begutachtung, ein kurzer Aufenthalt, nicht für immer.«

Wir sollten später erfahren, dass *nicht für immer* sehr dehnbar war.

Wir rissen uns tatsächlich zusammen. Stellten nichts mehr an. Waren kreuzbrav. Aber sie kamen trotzdem, an einem Montag im Frühjahr '72. Sie klopften zur Frühstückszeit an die Tür. Alle waren da. Leonhard, Großmutter, Mutter und auch Vater, der seine Arbeit unterbrochen hatte, um mit uns zu frühstücken. Er öffnete ihnen die Tür. Schneidewind und Buhnke, der Dorfpolizist, kamen herein. In ihrem Schlepptau hatten sie einen Gehilfen, einen Menschen von grobschlächtiger Gestalt und mit klobigen Händen, jemand, der unseren Blick nicht hielt, sondern auf Mia stierte, als sei sie ein seltener Schmetterling, ein exotisches Tier aus dem Urwald, das er einzufangen gedachte. Sein kahler Schädel glänzte in der Morgensonne. Er hielt sich an Buhnkes Seite. Dessen Blick suchte Leonhard. Sie waren zusammen zur Volksschule gegangen. Leonhard schaute zu Boden. Mia strickte. Hielt die Stricknadeln in den Händen, als Buhnke und der Klobige sich ihr näherten.

Ob sie mitkomme, die liebe Mia, flötete die Schneidewind. Um ihren Mund lag ein spitzer Zug.

Mia schwieg, starrte auf ihre Nadeln, begann schneller zu stricken.

»Das tut sie«, antwortete Vater.

Mutter stand vom Tisch auf, wandte sich zur Spüle, Großmutter legte eine Hand auf Mias Schulter.

»Nein!«, sagte Großmutter. »Mia kommt nicht mit. Dazu besteht kein Grund.«

Die Schneidewind holte ein Kuvert aus ihrer Handtasche hervor und gab es Buhnke, der es an meine Großmutter weiterreichte.

»Lies, Johanna«, sagte er. »Ihr habt es so beschlossen, steht hier.«

»Was muss dich das interessieren, Buhnke?«, antwortete sie.

»Bin nur der Begleitschutz.«

Buhnke versuchte ein Lächeln. Es schien in seinen Zügen festzuklemmen.

»Zur Sache kann ich nichts sagen. Aber was beschlossen ist, ist beschlossen. Lass uns alle vernünftig bleiben.«

»Er hat es entschieden«, sagte meine Mutter tonlos von der Spüle zu uns herüber und zeigte auf Vater, der an seinem Platz verharrte, den Stuhl ein Stück zurückgeschoben hatte, als wolle er gleich aufspringen. Seine Konditorjacke war bis zum Hals geschlossen. Seine Arme waren vor dem Bauch verschränkt. Er atmete geräuschvoll.

»Es muss sein«, sagte er kleinlaut. »Für kurze Zeit. Bis hier wieder Ruhe einkehrt.«

»Welche Ruhe?«, fauchte Roman. »Hier ist schon Ruhe genug, seitdem du …«

Vaters Blick traf ihn, und Roman verstummte.

»Eine Atempause, für alle«, sagte Vater.

Die Schneidewind ging zu Mia.

»Kommen Sie, Mia, gehen wir!«

Mia nickte, blieb jedoch sitzen.

Der Klobige stellte sich hinter Mias Stuhl. Er legte ihr eine Hand auf die Schulter, auf die eine, die frei war. Großmutter nahm ihre Hand von Mias Schulter nicht fort. Die Kirchturmuhr schlug achtmal. Der Hahn auf der Turmspitze glänzte in der Sonne. Der Klobige schob seine Hände unter Mias Achseln, zog sie vom Stuhl hoch und führte sie vom Tisch weg. Großmutter musste es geschehen lassen. Die Schneidewind zückte ein weiteres Papier, reichte es meiner Mutter.

»Wenn Sie bitte die Transporterlaubnis unterschreiben möchten.«

»Nichts unterschreib ich«, polterte Mutter.

»Seid vernünftig, ein, zwei Wochen wird Mia behandelt, mit Medikamenten versorgt. Dann kommt sie vielleicht schon wieder nach Haus. Unterschreib das, Gertrud«, sagte Vater und begab sich mit Leonhard zur Tür.

Buhnke fasste ihr an den Oberarm. Der routinierte Griff des Polizisten, nur ein leichter Druck, sein Amt, sein Mandat schoben Mia zur Tür, Vater war schon in der Diele.

»Finger weg, Buhnke!«, zischte Leonhard plötzlich. »Das hier ist kein Russenmädchen. Die Zeiten sind vorbei. Mia wird nicht einfach abtransportiert.«

Buhnke fuhr herum. Sein Gesicht begann zu glühen. Die Augen eng, ganz eng.

Russenmädchen? Ich verstand kein Wort. Roman stellte sich ihnen im Türrahmen in den Weg. Ich durfte ihn nicht im Stich lassen. Ich durfte kein Hasenfuß sein, ich musste mutig sein, wie ich vor ein paar Monaten im Rattenverschlag mutig gewesen war. Mia fuchtelte mit den Nadeln, der Klobige wich aus, duckte sich. Auch Buhnke duckte sich, nur der Griff, der blieb, wo er war, wurde fester, wurde zum Schraubstock, zog Mia mit sich fort auf Roman zu, der sich in den Türrahmen stemmte.

»Ihr kommt hier nicht vorbei, Buhnke.«

Vater rief: »Lass ihn, Roman! Lass gut sein!«

»Edgar«, flüsterte Roman, »Edgar.«

Ich sah Mutter an, sie nickte. Ich stürzte zu Roman, stemmte mich direkt vor ihm ebenfalls in die Tür, als Buhnke mit Mia auf uns zukam. Sein roter Kopf, die fleischige Nase, die wuttrockenen Lippen, die feurigen Ohren, alles leuchtete. Wo war Vater? Ich konnte den Kopf nicht wenden, um nach ihm zu schauen. Roman presste sich an mich. Zusammen waren wir ein Bollwerk. Ich drückte die Füße gegen den Rahmen und hakte die Finger in den Spalt zwischen Rahmen und Mauer.

»Buhnke, komm um Himmels willen ein anderes Mal wieder. Das alles hat doch Zeit«, stöhnte Leonhard.

Buhnke zögerte.

»In eurem beschissenen zwölfjährigen Reich habt ihr das genauso gemacht. Die Leute einfach abgeholt«, schrie Roman. »Du und deine Leute.«

Was wusste Roman über Buhnke, was ich nicht wusste?

»Die alten Zeiten sind vorbei, Junge. Mia wird es gut haben«, sagte Buhnke mit milder Stimme.

»Roman, es ist genug.« Vaters Stimme brandete hinter uns auf. »Mach nicht alles noch schlimmer. Kein Chaos mehr, bitte.«

Buhnke stand nun direkt vor mir, bleckte die Zähne, sie waren krumm und altersgelb, sein Atem roch. Der Klobige dünstete ein Zigarrenaroma aus. Es war ein durch alle

Fasern gewobener Geruch. Wir standen fast Stirn an Stirn. Ich konnte die Besenreiser entlang Buhnkes Nase wuchern sehen, die feinen Äderchen, winzige Krampfadern, die bläulich durch die Haut schimmerten. Es war seltsam still. Nur das Atmen war zu hören, das Schnaufen. Mein Blick war verstellt von Buhnkes roter Birne, von der Glatze des Klobigen und all den windschiefen Zähnen, und Romans Körper hinter mir fühlte sich so bretthart an, dass ich keinen Zentimeter zurückweichen konnte, ich konnte überhaupt nicht mehr fliehen. Mia begann wieder, mit den Stricknadeln vor meinen Augen zu fuchteln, gefährlich nahe, sie tanzten, immer schneller, als sei Mia ein Derwisch. Nadeln, die sich drehten und drehten in einem Rhythmus, in den ich hineingezogen wurde und eintauchte. Jetzt war er da, der Schwindel, meine Knie wurden weich, und die Kraft in den Fingern ließ nach. Ich stierte immerzu auf die tanzenden Nadeln, bis ich kippte, und Mia kippte, und wir beide ineinander stürzten, und der Klobige und Buhnke taumelten.

Es war Roman, der die Gunst des Augenblicks erkannte, der Mia vom Boden riss und zurück in die Küche bringen wollte. Ein schiefes Lächeln saß auf seinem Gesicht. Der Klobige sprang hinterher, trat Roman in die Kniekehlen. Roman stürzte, und im Stürzen verpasste er dem Klobigen, ob gewollt oder nicht gewollt, einen Schlag ins Gesicht. Buhnke streifte die Handschellen von seinem Gürtel, warf sie seinem Gehilfen zu, der den Schlag pariert hatte und Roman an den Armen packte und die Schellen anlegte. Die Schneidewind und er nahmen Mia in ihre Mitte. Leonhard und Vater standen wie betäubt da, starrten auf die Handschellen. Keiner stellte sich ihnen mehr in den Weg. Roman saß auf dem Boden, ich klebte am Spülstein, Mutter neben mir, Großmutter hockte wie zerschlagen am Tisch. Buhnke löste Mias Finger, die sich am Türrahmen festkrallten. Dann brachten sie Mia hinaus.

»Das wird ein Nachspiel haben«, sagte Buhnke sehr leise in den Raum und ging.

»Lass gut sein, Buhnke«, sagte Vater und folgte ihnen nach draußen. Wir hörten den Wagen davonfahren. Vater kehrte mit den Schlüsseln für die Handschellen zurück.

12

Der April ging vorüber, und das Misstrauensvotum der CDU gegen Willy Brandt schlug fehl, was Dr. Wolz freute. Wir schauten gemeinsam im Unterricht im Fernsehen die Abstimmung im Deutschen Bundestag. Hauchdünn war Brandts Mehrheit. Wie versteinert musste Barzel dem Bundeskanzler gratulieren. Zu Hause warteten wir auf das Nachspiel, warteten darauf, dass Buhnke wieder bei uns auftauchte, warteten darauf, dass wir Mia besuchen durften. Nichts geschah. Anfang Juni wurden Andreas Baader, Holger Meins und Jan-Carl Raspe in Frankfurt verhaftet. Vierzehn Tage später Ulrike Meinhof und Gerhard Müller, der uns bei Weitem nicht so bekannt war wie die anderen RAF-Mitglieder, die man im Dorf und überall Terroristen und Killer nannte. In der Post, im Rathaus, selbst im Bus, hingen die Fahndungsplakate aus, auf denen die RAF-Leute mitgenommen und schäbig aussahen. Man habe bewusst solche Fotos gewählt, damit niemand mit ihnen sympathisierte, sagte Dr. Wolz. Er hatte recht. Im Fernsehen sahen sie viel besser aus. Ein wenig verwegen. Baader fast wie ein Filmstar. Dr. Wolz, das spürte ich, hatte nicht nur Sympathie für Willy Brandt.

Vater sahen wir kaum. Sein Platz am Tisch blieb unbesetzt. Mutter war fahrig, Leonhard still. Auch Großmutter war in sich gekehrt. Am Morgen saß sie länger als sonst vor dem Frisierspiegel in ihrem Zimmer, kämmte sich das lange Haar und band es zu einem Dutt. Eine Prozedur, die sie ins Endlose dehnte, und immer waren der Kamm und die Bürste voller Haare. Ganze Büschel. Mutter hatte uns eingeweiht, hatte von Großmutters Bestrahlungen gesprochen, worunter ich mir nichts vorstellen konnte.

»Wir tun alles, damit Großmutter noch ein paar schöne Jahre hat«, sagte Mutter, und ihr Gesicht verriet, wie wenig sie ihren eigenen Worten glaubte.

Auch Mutter fehlte jetzt häufig am Tisch. Wir blieben uns selbst überlassen. Sie vergaß, uns am Morgen zu wecken, wir stellten uns selbst den Wecker. Das Frühstück machte uns Großmutter. Und wie immer kochte sie für uns zu Mittag. Aber das Essen schmeckte nicht mehr. Großmutter schien das Kochen verlernt zu haben. Die Mahlzeiten waren fad. Wir mussten nachsalzen, aber das half nicht. Es war, als hätten das Gemüse und das Fleisch, ja sogar das Dessert, eine Auszehrung befallen, die dem Essen alle Geschmacksstoffe nahm.

Oft guckte Großmutter vor sich hin. Sie saß am Esstisch und bemerkte nicht, dass ich in die Küche gekommen war. Sie schaute in die Ferne, und ihr Blick war leer oder seltsam schwammig, als hätte sie geweint, aber auf dem Tisch lag kein Taschentuch, und ihre Hände waren leer.

Ich half Vater in den nächsten Wochen, mehr als ich es jemals getan hatte. Ich half, um ihn zu sehen, mit ihm zu sprechen. Ich schrubbte die Arbeitstische, wendete die Berliner, die im siedenden Fett ausgebacken wurden, ich bediente den Zug am Backofen, die Entschwadungsklappe, damit der Wasserdampf entweichen konnte und die Kruste am Brot sich gut ausbildete. Vater war einsilbig wie alle Erwachsenen um uns herum, als läge ein Bann auf ihnen, ein Sprechbann. Nie gab er mir zu verstehen, wo er seine freie Zeit verbrachte und wo er nachts schlief. Wir wagten nicht mehr zu fragen. Es peinigte uns. Wir sahen die Blicke der Nachbarn und wussten sie zu lesen.

Allein Leonhard blieb uns zugänglich.

»Was hat es mit Buhnke auf sich?«, fragte ich ihn. »Jeder hier im Haus weiß Bescheid, anscheinend auch Roman. Nur ich nicht. Ich will nicht im Dorf herumfragen.«

»Wart ab«, sagte Leonhard.

Vielleicht wollte Leonhard sehen, ob Buhnke sich rührte, bevor er mich ins Bild setzte. Wahrscheinlich befürchtete er, dass das, was er mir sagen würde, bei mir schlecht aufgehoben war. Schließlich, als Mia nach zwei Wochen nicht zurückkehrte, redete er.

»Buhnke hatte während der Nazizeit den Posten des Gemeindepolizisten inne«, begann Leonhard.

Niemand unterbrach ihn. Mutter nicht, Großmutter nicht. Sie schauten von ihren Tellern auf, und ihre Gedanken begleiteten ihn die Jahre zurück.

»Lange galt er als unbescholten«, sagte Leonhard und schaute über unsere Köpfe hinweg. »In den Akten. Nicht im Dorf. Erst vor ein paar Jahren hat man herausgefunden, welche Rolle die Polizei in und vor allem hinter den Frontgebieten gegen Ende des Krieges gespielt hatte. Die Antwort hat niemanden hier verblüfft. Die Polizei war an der Durchführung von Kriegsverbrechen beteiligt.«

»Auch Buhnke?«, fragte ich.

Leonhard nickte.

»Er hat sich zunächst einen Persilschein ausstellen lassen. Eine weiße Weste«, fuhr er fort.

Er stand auf, ging zur Spüle und goss sich ein Glas Leitungswasser ein. Er trank hastig und in großen Schlucken.

»Nach '48 verloren die Amerikaner ihr Interesse an der Jagd auf Naziverbrecher«, fuhr Leonhard fort. »Der Kalte Krieg klopfte an. Niemand schaute mehr genau hin, wer da wen entlastete.«

»Aber er war kein kleiner Fisch, nicht wahr?«, fragte ich.

»Im Vergleich zu anderen war er ein kleiner Fisch«, sagte Leonhard. »Leider ein gemeiner, der kurz nach Kriegsende wieder seinen Dienst verrichten durfte. Erhobenen Hauptes. Die Jahre vergingen, alle bemühten sich zu vergessen.«

»Niemand vergisst«, warf Mutter ein und nippte an ihrem Cognacschwenker.

»Buhnke durfte sich sicher fühlen«, fuhr Leonhard fort. Sein Hemd war vom Mehl bestäubt. Die Sonne fiel in dürren Streifen durchs Fenster und marmorierte den Fußboden, die grauen Linoleumfliesen.

»Am Ende fiel er noch einmal übel auf. Vielleicht wegen der Sache mit Panzermeyer. Muss wohl gedacht haben, der wäre wieder eine große Nummer. Da könnte er aus der Deckung kommen.«

»Wer war Panzermeyer?«

Ich schaute Leonhard und Roman an. Roman angelte sich ein Brötchen aus dem Korb und biss hinein, ohne es zu belegen. Er war hungrig, hatte seit vier Uhr Leonhard und Günter in der Backstube geholfen, da Vater nicht aufgetaucht war.

»Ihr müsst wissen«, sagte Leonhard und wandte sich an mich, »dass Buhnkes Dienststelle im Oktober '44 russische Frauen, die im Dorf interniert waren und aus einem Haus in der Nachbarschaft Glühbirnen geklaut hatten, im Wald erschießen und dort verscharren ließ.«

Leonhard begann auf und ab zu laufen, als begäbe er sich auf eine Wanderung durch die Zeit, als könne er nicht sprechen, ohne zu gehen.

»Er behauptete vor Gericht, er habe sich gegen den Tötungsbefehl ausgesprochen, versucht, ihn zu sabotieren, mindestens aber zu verzögern, was ich verneint habe, als man mich befragte. Buhnke hat mich hinterher als Nestbeschmutzer beschimpft, wann immer er ein Publikum hatte. Und er hatte ein Publikum. Viele dachten wie er. Bis zuletzt habe er versucht, ihr Leben zu retten, sagte er dem Richter. Hätte er sich verweigert, hätten andere die Verhöre übernommen, härter und grausamer wären sie gewesen, und alles wäre viel schlimmer gekommen, man hätte die fünf Frauen gehängt, er habe wenigstens erreicht, dass sie erschossen wurden.«

»Wie edel«, sagte Roman.

»So oder so ähnlich redeten sie alle und versuchten sich reinzuwaschen«, sagte Leonhard. Widerstand sei unmöglich gewesen, man wäre im KZ gelandet. Vielen glaubten die Richter. Buhnke verschaffte sich Sympathien vor Gericht, indem er angab, den jungen Frauen vor ihrer Hinrichtung kirchlichen Beistand verschafft zu haben.«

Mutter schenkte sich nach.

»Es kommt noch besser«, fuhr Leonhard fort. »1954 kam Kurt Meyer, alias Panzermeyer, einer der übelsten SS-Führer, aus der Haft frei. Ein Jubeltag für alle Nazis. Panzermeyer, der zunächst Polizist war wie Buhnke, also ein alter Kamerad, dann Generalmajor der Waffen-SS, war eine große Nummer im Dritten Reich gewesen. Wegen Kriegsverbrechen hatten ihn die Kanadier zum Tode verurteilt, dann das Urteil abgemildert zu lebenslanger Haft. Auf Betreiben einiger Prominenter kam er aber zurück nach Deutschland. Im Knast in Werl besuchte ihn sogar Adenauer. Er brauchte ihn, als es darum ging, die zu gründende Bundeswehr wehrtüchtig zu machen. Panzermeyers lebenslange Haft wurde auf dem Gnadenweg ausgesetzt. Als er am Tag, an dem seine Haft endete, in unserem Dorf, wo seit Kriegende seine Frau wohnte, eintraf, begrüßte ihn ein Fackelzug. Der Kirchenchor sang und die Feuerwehrkapelle spielte.«

»Buhnke hat alles organisiert, nehme ich an, den Triumphzug also«, sagte Roman.

»Mag sein. Das steht nicht fest. Jedenfalls hat er Meyer vor dem Umzug in die Dienststube zu Kaffee und Kuchen eingeladen. Ich habe beide zusammen am Tisch hocken sehen, über irgendwelche Karten gebeugt, als ich mit dem Kuchen für die Kaffeetafel hereinplatzte. Buhnke war das keine Spur peinlich.«

Leonhard setzte sich, stierte auf das leere Wasserglas.

Am Abend suchten wir Vater. Er war den ganzen Tag nicht in der Bäckerei erschienen. Als er zur Radio-Übertragung des Spiels unserer Borussia gegen Rot-Weiß Oberhausen nicht auftauchte, fuhren wir auf unseren Rädern los. Mutter war schon beschwipst zu Bett gegangen, und Leonhard und Großmutter hatten am Küchentisch einen Brief an die Anstaltsleitung aufgesetzt, wann und ob Mia denn zu besuchen sei. Mit brütenden Köpfen saßen sie über dem Papier, ungelenk ihre Schrift, ungelenk ihre Worte, denen man ansah, dass sie nicht aufs Papier wollten, dass sie scheu und unerprobt waren.

Wir fuhren die Straße entlang, die unser Dorf durchschnitt, eine Bundesstraße, die am Abend noch meine Ohren quälte, so zahlreich waren die Autos und die Laster. Wir schauten auf jeden Wagen, versuchten, Vaters Wagen in der Kolonne zu entdecken. Wir passierten die Vorgärten, die baumlose Chaussee, fuhren die Parkreihen vor der Apotheke und vor Mutters Lottoladen ab. Wir mussten etwas tun. Dass er nachts wegblieb, war das eine, dass er nicht zur Arbeit kam, war etwas anderes, war zuvor nur ein einziges Mal geschehen, nach dem ersten Besuch der Schneidewind.

Im Haus der Tierärztin brannte kein Licht, und Vaters Wagen war auch nicht zu sehen. Eine Amsel sang auf der Tanne vor dem Haus, und der schmale Lichtschein der Straßenlaterne fiel auf den Rasen und den gemauerten Fischteich, in dem die Rücken der Goldfische in der Dämmerung schimmerten. Über allem lag ein Zwielicht, der Glanz der blauen Stunde, nicht mehr Tag und noch nicht Nacht, eine Stunde, die eine Schonzeit gewährte, bevor die Nacht alles schwärzen würde. Zu dieser Zeit ist die Welt durchlässig – für unsere Wünsche, für unsere Ängste. Eine Stunde, in der manches ins Rutschen kommen kann. Ich sollte es oft genug erfahren, dass uns nur eine trügerische Sicherheit umgibt, ein Kokon scheinbarer Geborgenheit.

Das Haus lag finster an der Straße. Wir legten die Räder an der gegenüberliegenden Straßenseite ins Gras, schlichen die Einfahrt hinauf, lugten durch das Garagenfenster, aber Vaters Wagen stand auch dort nicht. Die Rhododendren und die Trauerweide fächerte ein warmer Wind. Auf der Terrasse war der Aschenbecher, der auf dem kleinen Nierentisch neben dem Liegestuhl stand, leer bis auf eine halb gerauchte Zigarette, die jemand eilig ausgedrückt haben mochte. Die Zigarette war noch warm und glühte nach. Ich fühlte mich unwohl, wir waren Eindringlinge, aber ich fühlte zugleich, dass wir ein Recht darauf hatten zu wissen, wo Vater war und ob er hier in diesem Haus ein neues Leben, ein Leben ohne uns begonnen hatte. In Romans Gesicht entdeckte ich keinen Skrupel. Er war angespannt und konzentriert, aber in seinen Augen lag keine Angst.

Wir horchten an der Fensterscheibe, nichts regte sich, kein Laut. Die Sessel und das große Ledersofa standen stumm auf dem Perserteppich. Der Fernseher schimmerte matt und gründunkel ins Zimmer. Eine Theaterkulisse, gleich würde das Bühnenlicht aufflackern und die Tierärztin und Vater die Bühne betreten und ihr Stück geben, und wir wären die einzigen Zuschauer mit an der Scheibe platt gedrückten Nasen und mit feuchten Händen und im Herzen ein großes Entsetzen.

»Komm!«, flüsterte Roman. Er hielt die Klinke gedrückt und öffnete die Tür zum Wohnzimmer. Parfumgeruch und eine Spur Nikotin waren das Erste, was wir wahrnahmen. Lautlos schlichen wir über das Parkett und den Teppich, schauten auf die Fernsehzeitschrift auf dem Esstisch, die Rücken der Bücher, Konsalik, Simmel. Bücher, die Vater nicht las, die fortzuwerfen er sich aber auch nicht entschließen konnte. Bücher, die er von einem Buchclub zugeschickt bekam. Man wirft keine Bücher weg, sagte er, wenn er sich über eine Zusendung beschwerte und Roman ihm geraten hatte, die Bücher in die Mülltonne zu werfen. Zu Hause hatten sie weit weg von Zuckmayer und Böll im Regal gestanden, getrennt von Solschenizyn und Döblin in einem Fach unter der Decke. Vater, der zwar recht groß war, hätte sich eine Leiter nehmen müssen, um sie zu erreichen. Sie führten ein ungeliebtes Nischenleben, blieben unverrückt und unbewegt, wirkten allein durch den Farbwert der Buchrücken ins Zimmer hinein. Seit einiger Zeit fehlten sie. Hier fanden sie sich wieder, hatten Obdach und Bestimmung gefunden, wenn es denn wirklich Vaters Bücher waren. *Und Jimmy ging zum Regenbogen. Liebesnächte in der Taiga*. Roman stieß mich an, zeigte auf zwei zentral auf Augenhöhe stehende Werke: *Das Handwerk der Liebe. Das Tao der Lust*. Wir schauten uns nicht an. Jeder schien zu wissen, was der andere dachte. Wir zögerten, waren von einem Gefühl ergriffen, das der Scham nahekam, wenn es auch keine Scham war. Ich errötete ein wenig, fühlte mich ertappt, dass diese Titel und die Bilder mich ansprechen könnten, was sie taten, aber was niemanden etwas anging, auch Roman nicht, aber in meinem Gesicht stand es geschrieben, und jetzt schämte ich mich wirklich, dass man es dort lesen konnte, und mein Gesicht kochte in seiner Röte. Roman griff nach den Büchern, zog sie aus der Buchreihe. Eine Tuschezeichnung zierte das Cover. Ein asiatisches Paar, das sich an den Schultern berührt mit gespreizten Fingern. Der Blick seltsam schwiemelnd. *Unterweisung in altchinesischer Liebeskunst* lautete der Untertitel hier. *Paare, die sich verwöhnen* dort. Das Cover war eindeutig: ein nacktes Paar. Sie auf ihm sitzend. Ich sah nur ihren Rücken und den angestrengt genießenden Blick des Mannes auf die Frau. Wir wagten es nicht, die Bücher aufzuschlagen, drehten sie wie heiße Kartoffeln in den Händen, nahmen sie schließlich mit auf die weitere Pirsch.

Wir erreichten die Küche, das Summen des Kühlschranks stieg uns in die Ohren. Leise und unrhythmisch tropfte der Wasserhahn. Der Küchentisch war leer bis auf eine Blumenvase. Sie stand dort wie in Erwartung. Als könne sie bald schon eine Rose, Vaters Rose, empfangen. Wir machten kein Licht, gelangten in die Diele, stiegen die Treppe hinauf, an den Bildern und Fotografien vorbei, die im Treppenflur die Wand zierten. Mein Herz schlug schnell, als würde ich weiter oben Vaters Foto entdecken, in einem Bilderrahmen an der Wand. Noch hätten wir umkehren können. Ab wann nimmt ein Leben einen anderen Weg? Welches Ereignis stellt die Weiche? Ab wo fährt ein Zug in die falsche Richtung?

Wir stiegen Schritt für Schritt die Treppe hinauf. Im ersten Stock stand ein Fenster offen. Der erschrockene, warnende Laut eines Vogels drang herein. Dies war der letztmögliche Wendepunkt. Wir waren fast noch Kinder, wir waren zwölf und dreizehn, keiner von uns kannte sich aus in den Dingen, die zwischen Himmel und Erde geschahen und scheinbar eine Allianz mit Gott oder dem Teufel eingingen. Wir kamen zum Treppenabsatz, hielten uns links, lauschten an Türen. Am Ende gelangten wir zum Badezimmer, legten die Bücher auf das Fenstersims und suchten nach einem Indiz auf Vaters Anwesenheit in diesem Haus. Sein Rasierapparat? Etwas in der Art. Nichts deutete auf ihn hin, kein Morgenmantel, keine Hausschuhe am Wannenrand, kein Rasierwasser, keine Ähnlichkeit in den Zahnbürsten, die in einem Glas am Waschbeckenrand standen. In einer Vitrine befanden sich Tuben und Dosen mit den Cremes einer Frau, ein Haarband und ein Haarreifen, eine Nagelfeile und der Nagellack. Alles geordnet, gelegt, gestellt. Griffbereit und auffindbar.

Ich sah aus dem Badezimmerfenster in den Garten. Eine Kiefer stand schwarz in der Dämmerung. Ihr Schattenriss umflort vom letzten Blau. Hätte ich anders geschaut, nicht in die Krone und in die Himmelsbilder, in den blauroten Marmor der Wolken, wäre mein Blick auf den Rasen, auf den Stamm des Baums gerichtet gewesen, lange genug, dann hätte ich vielleicht eine Zigarette glimmen sehen, den luftfeinen Rauch, der zwischen den dichten Ästen aufstieg. Ich hätte diese Stille, die zu still war, im Haus, aber vor allem um das Haus herum, hören können. So hörte ich nur mein Herz hämmern, sah Roman jede Schublade der Vitrine inspizieren, die lautlos aufschnurrten und keinen Hinweis auf Vater gaben. Hätte mein Herz nicht bis in die Ohren geschlagen, hätte ich die Schritte auf der Terrasse, hätte ich das

Aufwehen einer Gardine hören können, hätte ich den Geruch der Zigarette früher gerochen, der nun im Flur stand, als wir das Badezimmer verließen, und die Tür uns aus der Hand glitt und zuschlug, bevor eine andere aufging, wahrscheinlich eine Schlafzimmertür, aus der jemand heraustrat, das Haar aus dem Gesicht strich, die Augen aufriss, eilig oder gar panisch einen Schritt tat und einen zweiten, von uns weg, der zu viel war, der sie stürzen ließ, rücklings, die Treppe hinunter, mit dem Kopf voraus, der Griff ans Geländer, der den Fall zunächst aufzuhalten schien, diese Frau, die wir nicht kannten und die dann langsam Stufe für Stufe, Wirbel für Wirbel hinunterrutschte und am Ende der Treppe liegen blieb.

Da erst hörten wir einen Wagen die Auffahrt heraufkommen. Wahrscheinlich der Wagen der Tierärztin. Wir stoben die Treppe nach unten, an der Frau vorbei, die uns anschaute und sich nicht rührte. In den Augen der Schrecken und dahinter die Angst. Wir flohen ins Wohnzimmer, durch die Terrassentür hinaus ins Freie, in den Garten und hinter die Zypresse, eingehüllt in die Nacht. Ein Licht schien auf, und fast zeitgleich hallte der Schrei aus dem Haus. Wir rannten ans Ende des Gartens, sprangen über den Zaun, liefen in den Roggen, einmal schaute ich zurück, und ich meinte, Vater am offenen Badezimmerfenster stehen zu sehen. Ich konnte mich täuschen, man kann sich immer täuschen. Wir rannten, bis wir uns weit genug vom Haus entfernt wähnten, und ließen uns zu Boden fallen. Wir rochen den süßherben Duft des Roggens. Der Nachtwind kämmte die Halme, der Abendstern stand am Himmel, und ich spürte, dass unser Leben uns entglitt. Leonhard und Großmutter waren alt, was aus Vater, was aus Mutter würde, war unklar wie ein Gegenstand, der auf den Boden eines Teichs sinkt und dessen Konturen immer mehr verwischen. Ich fühlte, dass sich ein Netz über uns warf, aus dem wir uns nicht befreien konnten. Ich spürte, dass Roman alles war, was mir blieb, wenn es hart auf hart käme. Wir warteten, in allen Räumen ging nun das Licht an, und in der Ferne näherte sich ein Martinshorn.

Wir schlugen einen Bogen durch das Roggenfeld und schlichen uns zur Straße zurück. Die Räder! Wir mussten unsere Fahrräder holen, bevor jemand sie im Gras entdeckte. Die Straße war voller Menschen, ihre Gesichter und ihre Körper flackerten im Blaulicht. Wir näherten uns, griffen nach unseren Rädern, alle Blicke waren auf das Haus gerichtet. Wir entdeckten Helene und Harry in der Menge, durften von ihnen nicht gesehen werden. Sie würden Rückschlüsse ziehen: Wieder war etwas geschehen, und wir waren ganz in der Nähe des Tatorts. Neben ihnen stand Mike. Wir schoben uns an ihn heran, gaben ihm ein Zeichen. Mike löste sich, trieb durch die Menge auf uns zu, vorbei an Theo und Stefan, vorbei an Honold. Man habe eine Frau gefunden, eine, die niemand kenne, eine Einbrecherin heiße es, sagte Mike und sein Gesicht glühte vor Aufregung. Wir sahen Trinkhoff ganz vorne in der Einfahrt stehen, und Buhnke dirigierte mit gewichtiger Miene die Kollegen des Streifenwagens, er wies von hier nach da und von da nach hier, seine Wangen kirschrot. Er zeigte nicht auf uns. Die Tierärztin stellte sich zu Trinkhoff, er strich ihr vertrauensvoll über den Arm, und sie ließ es geschehen. Ihr Gesicht schien alle Beherrschung verloren zu haben, ich erinnere mich genau, ein Zustand der Auflösung hatte sie ergriffen, als würde sie jeden Moment beginnen zu weinen, vor allen Leuten, was sie dadurch verhinderte, dass sie sich von Trinkhoff löste und sich von einem Polizisten in den Streifenwagen führen ließ, wo sie bei offener Tür auf dem Beifahrersitz Platz nahm und sich ein Glas Wasser reichen ließ, das sie in kleinen Schlucken trank. Uns bemerkte sie nicht, wir waren verborgen in der Menge, standen hinter Mike, der Rand der Dunkelheit streifte uns, und das Licht der Straßenlaterne, das über die Menge streute, war schwach. Wir warteten, ohne zu wissen worauf, wie wahrscheinlich die meisten hier, Leute aus dem Dorf, aus der Nachbarschaft, Menschen, die ihre Autos am Straßenrand parkten und die ihre Neugier in die Menge trieb, die anschwoll, deren Stimmen summten und erst verstummten, als die Frau auf einer Trage aus dem Haus geschoben wurde. Sie hatte die Augen geschlossen, und der Tropf lief.

Beklommen fuhren wir los und brachten Mike nach Hause, weil wir nichts Besseres zu tun hatten. Das Spiel unserer Borussia war längst vorbei. Wir suggerierten Mike und uns, dass es ein gewöhnlicher Sommerabend war, der uns so spät auf der Straße vorfand, nicht weil etwas Besonderes geschehen war, sondern weil die Ferien begonnen hatten und die Nacht noch warm war.

Vaters Wagen stand auf dem Hof. Wir brachten die Räder in den Schuppen. Leonhard und Großmutter saßen am Küchentisch. Der Brief war adressiert, er war frankiert und zugeklebt. Aus dem Wohnzimmer drangen die letzten Klänge einer Musik, dann eine vertraute Fernsehstimme. Wir gingen zum Spülstein und tranken Wasser aus dem Hahn.

»Wo ist Vater?«, fragte ich.

Leonhard wies zum Wohnzimmer.

»Und Mutter?«

Großmutter zeigte auf die Zimmerdecke. Wir verstanden, dass Mutter schlief und womöglich Vaters Rückkehr nicht mitbekommen hatte.

Der erste Eindruck, der erste Blick in sein und in unsere Gesichter würde entscheidend sein. In der ersten Sekunde kann man sich kaum verstellen, sitzt die Wahrheit, hockt das eigentliche Befinden in den Zügen und in den Augen. Erst wenn man spricht, kann man sich hinter den Worten verstecken und eine Tarnung einnehmen, die zunächst noch brüchig, dann fixiert ist, wie eine Maske, wenn man geschickt in solchen Dingen ist. Ich war es nie, Roman schon.

Vater saß in seinem Sessel, hatte uns den Rücken zugewandt, und als wir auf dem Weg zum Sofa an ihm vorbeigingen, sahen wir auf den Fernseher, in dem der Moderator einen Luftsprung machte und das Publikum klatschte, die Stimmung war heiter. Ich wunderte mich, dass Großmutter nicht zuschaute. Sie ließ kaum eine Sendung mit Hans Rosenthal aus. Wir setzten uns. Über Vaters Gesicht zog ein Schatten. Er stand auf, kam zu uns, beugte sich herunter und umarmte uns. Anders als Mutter, aber es zählte. Ich spürte, dass mir die Tränen kamen, die ich aber nicht zeigen wollte. Ich spürte, dass dies der Moment war, der noch einmal alles enthielt. Vater und auch Mutter, die oben in ihrem Schlafzimmer schlief. Leonhard und Großmutter, die ihre Stühle rückten, gleich würden sie ins Wohnzimmer kommen, gleich würden wir die Sendung zusammen sehen und versuchen, für einen Moment das zu vergessen, was sich in unser Leben geschlichen hatte. Was sich in der letzten Stunde zugetragen hatte, würden wir verbannen und mit keinem Wort erwähnen. Ich würde die Schlinge an meinem Hals lockern und das Lächeln in Großmutters Gesicht sehen, wenn Rosenthal zum Sprung ansetzte, der ihn vom Boden in die Luft brachte, und einen Moment würde er schwerelos in der Luft hängen, bevor die Schwerkraft ihn beugte.

Teil 2

1973–1975

13

Buhnke umschlich uns in den nächsten Monaten wie ein Löwe zwei Antilopen. Wir sahen ihn mit der Schneidewind durchs Dorf fahren. Langsam von hier nach da. Nicht mehr als ein Blick aus dem Wagenfenster. Manchmal vergingen Wochen, in denen wir ihn nicht zu Gesicht bekamen. Jedenfalls nicht in offizieller Mission. Wir sahen ihn in der Kirche, sahen ihn auf der Straße, hielten Abstand. Wir wussten, sollten Buhnke und die Schneidewind auch nur die geringste Ahnung davon bekommen, dass wir in das Haus der Tierärztin eingestiegen waren, würden sie nicht ruhen, bis sie uns überführt hätten, und was dann geschehen würde, wollten wir uns nicht ausmalen. Bis zu diesem Zeitpunkt hatte offenbar niemand eine Ahnung, wer die Tat begangen haben könnte.

Im Februar zog Buhnke seine Kreise enger. Er fuhr auf den Marktplatz vor, wenn wir uns bei gutem Wetter am Kriegerdenkmal niederließen. Er parkte bei laufendem Motor und hörte meinen holprigen Versuchen auf der Gitarre zu. Die blauen Abgaswölkchen standen in der kalten Luft, und der Benzingeruch legte sich über den Platz. Ich hatte im Herbst vergangenen Jahrs in der Pfarre einen Gitarrenkurs besucht, spielte mein knappes Repertoire runter, und Roman und Mike sangen mit. *Blowin in the Wind*. Das kannte jeder. Auch versuchte ich mich an Dylans *Maggie's Farm*, aber bei dem Lied verstieg ich mich, und auch die Sänger gerieten aus dem Tritt. Buhnke und die Schneidewind verließen den vor sich hin knatternden Wagen und forderten uns auf, den Platz zu verlassen. Ruhestörung. Die Schneidewind schrieb mit. Buhnke war im Ton nett. Jemand, der sich im Griff hat. Kein hartes Wort kam über seine Lippen. Wir folgten seiner Anweisung. Manchmal ließen wir uns an der Kirche nieder. Aber auch dort tauchte er hin und wieder auf, meist ohne Begleitung, klatschte in die Hände und vertrieb uns, wie Vögel aus einem Beet. Wir leisteten keinen Widerstand, so viel war klar. Darauf wartete er nur.

Mutter ging es schlecht. Ratlos saß sie morgens am Küchentisch, stierte auf Vaters freien Platz. Vater hatte gefrühstückt, bevor sie in die Küche kam. Vor uns weinte sie nicht. Aber ein Blick genügte, um zu sehen, was sie vor uns zu verbergen suchte: Dass er sie mied, dass er sie endgültig verlassen würde, dass es sie an den Rand ihrer Existenz bringen würde. Mühsam versuchte sie, ihr Leben ohne Vater auszufüllen. All die leeren Stunden. Sie nahm Schwimmunterricht. Ich hatte sie überreden müssen. Das Wasser mache ihr Angst, sagte sie. Aber viele im Dorf, selbst die Älteren, lernten schwimmen. Es würde sie unter Leute bringen, erklärte ich. Roman schwieg. Er mochte das Hallenbad nicht. Er mochte den Bademeister nicht. Die Regeln. Diese Hingabe an das Papier und die Statuten. Ausgehängt unter Glas, im Foyer. Abzuschreiben und auswendig zu lernen für die, die sie brachen. Aufzusagen in der Loge von Bademeister Heinrichs. Ansonsten kein Einlass mehr ins Schwimmerbecken. Der Glaube, dass Regeln das Leben erleichterten. Für Roman erschwerten sie es. Wollte man leben, mussten sie gebrochen werden. Vielleicht nahm ihn das sogar für Vater ein, so sehr auch Roman unter Vaters Flucht und seiner Abkehr von Mutter und letztlich von uns litt. Roman war wie Vater. Ich mehr wie Mutter. Hieß es. Sagten alle.

Manchmal begleitete ich sie. Zusammen mit Mike, der

sich immer mehr vom Fußball abwendete und das Schwimmen trainierte. Harry hatte sich seiner angenommen, wie Mutter formulierte. Wollte ihn zu einem Schwimmer machen und trainierte ihn im neu gebauten Hallenbad, das direkt neben dem Sportplatz lag. Bei unseren Runden auf dem Aschenplatz, beim Ausdauertraining, den Runden, die wir in Fußballschuhen mit Alustollen auf hartem Boden absolvieren mussten, dass hinterher die Knochen schmerzten, an den Füßen und in den Hüftgelenken, sahen wir Mike seine Bahnen im Wasser ziehen. Im warmen, wohligen Wasser. Wir sahen Harry, der mit der Pfeife im Mund am Beckenrand stand. Er trug weiße Shorts und ein weißes Polohemd, stand dem Bademeister in nichts nach – jedenfalls was die Kleidung anging. Heinrichs sahen wir nicht. Wahrscheinlich hockte er in seiner Kabine und tat, was er immer tat: sich langweilen. Mit von der Hitze gerötetem Kopf saß er in der schwülwarmen Luft an seinem Tisch und schaute aufs Wasser. Ein chlorreines Wasser über blaublassem Grund, das im Nichtschwimmerbassin gepeitscht wurde von Kinderhänden und Kinderfüßen. Manchmal verließ er seinen Platz, drehte eine Runde am Beckenrand und mahnte zur Ruhe, wenn die Stimmen zu sehr aufgellten. Er schnauzte, wenn jemand vom Beckenrand ins Wasser und den Schwimmern ins Kreuz sprang, bevor er sich wieder auf dem Stuhl mit chromglänzender Rückenlehne niederließ, zur Kaffeetasse und zum Kreuzworträtsel griff, um davon alle paar Sekunden aufzuschauen und den Blick schweifen zu lassen, denn ertrinken durfte niemand in seinem Reich. Zahlreiche Nichtschwimmer hatten das Dorf bevölkert. Seit Eröffnung des Hallenbads hatten sie ihre Scheu vor dem Wasser aufgegeben und Schwimmkurse belegt. Einige talentierte Schwimmer fanden in Harrys Trainingsrunden ihre Bestimmung. Harry war Leistungsschwimmer gewesen, irgendwann vor dem Krieg. Für wen er seine Leistung erbracht hatte, darüber schwieg er. Auch um welche Art Leistung es sich handelte, die mehr war als bloßes ausdauerndes Schwimmen, erklärte er nicht. Er sei Kampfschwimmer gewesen, sagten manche. Irgendwo im Norden. Den Kampfschwimmer sah man ihm nicht mehr an.

Wann immer ich im Becken war, waren jene dort anzutreffen, die mit matten Paddelbewegungen der Arme und froschgleichen Beinzügen bei geschlossenen Lippen mit chlorroten Augen und trockenem Haar durchs Wasser trieben. Sie blieben resistent gegen die Bemühungen des Bademeisters, aus ihnen bessere Schwimmer zu machen. Auch jetzt, als wir auf dem Sportplatz unsere Runden drehten, standen sie mehr im Wasser, als dass sie schwammen, und ihre Köpfe schienen so trocken zu sein, die Frisuren unversehrt. Manchmal drang Harrys Pfiff auf der Trillerpfeife zu uns hinaus, worauf wir Mike wie einen Torpedo abtauchen und am Ende des Beckens wieder auftauchen sahen. Wir drehten unsere Runden, das Haar schweißnass unter den Mützen. Von den Flutlichtlampen strich ein kaltes Licht über den Platz. Der Trainer, ein kugelrunder kleiner Mann mit Schirmmütze und olivgrünem Parka mit Bundeswehr-Emblem oberhalb der Brusttasche, harrte stoisch am Spielfeldrand und rauchte. Eine Tabakwolke stand vor seinem Mund. Eine beständige kleine Wolkenfabrik. Er musterte uns. Wurden wir zu langsam, hob er den Arm, und wir beschleunigten. Gönnte er uns eine Pause, war es sein Stock, der in die Luft zeigte. Ein einsamer Feldherr, dem wir folgten, Runde um Runde, kaum jemand von uns sprach. Wir sparten den Atem, um im Trab zu bleiben. Der Trainer war kein Schinder. Wer von uns das Tempo nicht hielt, wer hinter das Feld zurückfiel, den rief er irgendwann raus und nahm ihn vom Platz. Man konnte sich ein paar Minuten ausruhen, um sich dann erneut dem Tross anzuschließen. Aufgeben durfte man nicht. Nie und niemals, wie er oft und gerne in der Kabine während der Halbzeitansprache sagte.

»Männer«, sagte er, »Kampf bis zur letzten Minute. Auch, wenn wir zurückliegen, gerade wenn wir zurückliegen.«

Wir lagen selten zurück. Waren unermüdlich. Wir liefen und rannten, weiter, immer weiter, und manchmal, wenn wir nachließen, hob er auch im Spiel seinen Arm, und es sah aus, als machte unser Trainer den Hitlergruß, was niemanden störte. Bis auf Roman. Heil Hitler, hatte er einmal gerufen, mitten im Spiel, über den ganzen Platz, und der Arm des Trainers war erschrocken niedergefahren. Angesprochen hatte ihn der Trainer auf den Vorfall nie.

Vielleicht weil die Kälte nicht abnahm, vielleicht weil ich eine Pause brauchte und am kommenden Wochenende kein Spiel anstand, schwänzte ich das nächste Training und begleitete Mutter zu ihrer nächsten Schwimmstunde. Ich war schon im Wasser, als Mutter tapsend auf dem feuchten Fliesenboden die Halle betrat. Der Badeanzug saß spack auf ihrem Körper. Sie hatte abgenommen, was ihr nicht schlecht stand. Das dunkelrote Nylongewebe mit Blumenmuster wölbte sich über ihrem Bauch und dem Po. Mutter hatte kräftige Arme, und auch ihre Schenkel sprachen von einer Kraft, die ich nie zuvor an ihr wahrgenommen hatte. Ich sah sie zum ersten Mal im Badeanzug. Sie stieg vorsichtig die Stufen herunter ins Nichtschwimmerbecken, warf sich eine Handvoll Wasser über die Schultern und in den Nacken und schüttelte sich. Heinrichs wartete bereits am Beckenrand. Er hatte die Arme vor der Brust verschränkt. Sein mit

Brisk frisiertes Haar, das ihm einen öligen Glanz gab, lag flach und wohlfrisiert an seinem Kopf. Neben ihm auf einer Steinbank saßen weitere Frauen, alle durch Badekappen um ihre Frisur gebracht, unter ihnen Helene, Harrys Frau. Harry stand an der gegenüberliegenden Seite des Beckens. Eine Schwimmleine mit roten und weißen Kugeln trennte für Mike eine Bahn ab, damit ihn die Anfänger und Nichtkönner nicht beim Training störten.

Draußen waberte das Flutlicht über den Sportplatz und ließ den dürren Nebel gelb erscheinen. Ich wählte eine Bahn, von der ich wusste, dass sie mich nicht völlig in den Blick der Mannschaft und des Trainers rückte, sollte der Nebel sich lichten. Eine Bahn neben Mike. Eine Bahn direkt im Schatten des Beckenrands. Wenn Roman nicht petzte, würde ich unbehelligt bleiben. Niemand würde mich zur Rede stellen beim nächsten Training. Zum Training habe man immer zu erscheinen, sagte der Trainer. Auch bei Schnee, auch im Frost. Nur bei Grippe nicht. Und Grippe hatte ich. Würde Roman ihm sagen.

Auch die anderen Frauen stiegen ins Becken. Ihnen folgte an jenem Tag Buhnke. In Badehose. Sein Bauch wölbte sich über dem Hosenbund. Ein praller Kugelbauch. Buhnke musste direkt aus der Umkleide gekommen sein. Was machte er hier? Verfolgte er mich bis ins Schwimmbad? Ich hatte ihn hier nie zuvor gesehen. Er machte ein paar Schritte ins Nichtschwimmerbecken, bisher hatte er mich nicht bemerkt. Er verharrte bei den Frauen, in der Gemeinschaft des Augenblicks, nahe dem Terrain des Unbekannten, in das sie dem Bademeister zu folgen hatten, nachdem sie sich, auch Buhnke, einen Schwimmgürtel umgebunden hatten, der mit Korkringen bewehrt war, die als Auftriebshilfe dienten. Denn davor fürchtete Mutter sich, vielleicht sogar Buhnke, dass sie unterging und ertrank. Im Schwimmbad, vor aller Augen. Mutig hatte sie sich den Schwimmgürtel umgelegt und von Helene zuschnüren lassen. Auch Buhnke, auch ihn schnürte Helene.

Sine cortice nare, ohne Kork schwimmen und keiner Hilfe bedürftig, hatte unser Lateinlehrer uns ein Motto von Horaz nahegelegt. So sei das Leben anzugehen. Im Allgemeinen und im Besonderen, wobei das Besondere die nächste Klassenarbeit darstellte, auf die man sich bitte schön anständig vorbereiten möge.

Buhnke und die Frauen tapsten durchs Nichtschwimmerbecken. Heinrichs ließ ihnen diese Eingewöhnung, während ich neben Mike meine Bahn zog. Mike glitt wie ein wohlgenährtes Tier durchs Wasser, schnell und mühelos. Harry schaute auf seine Frau, ich schaute auf Buhnke, der schließlich wie alle anderen die Absperrleine, die die Nichtschwimmer von den Schwimmern trennte, passieren musste: Kein Tauchgang, denn der Schwimmgürtel verhinderte jedes Tauchen. Nur mit dem Kopf musste man kurz ins Wasser eindippen. Eigentlich nur bis zu den Lippen und bis zur Nase, vielleicht noch die Augen, schon nicht mehr die ganze Stirn, dann war man unter der Absperrung hindurch und konnte sich dem widmen, was im Eigentlichen anstand – das Schwimmen im tiefen Gewässer, wo Burschen wie Mike und ich sich in ihrem Element befanden. Es war die Stunde der Schwimmschüler, der Novizen, die das Wasser nicht weniger fürchteten als der Teufel, jedenfalls die meisten, sicher jedoch meine Mutter und offenbar auch Buhnke. Wir gafften. Wir nahmen ihn aufs Korn. Wir bekamen Stielaugen. Buhnke scheiterte erbärmlich an der Demarkationslinie. Er schaffte es nicht, seinen Kopf unter die Schwimmleine zu ducken. Befanden sich die Damen, selbst Mutter, nun im unwägbar tiefen Wasser, von einem Schwimmgürtel an der Oberfläche gehalten, fast senkrecht im Wasser stehend, mit bangen Armbewegungen, manche mit den Händen rudernd und jede zu deutliche Bewegung meidend, die einen weiter ins Becken gezogen hätte, so verharrte Buhnke, und die Leine saß stramm unter seinem Kinn. Er nahm sie mit den Händen auf, wollte sie über den Kopf heben, aber die Leine spannte sich noch mehr, hatte sich nur ein paar Zentimeter anheben lassen. Sie trennte, was nicht zusammengehörte. Die Schwimmer von den Nichtschwimmern. Heinrichs machte keine Anstalten, ihm zu helfen. Harry auch nicht. Sie ließen es geschehen. Heinrichs mit dem genießenden Blick desjenigen, der im Scheitern eines anderen seine Macht fühlte. Er hätte Buhnke helfen müssen, hätte die Leine an den Ösen lösen müssen, für einen kurzen Moment. Schließlich schwamm Helene zu ihm hin und versuchte, sie mit aller Kraft in die Höhe zu stemmen. Nur ein, zwei Zentimeter gelangen ihr.

»Helene, lass die Finger von der Leine!«, rief Heinrichs.

Alle schauten auf Helene und Buhnke. Sie setzte sich auf die Leine, versuchte sie mit ihrem Gewicht nach unten zu drücken, nahm in Kauf, dass sie aus den Befestigungsösen am Beckenrand riss.

»Hör auf, Helene!«, rief Heinrichs erneut und setzte sich in Bewegung.

»Lass gut sein«, sagte Buhnke. »Dann schwimme ich eben nicht.« Seine Stimme klang wie eine Drohung.

Er watete zurück zum Beckenausgang. Mike und ich hatten längst aufgehört zu schwimmen, hielten uns an der Überlaufrinne fest und sahen Buhnke das Becken verlassen, zum Desinfektionsapparat gehen und die Fußspülung gegen Fußpilz betätigen. Es war sehr still. Niemand hatte ihn wohl jemals derart scheitern sehen. Er wandte sich um, und sein Blick traf mich. Ich konnte ihn lesen. Dann verschwand er im Kabinengang. Mutter schaute mich an. Sie stand im Wasser. Der Schwimmgürtel hielt sie. Ich sah ihre Angst. Und ihre Angst war nicht die Angst des Nichtschwimmers vor dem Wasser. Niemand sagte etwas. In diese Stille drang nun ein Klopfen. Ein Klopfen an der Scheibe. Ein knöchernes Klopfen – wie von Fingerknöcheln. Dann meinte ich, die Silhouette eines Stocks hinter der Scheibe zu sehen und das Gesicht des Trainers, bevor ich zurückglitt ins Wasser und lange tauchte.

Als ich auftauchte, war das Klopfen verstummt, und Mike hatte sein Training mit Harry wieder aufgenommen. Ich kraulte, schluckte dabei etwas Wasser. Ich sah aus den Augenwinkeln die Frauen, auch meine Mutter, im Wasser kreisen. Eine Prozession von korkgestützten Leibern, die sich um sich selbst drehten. Keine von ihnen schwamm. Es war ein Wasser-Gehen. Erst als Heinrichs pfiff, auf den Fingern wie ein Halbstarker, da wendete ich bereits an der Stirnseite des Beckens, legten sie sich aufs Wasser, ruderten mit den Armen, zappelten mit den Beinen und schwammen einen Meter. Meine Mutter aber fand kein Gleichgewicht auf dem Wasser. Nach ein, zwei Armzügen sank sie in die Senkrechte zurück und stand wieder. Wieder pfiff Heinrichs. Ich ahnte, er meinte meine Mutter. Eilig drehte sie sich aus der Senkrechten und krümmte sich, lag wieder auf dem Wasser, nur der Oberkörper, und ihre Arme ruderten, aber die Beine und Füße, die schritten, die blieben im vertrauten Gehen, die wagten es nicht, sich wie ein Frosch im Wasser zu bewegen. Mehrmals pfiff Heinrichs sie zurecht, und jedes Mal versuchte Mutter, sich dem Wasser und dem Kork zu überlassen. Sie scheiterte.

Ich schaute auf Mutter, schaute auf Heinrichs, schaute auf den Kreis der Frauen, der immer weiter auseinandertrieb. Nur Mutter stand, und jetzt fasste Harry sie ins Auge. Er griff nach einer Metallstange, an die ein Ring geschweißt war. Ein Ring, durch den eine ganze Frau, ein ganzer Mann passte. Harry hielt den Reif über Mutters Kopf, streifte ihn ihr über – bis zum Bauch, bis zum Kork. Mutter legte sich aufs Wasser, und der Reif saß direkt unter ihrem Bauch, sie musste ihn spüren, das Metall, das sie hielt, und Harry führte sie an der Stange und im Reif durchs Wasser – wie man einen Fisch im Köcher durchs Wasser zieht.

Ich weiß nicht, ob Mutter sich genierte. Sie sprach nie darüber, und ich fragte sie nicht. Sie erlernte das Schwimmen nicht. Nach all den Stunden nicht. Sie blieb beim Kork, und später, da hatte sie schon aufgegeben, benutzte sie Schwimmflügel. Wann immer ich Mutter in den nächsten Monaten im Hallenbad sah, vom Sportplatz aus, dachte ich an Buhnke.

14

Bis Anfang des Sommers passierte nichts. Wir trieben in einer großen Windstille dahin. Auf dem offenen Meer, so viel war klar. Wir spielten Fußball, und wann immer Vater es einrichten konnte, stand er am Spielfeldrand und schaute uns zu. Wir gingen zur Schule, halfen am Nachmittag in der Backstube, bevor Vater nach der Arbeit vom Hof fuhr. Wohin, sagte er uns weiterhin nicht. Sicher in sein neues Leben, das er sich bei der Tierärztin eingerichtet haben musste. Wo auch sonst? Wir kehrten den Fußboden, wir reinigten mit einem Spachtel die Tische, entfernten Teigreste und angetrocknete Konfitüre, wuschen mit einem nassen Lappen das Mehl ab. Manchmal stellte Vater Kakao, Cola und Kuchen auf den Tisch, entrollte ein rechteckiges grasgrünes Filztuch, an dessen Ende er jeweils ein Tor spannte. In den Mittelkreis legte er einen kleinen zwölfeckigen Ball mit Farbhälften in Schwarz und Weiß. Jeder von uns bekam einen Torhüter und einen Spieler in den entsprechenden Farben. Durch das Antippen eines Knopfes auf dem Kopf der Spielfigur bewegte sich der Fuß und kickte den Ball: Tipp-Kick. Wir spielten Fußballspiele nach. Vorzugsweise Spiele unserer Borussia, abwechselnd musste mal Vater, mal Roman und ich den Gegner stellen. Ohne Gegner, ohne den Widerstand kein Spiel. Ohne das, was uns entgegensteht, keine Anstrengung, keine Konzentration, kein Sieg, kein Genuss, sagte Vater. Ohne Gegner keine Spannung.

Wir waren ebenbürtig. Wir schenkten uns nichts, spielten mit Leidenschaft und Verstand. Hielten zwischen beidem die Balance. Gladbach und Köln verfügten über Könner, die das Spiel nicht nur exzellent, sondern obendrein elegant beherrschten und eine Ästhetik in die Kunst des Fußballspielens einbrachten. Aber gegen Ende hatte das Spiel sich zu sehr verfangen, gab es zwar Chancen zuhauf, aber das erlösende, den Sieg bringende Tor durfte nicht fallen, dafür hatten wir Sorge zu tragen. Kniffe waren jetzt gefragt, das Gespür für das Unerwartete und Unerhörte: Noch hatten ich oder Roman, je nachdem wer gegen Vater spielte, unseren Star nicht eingewechselt – Günter Netzer, der mittlerweile schon zu Real Madrid, einem Club des großen Gelds und der schmutzigen Politik, gewechselt war. Ich hatte ihm aus Wut und Enttäuschung darüber, dass er unser Fußballidyll in der Provinz aufgegeben hatte für die Mätresse des Diktators, bislang keine Minute Spielzeit gegeben. Franco sah sich als größten Fan des Clubs, den er massiv unterstützte. Er schenkte ihm Grundstücke und Schiedsrichter, die wussten, nach wessen Pfeife sie zu tanzen hatten. Die Fans liebten ihn dafür. Vater sagte, immer noch würden Fanatiker im Stadion singen: *Siempre facistas. Siempre madridistas. – Für immer Faschisten. Für immer Madridisten.* Wir mussten jedes Mal in die Verlängerung, Vater und ich oder Vater und Roman. Davor eine Pause von zehn Minuten, in denen wir unbedingt regenerieren und trinken mussten: Cola, Apfelsaft, ein paar Lockerungsübungen. Dann passierte etwas, das es zuvor nie gegeben hatte, in keinem Spiel, und das die Wende bringen würde, bringen musste und ein ums andere Mal brachte: Netzer, der von mir Verfemte, kam auf den Platz, wechselte sich selbst ein, und ich, der Trainer, nickte nur. Kein Blick zwischen uns beiden. Vater wusste, was kam. Vier Minuten der Verlängerung waren vergangen, Bonhofs Diagonalpass zerschnitt seine Abwehr, und Netzer nahm den Ball volley, der rauschte unhaltbar ins Netz, und allen, Vater, mir und Roman und den Zehntausenden im Stadion, war klar, Fußball ist nicht nur ein Spiel. Es ist mehr, sehr viel mehr. Auf dieser Bühne ging es um alles, mindestens um das Leben oder wie Bill Shankly, der Trainer des FC Liverpool, sagte: »Es gibt Leute, die denken, Fußball ist eine Frage von Leben und Tod. Ich mag diese Einstellung nicht. Ich kann ihnen versichern, dass es sehr viel ernster ist.« Vater, Roman und ich, wir wussten, wovon er sprach.

Wochen später stand ein Karton auf dem Flur vor dem Schlafzimmer der Eltern. Ein großer beigefarbener Karton, der, das entnahm ich der Aufschrift, Nudelpakete der Firma Birkel enthielt. Nudeln mit Vollei. Kurz darauf kam ein zweiter Karton dazu. Als ich ihn öffnete, schaute ich auf Vaters Socken. Noch konnte ich glauben, dass Vater sie aussortierte, weil sie alt und aus der Mode gefallen waren. Genauso wie die Hosen, die in einem Karton mit dem Logo der Firma Pfanni ein Zuhause gefunden hatten. Auf die Hosen und Socken folgten in den nächsten Tagen die Hemden und Pullover. Nur Vaters Bücher, die Fachbücher und die Romane, standen unverrückt im Wohnzimmer an ihrem Platz im Bücherschrank. Solange die Bücher im Haus waren, würde Vater bei uns bleiben, dachte ich.

Vater verließ uns an einem Freitag. Er machte sich von dannen, ohne mit uns zu sprechen. Wahrscheinlich dachte er, dass wir alt genug waren, die im Flur sich stapelnden Kartons als das zu verstehen, was sie waren: Boten einer vorläufigen Endgültigkeit, eines Beschlusses. Requisiten des Tabubruchs, den Vater begehen würde. Niemand aus unserer Familie, das wussten wir, hatte je seine Familie verlassen. Trennungen, Scheidungen gar, beging man in der Stadt, nicht im Dorf. So schlecht eine Ehe sein mochte, sie hielt, wurde zumindest nicht aufgelöst. Sie wurde gestützt durch ein Netz von Normen und Tabus. Eine Ehe war nicht nur ein Bund zwischen zwei Menschen, sie war ein Pakt zwischen zwei Familien, und sie war auch eine Abmachung mit allen anderen im Dorf, der ganzen Gemeinde, nicht nur mit denjenigen, die sonntags die Messe besuchten. Dass eine Ehe ein Kontrakt für das ganze Leben und darüber hinaus war, darauf schienen sich alle geeinigt zu haben, die vor den Altar und den Pfarrer traten. Wer heiratete, der heiratete für immer und ging eine Allianz mit der Zeit ein. Wer heiratete, der stellte sich in die Reihe all derer, die zuvor eine Ehe geschlossen hatten. Vor Gott. Und vor Gott war sie unkündbar. Seine Regeln galten immer noch, auch wenn erste Risse in den Seilen sichtbar wurden, die die Menschen an die Tradition und Gott banden. Risse, die durch Vater nun immer größer wurden. Seile reißen aufgrund von Materialermüdung. Und ermüdet waren beide, Vater und Mutter. Das spürte ich, als die Kartons im Flur standen, dass sie mehr als bloße Kartons waren und dass sie die Wunde weiteten in Mutters Herz und in unseren Herzen, denn sie standen einige Tage dort, türmten sich auf, und bald stand Vaters Kleiderschrank daneben, in Teile zerlegt. Ein heller Nussbaumholzschrank, das Furnier poliert, mit spiegelnden Frontflächen. Auf Großmutters und Leonhards Gesichtern machte sich eine Art Versteifung breit. Als hätte sich eine Maske aus Schwermut darübergelegt. Roman war schweigsam, hatte sich in sich selbst eingesperrt.

Mutter verschwand, wann immer sie konnte, zu ihrer Lotto-Annahmestelle. Großmutter und Leonhard besorgten den Haushalt. Mutter war in den Sturm geraten, hatte sich aber vorläufig in ihre Arbeit retten können, in ihr Zuhause, zu all den Menschen, die sie umgaben und den Schmerz abfederten: zu uns. Zu mir vor allem. An den Abenden, die Vater außer Haus verbrachte, saß ich bei Mutter im Wohnzimmer und begleitete ihr Warten auf Vater. Nie sprach sie über ihn. Nie erwähnte sie die Tierärztin, aber ich sah sie denken. Sah die Gedanken über ihre Stirn wandern, wie eine Herde gehetzter Tiere. Meist trank Mutter etwas. Likör. Auch Martini, einen Rosso, den sie in ein Glas Kakao einrührte, an dem ich, wenn sie das Zimmer verließ, um zur Toilette zu gehen, nippte. Manchmal sahen wir eine Sendung im Fernsehen. Mutter stellte den Fernseher fast stumm, als ertrüge sie die Stimmen nicht. Ihr Blick verlor sich oft von der Mattscheibe hinaus in den Garten, zu den Beeten mit den Mohnblumen und den Fliederbüschen und von dort in die Weite der Weizen- und Roggenfelder bis zum Metallzaun, der den Flughafen der Royal Air Force vom Dorf und den Feldern trennte. Nur wenn auf dem Bildschirm etwas Spektakuläres geschah, und ich sie darauf aufmerksam machte, kehrte ihr Blick zurück. Roman saß nie bei uns. Ich glaubte zu spüren, dass er vor ihr und ihrem Leid floh.

So vergingen die Tage. Scheinbar ereignislos. Aber hinter den Kulissen, hinter den Kartons, löste sich Vater aus unserem Leben, und jeder weitere Karton verschob das Gleichgewicht, ließ den Felssturz wahrscheinlicher werden, und eines Morgens hörten wir draußen einen Motor tuckern, einen lärmigen Diesel. Ich sprang aus dem Bett, lugte durchs Fenster hinunter in den Hof. Dort parkte jemand einen kleinen Lastwagen, ein Fahrzeug der Briten, mit olivgrüner Plane ein, als würde Vater in einen Feldzug ziehen, was so falsch nicht war. Fred, der Vater von Theo und Stefan, der bei den Briten auf dem Flughafen sein Geld verdiente, stieg im mausgrauen Kittel aus der Fahrerkabine und folgte Vater und Günter ins Haus. Wir hörten sie die Kartons rücken, wir hörten sie die Kartons schultern, wir hörten sie die Treppe hinuntersteigen und sahen sie Karton um Karton in den Lastwagen hieven. Roman zog sich an und verließ das Zimmer. Er nahm sein Rad und fuhr über den Hof davon. Ich blieb zurück und hörte Vaters Abschied zu. Von Mutter war nichts zu sehen. Vielleicht, dass sie im Schlafzimmer war, dass sie getrunken hatte oder schon in ihren Laden gegangen war. Leonhard und Großmutter standen auf dem Hof neben dem Lastwagen. Stumm sahen sie Günter und Fred beim Tragen zu. Manchmal blieb Günter bei ihnen stehen, hob ratlos die Schultern und hastete dann weiter. Vater sah ich nicht. Eine vage Hoffnung machte sich in mir breit, dass er bei Mutter im Schlafzimmer war, dass er sich von ihr überzeugen ließ zu bleiben. Wenn nicht aus Liebe, dann aus Mitleid. Oder wegen uns. Wenigstens verabschieden könnte er sich. Wenigstens von mir. Sicher, wir würden ihn jeden Tag in der Bäckerei und womöglich beim Mittagessen sehen, aber in der Nacht fehlte er endgültig. Als Fred und Günter den Schrank im Lastwagen verstauten, und Großmutter zu weinen begann und ins Haus ging, vernahm ich unter mir, unter den Bodendielen, unter der Holzdecke, das Rücken von Vaters Bücherregal, ein Knarzen und Schieben und schließlich ein Poltern, Bücher, die auf den Boden schlugen, und in diesen Büchersturz war ein Wimmern eingewoben. Ich wusste, nun war alles verloren. Jedenfalls die Nächte, und manchmal zählt die Nacht mehr als der Tag. Sicher in der Liebe. So viel war mir klar.

Ich verließ mein Zimmer, ging ins Bad, pinkelte, wusch mir die Hände, sah im Spiegel mein Gesicht, leer und verzweifelt, falls es das gibt, eine Verzweiflung, die leer ist und sich an kein Objekt bindet. Es war eine Verzweiflung, die kein Futter mehr brauchte, keinen Anlass, die aus sich selbst lebte, wie bei manchen Menschen auch die Wut, die scheinbar grundlos und zur zweiten Natur wird, so als müsste man nur lange genug ein Gefühl nähren, und eines Tages wird es eigenständig, braucht keinen weiteren Schub mehr. Wie eine Rakete, die zum Mond fliegt etwa, hatte ich im Physikunterricht gelernt, und die, aus der Umlaufbahn der Erde befreit, mit Fluchtgeschwindigkeit auf einer offenen, nicht zurückkehrenden Bahn ins All driftete. Bei der Fluchtgeschwindigkeit reicht die kinetische Energie eines Körpers aus, um dem Gravitationspotenzial eines Himmelskörpers ohne weiteren Antrieb zu entfliehen. Ja, weiteren Antrieb als die Tierärztin brauchte Vater nicht, um aus dem Gravitationsfeld seiner Familie zu entkommen. Ab dem Passieren eines bestimmten Punkts im Orbit, den unser Physiklehrer den Lagrange-Punkt L1 genannt hatte, wird eine Rakete, und bei Vater war es nicht anders, zum Zielobjekt *gezogen*. Sie oder er fällt quasi seinem Zielpunkt und dem Objekt der Begierde entgegen, ohne weiteren eigenen Kraftaufwand. Genau daran musste es gelegen haben, dass Vater, ich stand im Wohnzimmer, barfuß und im Schlafanzug, ohne große Gemütsbewegung Buch für Buch vom Boden aufhob und in die bereitgestellten Kartons legte. Günter und Fred trugen sie hinaus, und mit den Büchern und Fachzeitschriften, der *Bäckerblume* und der *Konditorei und Café*, trugen sie auch Mutters Leben hinaus. Jedenfalls dasjenige, das sie kannte.

Als alle Bücher und alle Kleidung, der Schrank und ein Sessel aus dem Wohnzimmer und schließlich Vaters Leselampe und am Ende ein ausrangiertes Sofa vom Dachboden in den Lastwagen gefunden hatten, verriegelte Fred die

Klappe des Lasters und begann die Plane an den Ösen festzuzurren. Günter und Leonhard gingen. Sie ließen mich mit Vater alleine. Auch Roman fehlte. Das ganze Gewicht des Abschieds lag auf Mutters und meinen Schultern. Mutter ging nun auf und ab über den Hof. Die Hände hatte sie in den Taschen ihres Sommermantels versteckt. Mutter ging mit geradem Rücken, aber man sah ihr die Anstrengung an, kein Bild des Jammers abzugeben. Mit jeder Öse, die verhakt wurde, bewegte sie sich ein wenig schneller, als liefe sie auf ein unbekanntes Ziel zu, das nur sie kannte, das verborgen lag zwischen den Blumenbeeten, dem Scheunentor, dem Kies auf dem Gartenweg, auf den sie nun einbog. Vater schaute ihr betreten hinterher, womöglich unsicher, wie er sich von ihr verabschieden sollte. Ratlos, was noch zu sagen war. Ich kannte keines der Gespräche zwischen ihnen. So taktvoll war Mutter, dass sie mich in keines einweihte.

»So denn«, sagte Fred und schloss die Knöpfe an seinem Kittel.

Vater nestelte an seinem Hemd, entfernte eine Staubfluse. Ich erinnere mich genau an dieses so unwichtige Detail. Die Staubfluse schwebte in der Luft. Lange. Im Hintergrund verschwand Mutter im Garten zwischen den Obstbäumen – wie eine Erscheinung, eine aprikotfarbene Gestalt, die einging in das Grün der Obstbäume und in das Rot des Mohns und das Blau der Kornblumen im Bungert. Jetzt war ich mit Vater allein. Er kam zu mir, gab mir seltsam förmlich die Hand, dann erst umarmte er mich.

»Ist ja vielleicht nicht für immer«, sagte er mir ins Ohr. »Und wir sehen uns ja jeden Tag. Nichts ändert sich wirklich.«

Aber seine Stimme war dünn. Sie klang wie ausgezehrt.

So sprach jemand, der an einer Krankheit litt. Schließlich löste er sich von mir, und ich sah Tränen in seinen Augen schimmern. Fred startete den Motor und gab das Zeichen zum Aufbruch und damit das Zeichen für eine neue Zeitrechnung. Wie ein Vor-dem-Krieg und ein Nach-dem-Krieg existierte, so entstand nun eine Zeit vor Vaters Auszug und eine andere danach. Dieses heisere Röhren des Wagens und die Rußwolke, die aus dem Auspuff quoll, markierten genau die Grenze der beiden Zeitrechnungen. Vater stieg zu Fred in den Wagen und fuhr davon.

Ich lief ihm hinterher bis zur Straße und sah ihn aus dem Fenster heraus winken. Ein braun gebrannter Arm, der zu Vater gehörte und immer kleiner wurde und schließlich im Dunst verschwand. Unschlüssig blieb ich auf der Straße stehen. Ich spürte Tränen aufsteigen, und zugleich spürte ich, dass ich ihnen nicht nachgeben durfte, jetzt da wir ein Leben ohne Vater führen mussten. Ein sehr viel härteres Leben. Die Kindheit war vorbei. Ich bin mir sicher, dass ich etwas derart Pathetisches nicht dachte an jenem Tag. Ich stierte einfach die Straße hinunter in jene Leere, die Vater hinterlassen hatte und die uns so vieles kosten würde – unser altes Leben jedenfalls.

Ich fragte mich, ob ich oder Roman hätten verhindern können, dass Vater uns verlassen hatte. Was wäre geschehen, wenn wir am Maifest bei Vater und Mutter geblieben wären, statt zu Helene und Harry an den See rauszufahren, um unseren idiotischen Anschlag auf den Grillsportverein durchzuführen, aus reinem Übermut. Wäre alles anders gekommen? Hätte sich jenes Band zwischen ihm und der Tierärztin womöglich gar nicht erst entsponnen? Vielleicht, weil er unsere Blicke bemerkt und es nicht übers Herz gebracht hätte, sich vor unseren Augen zu verlieben, als sei die

Liebe eine Frage von Ja oder Nein. So oder ähnlich werde ich gedacht haben, die Schultern und das Herz beladen mit falscher Verantwortung, als ich ins Haus zurückging und Leonhard und Großmutter am Küchentisch vorfand. Beide hielten ein Glas Schnaps in der Hand. Die Gläser waren randvoll, aber sie nippten nicht mal daran, drehten sie in den Händen, und das Licht brach sich im Glas. Ich setzte mich zu ihnen, und als ich schließlich mir selbst einen Schnaps einschenkte und davon trank, ließen sie mich gewähren. Mutter sah ich an diesem Tag nicht mehr.

Auch in den nächsten Tagen machte sie sich rar, war von morgens bis abends in ihrem Laden, als hätte sich dort mit Vaters Auszug eine außergewöhnliche Zunahme der Arbeit eingestellt. Ich besuchte sie selten. Manchmal aber hielt ich die Stille im Haus nicht aus und machte mich auf zu ihr. Roman begleitete mich nicht. Er verschwand häufig auf sein Zimmer, war einsilbig wie Leonhard und Großmutter, der ich die Sorge um Mutter ansah. Die Haut in ihrem Gesicht war aufgeworfen, als schliefe sie kaum. Es kam vor, dass sie einen Teller beim Tischdecken irrtümlich an den Rand des Tisches stellte und er zu Boden schlug, als schaute sie nicht mehr richtig hin, als trübten die Gedanken ihr den Blick.

Leonhard sah ich am Abend durch den Garten und die Obstwiesen wandern. Kein Lustwandeln, sondern ein hartes, emsiges Wandern, weil nur die Bewegung ihn im Lot hielt. Er lief von hier nach da, und der Rauch seiner Zigarre verriet, wo er eine Pause machte, auf einer der Bänke oder an dem kleinen, von Weiden bestandenen Teich, wo der Rauch durch die Zweige mäanderte. Vater tauchte gegen halb fünf Uhr am Morgen auf, parkte seinen Wagen und ging in die Backstube. Zum Frühstück gegen 7 Uhr kam er in die Küche, auch das Mittagessen nahm er bei uns ein, bevor er dann am Nachmittag wieder verschwand. Am Tisch herrschte eine falsche Aufgeräumtheit und scheinbare Normalität. Niemand machte Vater Vorwürfe. Niemand stellte ihn zur Rede. Aber die Worte, die getauscht wurden, waren so höflich und nichtig und zugleich von Vorsicht geprägt, dass sie unecht, dass sie hohl klangen, als wägte sie jeder lange ab, damit keines die Lunten entzündete, die darauf warteten, in Brand gesetzt zu werden, am ehesten von Großmutter, das spürte ich. Ihr Verhältnis zu Vater hatte sich verändert, und sie selbst hatte sich verändert. Das erkannte ich, sobald sie die Täuschung und Tarnung aufgab und Vater mit Verachtung und Härte musterte – dann, wenn sie sich unbeobachtet fühlte, wenn Leonhard das Wort führte und Vater ihn anschaute. Noch sagte sie kein Wort zu ihm, das ihn angegriffen hätte.

Denn eins war klar. Es konnte schlimmer kommen, Vater hätte ganz verschwinden können. Noch war er auf eine seltsame Art bei uns, ein Vater auf Zeit, auf Abruf, denn dass am Nachmittag die Tierärztin nach ihm rief, war sicher.

Roman sagte beim Essen kein Wort. Er aß vor sich hin, hielt den Kopf über den Teller gebeugt. Der linke Unterarm ruhte davor. Roman hatte unsere Tischmanieren, die Vater anmahnte, wann immer wir dagegen verstießen, aufgekündigt. Vater sagte nichts. Er musste ahnen, dass Roman nur darauf wartete, angesprochen zu werden. Dann würde Roman loslegen und aussprechen, was alle dachten. Dass Vater zu einem falschen Fuffziger geworden war. Zu einem falschen Vater.

Nie nahm Mutter eine Mahlzeit ein, wenn Vater am Tisch saß. Mutter hatte ihr Leben zu den Lottoscheinen verpflanzt. Sie mied jede Zusammenkunft mit ihm.

Immer häufiger aß sie im Restaurant, dem einzigen am Ort. Sie trug ihr Haar kurz geschnitten und hatte das Blond auffrischen lassen. Ein China-Restaurant, das Karl Fung betrieb. Ein Chinese, den seine Eltern im fernen China nach Karl Marx benannt hatten – wie Fung, der leutselig und dienerisch auftrat, betonte. Wie es Fung zu uns ins Dorf verschlagen hatte, wusste niemand. Dort saß Mutter an einem der hinteren Tische in der Nähe der Toiletten und trank einen Reisschnaps und aß das obligatorische Loempia, eine Teigrolle gefüllt mit Soja- und Mungobohnen, Möhren, Zwiebeln und Glasnudeln. Eine Mahlzeit, die ihr die Illusion gewährte, ein Leben ohne Vater führen zu können, zumindest mittags, auch wenn ihr der Reisschnaps dabei helfen musste.

Mutters Laden strömte für mich eine gediegene Langeweile aus. Er roch nach Papier und nach dem Linoleum der Fußbodenfliesen. Er war immer sauber. Kein Krümel verirrte sich auf den Boden oder die graue Schaltertheke, an der Mutter saß – wie ein Beamter, ein Glücks- und Spielbeamter. Die Wände waren in einem zarten Grün gestrichen, das sich in der Scheibe der Verglasung spiegelte und diese abtönte, mit ebendiesem Grünton, der Mutters Gesicht hinter der Scheibe färbte, als sei ihr ein wenig übel, wenn sie die Lottoscheine entgegennahm und kontrollierte, ob die mit Kugelschreiber platzierten Kreuzchen die Zahlenkästchen deutlich markierten – immer nur ein Kreuz pro Kästchen. Keine Überlappungen, keine zweideutigen Schmierereien ließ Mutter durchgehen. 6 aus 49 hieß der Zaubercode. Nicht 5 oder gar 7 aus 49. Mutter überflog die Scheine nur, aber sie sah ausgezeichnet. Die Augen waren ihr Werkzeug, das Eilige und Unkonzentrierte, das Schmierfinken und Hypernervöse vor Fehlern bewahrte. Das war bekannt. Niemand im Dorf hatte je einen großen Geldbetrag gewonnen. Einige jedoch vierstellige Summen. Das hielt ihr Geschäft am Leben. Mutter war zur Verschwiegenheit verpflichtet. Durfte die Namen der Glückspilze und der gewonnenen Summen nicht preisgeben. Doch wann immer jemand mehr als 500 DM gewann, bekam er einen Blumenstrauß von Mutter, und sie hisste vor dem Geschäft eine Flagge, eine DM-Flagge, fünf blaue Hunderter, die das Konterfei des Kosmografen Sebastian Münster zeigten.

Mutter strich das eingezahlte Geld ein, ließ die Münzen und Scheine in ihrer Kasse verschwinden und legte die eingereichten Lottoscheine in eine abschließbare Schublade, zu der nur allein sie einen Schlüssel besaß, von dem weder Vater noch wir wussten, wo sie ihn nach Feierabend versteckt hielt. Diese Schublade war ihr Allerheiligstes, ihr Tabernakel. Mutter war eine Art Pförtnerin. Sie stand an der Schwelle des Glücks. Wer in ihren Laden kam – Mutter sprach von der *Annahmestelle*, ein sperriges, sprödes Wort –, der gab sich der Hoffnung hin, seinem Leben durch sechs Kreuzchen auf einem Zahlenschein eine entscheidende Wende zu geben. Wer den Lottoschein an den Stehtischen ausfüllte, dessen Blick fiel auf die Poster, die ein blaues Meer vor weißem Strand zeigten, die eine Jacht und das im Wind badende Haar hübscher junger Frauen präsentierten, die lächelnd übers Meer preschten auf eine ferne Stadt zu, die sich als Venedig erkennen ließ mit Dogenpalast und Markusturm. Vor ein paar Wochen hatte Mutter sie rahmen lassen und hinter Glas gesetzt, wodurch sie offizieller und markanter wirkten. Jeden Samstag wurde die Ziehung der Lottozahlen im Fernsehen übertragen. Da saß man vor der *Tagesschau* und harrte seines Glücks und vergaß, dass man statistisch eher zweimal vom Blitz getroffen wurde, bevor man im Lotto gewann. Vater betrieb einen Handel mit Realien, Mutter handelte mit Träumen und Sehnsucht. Besonders am Freitag füllte sich die Annahmestelle. Dann standen die Leute Schlange, prasselte das Geld in die Kasse, hörte ich aus der kleinen Küche hinter Mutters Schalterraum das Auf- und Zuschnarren der Kassenlade, ein sonores Geräusch, das, wenn es einen gewissen Rhythmus annahm, davon sprach, dass wir an der Idiotie der Leute gut verdienten, was Roman noch mehr verlegen machte als mich. Lotto war spießig, war piefig, und wir vermieden auf dem Gymnasium, den Beruf, war es überhaupt ein Beruf, unserer Mutter zu erwähnen. Jetzt, wo sie auf sich allein gestellt war, waren die zwanzig Quadratmeter ihr Schiff in stürmischer See. Sie verdiente ihr eigenes Geld, war unter Leuten, wie sie sagte, fuhr am frühen Morgen mit dem Rad die Straße hinunter und kam am Abend mit dem Rad die Straße herauf. Schwankend, immer häufiger schwankend, als sei sie des Radfahrens nicht mehr mächtig, was gefährlich war, denn die Straße war viel befahren. Briten und Deutsche. Lastwagen und Pkws und manchmal die lärmenden Militärtransporter, die gepanzerte Spähwagen und Geschütze geladen hatten. Dann ächzte die Straße. Dann klirrten die Scheiben unter den Erschütterungen. Mittendrin, mit geradem Rücken, beide Hände am Lenker, schaukelte Mutter nach Hause, das kein richtiges Zuhause mehr war.

Im Lottoladen roch es nie nach Alkohol. Der Duft eines Raumsprays vernebelte die Luft, und auf dem Küchentisch neben der Kaffeemaschine stand ein Fläschchen, das frischen Atem mit Grapefruit-Aroma versprach. Dass Vater uns verlassen hatte, war eine Schande. Aber Mutters Alkoholproblem würde uns alle vollends in Misskredit bringen, denn Kredit hatten wir noch: Das ganze Dorf kaufte nach wie vor sein Brot und seine Brötchen bei uns, und Mutter saß hinter ihrer Scheibe am Schalter wie eh und je. Vielleicht, dass ihr Blick ein wenig schwamm, sonst hatte sich nichts groß verändert. Säufer waren nur Männer. Frauen litten anders. Sie bekamen es mit den Nerven. Sie litten still, tauchten aus dem öffentlichen Leben ab, tranken vielleicht zu viel Klosterfrau Melissengeist, aber saufen taten sie nicht. Wir kannten keine Frau, die trank – außer Mutter. Niemand kannte eine Frau, die trank – außer uns. So sollte es, so musste es bleiben.

Kehrte sie heim, goss sie sich nach. Ein Gläschen Rosé zum Essen und einen Magenbitter nach dem Essen, bevor sie auf der Couch im Fernsehprogramm versank oder sich kurz mit uns unterhielt. Nie fragte sie nach, wie es in der Schule lief, was die Noten machten. Wir waren Schüler ohne große Makel. Das wusste Mutter. Etwas anderes hätte sie nicht ertragen. Hin und wieder legte Mutter eine Platte auf, die obligatorischen Lieder von Udo Jürgens. Sie wusste, dass ich blieb, dass ich mit ihr diese kurze Reise in den Schmerz antrat. Oft auf *Udo '71*. *Eleanor Rigby*, das Jürgens von den Beatles übernommen hatte, liebte sie besonders. Dann wurden ihre Augen feucht, und ich stand auf und ging zum Fenster, schaute hinaus in den Garten, zum Bungert und den Obstbäumen, damit sie sich nicht wegen ihrer Tränen schämte. Ich mochte Udo Jürgens, nicht nur weil Mutter ihn mochte. Er brachte am Samstagabend bei Kulenkampff und Frankenfeld eine erste zarte Kritik in unser Wohnzimmer, Kritik an den vollwangigen Wohlstandsbürgern, für die alles bleiben sollte, wie es war. *Lieb Vaterland magst ruhig sein.* Das tat niemandem wirklich weh. Das war wie Lennons Anti-Kriegssong *Imagine*, der vor zwei Jahren erschienen war. Das war weit entfernt von Dylans *Masters of*

War: And I hope that you die. And your death will come soon. I'll follow your casket. By the pale afternoon. Dylan hörten wir immer mehr. So was sang Udo Jürgens nicht. Roman schrieb diese Zeilen einem Lokalpolitiker aufs Garagentor, der für die Stationierung von Atomwaffen auf dem Gelände der Briten warb. Wenn das mein Sohn wär, würde ich ihn aus dem Haus prügeln, ihn halb totschlagen, schleuderte man Mutter nach dem Gottesdienst entgegen. Die Leute nahmen sich zunehmend mehr gegen uns heraus.

An anderen Abenden saß ich mit ihr vor dem Fernsehapparat. Wir schauten Serien und schifften uns ein ins Unterhaltungsprogramm, gerne zu *Percy Stuart,* und Mutter summte leise den Titelsong mit: *Wer die Welt und jeden Kontinent und die sieben weiten Meere kennt, ist ein Mann mit tausend Träumen, den man Percy Stuart nennt.* Mutter kannte die Nordsee und die niederländische Küste. Ein anderes Meer hatte sie nie gesehen. Und welche Träume hatte Mutter? Dass Vater zurückkehrte? Dass alles wieder würde, wie es einmal gewesen war. Nichts anderes wünschte ich mir, nichts anderes konnte sie sich erhoffen. Ich sank tief in den Sessel und war froh, mit Percy Stuart zu seinen Abenteuern aufzubrechen. Percy war steinreich und smart. Er hatte den letzten Wunsch seines Vaters zu erfüllen und Mitglied eines noblen britischen Clubs zu werden. Dafür musste er Aufgaben erfüllen, alle abenteuerlich, alle brisant, die ihn um die Welt führten, denn einfach so wollten die stocksteifen Herren den Sonnyboy nicht aufnehmen. Mit einem Auge war ich bei Percy Stuart und mit dem anderen beobachtete ich Mutter. Sie lag stumm auf dem Sofa, blinzelte zum Bildschirm, blinzelte in das diffuse Licht der hereinbrechenden Dämmerung, als würde es ihre Augen schmerzen. Die Blätter der großen Linde hinter unserem Haus sanken durch die Luft. Ein Schweben, gelb und sachte, das den Fensterausschnitt füllte, als sei die Welt ins Schweben geraten. Ein Schweben, dem man sich überlassen sollte. Die Dunkelheit kam schnell, und schließlich blieben allein Percy und Mutter zurück. Er auf allen vieren über ein Flachdach robbend mit gezücktem Revolver. Sie schlafend. Leise schmatzend, als hätte sie ein Bonbon im Mund, das nicht abnahm, ein Dauerbonbon, etwas von Bestand.

Eine Hitzewelle, untypisch für Anfang September, brachte heftige Gewitter. Mitte des Monats kam dann der Herbst, und in den Alpen fielen große Mengen Schnee. In der *Tagesschau* zeigte man den Militärputsch in Chile. Tausende wurden verhaftet und im Nationalstadion interniert.

Vater blieb, wo er war. In der Backstube und in seiner unwirtlichen Wohnung in der Stadt, zu der er mich eines Tages, Ende Oktober, mitnahm. Roman hatte es abgelehnt, ihn dorthin zu begleiten. Ich wollte diese leere Stelle in meinem Kopf füllen. All die Bilder überprüfen, die ich mir von Vaters Wohnung gemacht hatte. Ich wollte wissen, wer Vater an einem fremden Ort war. Wollte wissen, ob er dort ein anderer war. An einem Samstagmittag fuhr ich mit ihm nach der Arbeit aus dem Dorf hinaus. Vater hatte das Radio eingeschaltet, um unser Schweigen zu übertönen. Er kutschierte mich durch die Nachbardörfer, durch die Vorstadt, die Tristesse der Häuser, an denen Reklamebanner flatterten oder an den Seitenwänden auf großen Tafeln angebracht waren, dort wo eine Baulücke sich auftat, weil eine Kriegsbombe einen Teil der Bebauung ausgelöscht hatte und man die Fläche mit einem schnöden Parkplatz gefüllt hatte.

Die Stadt hatte schon bessere Zeiten gesehen. Vor dem Krieg galt Mönchengladbach als das Manchester Deutschlands – kein Ehrentitel in Sachen Architektur, aber ein Vergleich, der doch eine Auszeichnung war. Heute standen viele der ehemaligen Textilfabriken leer, mussten als Lagerstätten für Möbel oder Caravans herhalten oder beherbergten die siebte Diskothek am Ort, eine Kleinwäscherei oder einen Autoklempner, einen Aldi, alles, was ein Dach über dem Kopf brauchte.

Vater wohnte in einem ausladenden Backsteinhaus in der Nähe des Stadtparks, einem schönen alten botanischen Garten, der nicht weit vom Bökelbergstadion gelegen war. Wir parkten in einer von Linden bestandenen Allee. Vaters Zimmer lagen im dritten Stock. Wir stiegen die knarrende Holztreppe hinauf, und er gab mir zu verstehen, leise und bedachtsam aufzutreten. Ich verstand, wir befanden uns in einem Privathaus. Zahlreiche Türen gingen von jeder Etage ab. Jederzeit konnten sie sich öffnen, und der Hausherr oder die Frau des Hauses würden herauskommen und uns anschauen, die wir befangen und auf leisen Sohlen durch ihr Eigentum huschten. Vater war kein Mieter, sondern eine Art Gast, der ein Wohnzimmer bewohnte, das zugleich ein Schlafzimmer war. Ein abgetretener grauer Teppichboden lag auf dem Boden aus, und die schmalen Fenster gaben dem Raum kaum Licht. In den Ecken stapelten sich die Bücherkisten. In der Küche hatte Vater einen alten Gartentisch aufgestellt und zwei Stühle. Außer der Tierärztin würde ihn hier niemand besuchen. Die Küche war kahl. Kein Bild, kein Kalender, keine Uhr hing an der Wand. Vater servierte mir ein Glas abgestandene Cola. Sein Kühlschrank war beinahe leer. Auf der Spüle standen ein einzelner Teller und ein verwaistes Glas im Geschirrkorb. Er stellte die Himbeercremetorte und die Sahne auf den Tisch – auf der Kuchenpappe – und schnitt zwei Stücke davon ab. Die Kaffeemaschine röhrte laut auf. Vater fragte nicht, ob ich auch einen mochte. Offenbar ging er noch davon aus, dass ich keinen Kaffee trank. Er setzte sich an den Tisch. Vom nahen Stadion drang durch die Baumkronen und durch das geschlossene Fenster der Singsang der Fans zu uns. Vater hob mir ein Stück Kuchen auf den Teller, wobei der Kuchen auf die Seite fiel. Sein Augenlid flatterte. Ich wusste nicht, worüber ich mit ihm reden sollte. Die entscheidende Frage, ob er jemals zurückkehrte, wagte ich nicht zu stellen, weil ich eine der möglichen Antworten nicht ertragen hätte. So saßen wir stumm am Tisch und hörten den Fangesängen zu, die aus der Distanz fremd und seltsam idiotisch klangen. Ich musste mich zwingen, nicht immerzu auf sein zuckendes Augenlid zu starren. Ich fragte mich, wie Vater hier leben konnte. In diesem Exil. In dieser Kulisse, die an die Theaterkulisse aus *Tod eines Handlungsreisenden* erinnerte, die die Unterprima in der Aula der Schule aufgeführt hatte. Auch wenn ich wusste, dass Vater immer noch Vater war und nicht jemand, der wie Willy Loman auf dem absteigenden Ast saß und sein Leben nicht mehr in den Griff bekam.

Ich aß den Kuchen langsam. Mein Gaumen war trocken. Vater schnitt sich ein zweites Stück ab. In der Küche stand der Duft des Kaffees und des Kuchens, und dahinter lag ein anderer Geruch. Der Geruch von Armut. So roch es bei Theo und Stefan. Ich floh ins Bad, musste einen Moment allein sein, fort von all den Eindrücken, die so wenig zu Vater passten. Das fensterlose Bad hatte keine Dusche. Vater musste in die Wanne steigen und dann einen Vorhang zuziehen. Die Wanne war keine richtige Badewanne, nur eine, in der man sitzen konnte. Die Wände waren nicht gefliest, sondern mit einer ölig glänzenden Farbe angestrichen. Ein blasses Hellgrün. In der Ecke stand ein Golfschläger. Seit wann spielte Vater Golf? Und mit wem? Die Antwort war klar. So sehr ich die Tierärztin hasste, so sehr wünschte ich Vater, dass er am Nachmittag und am Sonntag ein Leben jenseits dieses Zimmers hatte in diesem Haus, in dieser Stadt, wo er nicht hingehörte.

Immer wieder hatte ich mich gefragt, was geschehen und wie unser Leben verlaufen wäre, wenn statt Procol Harum am Maifest vor zwei Jahren irgendwas altbacken Peinliches von Heino ertönt wäre. Vater hätte den Tanzboden verlassen, Mutter wäre eilig zu ihm gegangen, hätte sich als Barriere zwischen ihn und die Tierärztin gestellt, und das Leben, wie wir es kannten, hätte seine Fortsetzung gefunden. Aber so tanzte Vater aus unserem Leben hinaus. Er tanzte bis in dieses Zimmer.

Als ich in die Küche zurückkehrte, hatte Vater das Radio eingeschaltet. Wir hörten *Sport und Musik* mit Kurt Brumme. Vater hatte das Fenster ein wenig geöffnet, damit wir dem Geschehen im Stadion näher waren, von dem wir nicht einmal einen Flutlichtmast sahen. Wir standen nebeneinander am Fenster und schauten in die großen Blutbuchen im Park. Wir hörten dem Raunen zu, dem tiefen Bass der Männerstimmen. Vaters Augenlid hatte aufgehört zu zittern. Wenn ein Tor für die Fohlen fiel, waren wir drei, vier Sekunden vor den Radiohörern im Bilde oder besser gesagt im Ton. So lange dauerte es, bis man vom Studio in Köln zum Stadion schaltete und Jochen Hageleit lebhaft und plastisch die Entstehung des Tors beschrieb. Wenn Hageleit aus dem Stadion berichtete, war man im Stadion, auch wenn man nicht im Stadion war. Er war einer meiner Lieblingsreporter. Vater klopfte mir auf die Schulter, und ich jubelte verhalten. Wir waren nicht zu Hause. Zu Hause im Wohnzimmer war der Torjubel wärmer und freudiger, und manchmal wurde er zur Ekstase, jedenfalls bei mir. Selten verlor Vater die Kontenance. Wenn alles zusammenkam: die Spannung, das Hin und Her und schließlich das erlösende, glückliche Ende wie beim Pokalfinale zwischen den Kölnern und unserer Borussia, das ebenfalls Kurt Brumme kommentiert hatte und das wir wohl nie mehr nachspielen würden, Vater und ich, denn hier in dieser Wohnung bei Willy Loman gab es kein Tipp-Kick und auch sonst nichts.

15

Vater umgab in diesen Tagen, wann immer ich ihn in der Bäckerei antraf, eine Stummheit. Er arbeitete vor sich hin, sprach kaum. In seiner Miene lag keine Erleichterung, und ich fragte mich, wie er es in seiner Wohnung aushielt. Unser Haus war geräumig, wir hatten Möbel, die weder bieder noch protzig waren, Schränke und Vitrinen mit geschliffenem Glas, die als Antiquitäten durchgingen. Die Böden in den Zimmern waren mit einem Parkett ausgelegt, und Flur und Küche hatten einen rot-weißen Terrazzo. Der Garten war vor dem Krieg von einem Landschaftsarchitekten angelegt worden, der eine Vorliebe für englische Gärten mit Rhododendren und Rosenbeeten hegte. Hier standen große Eiben, unter denen Vater einen Korbstuhl platziert hatte – ein Ort, an dem er gerne saß und las. Mutter liebte Azaleen und hatte sie unter der ausladenden japanischen Kirsche gepflanzt, was im Frühjahr in der Luft ein Gewoge aus rosafarbenen Blüten und am Boden einen Kranz aus Orange- und Rottönen entstehen ließ. Die Gartenwege waren gepflastert und zogen von den Rosenbeeten zu den Mohnblumen und Hortensien. Das alles konnte er nicht mehr genießen. Konnte die Tierärztin das ersetzen? Zählte Liebe mehr als ein Zuhause?

Unsere Firmung stand an. Darauf bestand Mutter. Darauf bestand Vater, auch wenn das Ritual in der Pfarrkirche ohne ihn stattfinden würde. Seit Vater die Ehe gebrochen hatte und nicht bei uns wohnte, besuchte er die Messe am Sonntag nicht mehr. Sein Platz auf der Empore neben der Orgel blieb leer. In jedem Gottesdienst schaute ich hoch zu der hölzernen Brüstung, als könnte Vater dahinter auftauchen, als könnte er ungeschehen machen, was geschehen war: seinen Austritt aus unserem öffentlichen Leben. Denn das war der Fluch und die Magie unseres Lebens auf dem Dorf. Auch das Private war öffentlich, da nichts lange privat blieb. Das Leid wie die Fauxpas, die Freuden und die Feste.

Wöchentlich hatten wir uns seit den Sommerferien zur Unterrichtung beim Pfarrer im Pastorat einzufinden. Eine Firmung war kein Automatismus. Man musste sich ihrer würdig zeigen und in einer Messe vor der Gemeinde davon Zeugnis ablegen, dass man firm im Glauben ist. Ein Akt, ein Ritual, das für Mike, Roman, mich und ein paar andere Jungen aus dem Dorf näher rückte. Auch für Owe. Die Firmung sollte fortsetzen, was mit der Taufe seinen Beginn gefunden hatte, eine Art Vollmitgliedschaft in der Kirche. Aber die Kirche wäre nicht die Kirche, würde sie nicht die Pragmatik um die Spiritualität erweitern. Die Firmung, so der Pfarrer, sollten wir als eine Art Gabe des Heiligen Geistes an den Gläubigen verstehen. Eine Gemeinschaft im Geiste. Der Heilige Geist sei der Statthalter Gottes in unseren Herzen, was Owe mit einem Grinsen quittierte. Wir anderen schwiegen. Roman und ich sprachen nicht über religiöse Dinge. Das Beten und der Glaube waren intim, fast so wie die Gedanken an Sex.

Wir saßen im Pastorat an dem großen Eichentisch. Pfarrer Geller, ein kleiner, rundlicher Mann mit einer goldenen Brille, auf dessen Wange eine große Warze hockte, dozierte im Stehen. Er fuchtelte mit den Händen, während er sprach.

»Der Heilige Geist ist wie der Wind. Manchmal spürt

man ihn, ein anderes Mal nicht. Der Heilige Geist erfüllt unsere Gedanken. Ist der wichtigste Helfer in der Not.«

Geller schaute in die Runde. Vor allem auf mich, als sei ich imstande, seine Worte zu bestätigen.

»Er ist Ratgeber, wenn eine schwierige Entscheidung ansteht. Verhindert mitunter das Unglück, das Pech und das Böse, das nur darauf wartet, uns zu widerfahren. Er ist der, der uns warnt. Sprecht zu ihm! Betet zu ihm!«

Der Pfarrer schritt am Kopfende des Eichentisches von einer Wand zur anderen. Er hielt jetzt den Kopf gesenkt. Er sprach wie im Furor.

Owe gluckste. Er schraubte seinen Kugelschreiber auseinander, zerriss eine Seite seines Schreibblocks und formte daraus Papierkügelchen, die er mit Spucke anfeuchtete. Den Schaft seines Kugelschreibers verwendete er als Blasrohr. Als der Pfarrer am Fenster stand, zur Straße hinausschaute und weiterredete, schoss Owe seine Batterie Papierkugeln ab. Sein Ziel war der Rücken des Pfarrers.

Gottes Geist komme direkt in unsere Herzen. Wir, die wir nun stark im Glauben würden durch das Sakrament der Firmung, seien durch den Heiligen Geist eine Art Tempel Gottes, ein menschlicher, geistiger Tempel. Es brauche keine Steine, keine Balken, keine kirchlichen Bauten, um Zeugnis vom Glauben abzulegen. Jeder von uns, der in zwei Wochen am Altar stünde, sei eine Wohnstatt Gottes. Der Pfarrer glaubte, was er sagte, dass der Heilige Geist nämlich Gott selbst sei und höchstpersönlich in uns wohnen wolle. Owe glaubte das nicht. Er rutschte feixend auf seinem Stuhl hin und her.

»Bis zur Wiederkunft Jesu, eines Tages, hält der Geist Gottes die Verbindung aufrecht«, sagte der Pfarrer und setzte sich schnaufend auf seinen Stuhl. Er schaute in die Runde, als erwartete er eine Antwort. Was hätten wir sagen sollen? Wir schauten betreten auf die Maserung der Tischplatte, wie auf eine Landkarte, die wir studierten.

»Glaubt oder glaubt es nicht«, schloss der Pfarrer den Abend und bat mich, ausgerechnet mich, die feuchten Papierfetzen von seinem Rücken abzustreifen.

»Übrigens«, sagte er, da standen wir schon im Flur, »offenbart hat sich der Heilige Geist unter anderem mit dem Pfingstereignis. Er befähigte die Jünger, die Botschaft Gottes in vielen Sprachen zu erklären. Jeder hörte ihre Worte in der eigenen Muttersprache und konnte verstehen, was die Jünger sagten.«

Owe zuckte nur mit den Schultern und spazierte hinaus in den Nachmittag.

Am folgenden Tag besuchten wir die Messe. Da sahen wir Owe nicht mehr. Er blieb der Kirche fern.

Das Dorf putzte sich heraus. Am Vorabend der Firmung wurden die Straßen mit Tannenzweigen geschmückt. An jedem Laternenpfahl wurde einer befestigt. Banner zierten den Weg zur Kirche. Ein Baldachin überspannte die letzten Meter zum Kirchhof.

In der Bäckerei hatten wir viel zu tun. Mutter half Klara im Laden aus. Vater arbeitete seit drei Uhr nachts in der Konditorei. Kuchen über Kuchen stellten Roman und ich seit den frühen Morgenstunden in die Kühlkammer: Sahne-Nuss, Schwarzwälder Kirsch, Erdbeerkuchen mit Rhabarberschicht, Cremeschnitten, Sachertorte. Günter und Leonhard fabrizierten den Streuselkuchen und die Obstfladen. Sie bedeckten den Hefeteigboden mit Apfel- oder Aprikosenmus und legten darüber ein gitterförmiges Teiggeflecht. Backwarm kamen die Fladen aus dem Ofen.

»Beeilt euch!«, sagte Vater zu uns, »bringt sie in den Laden. Solange sie warm sind, duften sie. Was duftet, das kaufen die Leute.«

Bis zur Straße hinaus standen die Kunden. Bis in den Nachmittag arbeitete Vater, weit über den Geschäftsschluss um 14 Uhr hinaus. Sein Leben war bis auf die Ausflüge ins Stadion und zu uns auf den Fußballplatz ein Leben ohne viel Freizeit gewesen, wenn man davon absah, dass er, wann immer die Müdigkeit ihn nicht in die Horizontale und am Nachmittag in den Schlaf zwang, las. Jetzt würde er mit der Tierärztin Golf spielen. Am Ende würde er gar mit ihr einen Urlaub verbringen und das tun, was unsere Eltern nicht taten. Zusammen verreisen oder in Urlaub fahren. Denn Urlaub hatten unsere Eltern nicht gemacht. Weder alleine noch mit uns.

An einem Sonntagmorgen stiefelten wir mit Mutter, Großmutter und Leonhard zur Firmungsmesse. Bis zum letzten Platz war die Kirche besetzt. Für uns Firmlinge hatte man die Kirchenbänke ganz vorn in der Nähe des Altars reserviert. Die Luft war geschwängert vom süßlichen Duft der Königslilien. Rund um den Altar standen die Gestecke mit den weißen und rosafarbenen Blumen. Leise säuselten die Stimmen der Kirchgänger, die von Zeit zu Zeit ein Husten durchschnitt oder ein trompetenlautes Naseputzen. Großmutter saß mit Mutter in der zweiten Bank, hinter Honold, der auch nach seiner Pensionierung die erste Kirchenbank einnahm. Großmutters Haar war dünner geworden. Sie hatte wie Mutter die gute Handtasche dabei. Ein schwarzes Teil aus Krokoleder. Der blaue Seidenschal lag um ihren faltigen Hals. Mutter trug eine Nerzstola. Großmutter nickte mir zu, und ich sah den Stolz in ihren Augen. Heute war ein guter Tag, vor allem für sie, vielleicht auch für Mutter. Ein

Tag, der einen eigenen Stempel trug und nicht den Stempel des Verlusts, denn beide hatten sie etwas verloren: ihre Gesundheit und vor allem Vater und damit den Anstrich, eine ganz normale Familie zu sein. Nie wollten Großmutter und Mutter anders sein als alle anderen. In einer der hinteren Bänke hatte Buhnke Platz genommen. Er war der Stachel in unserem Fleisch.

Als die Sakristeiglocke läutete, standen wir und alle anderen auf und sangen beim Einzug der Priester. Eine Prozession von ernsten und würdevollen Gesichtern betrat den Altarraum, denen eine Kohorte Messdiener in weißen Chorhemden und roten Kragen voranschritt. Die ersten sechs von ihnen trugen Flambeaus, Kerzenständer mit einer weißen Kerze. Sie stellten sich links und rechts am Altar auf und illuminierten ihn. Chef am Altar war ein Weihbischof, ein entfernter Verwandter Leonhards. Sein Messgewand war tiefrot. Die Mitra saß eindrucksvoll auf seinem Kopf. Assistiert wurde ihm vom Pfarrer. Alles war würdevoll. Der Kirchenchor sang. Die Gemeinde stimmte bei jedem Lied lautstark ein. Der Pfarrer war ein wenig nervös. Er verlas sich beim Evangelium. Beim eigentlichen Ritual legte der Bischof jedem von uns die Hand auf die Stirn. Er salbte uns mit Chrisam, einem Gemisch aus Olivenöl und Balsam, wohlriechend, wenn auch ein wenig stark. Anschließend fielen die immer gleichen Worte: »Sei besiegelt mit der Gabe des Heiligen Geistes.« Jeder von uns schickte ein Amen hinterher. Wenn wir zu zaghaft, nur gehaucht und gedämpft sprachen, sah uns der Bischof streng an und ließ uns wiederholen, worauf er dann anstimmte: »Der Friede sei mit dir!« Uns blieb zu sagen: »Und mit deinem Geiste.« Hinter uns stand Leonhard, unser Firmpate, und hatte uns eine Hand auf die Schulter gelegt.

Nach der Messe entließ man uns durch den Mittelgang ins Freie. Flöten bliesen, schrill und blechern. Dazu ein Trommelwirbel, ein gesetzter Takt, wir stellten uns auf, bildeten ein Spalier, der Bischof und der Pfarrer, auch die Messdiener schritten durch die Gasse. Auf den Gesichtern der Jungen stand der Ernst der Stunde, der sich erst löste und verschwand, als sie den Spielmannszug passiert hatten.

Mutter und Großmutter waren bereits nach Hause gegangen. Wir sollten ihnen alsbald mit Leonhard folgen und den Bischof auf einen Kaffee und einen guten Tropfen mitbringen. So war es geplant. Leonhard verschwand in der Sakristei, um den Bischof abzuholen, und kehrte nicht wieder.

Wir machten uns ohne sie auf, in unseren Anzügen, in den neu gekauften Schuhen. Die Sonne schien, spiegelte sich in den Fenstern. In der Luft stand der Geruch von Braten. Der Sonntagmittagsgeruch. Erst am Nachmittag würde er sich verflüchtigen, wenn es Torte gab. Am Abend würde Mutter die Fritteuse aufstellen und das Palmin im Frittierkorb erhitzen. Dann würde ein anderer Geruch sich breitmachen und bis in den letzten Winkel des Hauses kriechen. Kein anderer Tag hatte diese so klar markierten Geruchszeiten, diese Wegmarken in den Abend, der früh begann, der markiert war von einer Angst – die Angst vor dem Montag, einem Schulmontag. Eine kleine Angst zunächst; eine, die im Magen begann, schließlich die Speiseröhre hochstieg, bis sie schließlich brannte.

Ich steckte den Schlüssel ins Schloss, öffnete die Tür, stand in der Diele. Das Radio lief. Eine Orgelmusik, ein Kirchenlied, der Gesang der Gläubigen setzte ein, ein dünner, in sich gekehrter Gesang. Wir hängten unsere Jacke an die Garderobe. Aus dem Wohnzimmer drangen Stimmen. Die

Stimme Leonhards, die Stimmen der beiden Frauen und die Stimme des Bischofs.

»Wie können sie schon hier sein?«, fragte ich.

»Keine Ahnung«, sagte Roman. »Sicherlich hat der Bischof ein Auto.«

»Dann hätten wir ihn auf der Straße sehen müssen«, sagte ich.

Wir öffneten die Tür, Zigarrenqualm schlug uns entgegen. Großmutter lächelte. Erst jetzt erkannte ich, wie lange ich sie nicht mehr hatte lächeln sehen, jedenfalls diese Art zu lächeln, in die das Wohlwollen und die Milde zurückgekehrt zu sein schienen. Für diesen einen Tag.

Mutter saß seltsam mädchenhaft und klein im Sessel. Die Knie waren eng aneinandergelegt. Der Bischof trug eine dunkle Soutane. Um den Hals schloss sich ein ringförmiger weißer Stehkragen. Leonhard goss dem Bischof einen Dujardin ein. Er trank einen kräftigen Schluck und fuhr sich mit der Hand über den kahlen Kopf. Eine glatte Fläche, die wie poliert aussah.

Wir gaben dem Bischof die Hand, setzten uns neben Großmutter. Sie strich mir über den Rücken. Einen Augenblick lang. Sie hatte das lange nicht mehr getan. Durch den Stoff des Jacketts spürte ich die Wärme ihrer Hand.

»Schaut, was Eure Exzellenz euch zur Firmung schenkt«, sagte Mutter und zeigte auf die beiden gerahmten Porträtfotos des Bischofs, die auf dem Bücherregal standen. Der Bischof verzog auf dem Foto keine Miene, schaute ernst und vor Würde triefend drein. Er war in vollem Ornat abgebildet: mit Mitra, Krummstab und goldenem Brustkreuz.

»Danke«, sagte ich und fasste das Foto nicht an.

Roman schwieg.

»Freut ihr euch?«, fragte Leonhard. Seine Stimme klang

unecht, klang wie eine Stimme vom Band aus dem Sprachlabor im Gymnasium, die mit uns englische oder französische Vokabeln einübte.

»Ja«, sagte ich.

Roman schwieg.

Ich ging zum Bischof und wollte mich bedanken. Er streckte mir seine Hand hin. Sie war zur Faust geschlossen, sein goldener, mit Edelsteinen besetzter Ring blinkte.

»Du darfst ihn küssen«, sagte Mutter.

»Wen?«, fragte Roman. »Den Ring oder den Herrn Bischof?« Seine Stimme schnitt ins Zimmer.

»Den Ring, man küsst den Ring«, sagte Mutter und errötete.

»Ach was«, kam der Bischof ihr zu Hilfe. »Heutzutage muss man es vielleicht nicht mehr so genau nehmen.«

Leonhard nickte und goss ihm nach. Auch Mutter trank einen Dujardin.

»Früher war das anders«, sagte der Bischof. »Gar die Herrn Nazis brachte man mit dieser Geste in Verlegenheit. Viele sahen sich gezwungen, den Ring zu küssen. So war der Brauch. Sie waren ja nicht immer Nazis gewesen. In vielen steckte noch ein Katholik. Selbst Goebbels habe ich in Verlegenheit gebracht, als ich ihm meine Hand hinstreckte. Hatte ihn aufgesucht, ein Gespräch von Rheinländer zu Rheinländer, um ihm abzuringen, dass religiös-katholische Literatur verschont blieb von der Bücherverbrennung.«

»Ehrwürden zeigten eine feste Haltung«, flocht Mutter ein.

»Donnerwetter, innen fest und außen firm«, schnalzte Roman und verließ das Zimmer.

Ich blieb.

16

Ende Januar 1974 kehrte Mia zu uns zurück, nachdem sie in der Klinik ausdauernd ihr Bett und das Waschbecken bestrickt hatte, und die Ärzte diagnostiziert hatten, was auch schon der Hausarzt wusste. Medikamentös hatten sie sie neu eingestellt. Mehr konnten sie für Mia nicht tun. Mutter hatte durchgesetzt, sie nach Hause zurückzuholen, was alle freute und Vater beunruhigte.

»Wir stehen jetzt unter verschärfter Beobachtung«, erklärte er uns. Mias Anwesenheit würde der Schneidewind nicht entgehen, und sie wartete nur auf eine Gelegenheit, es uns heimzuzahlen wegen allem, was sich damals bei Mias Abtransport zu Hause abgespielt hatte, als es hieß, es würde ein Nachspiel haben.

Diese Drohung schwebte über uns, sie war die große dunkle Wolke am Himmel, *that long black cloud* aus *Knockin' on Heavens Door*, ein Song, den wir oft hörten, der aus Romans Zimmer drang, wenn Mutter im Laden und Vater schon ausgeflogen war. Roman spielte den Song manchmal eine halbe Stunde und länger. Immer wieder das gleiche Lied, das er aufdrehte und durch den Garten auf die Straße jagte, bis die Nachbarn vor der Tür standen und sich beschwerten, wütend und eskortiert vom Zorn gegen Jugendliche, die ihr Haar lang trugen und sich auflehnten gegen den Mief aus Zucht und Ordnung, worauf Roman nur lächelte. Sie spien ihm ihre Verachtung entgegen und trauten sich, den Dreck einer anderen Zeit ins Haus zu kübeln, die in ihren Köpfen nie ganz vergangen war, bevor Leonhard ihnen dann die Tür vor der Nase zuschlug und Roman eine neunminütige Live-Version von Jimi Hendrix' *All Along the Watchtower* hinterherschickte, dessen scheinbar endlose und raue Gitarrenläufe das Finale waren, das Großmutter und Leonhard abwarteten, bevor sie für Ruhe sorgten in Romans Zimmer, im Haus, im Garten und in den Ohren der Nachbarn. Diese Wolke verließ uns in den nächsten Monaten nicht mehr. Wo wir waren, war auch sie und wartete auf uns. In jeder Nacht war sie anwesend und erinnerte uns daran, dass nichts im Leben sicher ist, erst recht nicht, wenn man so war, wie Roman und ich waren.

Wir dürften uns nichts mehr leisten, sagte Mutter, keinen Fehltritt, sagte Leonhard und schaute besorgt drein, besorgter als alle anderen, ohne zu wissen, dass der Fehltritt längst stattgefunden hatte. Nicht Mia war ihr Ziel. Roman und ich standen auf der Liste, die die Schneidewind abzuarbeiten hatte. Emsig und gnadenlos.

Mia war apathisch, hatte zahlreiche neue Medikamente bekommen. Sie strickte nicht mehr, lag bis mittags im Bett, wenn Mutter und Großmutter sie nicht aufsetzten, sie wuschen, anzogen, sie an den Frühstückstisch führten, wo sie zusammengesunken auf ihrem Stuhl saß, das Marmeladenglas in den Fingern drehte und kaum einen Bissen aß, bis Mutter eines Tages die Tabletten aus dem Küchenschrank nahm und sie in den Müll warf. Niemand protestierte.

Manchmal sahen wir die Schneidewind mit ihrem beigen VW Käfer durchs Dorf fahren. Sie stoppte mitunter, stieg aus, schaute in den Hof, betrat den Laden und kaufte ein Brot, spitzelte, wenn die Tür zum Wohnbereich aufging, in die Küche. Hin und wieder gingen wir dann in den Laden, obwohl Leonhard versuchte, uns zurückzuhalten. Wir holten uns ein Hefeteilchen, musterten sie, Roman schaute ihr direkt ins Gesicht. Ihr Blick wich nicht aus, nie, er war kalt und souverän. Ihre Stimme schnarrte ein Auf Wiedersehen, und es klang wie eine Drohung. Abends begleitete Buhnke sie durchs Dorf. Am Marktplatz, am Spielplatz, wo immer wir und andere Jugendliche uns aufhielten, bogen sie um die Ecke, lauerten auf die, die noch unterwegs waren, denen Buhnke und die Schneidewind Herumtreiberei andichten wollten. Leonhard warnte uns, wir sollten vorsichtig sein, uns nichts zuschulden kommen lassen, er wisse, mit wem wir es zu tun hätten, und schwieg.

Der Winter kam spät in diesem Jahr. Er legte den Bäumen ein nasses weißes Tuch um, eine Last, an der sie schwer trugen. Anfang Februar passierte die Sache mit Großmutter. Kurz nach Romans Referat, das er in der Aula hielt, bei der Abschlussveranstaltung der deutsch-belgischen Woche, nach dem Schüleraustausch mit dem Lütticher Athénée Royal Charles Rogier. Ich saß mit immer kälter werdenden Fingern und Zehen in der letzten Reihe, hörte das Scharren der Füße, das Murren der Lehrer. Entrüstung bei den Deutschen, Befremden bei den Belgiern, die wahrscheinlich alles erwartet hatten, Worte zur Völkerfreundschaft, Worte zur Zukunft Europas, zum Aufbruch der Jugend in goldene Zeiten, aber nicht *das*. Roman sprach über die Gräueltaten der deutschen Armee, das Massaker 1914 im belgischen Dinant, die Erschießungen von Männern, Frauen und Kindern als Vergeltungsmaßnahme, Methoden, die im Zweiten Weltkrieg dann bei der SS und der Wehrmacht Standard wurden. Roman berichtete über die Schändung der Stadt Löwen, das Füsilieren der Zivilbevölkerung, das Niederbrennen der Stadt und der Universitätsbibliothek. In den

Flammen gingen mittelalterliche Handschriften, Inkunabeln, dreihunderttausend Bücher und die Idee von den Deutschen als Kulturvolk unter. Der zivilisierten Welt galten wir bereits im Ersten Weltkrieg als die neuen Hunnen. Roman sagte, dass Gräueltaten von der Führung nicht nur toleriert, sondern angeordnet wurden. Er nannte die Zahlen und Orte. Er verdarb beim Bankett vielen den Appetit auf die Lütticher Waffeln und den Ardenner Schinken. Isoliert stand er hinterher an einem Stehtisch und knabberte an den Couques de Dinant. Niemand stellte sich zu ihm, keiner der Lehrer außer Wolz, keiner der Mitschüler. Roman war an diesem Nachmittag ein Paria. Er hielt es aus – eine Zeit lang, schaute in die Runde, auf die Rücken der Mitschüler und Festgäste. Er lauschte dem Summen der Stimmen, dem Klirren der Gläser. Ich gratulierte ihm zu dem, was er und wie er es gesagt hatte, nämlich mit fester Stimme. Ich stand an seinem Tisch, und irgendwann schickte er mich fort und blieb dort wie zuvor allein stehen, knabbernd und stoisch, eine halbe Stunde und länger, bis er schließlich in sein Sakko schlüpfte, den Kragen hochschlug und das Foyer verließ und nach draußen trat, wo ich auf ihn wartete. Wie im Film schlug er die Tür krachend hinter sich zu, und er wird erwartet und gehofft haben, dass ihre Köpfe herumfuhren, als die Glastür ins Schloss fiel, aber es geschah nicht, der Lärmpegel im Foyer musste den Schlag geschluckt haben. Roman war eitel, er spürte, wann und wie man sich zu inszenieren hatte.

Wir alle wussten, wie sehr Mutter Großmutter brauchte. Gerade jetzt, da Vater nicht viel mehr war als ein gut bezahlter Angestellter und Betriebsleiter. Schnee fiel und warf ein stumpfes Licht in die Küche. Ich schaute vom Küchentisch hinaus in das Zwielicht zwischen den Bäumen. Wildtauben flogen aus den Fichten auf und kreisten über den Wipfeln. Die Äste schaukelten im Wind. Alles war unter dem Schnee verschwunden, die Axt und der Spaten und die ovalen erfrorenen Leiber der Ratten, die das Kanalrohr verstopft hatten. Am Morgen hatten sich die Trittsiegel der Hasen auf der Gartenwiese gekreuzt. Zwischen die Spurbilder war eine Linie getanzt, die von einem Fuchs stammte. Hinter mir stand meine Großmutter am Herd und rührte Zwiebeln in der Pfanne. In meinem Ohr das Schaben des hölzernen Kochlöffels. Als das Geräusch aussetzte, grundierte das Summen des Kühlschranks die Stille.

Ich wandte mich um, blickte zu meiner Großmutter. Ihre Silhouette dämmerte vor der hellen Emaille des Herdes auf. Sie hatte den Löffel beiseitegelegt. In der Hand hielt sie ein Büschel Haar. Mit der anderen Hand griff sie sich an den Hinterkopf, und als sie sich die Hand vors Gesicht hielt, hatte sie ein weiteres Büschel zwischen den Fingern, als hätte sie es ausgerissen. Sie wog es ratlos in der Hand, wusste offenbar nicht, wohin damit, ging zur Spüle, öffnete die Tür des Unterschranks, bückte sich und zögerte, ihre Haare in den Mülleimer zu werfen, dem der Geruch faulender Obst- und Gemüsereste entstieg. Mit schmerzverzerrtem Gesicht richtete sie sich auf und ging zur Küchentür hinaus und legte die Haarbüschel auf einem Beet ab, dunkles Haar auf weißem Schnee. Es sah nicht aus wie das Haar eines Menschen, sondern wie das eines Tiers, eines Wildtiers, dem im Garten etwas Schreckliches widerfahren sein musste. Eine ganze Handvoll Haar lag unter einer Hortensie, zusammengekrümmt, eingerollt wie ein schwarzes Eichhörnchen. Als sie zurück in die Küche kam, wagte ich nicht, sie anzusehen, und blätterte in der Zeitung. Jedes Umblättern geriet mir zu laut. Aus den Augenwinkeln sah ich, dass sie sich den Arm hielt, ihn an Elle und Speiche zu stützen schien, als hätte das Ablegen des Haars im Schnee den Arm überstrapaziert.

Das Furchtbare ist nicht maßvoll, es beschränkt sich nicht auf das Quantum, das für einen Menschen noch verkraftbar wäre. Das Furchtbare ist eine eigene ontologische Kategorie ohne Relation zum Humanen. Das ahnte ich damals nicht. Großmutter war kein weinerlicher Mensch. Sie hatte den Krieg überlebt in einem Bunker, den mein Großvater im Garten hatte bauen lassen – zu einem Zeitpunkt, da der Westfeldzug und der Blitzkrieg überaus erfolgreich waren und kaum einer damit rechnete, dass der Krieg dorthin heimkehrte, wo er ersonnen wurde. Es war ein schlauchartiges Gebilde mit separiertem Ein- und Ausgang und einer steilen Treppe, die in die Unterwelt führte. Hinter den meterdicken Mauern hatten sie ausgeharrt.

Jetzt nahm sie einen Kochtopf aus dem Schrank, stellte ihn in die Spüle und füllte ihn mit Wasser. Sie hievte den Topf mit beiden Händen aus der Spüle, trug ihn. Meine Frage, ob ich ihr helfen sollte, ließ sie unbeantwortet. Sie hatte den Herd erreicht, als ihr der Topf aus den Händen fiel und sie aufschrie. Ich stürzte zu ihr. Das Wasser schwappte durch die Küche. Sie sank mit dem Rücken gegen den Küchenschrank. Ihr rechter Arm hing schlaff herunter. Sie wimmerte, wankte zum Küchentisch, ließ sich auf einem Stuhl nieder und rief leise nach Mutter. Ich stürzte zum Telefon, erreichte sie in ihrem Laden und in weniger als zehn Minuten war sie bei uns. Großmutter saß auf dem Stuhl, ihr Oberkörper wippte vor und zurück. Kleine, winzige Bewegungen, die der Schmerz ihr zu diktieren schien. Mutter strich ihr über den Kopf, ging ins Badezimmer und kam mit einem Röhrchen Schmerztabletten zurück. Sie ließ zwei Tabletten aus dem Röhrchen in ihre Hand rutschen und gab sie Großmutter, die sie sofort schluckte.

Der Arzt kam schnell. Sein schwarzer Mercedes bog auf den Hof ein. Ich nahm ihn in Empfang und führte ihn in die Küche, lief dann zu Vater in die Backstube, der sich die Hände wusch und mir folgte.

Ich verstand nicht alles, was sie sagten. Vater, Mutter, der Arzt. Großmutter schwieg, aber ihre Augen sprachen. Und diese Sprache gab den Wörtern, die ich nicht verstand, eine unheilvolle Bedeutung. Dr. Mertens trennte Großmutters Ärmel unterhalb der Schulter ab, und man erkannte eine große Beule am Oberarm, die sich bläulich verfärbt hatte. Er sprach leise mit Vater. Vater nickte, und für einen Augenblick waren wir wieder vereint, meine Eltern und ich. Mia kam in die Küche und setzte sich an den Tisch. Mutter beugte sich zu Mia, flüsterte ihr ein paar Worte zu. Mia nahm ihr Strickzeug vom Tisch und sagte, sie würde Großmutter etwas für den Arm stricken, damit er wieder in Ordnung käme.

»Eine Manschette?«, fragte Mutter.

»Eine Manschette«, sagte Mia. »Gegen die Schmerzen.«

In solchen Momenten wussten wir nichts über die Zukunft. Niemand von uns, die wir damals in der Küche bei Großmutter waren. Was aus Mutter, was aus Vater und aus mir und Roman wurde, zeichnete sich vielleicht nur ab, war eine gazedünne Wolke, die über den Himmel trieb und eine diffuse Gestalt hatte. Gestalten formen sich, bilden sich aus, finden zu ihrer endgültigen Form. Die in unseren Gedanken und vor allem die in der Wirklichkeit. Das treibt sie an. Sie laden sich auf mit Geschehnissen und Begebenheiten, und manchmal nimmt das Schicksal es in die Hand, alles zur Vollendung zu bringen, und fügt es glücklich oder zementiert das Unglück und den Niedergang eines Menschen. Noch war nichts festgelegt bis auf das Schicksal, das Großmutter ereilen würde. Es hatte gerade den Daumen über Großmutter gesenkt. Das ahnte ich. Ich las es in der Mimik meiner Eltern und im Gesicht von Dr. Mertens, das bar allen professionellen Optimismus war. Ein Gesicht, das mitlitt.

Der Krankenwagen fuhr auf den Hof, und kurz darauf trafen Roman und Leonhard ein. Sie hatten die Blattsäge und eine Axt an der Schmiede schleifen lassen und trugen sie über der Schulter. Man hatte Großmutter in einen Rollstuhl gesetzt und schob sie in den Krankenwagen. Mutter begleitete sie, und Vater schloss bereits seinen Wagen auf. Er würde dem Krankenwagen folgen. Als er Roman und Leonhard passierte, hielt er, kurbelte das Fenster runter und drückte Romans Hand.

Wir sahen die Eltern erst am späten Abend wieder, und diesmal blieb Vater und fuhr nicht zu seiner Wohnung. Wir saßen im Wohnzimmer, tranken Limonade, Vater und Leonhard ein Bier und Mutter Cognac. Auch Mia war bei uns, und in die Stummheit drangen das Klicken der Stricknadeln und das Aufsetzen der Gläser auf dem niedrigen Couchtisch. Von Zeit zu Zeit stand Vater auf, trat ans Fenster und schaute hinaus in den Garten, über dem der Widerschein des Schnees lag, ein Licht, das aus sich selbst zu strahlen schien, denn kein Stern war zu sehen und nicht der Mond. Wir schauten in Vaters Rücken, und es tat gut, ihn dort stehen zu sehen, war er doch der Einzige, der uns schützen können würde, wogegen auch immer, weil er immer noch unser Vater war. Wenn er an den Tisch zurückkehrte und in seinem grünstichigen Polstersessel Platz nahm, strich er Roman oder mir übers Haar. In Mutters Blick schwelten Bitterkeit und Wohlwollen zugleich.

Spät gingen wir zu Bett, vereint im Kummer um Großmutter und wieder wie eine Familie, auch wenn Vater im Wohnzimmer auf der Couch sein Bett herrichtete. Mutter brachte ihm das Bettzeug und verließ das Wohnzimmer lange nach uns. Wir lagen in unseren Betten und hörten das Knarren der Tür und das Knarren der Treppenstufen hoch zu ihrem Schlafzimmer. Erst dann schliefen wir ein.

Wir besuchten Großmutter nie. Nur Vater und Mutter fuhren zu ihr ins Krankenhaus, und manchmal auch Leonhard. Wir sollten warten, bis es ihr besser ginge.

Mia strickte eine Manschette, danach einen Schal, damit Großmutter nicht fröre, wenn sie das Krankenhaus verlassen und zu uns zurückkehren würde. Als der Schal, sehr lang und sehr bunt, zu Ende gestrickt auf dem Sofa lag, forderte Mia, ihn Großmutter zu übergeben. Jeden Tag wiederholte sie ihre Bitte, und schließlich stimmte Mutter zu, dass wir ins Krankenhaus fahren sollten, um ihr den Schal zu bringen, von der Manschette sprach sie nicht. Der Oberarmknochen, hatte sie uns aufgeklärt, sei angegriffen und brüchig geworden. Großmutter habe starke Schmerzen. Ich ahnte kaum, was sich hinter den Worten verbarg.

Wir parkten den Wagen auf dem Parkplatz. Wir sahen hoch zu den vielen Fenstern, auf denen das blasse Licht eines Februarnachmittags lag.

»Siebter Stock, das dritte Fenster von links«, sagte Mutter.

Wir zählten die Stockwerke ab. Großmutters Fenster sah wie jedes andere Fenster aus. Mia nahm den Schal von der Rückbank, wir unsere Blumen und das Paket mit den Plätzchen, die wir aus der Bäckerei mitgenommen hatten. Goldgelbes Mürbegebäck, von dem es hieß, Großmutter möge es besonders, was zumindest mir bisher nicht aufgefallen war. Als wir den Aufzug betraten und nach oben rumpelten, ausstiegen und den Flur hinuntergingen, im Ohr das Stöckeln von Mutters und Mias Schuhen, in der Nase den Duft ihrer Parfums und den Geruch, den ein Krankenhaus nie kaschieren kann, nirgendwo, war da diese Gewissheit, Großmutter als Großmutter vorzufinden, vielleicht nur ein wenig hagerer und müder als vor ein paar Wochen. Nichts anderes konnte und wollte ich mir vorstellen.

Einige Meter vor Großmutters Zimmer blieb Mutter stehen, nahm uns zur Seite, auch Mia, und sagte: »Erschreckt euch nicht, wenn ihr sie gleich seht.« Nur diesen Satz. Dann lächelte sie, strich uns über die Wange, als wären wir kleine Jungen, die vor einer schweren Aufgabe stünden. Mia legte sich mit kummervoller Miene den Schal um den Hals. Aus der Manteltasche nahm sie hastig ihre Lederhandschuhe heraus und streifte sie über. Sie wandte sich um und schickte sich an, zum Aufzug zurückzugehen.

»Aber Mia«, sagte Mutter. »Wir müssen zu Johanna, wir wollen sie doch nicht ganz allein lassen.«

Ihre hagere Gestalt in dem schwarzen Wollmantel mit dem Webpelzkragen stoppte vor dem Aufzug ab.

»Johanna wartet auf uns und auf den Schal«, sagte Mutter. Sie ging zu ihr. »Die Jungen können nicht allein zu ihr gehen, nicht wahr, Mia? Das können sie nicht, sind viel zu klein.«

Mutter hakte sich bei Mia ein und führte sie zurück zu uns.

Mutter und Mia liefen voraus über das blank gewienerte Linoleum. Wir passierten einen Medizinschrank, in dessen

Glasflächen sich unsere Gestalten spiegelten wie Zerrbilder mit zu großen Köpfen und kurzen Beinen. Es waren nur ein paar Meter bis zu Großmutters Zimmer, aber mit jedem Schritt wurden Mutter und Mia langsamer.

Es schien, als müsse Mutter Luft holen, bevor sie an die Tür klopfte und die Klinke drückte.

Ich roch es sofort, noch bevor ich etwas sah, denn ich trat als Letzter ein, hinter Roman, und schaute in die Rücken derer, die vor mir ins Zimmer getreten waren. Einige wenige Sekunden bereitete der Geruch aus Desinfektionsmitteln und Krankheit mich darauf vor, was oder wen ich sehen würde. Er sprach davon, dass es Bilder waren, die ich nie gesehen hatte. Ich folgte Mia, Mutter und Roman und schaute auf dem Weg zu Großmutters Bett, das am Fenster stand, in ein fahles Gesicht und auf einen Kopf ohne jedes Haar, von dem ich nicht hätte sagen können, ob es der Kopf einer Frau oder eines Mannes war. Die Person im Bett neben Großmutter hatte die Augen geschlossen, die Bettdecke reichte ihr bis zum Kinn. Schließlich tat Mutter einen Schritt nach links, und Mia und Roman machten einen Schritt nach rechts, so wie ein Fluss sich an einem Hindernis bricht und teilt, und gaben den Blick frei auf ein Bett, in dem jemand lag, den ich so nicht kannte. Ein schmales Köpfchen, auf dem dünne Haarfäden lagen, die Nase überscharf ins Gesicht gezeichnet, das blau und orangefarben marmoriert war. Auf der Stirn leuchtete ein großes Mal, furunkelrot, aufgeworfen und von einer blauen Stiftspur umzeichnet. Die Augen, Großmutters ehemals blaue Augen, schienen verblasst zu sein wie eine Mauerfarbe, die jahrelang Sonne und Regen ausgesetzt war. Ein maskenhaftes Lächeln huschte über Großmutters Gesicht, und als ich ihr die Hand hinstreckte, schaffte es ihre Hand nicht, sich von der Bettdecke zu lösen und meine Hand zu ergreifen. Nur die Finger streckten sich und richteten sich ein wenig auf. Finger, die ich nicht anfassen konnte, so dünn und ausgemergelt und fremd waren sie mir, dass ich einen Schritt vom Bett weg machte und auf diese Finger starrte, die zurück auf die Bettdecke sanken und dort wie dürre Stöckchen lagen, die jemand gleich aufklauben würde.

Mutter trat ganz dicht an Großmutters Bett und sagte: »Mia hat einen Schal gestrickt, für dich.«

Großmutter bewegte die Augenlider, bewegte den Mund und hauchte etwas, das ich nicht verstand. Mutter reichte ihr eine Schnabeltasse, setzte sie an ihre Lippen, und sie trank einen Schluck, nicht mehr als ein Vogel trinken würde. Dann nahm Mutter ihre Hand, streichelte sie sehr vorsichtig, aber Großmutter verzog das Gesicht und schüttelte den Kopf.

Ich starrte Roman an, und Roman sah zu Mia, die sich den Schal vom Hals wickelte, um ihn dann in den Händen zu halten und mit dem Oberkörper hin und her zu wackeln. Mutter bemerkte es, ließ sich von Mia den Schal geben und legte ihn zu Großmutter aufs Bett, ganz am Ende, dorthin, wo die Füße nicht mehr hinreichten.

»Für dich«, sagte Mutter.

»Will nach Hause«, flüsterte Großmutter, und Mutter nickte und schaute zur Tür, als wolle sie fliehen oder erwartete dort einen Arzt, dem sie Großmutters Wunsch unterbreiten würde. Aber kein Arzt, keine Schwester kam ins Zimmer, und es wurde still. Mia nahm auf einem Stuhl Platz und legte ihre Hände auf die Bettdecke, dort, wo die Decke flach war und sie Großmutter nicht berühren würde.

Wir saßen und schwiegen. Es dämmerte bereits. Das Mal, der Abszess, wie ich glaubte, leuchtete von ihrer Stirn ins schwindende Licht. Ich schaute zum Nachbarbett, zum Kruzifix oberhalb des Türrahmens, zu Mia, die auf ihrem Stuhl saß und mit den Beinen wippte, zu Roman, der an Großmutters Bett stand, bis mein Blick schließlich wieder über die scharlachrot aufgeplatzte Geschwulst strich, die Großmutter in den letzten Wochen gewachsen sein musste. Bevor sie ins Krankenhaus eingeliefert worden war, war dort nur eine Beule, von der ich glaubte, Großmutter hätte sie sich an der Schranktür oder sonst wo zugezogen.

Vom Flur her war das Klirren von Besteck und Tassen zu hören, das Öffnen und Schließen der Nachbartüren, aber niemand öffnete die Tür zu unserem Zimmer, und allmählich entfernten sich die Geräusche wieder. An Großmutters Bett und am Nachbarbett lief der Tropf. Ich sah dem gleichmäßigen Tropfen zu, das unendlich langsam war. Ein Tropfen, von dem alle Zeit genommen war. Die Zeit regierte in diesem Zimmer nicht mehr. Sie war ausgelöscht, ihr Fehlen nahm das vorweg, was bald schon für Großmutter und die Frau im Nebenbett gelten würde: das Stoppen aller Uhren, eine Zeit ohne Zeit, ein Fallen in das, was man die Ewigkeit nennt, die auf alle wartet und gleichsam die Zeit ummantelt und nur innerhalb dieser Ummantelung ein Verfließen von Stunden und Jahren gestattete, ein leeres kurzes Spiel, ein Zeitvertreib, nicht mehr.

Irgendwann brachen wir auf, behutsam und bedächtig in unseren Bewegungen. Mutter wandte sich, als sie in der Tür stand, noch einmal um, ging zurück zu Großmutter und umarmte sie vorsichtig. Eigentlich deutete sie die Umarmung nur an, ließ Luft zwischen sich und Großmutters Körper. Sie flüsterte ihr etwas zu, was wir nicht verstanden, und ihre Lippen bewegten sich wie bei einem Menschen, der leise betet, oder wie jemand in einem Film, in dem die

Lautstärke heruntergedimmt war. Schließlich riss Mutter sich los, nahm Mias Schal vom Bett und lief aus dem Zimmer. Erst auf dem Flur schossen ihr die Tränen in die Augen, und wir umarmten sie. Mia, Roman und ich. Wir drückten uns dicht an Mutter heran, an einen Menschen, dessen Welt allmählich unterging, denn untergehen würde Mutter, das stand fest, an irgendeinen himmlischen Pfosten war ihr Konterfei geschlagen, und ein himmlischer Rat hatte sie zum Untergang freigegeben. Es verbietet sich eigentlich, das auf diese Weise auszudrücken, aber ich würde es so empfinden, in ein paar Monaten schon. Etwas umkreiste uns. Wir hätten die gelbhungrigen Augen in der Nacht sehen müssen, hätten das Anschleichen und Jaulen hören müssen, aber Roman und ich, wir wagten in jenen Wochen nicht, zu hören, und nicht, zu sehen, jedenfalls nicht in der Nacht, die immer dunkler wurde.

17

Der Besuch bei Großmutter hatte uns demoralisiert. Die Wölfe pirschten dichter an uns heran. Sie sollten uns nicht mehr aus den Augen lassen, an diesem Abend nicht und an keinem Abend mehr.

Mutter trank mehr denn je, und Vater war nicht aufzutreiben. Wir liefen im Wohnzimmer umher. Von einer Wand zur anderen. Leonhard nahm mich in den Arm, und ich spürte die Leere, die uns umgab, da Großmutter und Vater fehlten. Wir waren wie eine Herde ohne Hüter, selbst Roman hatte die Fassung verloren. Alle paar Minuten stürzte er zum Telefon und rief Vater an. Kaum jemand besaß damals einen Anrufbeantworter, wer nicht erreichbar war, war nicht erreichbar. Die Bilder standen im Raum, Roman sah sie, und Mutter sah sie. Auch ich. Wir konnten uns nicht wegdenken aus Großmutters Zimmer.

Leonhard versuchte, uns zu trösten. Besonders Mutter.

»Vielleicht wird alles noch gut«, sagte er, aber seine Stimme klang, als würde er seinen eigenen Worten nicht glauben.

»Nichts wird gut«, sagte Mutter. »Nichts!«

Mia wiederholte Mutters Worte wie ein Papagei. Ich hielt mir die Ohren zu. Ein dumpfes Summen drang in meine Ohren, als würde ich mich unter Wasser befinden. Ein Dauerton, der mir in den Ohren hockte und alle Stimmen dämpfte. Die Stimme von Mia und die Stimme von Mutter, die »Aufhören, Mia! Aufhören!« schrie und mit den Fäusten aufs Sofa drosch. Wir hakten Mutter unter und brachten sie zu Bett. Wir schlugen die Bettdecke zurück, und sie sank auf die Matratze, ihr Atem getränkt vom Alkohol. Wir legten uns neben sie, Roman und ich, auf Vaters Bettseite, in Hosen und im Hemd. Ich lag in der Mitte zwischen beiden, und manchmal tastete ich mit der Hand nach ihnen, und Mutter nahm meine Hand, auch Roman.

Mutter warf sich in der Nacht von links nach rechts, schließlich stand sie auf, ging zum Fenster, öffnete es, lief ins Bad. Ich folgte ihr. Sie saß auf dem Rand der Badewanne und weinte. In ihrem Gesicht eine tiefe Verzweiflung und zugleich eine Spur Unglauben über das, was mit Großmutter geschehen war und noch geschehen würde.

Als sie ins Bett zurückkehrte, stand Roman auf und verließ das Zimmer. Ich hörte ihn die Treppe runtergehen und die Küchentür öffnen. Später fand ich ihn in der Küche. Leonhard hatte ihm einen Kakao gemacht. Ich nahm den Topf vom Herd und goss mir auch eine Tasse ein. Wir drehten die Tassen in den Händen, tranken von Zeit zu Zeit einen Schluck, und es war gut, bei Leonhard zu sitzen. Was mir im Bett nicht gelungen war, geschah nun: Ich wurde müde. Eine bleierne Müdigkeit, die mich auf die Küchenbank zwang. Ich ließ ihre Stimmen vorbeiziehen, einen Strom von Worten, dessen Sinn sich allmählich verschleierte. Nur ihr Klang drang an mein Ohr, die Länge und Kürze der Vokale, die Höhen und Tiefen der Stimmen, das langsame Verklingen der Laute, die mich in einen traumlosen Schlaf schaukelten.

Als ich aufwachte, dämmerte Leonhards Stimme in meinem Ohr auf. Ich rührte mich nicht, hörte ihnen zu. Ich verstand, was ich hörte. Der Sinn kehrte zurück. Sie hatten das Licht ausgeschaltet, saßen in einer trüben Dunkelheit. Vielleicht konnte man das, was Leonhard sagen würde, nur im Dunkeln sagen.

»Ich will dich nicht beunruhigen, aber ich glaube, du verstehst jetzt, dass wir aufpassen müssen. Die Schneidewind und Buhnke werden wiederkommen, gerade jetzt wittern sie eine Chance. Buhnke ist ein Bluthund. Er kennt keine Gnade. Kannte sie nie. Schon damals nicht, als er mich und die Großtanten in der Hand hatte. Buhnke versprach die Akte zu vernichten, wenn ich …«

»Welche Akte?«, fragte Roman.

»Es ging nicht anders. Ich musste die Mädchen in den Wald bringen. Weit genug vom Dorf entfernt, damit niemand die Schüsse hören würde.«

»Welche Akte?«

»Ich war jung und hatte keine Frau. Manchmal ging ich, wenn ich mich unbeobachtet fühlte, zu einem der Mädchen. Zu Tonja, einer der Russinnen, du verstehst … Sie wohnten für kurze Zeit in einer der Baracken am Ortsausgang. Buhnke hat mich erwischt, aber er schwieg, um das, was er gesehen hatte, gegen mich zu verwenden, wann immer er es brauchen konnte. Kontakt zu Russinnen, erst recht die Art Kontakt, die ich pflegte, brachte einen in Teufels Küche. Ich musste es tun, musste die Frauen in den Wald führen.«

»War diese Tonja beim Zug in den Wald dabei?«, fragte Roman mit rauer Stimme, als hätte er lange geredet.

»Ja, sie war dabei.«

Ich hörte das Ticken der Küchenuhr, und vor dem Fenster stand die Nacht.

»Sie mussten singen, als ich sie durchs Dorf führte. Die *Waldandacht.* Die Nazis liebten diese Art von Liedern. Schwülstig. Pathetische Naturverbundenheit.«

»*Frühmorgens, wenn die Hähne kräh'n*«, sang Leonhard leise. Ein Sprechgesang. Seine Stimme klang belegt. Er musste sich räuspern, entließ die Worte aus einem Mund, wie man einen Fluch spricht. »*Eh noch der Wachtel Ruf erschallt, eh' wärmer all die Lüfte weh'n, vom Jagdhornruf das Echo hallt: Dann gehet leise, nach seiner Weise der liebe Herrgott durch den Wald.* Nur dass nicht der liebe Herrgott sich in den Wald aufmachte, sondern junge Frauen, deren letzter Gang es sein würde«, fuhr Leonhard fort.

»Vom Herrgott weit und breit keine Spur«, ätzte Roman. »Der Herrgott geht anscheinend nur am Sonntag in den Wald, nach der Nachmittagsandacht.«

»Die Leute schauten zu. Standen am Straßengraben, darunter Buhnke und seine ganze Truppe. Er übergab mir eine Liste mit Namen. Sechs Namen auf einem Blatt Papier. Ich sollte die Liste dem Erschießungskommando aushändigen. Niemand stellte sich uns in den Weg. Die Frauen waren an den Händen gefesselt und mit einem langen Strick aneinandergebunden. Im Wald flehten sie mich an, ich möge sie laufen lassen. Auch Tonja. Sie boten alles, was sie besaßen. Sie, die nichts besaßen als ihre Körper. Am Ende, Roman, sind wir Körper, verstehst du, Körper voller Panik. Ich konnte sie nicht laufen lassen. Es wäre mein Todesurteil gewesen. Wir näherten uns der Stelle, wo die Frauen bei Schanzarbeiten hatten schuften müssen. Tonja hat gewimmert.«

»Und du?«, fragte Roman.

Leonhard hielt inne. Ich rührte mich nicht, stellte mich weiter schlafend. Ich wusste, Leonhard würde nicht fortfahren, wenn er merkte, dass ich wach war.

»Die Frauen hatten in den Wochen zuvor Panzergräben und Laufgräben in den Hanghöhen nahe der Grenze ausgehoben. Dort sollten sie erschossen werden.«

»Von wem?«, fragte Roman. »Von Buhnke? Hast du …?«

»Nein, ich habe nicht geschossen.«

»Und Buhnke?«

»Buhnke hielt sich raus. Wollte sich nicht die Finger dreckig machen. Es war Grenzpolizei vor Ort, aber niemand, den ich persönlich kannte. Auch Gestapo.«

»Die Frauen wurden alle erschossen?«, fragte Roman.

Leonhard schwieg erneut. Ich konnte sein Gesicht von der Küchenbank aus nicht sehen. Das Schweigen füllte die Küche. Das Zwielicht der Dämmerung lag auf den Wänden.

»Ich hatte meinen Ausweis dabei«, begann Leonhard. »Meinen Parteiausweis.«

Die Wörter schienen sich aus seinem Mund zu quälen.

»Du warst in der Partei?« Ich hörte das Befremden in Romans Stimme. Ich hörte die Empörung. »Du warst bei den Nazis?«

»Ja«, sagte Leonhard. »Aus heutiger Sicht nicht zu entschuldigen, ich weiß, und doch hat es ein Leben retten können, Tonjas Leben.«

»Warum, Leonhard? Niemand musste Parteigenosse werden.«

»Weil wir ohne Parteibuch nicht hätten backen können. Am Ende musste einer in der Partei sein.«

»Das sagen alle, Leonhard. Jeder hatte einen Grund, der es unumgänglich machte, bei diesen Drecksäcken einzutreten, nicht wahr? Alle waren nur Mitläufer«, sagte Roman.

»Ich weiß, und doch war es so, Herbst '44 trat ich ein, wir hätten sonst die Backlizenz verloren, hätten alles verloren. Ich war der einzige Mann. Dein Großvater längst tot, dein Vater gerade zwölf Jahre alt. Zudem hatten deine Großtanten zu viel Dreck am Stecken, weil sie den Russinnen immer wieder heimlich Brot zugesteckt hatten, sie hatten deswegen ein Verfahren am Hals.«

»Ich versteh kein Wort«, unterbrach ihn Roman.

»Die Frauen hungerten, jeder sah das, jeder wusste das. Auf den Feldern aßen sie Rübenblätter und auf den Misthaufen der Bauern weggeworfene Rübenstrünke. Aber es war bei Strafe verboten, ihnen das Leben zu erleichtern. Jemand hat deine Großtanten denunziert. Wir mussten handeln, und zwar schnell. Noch lagen die Akten bei Buhnke, sie waren nicht zur Gestapo weitergereicht worden. Also ging ich in die Partei. Als eine Art Sühne, als Beweis, dass nicht nur unsere Brote eine braune Kruste hatten, sondern auch unsere Gesinnung. Außerdem bin ich Epileptiker. Buhnke wusste das.«

»Na und?«

»Hätte er es weitergegeben an eine höhere Dienststelle, hätte sie mich abgeholt und ins Gas gebracht.«

»Was?«

»Zehntausenden ist es so ergangen. Wer fallsüchtig war, so nannte man das damals, wurde ausgemerzt. War man in der Partei, würde man nicht mehr so genau unter die Lupe genommen, dachte ich, naiv, wie ich war.«

Gläser wurden gerückt. Das Trommeln eines Fingers auf der Tischplatte setzte ein.

»Ich hatte den Parteiausweis an jenem Tag dabei«, fuhr Leonhard fort. »Zeigte ihn an einer Sperre vor. Es waren einfache Soldaten. Man ließ uns durch. Ich wählte eine Abkürzung, wir liefen durch einen frisch ausgehobenen Panzergraben, dort waren wir einen Moment vor den Soldaten verborgen, Jungs, die die Schnauze voll hatten vom Krieg. Ich band Tonja los. Nur sie. Keine der Frauen sagte ein Wort. Sie sagten wirklich kein Wort.«

»Du hast für Buhnke die Drecksarbeit gemacht«, sagte Roman ohne einen Ton in seiner Stimme.

»Buhnke war fein raus. Man konnte ihn später nicht groß dafür belangen.«

»Und dich? Hat man dich?«

»Ja, hat man. Ich war kein Mitläufer. Ich war ein Täter, sagten sie.«

»Sagte wer?«

»Die Amerikaner. Jemand hatte ihnen gesteckt, dass ich die Frauen in den Wald gebracht hatte. Hab ihnen daraufhin die ganze Geschichte erzählt, hatte die Liste noch. Als sie die Frauen ausgegraben haben, waren es fünf Leichen, nicht sechs.«

»Warum fünf?«, fragte Roman. Seine Stimme klang belegt, klang wie die Stimme von jemandem, der sich räuspern muss und es nicht tut.

»Tonja ließ sich in den Graben fallen. Wir setzten unseren Weg fort. Die Frauen strichen ihr im Vorbeigehen über den Kopf. Tonja blieb liegen. Als wir auf die Lichtung kamen, hat keiner von den Polizisten, die für die Erschießung abkommandiert waren, nach der Liste gefragt. Keiner von ihnen kannte offenbar die genaue Anzahl. Die Frauen mussten sich aufstellen, wurden erschossen und liegen gelassen. Die Soldaten mussten sie irgendwo verbuddeln. Da war ich schon zurück im Dorf.«

»Und Tonja?«

»Sie wird entkommen sein. Wahrscheinlich ist sie durch den Graben gelaufen, hat sich in den Wald geschlagen. Habe sie nie wiedergesehen.«

»So einfach war es zu entkommen?«

»Manchmal«, sagte Leonhard. »Manchmal. Als ich ins Dorf zurückkehrte, kam die Nachricht, dass amerikanische Truppen die Rur überschritten hatten. In zwei Tagen würden sie vom Süden her beginnen, uns einzukesseln. Man hatte den Angriff erwartet. Die Stellungen in den Wäldern östlich der Maas zu verteidigen machte keinen Sinn mehr. Alle waren im Begriff, sich davonzumachen. Buhnke und seine Kumpanen waren die Ersten, die über den Rhein flohen. Niemand fragte mehr nach den Frauen. Ich hätte sie alle laufen lassen sollen.«

Roman schwieg. Ein Schweigen, das sich dehnte und dehnte und das Leonhard mit keinem Wort schmälerte.

Ich streckte mich auf der Bank und gähnte, tat, als sei ich gerade erst aufgewacht. Ich setzte mich, trank den kalten Kakao. Leonhard sah mich an, aber mein Blick war verschattet von Müdigkeit, und ich rieb mir die Augen, um mich seinem Blick zu entziehen.

Wir warteten auf den Morgen, ohne zu wissen, was die Ankunft des neuen Tages uns bringen konnte. In meinen Ohren waberte immer noch ein Rauschen, und vor meinen Augen standen die Bilder, nicht mehr so oft und so ausschließlich wie am Abend zuvor. Mein Gehirn spielte sie mir vor, als würde es nach eigenen Regeln leben. Meine Gedanken waren wund vor Schmerz, ich wollte sie loswerden, diese Erregung, dieses hektische, angstvolle Orchester ohne Dirigenten. Der Film, der in diesem Filmclub Stunde um Stunde gezeigt wurde, zeigte das entstellte Gesicht von Großmutter, und etwas in mir schrie, es sei zu viel, und doch wurde jede Szene wiederholt und schrieb sich dadurch nur tiefer in meine Gedanken ein.

18

Wir saßen vor unseren Tassen, zusammen mit Vater, der von uns erfahren hatte, wie es um Großmutter stand. Wir hörten Mutter die Treppe herunterkommen. Etwas an ihrem Gang, dieses Tapsen der Schritte, erschien mir fremd. Ein Innehalten nach jedem Schritt, ein Zögern, den nächsten zu tun, als sei sie am Morgen schon betrunken, was nie der Fall gewesen war. Schließlich stand sie in der Küche, blinzelte und wackelte zum Kühlschrank, dem sie ein Glas mit Hagebuttenmarmelade entnahm, eine Marmelade, die nur ihr schmeckte. Sie stellte das Glas auf den Tisch und stieß dabei Leonhards Tasse um. Vater stand auf, hielt Mutter am Arm und führte sie an ihren Platz, wie man einen Blinden an seinen Platz führt.

Ein paar Monate später würde sie die Zeitung mit der Lupe lesen, die Lottozettel ebenfalls. Ihren Wagen würde sie nicht mehr benutzen. Sie ging zu Fuß zu ihrem Laden, schloss mühsam die Tür auf. Ich legte für sie die Lupe neben die Kasse, zählte die eingegangenen Lottoscheine, bündelte sie mit einem Gummiband, zählte das Geld und übergab ihr einen Zettel mit den Bestandsdaten. Mutter fürchtete, bestohlen zu werden, weil jemand ihr schlechtes Sehen ausnutzen und einen Schein aus der Kasse nehmen könnte, was kaum möglich war. Er hätte durch die Schwingtür gehen und sich an Mutters Stuhl vorbeizwängen müssen, was sie bemerkt hätte, denn sie war nicht eigentlich blind, sondern sah nur schlecht. Mutter stand nicht mehr fest in der

Welt. Etwas hatte Hand angelegt an sie und begonnen, ihre Wurzeln zu kappen. Ein Abend im Mai hatte ihr Leben und unseres in den Sturm gestellt.

Die Lottoscheine, die die Kunden ihr reichten, prüfte Mutter nur noch oberflächlich, und das kurze Prozedere nahm dennoch ihre volle Konzentration in Anspruch. Jeder Kundenkontakt, jedes Gespräch, das Herausgeben des Wechselgelds und der Blaupapierkopie des Tippscheins ermüdete sie. Ihr Gesicht war gerötet, ein feiner Schweißfilm lag auf ihrer Haut, und vor den Freitagen hatte sie Angst, weil die Kunden scharenweise in den Laden strömten und sie langsamer als früher arbeitete und die misstrauischen Blicke der Leute spürte, die ihre Arbeit maßen, der das Selbstverständliche abging. An den Freitagen fand Mutter keine Ruhe und konnte nicht in ihre kleine Küche verschwinden, um bei einem Kaffee zu verschnaufen oder einem Sekt. An den Freitagen stieg ich eine Haltestelle früher aus dem Bus und ging zu ihr in den Laden. Ich sorgte für den Kaffee, und wenn Mutter rief, er müsse bitte gut gesüßt werden, kippte ich in der Küche einen Cognac hinein und setzte einen Hut aus Sahne darauf, um den Kaffee zu tarnen und dem Alkoholaroma keinen Weg aus der Tasse zu lassen. Ich war ihr Komplize, und ich war es gerne. Über manche Situationen musste man nur hinwegkommen. Sie überstehen, das war alles. Das hatte ich früh begriffen.

Dieser Freitag war zunächst ein Freitag wie jeder andere. Ich brachte ihr einen Kaffee an den Schalter. Einen ohne Cognac. Der Laden war gut besucht, und Mutter nahm die Scheine entgegen. Auch die Schneidewind spiele neuerdings Lotto. Seit Kurzem tauche sie regelmäßig im Laden auf, hatte Mutter gesagt. Diesen Satz hatte ich im Ohr, als sie den Laden betrat. Mutters Gespräch mit den Kunden verstummte und wich einem Schweigen, das schwergewichtig war und den Vorgang der Prüfung des Lottoscheins zu einem Akt machte, als befände man sich bei einem Juwelier, der ein Schmuckstück begutachtet und in die Stille hinein gleich eine Summe nennen würde, die den Wert des Rings oder der Perlenkette bezifferte. Ich verzog mich in die Küche, schaltete das Radio an und ließ aus der Küche Musik in Mutters Kabinett fließen. Umgängliche Musik, wie Mutter sagte. Sie spielten *Rainy Night in Georgia*, Simon & Garfunkels *Mrs. Robinson*, auch Michael Holms Lied *Tränen lügen nicht*, das davor warnte, sich seine Freiheit zu nehmen und einen geliebten Menschen zurückzulassen: Ein Text, der in seinem heftigen Pathos eindeutig war. Ein Lied, das Mutter oft leise mitsummte, das sie in den Klangraum ihres Schmerzes führte und weg von den Scheinen und der Lupe, den Blicken und dem Grau der Resopalplatte, das dort, wo ihre Hand den Stift führte, verblichen war. Den Schlager durfte ich nicht zu oft spielen. Er war ein Gegengift, das wohldosiert zu sein hatte. Heute summte Mutter nicht mit. Das bemerkte ich, als ich die Lautstärke dämpfte. Stattdessen hörte ich Mutter in den Lottoscheinen blättern. Hektisch. Irgendetwas stimmte nicht. Ich hörte das Glotzen der Leute.

»Noch einen Kaffee bitte und stark gesüßt«, rief Mutter.

Ich arrangierte alles, aber an diesem Tag war die Sprühsahne aufgebraucht, und man roch den Cognac. Dennoch brachte ich ihr den Kaffee. Die Schneidewind stand in der Schlange.

Ich sagte ein artiges Guten Tag.

Heinrichs, der Bademeister, redete auf Mutter ein. Ich stellte den Kaffee ab, Mutter blätterte und sagte: »Find ich gleich. Hast den Schein ja abgegeben. Kann ja nicht verschwunden sein. War aber alles in Ordnung.«

»Nochmals nein«, sagte Heinrichs. »Da fehlen Kreuzchen. Hatte es zu eilig. Mein Fehler.«

Mutter durchsuchte die Scheine erneut, trank einen Schluck Kaffee, ohne aufzusehen, und als sie die Tasse zurückstellen wollte, stellte sie sie auf den Kugelschreiber, der auf dem Schalter lag, und die Tasse kippte, der Kaffee schwappte über die Scheine, tränkte sie und es roch nach Alkohol.

»Haste dir einen genehmigt?«, posaunte Heinrichs.

Mutter stürzte vom Schalter und rannte in die Küche. Ich wischte die Pfütze mit ein paar Tempos auf und die Schneidewind schüttelte den Kopf.

»Sauerei«, sagte Heinrichs. Er griff nach den Scheinen und brauchte nicht lange, um in dem klatschnassen Haufen zu finden, was er suchte. Er wedelte den Schein durch die Luft, trocknete ihn notdürftig und setzte die fehlenden Kreuzchen.

Als Mutter in den Laden zurückkehrte, war Heinrichs schon gegangen. Auch die Schneidewind hatte den Laden verlassen. Ich blieb, wo ich war, blieb an Mutters Seite, die sich an den Schalter setzte und ihre Arbeit wieder aufnahm, ohne ein Wort der Erklärung. Was hätte sie auch sagen sollen? Ich redete. Ich pickte mir Schulte heraus und redete drauflos. Vom Wetter. Vom Fußball. Von irgendwas. Und nach Schulte war es Fred, den ich in ein Gespräch verwickelte. Ich war eine Art Moderator, der in den nächsten Stunden immer wieder mal auf die Bühne kam, verschwand und, wenn es nötig war, wieder auftauchte. Ich brachte die Leute zum Reden und lenkte von Mutter ab.

In den folgenden Tagen war der Laden häufig verwaist, ich fand sie dann in der Küche. Mutter wirkte verloren auf ihrem Stuhl. Sie blickte aus trüben Augen zum Fenster hinaus. Was von dem schmalen Garten und dem Rasenbeet konnte sie sehen? Manchmal las ich ihr vor. Aus der Zeitung, aus *Liebe ist stärker als der Tod,* einem Roman von Konsalik. Mutter legte, wenn ich las, oft ihre Hand auf meine Hand, und ihr Daumen strich über meinen Handrücken. Ein Pendel im fast immer gleichen Rhythmus. Etwas, das sie beruhigen musste. Etwas, das sie an einen anderen Menschen band, an mich. Etwas, das sie in der Welt hielt und den Kummer ein wenig schrumpfen ließ. Dennoch war ich froh, wenn das Läuten der Türklingel mich befreite und Kundschaft kam. Nur durch mich und meine Stimme konnte sie der Tristesse der Küche und des Ladens entfliehen. Ich spürte das Gewicht des Augenblicks, das Gewicht des Leids, und sein Gewicht bestimmte das Maß meiner Verantwortung für Mutter.

Mutters Augen wurden immer schwächer und ihre Gedanken immer gesättigter vom Kummer. Und nichts von beidem konnte sie loswerden: nicht die beginnende Blindheit noch das Leid, das an ihrem Herzen fraß. Eines wie das andere würde Mutter zerstören. Wir fuhren nicht mehr mit ihr ins Krankenhaus. Vater begleitete sie. Sie trank nun schon am Morgen. Es beruhige sie, sagte sie. Beruhige ihre Nerven, und bald, sehr bald sogar, würde sie das Trinken beenden. Nach Großmutters Tod. Das sei abgemacht.

In den letzten Tagen, Anfang März, holten wir Großmutter nach Hause. Reglos lag sie in ihrem Bett. Ein Mumiengesicht. Und ich musste es mir eingestehen: Ich fürchtete mich vor ihr, jedenfalls vor dem, was sie nun war, und schaffte es nicht, ihr Zimmer alleine zu betreten. Der Tod saß in ihrem Blick, saß auf ihrer Haut, auf den knochendünnen Fingern, auf dem kahlen Kopf, den nun eine dünne Mütze wärmen sollte. Er sprach mit rauer, trockener Stimme. Einer Stimme, die eine sehr weite Reise zurückgelegt hatte und der eine noch längere Reise bevorstand. Einer Stimme, die stets jemanden von uns im Zimmer vorfand. Wir wechselten uns ab. Auch in der Nacht, gerade in der Nacht. Ich wurde von Mutter oder Leonhard oder Roman begleitet. Man ließ mich nicht allein mit Großmutter. Aber häufig weckte man mich erst gar nicht. Dennoch lag ich oft wach und hörte das Knarzen der Dielen auf dem Flur und roch den Geruch, der aus Großmutters Zimmer schwappte und unter meiner Tür hindurchdrang, ein beißender Uringeruch, dem in den letzten Tagen eine falsche Süße wie von einem Gift beigemischt war. Ich drückte meine Nase ins Kissen und begriff, dass man vor dem Tod nicht fliehen kann. Nur vor Großmutter konnte ich fliehen, und die Scham darüber flutete meinen Schlaf und meine Träume.

Alle paar Stunden kam eine Krankenschwester und spritzte Großmutter Morphium. Täglich kam Dr. Mertens. Hinterher saß er ein paar Minuten mit Vater und Mutter im Wohnzimmer.

Einmal sagte er: »Lassen Sie den Alkohol sein, ich gebe Ihnen für die schwere Zeit das hier.« Er reichte Mutter ein Fläschchen mit Tabletten. »Wenn es nicht mehr anders geht, wenn Sie fühlen, dass …«

Mutter nickte. Vater auch. Wie selbstverständlich, als sei er weiterhin für Mutter verantwortlich, wie ein Mann für seine Frau verantwortlich ist.

»Wenn alles vorbei ist, dürfen Sie das Zeug nicht mehr einnehmen. Es macht süchtig. Sie kommen davon nur schwer wieder los. Und nicht damit ans Steuer, Sie verstehen. Und nie zusammen mit Alkohol. Das müssen Sie mir versprechen.«

Das runde Fläschchen stand von da an immer auf Mutters Nachttisch, und ich sah, wie der Inhalt sich Tablette um Tablette verringerte. Den Alkohol mied sie, schien es. Die Eichstriche, die Roman heimlich am Eierlikör und am Martini mit dünnen Filzstift angebracht hatte, zeugten davon.

In ihren Laden ging Mutter nicht mehr. Sie hielt ihn in den Wochen, bis Großmutter starb, geschlossen.

Wie stirbt ein Mensch? Wir saßen und standen an Großmutters Bett. Ihre Brust hob und senkte sich. Ihr Atem rasselte und brodelte, als säße in ihrer Kehle ein unaufhörlich angetriebenes Räderwerk oder ein Kessel, der unter Dampf stand. Manchmal schlug sie die Augen auf, ihr Blick irrlichterte, schien nichts zu fassen, suchte nichts, ein leerer Blick oder einer, der in ein fernes Land sah, von einem Plateau, stellte ich mir vor, alles ist weich gezeichnet, konturlos, ein Blick, der eher schaut als sieht. Mutter hielt Großmutters Hand. Von Zeit zu Zeit stand sie auf, ging zum Fußende des Bettes, hob die Decke und fühlte mit der Hand an Großmutters Füßen, als würde sie an einer Stirn die Temperatur abmessen. Großmutter hatte kleine Füße, die Zehen gekrümmt, als hätten sie sich eingerollt, von der Welt fort. Mutter ging es nicht darum zu fühlen, ob Großmutter Fieber hatte. Sie fürchtete, erkaltete Füße vorzufinden, aus denen sich das Leben zurückgezogen hatte, weil das Herz das Blut nicht mehr dorthin brachte.

Das Sterben nahm meiner Großmutter alles, den letzten Rest Würde. Es entstellte ihr Gesicht, machte das Kinn und die Nase spitz, ließ die Ohren ins Monströse wachsen, spannte die Haut über den Wangen, ließ die Knochen durchscheinen, auf der Stirn wucherten die Tumore, die keine ärztliche Stiftspur mehr markierte. Die Tumore waren über die Ufer getreten, überschwemmten die Stirn bis zur Kopfhaut. Eine Hügellandschaft, eine Vulkanlandschaft, von dort musste der Geruch kommen, dessen war ich mir sicher. Ich, der ich am weitesten von ihrem Bett entfernt auf einem Klavierhocker saß, den man aus dem Wohnzimmer hinaufgeschafft hatte, ich hatte nie zuvor jemanden sterben sehen. Nur in Filmen, und dort starben die Menschen, jedenfalls die, die der Zuschauer ins Herz geschlossen hat, nicht mit entstellten Zügen und ohne Haar, sondern edel, gefasst und mit vollen Lippen, und sie sagten schöne letzte Worte. Winnetou starb so, und ich betete damals für ihn und wünschte mir, dass es in meinem Leben einmal einen Old Shatterhand geben würde, der mir zur Seite stand, wenn ich in die ewigen Jagdgründe eingehen würde, die ich mir als eine Wiesenlandschaft vorstellte mit großen alten Bäumen, in denen der Wind spielte. Old Shatterhand hätte Ähnlichkeit mit Roman, einem erwachsenen Roman, nur dass Roman eine andere Frisur als Lex Barker haben würde, wilder und ungebändigt und keinesfalls mit einem Zinkenkamm akkurat zurückgekämmt.

Großmutters Herz pumpte und pumpte.

»Irgendwann wird es brechen«, sagte Vater in der Küche zu mir und Roman, in einer Pause, die wir vom Sterben nahmen, bei Limonade und einem Butterbrot, das er uns geschmiert hatte, als seien wir noch kleine Jungen. Es musste ihm guttun, diese Brote für uns zu schmieren, und wir hinderten ihn durch keine Geste, durch kein Wort daran. Roman und ich verständigten uns wortlos in diesen Dingen, tauschten nicht mehr als einen Blick darüber aus und oft nicht einmal das.

»So oft gibt es ein Zuviel, in allem«, sagte Vater, als wir in die Brote bissen. »Man muss dieses Zuviel im Auge haben, ich gebe euch das mit auf den Weg. Vor einem Zuviel muss sich jeder hüten, das ist so sicher wie das Amen in der Kirche. Jeder hat ein anderes Zuviel. Von dem weiß nur der einzelne Mensch selbst.«

»Hoffentlich«, antwortete Roman, und ich glaubte, Vater ein wenig erröten zu sehen.

Als wir zurückkehrten in Großmutters Zimmer, hatte Mutter sich hingekniet und betete, auch Leonhard betete. Sie hielt Großmutters Hand, die ganz still in ihrer Hand lag. Sie sprach Worte, die wir kannten, die am Sonntag in der Kirche und jeden Abend unserer Kindheit in unseren Betten gesprochen worden waren, und die ich, wenn es ernst wird in meinem Leben, immer noch spreche, ein Reflex in Momenten, in denen die Not groß wird und ich mir Beistand erhoffe, wie von einer Hand, die sich mir auf die Schulter legt, einer Hand, die die Angst mildert und mir sagt, ich sei nicht allein. Dies war meine größte Angst, dass ich eines Tages allein sein würde, denn immer ist einer derjenige, der die, die er liebt, fortgehen sieht. Das ahnte ich an Großmutters Bett: Einer bleibt übrig.

Auch Vater betete. Er stand in der Tür, betrat den Raum nicht, als gehöre er nicht ganz dazu, als sei sein Platz entfernt von Großmutters Bett. Ein Gebet, das ihm nur auf den Lippen lag, das nicht ins Zimmer drang. Mutters Worte füllten den Raum. Großmutter würde sie hören. Da war ich mir sicher. Es waren Worte in der Not, und Großmutter würde sie fühlen, die Not und die Worte, die sie begleiteten auf dieser Reise, denn alle sprachen von einer Reise, die Großmutter antreten würde, einer Reise ohne Rückkehr. Ich erinnere mich, dass mich dieser Gedanke schreckte – reisen, ohne zurückzukehren. Mutter betete mit fester Stimme, und von den Worten ging ein Glanz aus, Trost, sie bannten die Angst, in unseren Herzen wie in Großmutters Herz, das, wie wir sehen konnten, immer schneller schlug. Denn wenn der Tod kommt, stellte ich mir vor, schaut er uns an, sieht in unser Gesicht und merkt es sich, für alle Zeit, und niemand kann ihm entkommen.

Ich betrachtete das Bild, das an der Wand neben Großmutters Bett hing. Pflaumenbäume an einem Bach, sie blühen, werfen Sonnenschatten. In den Wiesen stehen Blumen, ein Gartenzaun, dahinter das Haus mit Sprossenfenstern, davor eine Bank, auf der zwei Kinder sitzen, stricken und eine Ziege hüten, am Bildrand das Dorf, mit Kirche und Pfarrhaus. Auf den Ziegeln ein schimmerndes Licht, vielleicht war dies das Letzte, was Großmutter sah, dieses Idyll, so nah am Kitsch, so nah dem Ende der Welt.

19

Am Morgen nach Großmutters Tod war die Welt vor meinem Fenster still. Die Autos fuhren Schritt. Nur ein schwaches Knarzen der Räder im Schnee war zu hören. Der Schnee warf seinen bleichen Widerschein auf die Wände und den Dielenboden meines Zimmers. Er fiel in eisigen kleinen Flocken und stäubte zwischen die Furchen der Dachziegel, sodass die Dächer eine ungebrochene weiße Fläche waren. Auf den Gratziegeln des Nachbarhauses hockte eine Schar Tauben, regungslos und mit aufgeplusterten Federn, die die Tiere halslos und feist aussehen ließen. Ich öffnete das Fenster. Grafitfarbene Wolken ballten sich über dem Dorf und dem Wald zusammen. Ich sah den Leichenwagen auf den Hof einbiegen, eine Art Kastenwagen, dessen Scheiben schwarz verhängt waren. Als die beiden Männer aus dem Wagen stiegen, schnippten sie ihre Zigaretten in den Schnee. Ihre gegürteten dunklen Mäntel reichten bis zu den Knien. Sie hatten sie bis zum Kinn zugeknöpft. Ich musste weg, wollte nicht zusehen, wie sie Großmutter raustrugen.

Ich trank in der Küche ein Glas Wasser, biss in ein Brötchen. Mutter, Vater und Leonhard hockten am Tisch, erschöpft von den durchwachten Nächten und erschöpft von dem Schmerz um Großmutter. Ich hätte mich zu ihnen setzen und ihnen beistehen sollen, aber ich verließ das Haus, und jeder Schritt weiter in den Garten und hinaus in die Obstwiese fühlte sich an wie eine Befreiung und wie ein Verrat zugleich – an ihnen und Großmutter. In der Wiese waren Vogelspuren zu sehen. Die Bulte krönten Kappen aus Schnee. Auf dem Teich war die Entengrütze gefroren. Reif bedeckte das Schilf und die Blätter der Seerosen, handtellergroße zerfrorene Lappen, die auf dem Eis auflagen. Aus der Ferne drang der flimmernde Gesang einer Motorsäge herüber. Aus den Augenwinkeln sah ich den Bestatter und seinen Gehilfen einen Sarg zur Haustür tragen. Die Luft roch nach Schnee.

Ich nahm den Pfad durch den Wald. Ein paar Wildtauben flogen aus den Wipfeln auf. In die Schneise war kaum Schnee gefallen, und herbstdürrer Farn und Gräser standen zwischen den Schneelaken. Jeder Meter, den ich mich entfernte, fühlte sich richtig und fühlte sich falsch an. Ich kam zum Bruch. Das dunkle Brackwasser war nicht gefroren. Die Zweige der Büsche, die den Weg säumten, gleißten auf. Sie waren mit Eis überzogen, trugen gefrorene Tropfen, kleine Winterfrüchte, auf denen das dürre Licht der Sonne glitzerte, die zwischen dunklen Wolkenbänken aufschien und wieder verschwand und das Glitzern löschte. Die Rohrkolben standen im Frost aufrecht wie Palisaden in einem Zaun. Axtschläge fielen in die Stille. Ein paar Reiher stoben aus den Erlen entlang des Flusses auf. Ihr Flügelschlag fächerte den Schnee, der nun in dichten Flocken fiel. Ich war ein Novize, was den Tod anging, und begriff doch, dass er mitunter wie jene Flucht- und Notspur auf einer Autobahn war, die im Notfall bereitstand, wenn bei einer Talfahrt ein Wagen nicht gebremst werden konnte. Dort, auf der steilen Rampe, im Kiesbett, kam man zum Stehen, fand die Panik ein Ende, so wie Großmutters Schmerzen und ihr Verfall ein Ende fanden.

Das Rauschen des Flusses begleitete mich. Kahl standen die Kronen der Buchen und Erlen vor dem Himmel. Ich hatte kein Ziel. Ich wollte allein sein. Ich mochte den Duft des Schnees und den Geruch des Wassers. Der Wind ließ die vereisten Weidenzweige knistern. Dort, wo ein Baumstamm im Wasser lag, brach es sich, brandete auf und schoss über das Hindernis hinweg. Wieder drangen die Schläge der Axt durch den Wald. Störend laut. Nie lange. Ich wollte nichts hören als das Wasser und die Stille. Wollte nichts sehen als die Fahnen des Schnees, der von einem Ast oder Zweig stäubte. Wollte in das Gespinst des Nebels schauen, der über den Tümpeln und Senken des Bruchs stand. Nur wenige Tiere entdeckte ich: einen Bussard auf einem Totast am Fluss, eine Katze, mager, von irgendwo entlaufen. Sie schien mich nicht bemerkt zu haben, lief über einen mit Schnee bedeckten Baumstamm. Ich musste ausruhen. Von allem. Von Vaters Verrat und von dem, was er bei Mutter angerichtet hatte. Ich musste ausruhen von Mutters Verletzungen, von ihren Verwundungen der Seele. Ich musste ausruhen von Großmutters Tod und der Furcht vor dem, was auf uns zukommen könnte. Nichts zehrt an uns stärker als die Angst. Alle, die uns nahestanden, alle, die wir liebten, waren auf die eine oder andere Art beschädigt, versehrt und vom Leben ramponiert, nur Roman und ich nicht, glaubte ich. Ich begriff, dass das Leben die Menschen krümmt, und doch hoffte ich, dass es uns nicht ereilen würde.

Die Schläge der Axt wurden stärker, wurden rhythmisch, steigerten sich zu einer Salve, die dann abbrach. Ich wollte keinen Baum fallen sehen, wollte nicht das Brechen und Bersten hören, den dumpfen Aufschlag, unter dem der Boden vibrierte. Wollte nicht die Schneise und die Verwüstung sehen, die der stürzende Baum in die umstehenden Bäume riss. All die Bäume und Büsche, die er fällte und spaltete. Ich wollte nicht in das leere Luftfeld sehen, das dort, wo der

Baum gestanden hatte, sich öffnen würde wie eine Wunde. Eine Wunde in den Wipfeln, eine Wunde zwischen Himmel und Erde. Ich horchte in den Axtschlag. Es musste ein einzelner Mann sein. Einer, der trotz des Frosts und des Schnees in den Wald ging und einen Baum fällte. Einer, der kein professioneller Baumfäller sein konnte. Einer, der sich nicht auskannte. Einer, der dem Wald die Ruhe nahm. Der nicht fühlte, was er tat. Der nicht spürte, dass Bäume keine leblosen Gegenstände sind. Dass sie ein Alter und eine nachbarschaftliche Umgebung haben, dass sie das Licht und die Temperatur an einem Ort mitbestimmen, dass sie es sind, die einen Ort prägen, den wir als schön oder besonders bezeichnen.

Ich wünschte, Roman wäre bei mir. Roman würde fühlen wie ich. Vielleicht, dass er den Mann vertrieb – auf die eine oder andere Art. Ich lief auf einen Fichtenwald, lief auf den Axtschlag zu. Eine Schonung mit großen Bäumen. Sah im Zwielicht, sah im Schnee einen Mann. Der sich dem eigenen Rhythmus überließ, aber nach ein paar Schlägen innehielt, als müsse er sich ausruhen. Ein Mann im Pullover, mit Mütze und grauem Schal und einem groben und wie gegerbt ausschauenden Gesicht mit einer großen Nase. Ich hörte das Ächzen im Holz, das einsetzt, wenn ein Baum beginnt, sich zu neigen, wenn Faser um Faser zertrennt ist, wenn nur noch ein Rest Statik ihn für kurze Zeit hält. Der Baum war nicht zu retten, der Wipfel begann zu zittern, und große Mengen Schnee fielen aus den Zweigen und von den Ästen. Ein Vorhang aus Schnee, an dessen Rand der Mann stehen mochte – verborgen vor mir. Ich wartete, bis der Baum stürzte. Man kann nie wissen, was ein Baum tut. Schulte hatte Vater berichtet, dass im Wald beim Holzfällen Männer von berstenden Stämmen getötet worden waren, da Keile aus dem Stamm herausgerissen wurden und wie Torpedos durch die Luft schossen. Andere hatten einen Arm, ein Bein verloren, weil der Baum im Sturz sich verdrehte und die Richtung wechselte oder gegen einen anderen Stamm schlug, durch den Aufprall zurückwippte, sich in die Horizontale legte wie ein überdimensionierter Speer und ein Ziel fand, mit dem niemand gerechnet hatte. Ich wartete, hörte das leise Reißen und Stöhnen des Holzes und den Flügelschlag der Kraniche, die in großer Höhe über den Wald und das Dorf hinwegzogen. Ich spürte die Spannung in der Luft und um mich herum, als würde etwas den Atem anhalten. Als würde nicht nur ich auf das endgültige Spleißen und Bersten und den Schlag warten, der den Wald durchfahren würde, sondern auch etwas, das ich nicht sah, nicht hörte. Etwas, das es nicht gab, es sei denn, man war einer der Spinner, die an eine Seele in allem glaubten. Die behaupteten, mit Bäumen und Pflanzen zu sprechen. Die nur bei Neumond ihre Kohlrabi im Garten ernteten und sich die Haare bei abnehmenden Mond schneiden ließen.

Weiterhin stob Schnee aus dem Wipfel und Schnee aus den Wolken, und das eine ließ sich nicht vom anderen unterscheiden, und der Mann an der Axt wartete, wie auch ich wartete – in diesem Innehalten vor dem Sturz. Fast wünschte ich, der Baum brächte es hinter sich. Fast wünschte ich, der Mann gäbe ihm den einen entscheidenden Schlag. Womöglich brauchte es nicht mehr als einen Schubs – mit der Schulter oder mit dem Axtstiel. Nichts geschah. Ich blieb, wo ich war. Ich hörte mich atmen, spürte das Blut in den Ohren rauschen, und immer noch stand der Baum, unbewegt bis auf die Wipfelspitze, die ein immer stärker werdendes Zittern schüttelte. Der Baum würde fallen, das Zittern würde bis in den Stamm fahren. Sei es, weil ich die Geduld verlor, sei es, weil der Schnee sich lichtete und den Mann mit der Axt der Sicht freigab, hielt ich auf ihn zu – diese geweißte Gestalt, die die Axt auf den Boden gelegt hatte. Der Mann hatte sein Gesicht abgewandt, aber ich wusste, warum auch immer, dass er bemerkt hatte, dass ich mich ihm näherte, selbst wenn kein Schrittgeräusch mich verriet. Nicht mal der Schnee knirschte unter meinen Schuhen. Atemwolken standen in der Luft, als ich ihn erreichte. Er atmete laut und erschöpft, als hätte ihn die Arbeit über Gebühr angestrengt. Neben ihm stand ein Hund, ein weißer Hund, der im Schnee kaum auszumachen war. Er hatte eisblaue Augen. In seinem Blick lag etwas Feindseliges, wie es Hunde haben, die an die Kette gelegt werden oder in einem Zwinger leben müssen und nicht ohne ihren Herrn herumlaufen dürfen. Ein Speichelfaden tropfte von seiner Schnauze, und die Lefzen waren stark gerötet. Die Fichte war keine fünf Meter von dem Mann entfernt. Er hatte eine keilförmige Aussparung in den Fuß des Stamms geschlagen. Ich roch den harzigen Duft, der von den bis auf Schulterhöhe abgeschlagenen Ästen ausging.

»Bleib gefälligst, wo du bist«, sagte der Mann.

Es war eine müde, aber keine alte Stimme. Er schien mehrere Pullover übereinander zu tragen. Dadurch nahm seine Gestalt zu, er wirkte mächtiger, als er vielleicht war. Aber ich konnte mich täuschen. Ich blieb stehen. Dann der Moment, als der Baum stürzte. Krachend schlug er zu Boden. Wieder hüllte der Schneestaub alles ein, und ich wartete, bis er ausgedünnt war. Der Mann war verschwunden. Die Axt lag auf dem Boden. Daneben ein Portemonnaie, das er verloren haben musste. Es enthielt ein paar Geldscheine und ein Foto. Etwas verblasst und an den Rändern eingerissen. Ein junger Mann mit wulstiger Nase in Uniform, auf dem rechten Kragenspiegel eine Rune, fast kreisrund. Genaueres konnte ich nicht erkennen. Neben ihm steht ein Junge mit einem Weidenkorb, aus dem eine Taube auffliegt. Daneben zwei weitere Männer, die ihre Gewehre angelegt haben und auf die Taube zielen, als sei es ein Tontaubenschießen. Im Hintergrund brennt eine Hütte. Dahinter die Weite einer Steppe, durchsetzt von einzelnen Fuhrwerken. Fuhrwerke ohne Pferde, die von Menschen gezogen werden. Rauch steht in der Luft, über den Köpfen der Männer und über dem Kopf des Jungen, dessen Hände gefaltet sind, als würde er beten oder bitten.

Ich folgte den Fußspuren – den Spuren des Mannes und denen des Hundes und zwischen ihnen verlief eine weitere Spur, als hätte jemand einen Sack durch den Schnee geschleift, jedenfalls etwas Schweres, denn die Schleifspur hatte sich knöcheltief in den Schnee gedrückt. Die Spuren führten mich tiefer in den Wald. Beschrieben einen Halbkreis und erreichten den Fluss. Warum machte der Mann sich aus dem Staub? Wegen des Baums? Fürchtete er, dass ich ihn bei Schulte anschwärzte? Wer war er? Er stand am Ufer, schob ein Boot ins Wasser.

»Ihre Axt und Ihr Portemonnaie«, sagte ich und legte beides an einen Baum. »Sie haben sie vergessen.« Näher kommen wollte ich ihm nicht.

»Verschwinde!«, sagte der Mann.

Er hatte die Mütze tief ins Gesicht gezogen, manövrierte das Boot wieder an Land. Unschlüssig stand er auf dem Uferweg und schaute auf das Boot. Jetzt erst sah ich das Reh, das auf den Planken lag. Gekrümmt und steif mit einer Schlinge um den Hals.

»Verschwinde!«, sagte er erneut, und seine Stimme klang klar und hart. »Ich sag es nicht noch einmal.«

Er kam auf mich zu und schaute zu Boden, als müsse er prüfen, wohin er trat. Als befände sich unter dem Schnee womöglich ein Hindernis, das ihn zu Fall bringen konnte. Er stapfte in seinen klobigen Stiefeln auf das Portemonnaie und die Axt zu. Ich entfernte mich ein paar Schritte. Schließlich erreichte er den Baum, nahm das Portemonnaie, verstaute es in seiner Hose. Er stierte mich an, die Worte lagen auf seinen Lippen, schien es, und doch schwieg er. Er nahm die Axt auf, ging zurück zu seinem Boot. Die ganze Zeit umschloss seine Hand das Halsband des Hundes, dessen Fell sich sträubte. Er zerrte das Boot ins Wasser, trieb langsam davon, hielt das Heckruder in der Hand, mit dem er das Boot zur Flussmitte steuerte. Der Hund schaute aus seinen eisblauen Augen in meine Richtung. Dann hockte der Mann sich auf die Knie und überließ sich dem Fluss. Ich klaubte einen Ast vom Boden auf und warf ihm den Mann hinterher, als sei ich es mir selbst schuldig. Der Ast segelte durch die Luft, schlug im Wasser auf und trieb davon – später würden das Boot und der Ast den Park am Gnadenhof erreichen und von dort durch die Wiesen und das Bruch strömen, auf dem Weg nach Westen, auf dem Weg in die Niederlande. Ich schaute dem Mann hinterher, bis seine Kontur und das Boot verschwanden.

20

Ein Pfiff weckte mich. Ein Pfiff – direkt in meine Ohren. Jemand rüttelte an meiner Schulter. Die Nacht stand im Zimmer und eine Silhouette, die ich kannte. Ich rieb mir die Augen, schaute auf den Wecker. Ich hatte verschlafen. Es war halb fünf. Günters Bäckerhose, das Pfeffer-und-Salz-Muster, die weiße Jacke hoben sich im Zwielicht der Straßenlaterne ab.

»Mach schon, wir müssen los«, sagte Günter. Ich roch das Nikotin und den Kaffee in seinem Atem. Günter verließ das Zimmer, ich schlüpfte in Hose und Hemd, warf mir eine Handvoll Wasser ins Gesicht. Die Nacht war kurz gewesen. Die Küche gähnend leer. Ich trank ein Glas Wasser. Der Küchentisch war ungedeckt. Das Haus schlief. Auch Roman. Es war an mir, Günter zum Flugplatz der Briten zu begleiten und die Ware auszuliefern. Nächste Woche würde Roman mich ablösen.

Der Motor lief bereits. Der Wagen war beladen mit Brötchen und Berlinern. Dampfend lagen sie in den Körben und auf den Blechen. Die Scheiben waren beschlagen. Wie in dichtem Nebel fuhren wir durch die Nacht. Die Lüftung trocknete nicht mehr als ein handtellergroßes Loch auf der Scheibe. Im Wageninneren war es beklemmend heiß, und Günter machte alles nur noch unerträglicher dadurch, dass er sich eine Camel ohne Filter ansteckte und sie eilig bis zum Stummel herunterpaffte.

Als wir am Eingang zum Flugplatz der Royal Air Force ankamen, drückte er den Stummel aus. *NO SMOKING* stand in roten Lettern auf weißem Grund. Wir gondelten im vorgeschriebenen Tempo 30 über die Straßen, passierten die Wohnanlagen mit den Rasenflächen und den Blumenrabatten, den solitären Kiefern, deren Kronen sich in die Dämmerung spannten. Wir fuhren an den Raketenstellungen vorbei, die alle gen Osten gerichtet waren. Vor dem Gelände der 31. Schwadron hielten wir. Wir sahen in die Hangars, wo die Phantom- und Lightning-Jäger standen, schlafende Rieseninsekten, die täglich den Himmel heimsuchten. Günter drückte mir einen Korb Brötchen in die Hand. Er selbst nahm ein Tablett mit Berlinern. Bratwurstgeruch und der Duft gebratener Eier schlug uns entgegen, als wir in die Kantine kamen. Viele Plätze waren besetzt. Im Schwirrflug trafen die Worte in unsere Ohren. Fred kam auf uns zu. Fred war nach dem Krieg aus Königsberg zu uns ins Dorf gekommen. Er war gedrungen und rund. Sein mächtiger Kopf hockte scheinbar ohne Hals auf den Schultern. Seine Lippen glänzten fettig. Er hatte vom Anstreicher zum Grillkoch umgeschult. Die Briten zahlten gut. Fred rieb seine Hände an der fettigen Schürze ab und nahm von Günter das Tablett entgegen, fingerte einen der Berliner vom Tablett und biss hinein.

»Ihr kommt gerade noch rechtzeitig.«

»Rechtzeitig für wen? Für die Briten oder für dich?«

»Für mich und die Briten. Sie warten schon«, sagte Fred und kaute die Wörter und den Teig. »Wollt ihr Kaffee?«

»Ich nicht«, antwortete ich. Der Geruch der Brötchen und der Zigarettenrauch am frühen Morgen hatten mir schon auf den nüchternen Magen geschlagen, der Bratwurstgeruch tat das Seinige.

Günter nickte, nahm die Tasse in beide Hände und trank.

Fred legte die Berliner auf die Teller und brachte sie an

die Tische. Mechaniker und Piloten saßen dort in ihren beigen Overalls. Konnte man mit einem Berliner im Magen fliegen? 1000 km/h und mehr. Vertrug sich das?

Fred war ein Außenseiter im Dorf geblieben. Das Königsberg seiner Vergangenheit, die Stadt mit den großzügigen Parks und den prächtigen Bürgerhäusern, die Alleen mit den mächtigen Ahornbäumen, von denen er erzählte, hatte er in einem Flammenmeer der Royal Air Force, für die er jetzt am Grill stand, untergehen sehen. Er wohnte in einer kleinen Butze, mehr Baracke als Haus, am Rand des Dorfs in einer Siedlung, von allen Mau-Mau genannt. Dort lebte, wer nicht dazugehörte. Wer geflüchtet war oder vertrieben worden. Wer Jahre später aus dem Krieg zurückgekehrt war, kein Geld und keine Familie mehr hatte oder nie besessen hatte, wer mit einem Holzbein, einer Lederhand, einem entstellten Gesicht durch die Gegend schlich und auf sich allein gestellt war. Jemand, der an den Abenden alleine übers Feld strich, der beim Schützenfest in keinem Zug mitlief. Jemand, der in die erleuchteten Fenster schaute, hinter denen Familien beim Essen saßen. Jemand, von dem man auf der Straße den Blick abwandte, weil man nicht an den Krieg denken wollte, den man fast schon vergessen hatte – das Grübeln, die Bilder einer Vergangenheit, die man notdürftig und schmierig radiert hatte.

Fred hatte das Haus in Mau-Mau auf einer sumpfigen Wiese gebaut – aus Trümmersteinen und Dachpappe, aus Abrissholz und in Schlichtbauweise ohne Keller, ohne Speicher und Obergeschoss, ein Dreizimmerhaus mit Küche, ohne Diele und mit einem Bad im ungeheizten Anbau. Ein Haus, in dem Fred mit zwei Kindern und seiner Frau lebte. Theo und Stefan fehlten oft. Sie waren die schlechtesten Schüler in der Klasse. Waren ruppig. Roman mochte sie.

Ich weniger. Sie machten dreißig Liegestütze und schossen mit der Schleuder auf Spatzen und Amseln, die sie auf einer Wäscheleine im Garten an den Füßen aufhängten und als Zielscheibe benutzten, bis die Tiere zerfetzt von der Leine fielen. Theo und Stefan bewohnten zusammen ein winziges Zimmer. Dort war es im Sommer heiß und im Winter kalt. Man konnte seine Mütze aufbehalten, wenn man bei ihnen auf dem Bett hockte und Mühle spielte. Sie hatten keinen Kicker, kein Tipp-Kick. Besaßen keinen Fußball und keine Tischtennisplatte.

»Warum heißt es Mau-Mau?«, hatte ich Vater einmal gefragt. »Ist die Siedlung nach dem Kartenspiel benannt?«

Vater hatte gelächelt.

»Die Mau-Mau waren eine Armee aus Freiwilligen im fernen Kenia«, hatte er erklärt. »Sie kämpften gegen weiße Siedler und die britische Kolonialmacht um ihre Unabhängigkeit. Hierzulande mag man keine Revolution, die sich den Ordnungen widersetzt. Man fürchtet das Chaos mehr als die Knute. Mau-Mau steht für Unordnung in den Siedlungen wie in den Absichten der Freiheitskämpfer. Verstehst du?«

Ich hatte genickt und kaum etwas verstanden.

Heute, neben Fred, ahnte ich die Ironie, die das Schicksal an den Tag legen konnte: Fred arbeitete als Opfer des britischen Bombenkriegs bei den Briten und wohnte in einer Siedlung, die abfällig nach einem anderen Krieg, einem um Unabhängigkeit und ein menschengerechtes Leben, mit einem den Briten entlehnten Wort bedacht wurde. Fred lebte ein von den Briten eingefärbtes Leben in einem Dorf ohne Ahornalleen und prächtige Bürgerhäuser. Ein Dorf im Lärmschatten des Militärflugplatzes. Und ihr Haus lag wie alle Häuser Mau-Maus in der Einflugschneise und damit im Puls des Lärms, unmittelbar vor der Stacheldrahtumzäunung im Schein der Anflug- und Landebahnbefeuerung, im Positionslicht der Runway Edge Lights und der Runway Centre Line Lights. Eine Siedlung am Rande der bewohnbaren Welt.

Die Bewohner von Mau-Mau waren anders als wir. Nicht nur wohnten sie schäbiger. Nicht nur hatten sie keine Großeltern und keine weiteren Verwandten und schienen nur lose mit dem Dorf verbunden zu sein und seltsam in der Luft zu hängen, wie Zugvögel, die am falschen Ort gelandet waren, sie kleideten sich auch anders, ärmer, trugen Jacken, Hüte, Schuhe, die aus der Mode gekommen waren. Sie fuhren kein Auto, nur Rad, und sprachen anders. Die Melodie ihrer Sätze klang fremd, die Betonung der Wörter war eckig und ungelenk, und sie rollten das R und dehnten ein I ins Unermessliche. Einige von ihnen seien übers Haff gekommen, hatte Mutter gesagt. Durch den Schnee und über das Eis, das unter den Fuhrwerken brach. In der Ostsee seien viele aus den Trecks ertrunken im eisigen Wasser. Mit Mann und Maus seien sie untergegangen. Ich stellte mir vor, wie das Eis brach, erst ein Reißen in der Luft, ein Knacklaut, dann das Bersten, und ein ganzes Fuhrwerk mit Pferden und Hausstand, mit Kindern und Säuglingen, mit den Alten und der blinden Tante fährt ein in die schwarze See. Ich stellte mir das Strampeln der Pferdebeine vor, das Rühren im eisigen Wasser, das sie keinen Grund fühlen ließ, die panischen Augen der Tiere, die aufgerissenen, wiehernden Mäuler, die das Wasser schließt. Und weiter, immer weiter strampeln und rudern die Beine, und alles sinkt bis auf den Boden der See und bleibt dort für immer. Kaum ein Wort barg die Magie des Schreckens mehr als dieses Diktum »für immer«. Mehr als der Tod der Menschen fasste mich der

Tod der Pferde an. Dass sie im Scharnier hingen, in ihrem Zaumzeug, das sie mit Brust- und Rückengurt bis in den Tod und darüber hinaus an die Deichsel band. Keine Kraft der Welt konnte sie, als sie aus der Welt stürzten, retten.

Fred verteilte weitere Berliner auf die Teller und goss Günter frischen Kaffee nach.

»Wo stecken eigentlich Theo und Stefan?«, fragte ich Fred. »Hab sie lange nicht mehr gesehen.«

»Fort sind sie«, sagte er und schaute zu Boden. »Seit ein paar Wochen. Theo ist bei einem Kirmesheini, mit dem er durch Deutschland gondelt und beim Autoscooter hilft. Stefan schlägt Holz, irgendwo im Westerwald.«

»Den ganzen Tag? Ich meine, er macht nichts anderes?«, fragte ich.

»Den ganzen Tag«, sagte Fred und schaute mich an.

»Stefan ist also Baumfäller?«

»Ja. Nein. So viele Bäume gibt es im Wald nicht, glaube ich, dass ein Mensch sie Tag um Tag fällen könnte, Monat um Monat, ein ganzes Jahr und länger, ein Leben lang. Das Fällen kann er nicht ewig machen. Vorher trifft ihn die Axt, oder die Säge fährt ihm ins Bein«, sagte Fred.

Wie sehr musste ihm, den es *für immer* an ein fernes Gestade verschlagen hatte, das Exil seiner Söhne zu Herzen gehen. Etwas hatte sie fortgelockt, als seien sie, obwohl hier geboren, fremd geblieben in unserem Dorf, als wären die Wurzeln im feuchten Mau-Mau zu mickrig ausgebildet gewesen. Als hätte ein Pilz sie befallen. Für Fred ein weiterer Verlust, eine weitere Flucht bis in die nächste Generation.

»Sie hätten bei uns im Dorf bleiben sollen und sich …«

Der Lärm eines Triebwerks nahm ihm das Wort vom

Mund. Fred entkam dem Lärm weder zu Hause noch auf der Arbeit. Im Lärm gab es kein Zuhause.

Den Kaffee in Günters Tasse erfasste ein Zittern. Er nahm die Tasse von der Theke, doch der Kaffee blieb von einer Dünung erfasst, als würde der Triebwerklärm Günters Hand erzittern lassen und als sei sein Körper ein Resonanzkörper. Etwas hatte Theo und Stefan, kaum dass sie vierzehn und fünfzehn Jahre geworden waren, aus dem Dorf gelockt. Etwas hatte sie in den Wald und auf die Kirmes zum Autoscooter gespien. Fort waren sie. Unsere Experten für den Stacheldraht und die Mädchen. Drei Jahre hatten sie uns eingeführt in die Liebe am Zaun. Zu den Mädchen aus Whitney und Shipley. Ein drei Meter hoher Maschendrahtzaun, durchsetzt mit Stacheldrahtbändern, die Stützpfeiler aus Beton gegossen. Dort standen sie im Schutz eines Birken- und Kieferwäldchens. Very britisch, im kurzen Rock und den Kniestrümpfen der Schuluniform. Ein paar Mädchen. So jung wie wir. Mädchen, an denen wir unser Englisch probierten. Unser *How are you*. Unser *Nice to meet you*. Manchmal in der Dämmerung sammelten wir Geld. Steckten es ihnen durch den Zaun zu. Dann durfte einer von uns sie küssen. Sie suchten aus, wer seine Lippen an den Maschendraht halten und darauf warten durfte, dass eine von ihnen ebenfalls an den Zaun kam und durch den Zaun hindurch, durch ein Sechseck aus Luft, seine Lippen berührte. Mehr nicht. Und nie ich. Und fast nie Theo und sehr selten Stefan. Und umso öfter Roman. Eines Tages wollte er mehr. Wieder hatten sie ihn gewählt, wir standen dabei, starrten ihn an, eine wortlose Wut und Enttäuschung im Bauch, die wir, so gut es ging, verbargen, indem wir uns balgten, indem wir uns im Gras und im Sand wälzten und knufften – jetzt, wo wir verloren hatten, nur noch Zuschauer waren und unsere Wut loswerden mussten, indem wir Ringkämpfe austrugen, jeder gegen jeden, und es war egal, dass die Mädchen uns nun erst recht nicht wählen würden – Jungen mit zerrissenen Hemden und wirren Haaren, die schweißfeuchten Wangen gepudert vom Sand. Einmal flog mein Blick auf, als Theo mich im Schwitzkasten hielt und ich mich mühte, mich mit aller Kraft aus seinem Würgegriff zu befreien. Ich roch den Duft seines Hemds, das frisch gewaschen sein musste. Ich spürte die feinen Härchen an seinem Unterarm, die über mein Kinn strichen, wenn ich versuchte, den Kopf und den Hals aus der Umklammerung herauszuwinden. Ich stemmte die Füße in den Boden, riss an Theos Arm. Mein Blick streifte sie, das Mädchen und Roman. Sie hieß Carlie, sie kam fast immer zum Zaun, war eine der älteren. Sie wählte immer Roman, nie einen anderen. Sie hatte sich den Pullover abgestreift, auch die Wäsche, sie trug nichts, und alles war sichtbar, tanzte vor meinen Augen, rosig und hell, nur die Brustwarze dunkler, die Roman mit Zeige- und Mittelfinger berührte, und ich sah Carlie die Augen schließen. Ich wehrte mich nicht mehr, hatte keine Kraft mehr dazu, sank in Theos Würgegriff, erschlaffte und wandte mich von Roman ab und spürte, dass auch Theo aufgab, und die Klammer seines Arms weiter und schwächer wurde.

Nachdem Günter seinen Kaffee getrunken hatte, verließen wir den Hangar. Wir fuhren weitere Schwadronen ab. Gebadet in ohrenbetäubendem Lärm. In der Luft über der Startbahn glühten die Nachbrenner an den Triebwerken der Phantomjäger bei ihren Übungsflügen: weiße, sauerstoffgesättigte Flammen, die den Schub der Maschinen auf Mach 1 erhöhten. Niemand von uns wusste genau, was Mach 1 bedeutete. Aber wir führten den Begriff im Mund, um dem Lärm und der irrsinnigen Geschwindigkeit der Maschinen ein Maß zu geben. Erst wenn sie zu winzig kleinen Gestalten wurden, die schließlich als dunkle Punkte im Himmel verschwanden, ebbte der Lärm zu einem Brummen ab.

In jedem Hangar kannten wir jemanden aus dem Dorf, der für die Briten arbeitete. Als Koch, als Hausmeister, als Elektriker. Die Briten zahlten mehr als die heimischen Betriebe. Günter steuerte den Wagen an der Startbahn vorbei. Wir mussten noch hinaus in den Wald zum Golf-Club fahren. Nicht dass wir Vater dort um diese Uhrzeit treffen würden, er hatte in der Bäckerei zu tun. Aber was wäre, wenn ich sie, die Tierärztin, dort sähe? Was, wenn sie mir über den Weg lief? Ich hatte nie mit ihr gesprochen. Kein einziges Wort. Sie war in die Tiefe meiner unseligsten Gedanken verbannt. Gedanken von Verrat und Betrug. An uns und an Mutter. Worüber sollte ich mit ihr sprechen? Ich hatte keine Worte für sie. Wir fuhren auf einer schmalen Straße tief in den Wald. Wir passierten die Heideflächen. Die Kiefern standen im Wind. Schuppige, ockerfarben marmorierte Stämme. Nur die Kronen waren grün. Filigrane Gespinste, durch die das Licht streute. Im Unterholz Birken. Weiß hoben sich die Stämme ab. Wir waren allein auf der einspurigen Straße, Günter fuhr gemächlich. Er hatte das Fenster heruntergekurbelt, und das sonore Geräusch des Diesels war in den Lärmpausen der Flugzeuge zu hören. Günter pfiff vor sich hin. Der Kaffee hatte ihn belebt. Er war seit drei Uhr auf den Beinen, hatte die Brötchen schon in der Nacht gebacken. Um seine Augen lagen die dunklen Ringe, die chronischer Schlafmangel in ein Gesicht zwingt. Günter hatte helle, sehr weiße Haut. Der Bartschatten auf den Wangen ließ ihn noch müder aussehen.

Der Golf-Club lag eingebettet in tiefgrüne Rasenflächen, zwischen denen die hellen Spiegel der Teiche aufschienen. Ein paar Wagen mit britischen Nummernschildern parkten vor dem Clubhaus, einem niedrigen Bungalow. Den Wagen der Tierärztin sah ich nicht, auch sonst kein Auto mit deutschem Kennzeichen. Wir nahmen einen Korb mit Brötchen und ein Tablett mit Streuselkuchen aus dem Wagen und brachten sie in die Küche.

»Setzt euch raus auf die Terrasse. Ich lass euch was für den kleinen Hunger bringen«, sagte der Wirt.

Der Mann sprach ein passables Deutsch. Manchmal hatte er Vater bei uns zu Hause besucht und mit ihm die Kuchenauswahl für die Clubfeste abgestimmt. Hin und wieder lud er Vater zu einem Whiskey in den Club ein. Sie verstanden sich. Nach dem zweiten Whiskey wechselte Vater in sein Schulenglisch, wie er sagte.

Wir setzten uns an einen runden Holztisch. Günter paffte, und die Rauchkringel waberten über die blühenden Rhododendren.

Ruth brachte uns Kaffee und Rühreier. Sie war das schönste Mädchen im Dorf. Das sagten alle. Ich hatte sie hier nicht erwartet. Ein Ferienjob? Ich war nicht auf den Mund gefallen, aber ihre Schönheit nahm mir die Worte. Ich kannte Ruth, wie ich alle Mädchen im Dorf kannte. Aber wenn ich mit ihr sprach, wo immer ich sie traf, an der Bushaltestelle oder im Laden bei uns in der Bäckerei, ja schon wenn ich sie in der Kirche sah, stieg eine Beklemmung in mir auf und lähmte die Zunge. Ich bemerkte, wie Günter sie ansah, als sie die Teller auf den Tisch stellte. Diese Scheu in seinen Augen. Das eilfertige Dankeschön, das servil klang. Ruth im kurzen schwarzen Dienstrock und der weißen Bluse, die sie kein bisschen bieder, sondern in meinen Augen nur attraktiver machten, verschwand in Richtung Küche, und etwas blieb in der Luft zurück. Etwas wie Sehnsucht und ein Herzpochen, aber nicht angenehm, eher ein Gefühl, das ich von Prüfungen in der Schule kannte. Dabei prüfte Ruth mich nicht. Ich war ihr egal. Ich spürte so etwas.

»Die würde ich nicht von der Bettkante schubsen«, murmelte Günter und kaute sein Brötchen, das er sich mit Rührei belegt hatte.

Ich kannte den Spruch. Viele sagten ihn. Alle, die nicht den Hauch einer Chance hatten, dass jemand wie Ruth jemals auf ihrer Bettkante auch nur Platz nahm.

Kein Wort hatte sie an mich gerichtet. Ich ahnte, dass sie sich anders verhalten hätte, wäre Roman bei mir gewesen. Roman besaß etwas, das ich nicht besaß: etwas, das die Menschen, vor allem Frauen, für ihn einnahm. Sie legten sich für ihn ins Zeug. Sie wurden andere, sie wurden bessere, wenn er anwesend war.

Am Ende reichte Ruth uns die Rechnung. Wir wunderten uns. Hatte der Wirt uns nicht eingeladen? Günter gab ein übertrieben hohes Trinkgeld, das Ruth mit einem knappen Dankeschön einstrich.

21

Mutter ging es von Monat zu Monat schlechter. Ihr Gang verlangsamte sich. In der Nacht hörten wir sie im Haus herumgeistern auf leisen Sohlen, und die Pegel der Schnaps- und Likörflaschen wanderten in Richtung Flaschenboden. Für diesen Morgen hatte sie Trinkhoff bestellt. Ich führte ihn zum Schuppen und zum Schweinestall. Er hatte seine Schürze angelegt. Bei jedem Schritt quietschten die Gummistiefel. Mutter saß auf einem Strohballen. Sie hatte die Knie angezogen und den Kopf auf die Knie gelegt. Sie schaukelte, wie ein Kind sich wiegt. Ich setzte mich neben sie. Trinkhoff stand am Gatter.

»Gertrud…«, sagte er.

Mutter schaute nicht auf.

»Soll ich später wiederkommen?«

Sie antwortete nicht.

»Ich kann auch morgen kommen.«

Sie griff nach meiner Hand. Sie war eiskalt.

»Es eilt ja nicht«, sagte Trinkhoff.

»Es eilt nicht«, wiederholte Mutter und sprach zu ihren Knien. »Aber morgen ist es vielleicht schlimmer als heute. Gib mir ein paar Minuten.«

Trinkhoff murmelte irgendetwas und verließ den Stall. Mutter stand auf. Sie ging zum Gatter, tastete mit der Hand nach dem Riegel, schob ihn auf, die Schweine quietschten und grunzten, als gäbe es Futter. Sie ließ die Tiere nahe an sich heran, strich über die Köpfe, die Schnauzen. Flüsterte. Ein Kinderlied.

»Maikäfer, flieg! Der Vater ist im Krieg. Die Mutter ist im Pommerland. Und Pommerland ist abgebrannt.«

Die Tiere schnüffelten an ihrer Hand, lugten aus schweinskleinen Augen zu ihr, legten die Köpfe schief, als lauschten sie. Von Zeit zu Zeit schnaubten sie, ihre Schwänze pendelten. Ich sah auf Mutters Handrücken den feuchten Speichel der Tiere aufscheinen.

»Welches ist es?«, fragte Roman.

»Edeltraud«, sagte sie und seufzte. Sie umarmte Edeltraud. Schmiegte sich an sie. Wie man sich an einen Menschen schmiegt. In ihren Augen standen Tränen. Schließlich verließ sie den Pferch und schloss das Gatter. Dann gingen wir ins Freie und Trinkhoff zu den Schweinen. Der Wind trieb Blätter durch die Wiese. Ich schloss die Stalltür. Wir hörten den Riegel des Verschlags aufschnappen und die Tiere angstvoll quieken. Vielleicht ahnten sie, was geschehen würde. Mutter hielt sich die Ohren zu, bis der Schuss gefallen war. Ich hörte ein Schleifen im Stroh, ein Stöhnen und Ächzen, dann kam Trinkhoff raus.

»Die Leiter fehlt«, raunzte er. »Die muss her.«

Ich ließ Mutters Hand los, eilte zum Schuppen und holte die Leiter.

»Und Hilfe brauche ich. Von euch«, legte er nach.

Ich begleitete Mutter in die Küche, wo sie einen großen Topf mit Wasser befüllte und auf den Herd setzte. Als wir den Topf mit dem siedenden Wasser in der Schubkarre zum Stall brachten, hatten Roman und Trinkhoff das Schwein auf die Leiter gebunden. Aus einer Wunde am Hals schoss Blut, das Trinkhoff in einem großen Eimer auffing. Als das Schwein ausgeblutet war, kippte er das heiße Wasser über das Schwein und schabte mit einem Messer die Borsten ab. Dann machte er seine Schnitte. In den Bauch des Tiers hinein. Schnelle, geübte Schnitte, die den Bauch öffneten und die Eingeweide herausquellen ließen. Feucht und glänzend der bläulich-gelb schimmernde Darm, die rötliche Leber, der Milzlappen. Alles dampfend, quellend, bluttriefend, von Gekröse umgeben, von Häuten, gazefein, eine innere Welt, die Trinkhoff aufgebrochen hatte, die nun nutzlos aus der Bauchhöhle ins Tageslicht fiel, dorthin, wo sie nicht hingehörte.

»Gehen wir«, sagte Roman.

Er führte Mutter ins Wohnzimmer. Sie setzte sich und schaute hinaus in den Garten. Die Bäume knarzten im Wind. Ein Schwarm Stare stob aus einer der großen kahlen Buchen, die das Grundstück säumten. Am Himmel war seit Tagen eine Unruhe in den Schwärmen, ein Pulsieren. Mutters Blick verlor sich zwischen den Rhododendren, dem Spalier der Obstbäume, von denen keiner mehr Früchte trug. Niemand sprach. Wir saßen einfach nur bei ihr. Die Kirchglocke schlug. Irgendwo drehte für kurze Zeit ein Motor hoch, ein Moped vielleicht, und verstummte.

Später kehrten wir zu Trinkhoff zurück. Das Schweineherz lag auf einer Plastiktüte, die im Gras ausgebreitet war – ein faustgroßer Klumpen, aus dem die Gefäßstümpfe ragten, die Herzspitze schon blass, da kein Blut sie mehr versorgte. Auf einem der beiden Herzohren hockte eine Spinne, und Mutter verscheuchte sie mit der Hand. Trinkhoff, so stand es ihm zu, würde das Herz mitnehmen und zu Hause für sich zubereiten. Es galt als Spezialität. Auf anderen Tüten lagen die Leber, die Nieren, die Pfoten. Er würde alles verwerten.

Mutter bückte sich, nahm aus einer von Trinkhoffs Arbeitstaschen das Metzgerpapier und wickelte die Organe darin ein. Trinkhoff deutete mit dem Kopf auf die Schnapsflasche, die an der Schuppenwand lehnte. Auf den Flaschenhals hatte er ein Glas gestülpt. Er nahm die Flasche und füllte das Glas. Er reichte es Mutter. Sie trank es aus, bat um einen zweiten Schnaps.

»Mama«, sagte Roman.

Sie schüttelte den Kopf und trank.

»Recht so«, sagte Trinkhoff und goss sich ein. Dann reichte er das Glas wieder Mutter und füllte ihr den dritten Schnaps ein.

»Genug!«, sagte Roman, aber Mutter trank in einem Zug aus.

»Lass dich nicht von den Grünschnäbeln aufhalten, Gertrud«, sagte er und lächelte.

»Komm!«, sagte Roman. Er packte sie am Arm und wollte sie ins Haus bringen.

Aber sie riss sich los, klaubte die Organe vom Boden auf und nahm von Trinkhoff ein weiteres Glas entgegen. Dann brachte sie die Innereien nach drinnen und legte sie in den Kühlschrank. Sobald Trinkhoffs Arbeit erledigt war, würde er sie mitnehmen. Er war der Erste außer uns, der sie Glas um Glas hatte trinken sehen. Er würde es nicht für sich behalten.

22

Jätete Ruth im Vorgarten ihres Elternhauses Unkraut, kam es vor, dass Männer in ihren Autos auf die Bremse traten, ausstiegen und sie ansprachen, ohne dass Ruth ihnen mehr schenkte als ein Lächeln und ein Kopfschütteln. Sie hatte einen dunklen Teint. Im Sommer wurde ihre Haut tiefbraun, nahm den dunklen Glanz von Kakao an. Noch jetzt im Herbst hielt sich der Ton. Ruth war grazil, ohne dürr zu sein. Sie war apart, hätte auf jedem Corso in Italien die Männer verrückt gemacht. Ruth war Owes Freundin. Sie war eines jener seltenen Geschöpfe, in die jeder verliebt war, der das Alter und den Mut dazu hatte. Auch ich, vor allem aber Roman. Ich liebte Ruth aus der Entfernung. Ich sah, dass Roman ihr hinterherschaute, wenn sie den Bus verließ, dass er ein wenig errötete, wenn er im Bus neben ihr Platz nahm. Keiner der anderen Jungen wagte das, weniger wegen Owe, vielmehr weil ihre Schönheit einen befangen machte. Roman war sechzehn, und seine Liebe zu Ruth dauerte den Winter über, das Frühjahr und einen Sommer lang. Roman konnte sie nur im Bus ansprechen, wenn sie zu ihrem Mädchengymnasium fuhr. Eine Fahrt von dreißig Minuten, dann stieg sie aus, und im Polster des Sitzes blieb für kurze Zeit ihr Abdruck zurück, bevor auch wir ausstiegen. Vielleicht hat Romans Liebe zu Ruth alles endgültig ins Rollen gebracht, die ganze Lawine, die bereits als Schneewechte über dem Tal lag und darauf wartete, dass jemand sie lostrat.

Owe hatte ein Auge auf alle, die Ruth zu nahe kamen. Er begriff instinktiv, dass sie ein Volltreffer war, den er nie mehr in seinem Leben würde wiederholen können. Er ahnte, dass das Leben ihm einen Bonus geschenkt hatte, der ihm irgendwann genommen würde.

Owe fuhr nicht Bus. Er war Geselle beim Autolackierer. Der Bus war Owes Achillesferse. Roman hatte er nicht auf dem Zettel. Alle, die Ruth in der Dorfdisco ansprachen und zu lange mit ihr redeten, bekamen spätestens, wenn sie Ruth ein Glas Bacardi-Cola oder ein Bier ausgaben, einen Griff an den Arm, der sie zwang, das Glas mit schmerzverzerrtem Gesicht auf den Tresen zurückzustellen, ohne dass Ruth je daran genippt hätte. Die wenigen, die Owe nicht kannten und zu spät begriffen, dass mit ihm nicht zu spaßen war, landeten nach einem Schwinger auf der Tanzfläche. Wollte jemand mehr, mehr von Ruth und mehr Prügel, schnappte er sich einen Barhocker und schlug damit auf Owe ein, dann schüttelte Owe sich und fällte den Uneinsichtigen mit einer Batterie von Aufwärtshaken und Crossschlägen. Owes Schlägereien waren Legende. Roman ging nie in die Dorfdisco. Wegen der Musik, wegen Sweets *Ballroom Blitz*, wegen *Waterloo* von ABBA und all den andern unsäglichen Hits. Wie aber schaffte es Roman, Ruth für sich zu gewinnen? Ruth war gewohnt, dass jeder sich für sie ins Zeug legte. Mit Sprüchen und mit Fausthieben, mit Einladungen zu Segeltörns und beim Italiener in der Stadt. Roman las. Er setzte sich neben sie, sprach ein paar Sätze und begann zu lesen. Ob er wirklich las, oder nur so tat, weiß ich nicht. Er muss Ruth, warum auch immer, beeindruckt haben mit Hesses *Demian*, mit Kerouacs *On the Road.* Bücher, die ich kaum verstand. Bücher, die von Sinnsuche und einem Leben ohne falsche Zwänge sprachen.

Ab welchem Zeitpunkt Ruth begriff, dass Owe für sie zu einem Zwang wurde und ihr im Weg stand, weiß ich. Es war der Mittwoch vor Karneval. Ich war dabei, ich stand neben Roman im Bus, als Ruth zustieg und sich zu uns stellte. Ihre Augen flackerten, sie strich durch ihr dunkles, ins Brünette changierende Haar. Er holte das Buch aus seiner Jacke, ein blauer Leineneinband aus der Suhrkamp-Gesamtausgabe, abgegriffen und speckig. Sie nahm das Buch entgegen und steckte es in ihre Tasche, ohne es genauer anzuschauen, ohne eine Frage zu stellen oder eine Bemerkung zu machen, als sei es lange abgesprochen gewesen, zwischen ihr und Roman. Etwas, das nur sie beide anging und keiner Worte mehr bedurfte. Ihre Augen sprachen. Mit fünfzehn weiß man Blicke zu lesen. In Ruths Blick war von Roman die Rede. Sicher nicht von Owe, sicher nicht von mir.

Endgültig verlor Owe sie an seinem siebzehnten Geburtstag. Er feierte seinen Geburtstag ausladend und groß. Er wohnte mit seinem Vater auf einem Hof abseits des Dorfs. Ein Hof, auf dem es kaum noch Vieh gab bis auf ein paar Rinder. Owes Vater verdiente sein Geld nicht mehr als Bauer. Die Landwirtschaft war zum Hobby verkommen. Er fuhr Lastwagen für ein Abbruchunternehmen, das viele Kilometer entfernt Dorf um Dorf in einem neu parzellierten Braunkohlerevier abriss und auf Mülldeponien entsorgte. Nach den Lastwagen kamen die Bagger. Sie frästen Hunderte Meter tiefe und kilometerlange Schluchten in die Erde, aus denen sie die Braunkohle schaufelten. Flächengruben entstanden, in denen ganze Städte hätten verschwinden können. Den Horizont bepflanzten sie mit Kraftwerken, in denen sie die Braunkohle verbrannten. Wolkenfabriken, die ein eigenes Mikrowetter erzeugten unter den vom Wasserdampf getrübten Himmeln. Owes Vater war außerdem ein Leichenfledderer. In den Scheunen deponierte er all das, was die Leute, die ihre Häuser für die Braunkohle gegen eine Abschlagzahlung verließen und in neuen Dörfern in neuen Häusern ein neues Leben mit neuen Nachbarn begannen, zurückgelassen hatten. Küchenmöbel, Badewannen, Heizkessel, Aluminiumfensterrahmen, Bänke aus den Umkleidekabinen der Fußballvereine und aus den Kirchen, Schreibtische aus dem Rathaus. Alles, von dem man glaubte, sich trennen zu dürfen und trennen zu müssen.

Zu seinem Geburtstag hatte Owe sogar Roman und mich eingeladen. Nie zuvor waren wir zu seinem Geburtstag eingeladen worden. Ich ahnte, dass Ruth dahintersteckte. Dass sie Roman und Owe zusammen an einem Ort zur gleichen Zeit studieren wollte. Dass sie die beiden vergleichen wollte und ihre Augen sehen sollten, was ihr Herz längst gesehen und entschieden hatte.

Andererseits hatte Owe jeden eingeladen, mit dem er bekannt oder befreundet war. Die Menge sollte es richten. Sollte vor allem Ruth beeindrucken.

Die Sonne schien. Helles Grün schmückte Buchen und Birken. Ein warmer Tag im April. Rot glänzte das Dach des Hofs mit den neuen Dachpfannen, in die Owe seine Initialen mit schwarzen Ziegeln hatte legen lassen. Wir kamen zusammen mit Mike, der sein Haar nun lang, aber gepflegt trug, wie Mutter feststellte. Mikes Jeans war auf Falte gebügelt, und das rot-weiß karierte Hemd hatte er bis zum Hals zugeknöpft, darüber eine Windjacke in Rentnergrau. Seine Schuhe glänzten. Owe hatte im Hof vor der Obstwiese das ganze Mobiliar, das sein Vater aus den Dörfern deportiert hatte, aufgebaut. Auch die Kirchenbänke, auch die Schreibtische. Alles war zusammengewürfelt worden. Die Tische hatte Owe mit Gläsern und Tellern eingedeckt – egal, dass die Gäste unbequem auf den niedrigen Bänken und zwergenhaft an den Schreibtischen saßen und ihre Koteletts aßen.

Owe selbst stand am Grill. Ein mehr als zwei Meter messendes Ungetüm, das er eigenhändig geschweißt haben mochte. Als Kohlebecken diente eine Viehtränke, wahrscheinlich aus dem Bestand seines Vaters. Er hatte sich eine Grillschürze übergeworfen, die täuschend ähnlich den Blutschürzen war, die Trinkhoff trug. Neben dem Grill auf einem Küchentisch standen zwei Tabletts mit frischen Würstchen und Koteletts. In einem Kessel über dem offenen Feuer köchelte das Wellfleisch. Ruth saß an einem der Schreibtische, aß ein Würstchen und Krautsalat. Als sie uns bemerkte, stand sie auf und winkte. Wir hielten auf sie zu, und als wir Ruth fast erreicht hatten, schob Owe sich dazwischen, hielt uns seine Hand hin, und wir gratulierten ihm. Übergaben ihm sein Geschenk. Eine Platte von Black Sabbath, einer Heavy-Metal-Band aus Birmingham, von der wir glaubten, dass sie Owe gefiel. Uns gefiel sie nicht. Er riss das Papier ab, zerknüllte es und warf es achtlos weg.

»Gut gemacht, Jungs. Musik für die volle Dröhnung. Kommt später. Ist versprochen. Trinkt erst mal was und deckt euch am Grill ein. Ich muss.«

Er küsste Ruth auf den Mund und verschwand zu seinen Würstchen. Ruth nahm ein Tempo, wischte sich den Mund ab, und sah dabei Roman an. Lange. Ein Blick, der nichts verbarg. Wir setzten uns zu ihr, Mike holte Bier und ich für jeden ein Würstchen. Als ich an den Tisch zurückkehrte, hatte Ruth sich bei Roman eingehakt. Ich stellte die Teller ab. Setzte mich neben Roman. Sein Knie berührte Ruths Knie. Als Owe sich am Grill ablösen ließ, gesellte er sich zu ein paar Burschen und ihren Motorrädern am Rand der Wiese. Crossmaschinen, wie auch Owe eine besaß, mit der er durch den Wald pflügte. Owe setzte sich einen Helm mit Union-Jack-Emblem auf. Entlang der Obstbäume hatte er mit rot-weißem Flatterband einen Parcours abgesteckt. Eine Strecke, die in engen Kurven um die Bäume herumführte. Das Gras war nicht geschnitten und würde das Seinige tun, um die Piste in einen Schlitterkurs zu verwandeln. Das schreckte niemanden ab. Mehrere Fahrer stellten sich an der mit Sägemehl markierten Startlinie auf. Owes Vater hielt eine Ampelkonstruktion in den Händen, die er mit einer roten, gelben und grünen Steckkarte versehen hatte. Die Fahrer ließen ihre Maschinen aufheulen. Wie hungrige Hyänen zuckten die Maschinen vor und zurück. Die Fahrer hielten ihre Feuerstühle noch gerade so an der Kandare. Gleich würden sie losstürzen. Alle bewegten sich zur Wiese. Nur Ruth nicht. Nur Roman nicht. Sie blieben sitzen. Roman schaute mich an und lächelte. Das Lächeln desjenigen, der kurz vor der Ziellinie angekommen war und wusste, dass er gewonnen hatte. Owes Vater legte die Hand an die Gelbe Karte, zog sie Zentimeter für Zentimeter aus dem Steckfach, und mit jedem Zentimeter brüllten die Maschinen lauter auf. Grün. Torpedogleich rasten sie auf die Wiese, legten sich in die Kurven, jagten über den Boden, gruben ihn um, flammten an den Bäumen vorbei, drängelten zur Startlinie zurück, jeder auf Ideallinie. Rad an Rad, in die nächste Runde. In die Matschspur. Wer überholte, überholte Knie an Knie, fuhr synchron, riss erst im letzten Moment vor der Kurve, vor dem Kirsch- oder Pflaumen- oder Apfelbaum seine Maschine am Konkurrenten vorbei. Owe führte. Er war der Racing-King, war der Flying-Matador, als Ruth und Roman für eine Viertelstunde verschwanden. Vor der letzten von dreißig Runden kehrten sie zurück. Sie mussten nicht Hand in Hand an den leeren Tischen vorbei zur Wiese gehen, um mir zu zeigen, was zwischen ihnen geschehen war. Das hätte jeder gesehen, aber alle schauten auf Owe und Owe auf seinen Vater, als der mit der schwarzweiß-gemusterten Fahne in den Händen ihn als Ersten im Ziel abwinkte. Owe, der nur an seinem Union Jack als Owe zu erkennen war. Der Rest seines Körpers war wie die ganze Maschine verkrustet vom Dreck. Ein Fahrer nach dem anderen schoss ins Ziel. Applaus für Owe. Sein Vater legte ihm die Medaille um, und da erst, als er sich nach Ruth umblickte, die lächelnd und schlangengleich in der Menge stand und unablässig klatschte und auf den Fingern pfiff, muss er die leere Stelle neben sich gefühlt haben, die keine Medaille und kein Schulterklopfen seiner Freunde und Konkurrenten füllen konnte. Owe hielt auf sie zu. Die Medaille baumelte um seinen Hals. Ruth stand neben Roman – auf eine Art, wie Verliebte nebeneinanderstanden. Hüfte an Hüfte. Schulter an Schulter, und bei keinem von Owes Schritten veränderte sich der Abstand zwischen ihnen. Owe konnte es nicht sehen, weil er nicht sehen wollte, sich nicht mal vorstellen konnte, dass das Leben und Roman ihm an seinem Geburtstag seine Greencard genommen hatten.

Owe küsste Ruth, aber Ruth küsste Owe nicht. Ja, sie bog den Kopf etwas zurück. Ein wenig fühlte ich mit ihm mit. Weil er ahnungslos war. Weil er von Siegesglück und Feierlaune trunken war. Weil er nicht mit Ruths Augen auf sich schaute. Weil Owe nur Owe in sich sah, nichts anderes. Das änderte sich auch nicht, als er um Ruhe bat, auf einen Tisch stieg und ankündigte, einen Film zeigen zu wollen, den er selbst gedreht und geschnitten hatte. Roman schaute mich fragend an. Das kam überraschend. Hatte Owe Qualitäten, von denen wir nichts wussten? Als er vom Tisch stieg, nahm er Ruths Hand und zog sie mit sich. Auf der Wiese unter den Bäumen baute er eine Leinwand und einen Filmprojektor auf, und Ruth trat von einem Bein aufs andere und schaute ihm zu. In Romans Blick flatterte Unruhe.

»Komm«, sagte er. »Owes Film müssen wir nicht sehen. Trinken wir ein Bier.«

»Lass uns bleiben«, antwortete ich. »Man kann nie wissen, was das wird. Man geht nicht von der Bühne ab, bevor der Vorhang fällt.«

Ich hatte den Spruch irgendwo gehört oder gelesen. Ich kam mir erwachsen vor und wollte Roman genau das zeigen, der am Haken seiner Sehnsucht und seines Verlangens nach Ruth hing. Nervös strich er sich durchs Haar. So viel hatte er jetzt schon zu verlieren. Ruth drehte sich nicht nach ihm um. Sie stand wie zur Dekoration neben Owe, der die Filmspule und eine Leerspule aufsteckte. Er bat erneut um Ruhe. Schwärze flimmerte über die Leinwand, dann körnte ein Heureiter auf. Ein Heureiter auf einer gemähten Wiese. Nichts sonst. Nur dieses eine Bild. Das Grün der Wiese bildete den Rahmen für das trocknende, sonnenbraune, aufgebockte Heu. Ein Standbild. Nichts geschah.

»Lass uns für ein paar Minuten verschwinden«, sagte Roman. »Oder willst du den Mist sehen? Ich hole mir jedenfalls ein Bier.«

Das Band zwischen ihm und Ruth hatte sich in diesen Minuten ein wenig gedehnt. Würde sie am Ende des Films zu ihm zurückkehren? Sofort und sichtbar für alle, vor allem für Owe. Oder blieb sie bei Owe? War die Luft zwischen ihr und Roman überraschend dünner geworden?

Ich blieb, wo ich war, und Roman ging. Er schnappte sich ein Bier aus dem Kühlschrank und setzte sich in eine Kirchenbank. Im Heu spielte der Wind und blies ein paar

Halme auf. Mehr geschah nicht. Alle schwiegen. Wahrscheinlich unschlüssig, wie die Bilder, eigentlich war es nur ein einziges, zu verstehen waren. Was zeigte Owe in seinem Film? War seine Absicht weniger profan, als es schien? Spielte Owe einen doppelten Boden an? Zeigte er etwa die Stille? Zeigte er, wenn nicht das Nichts, dann doch das Wenige, eine Art Reduktion? Oder war das Ganze nur Bauernhoffolklore? Owe sagte nichts. Stand unbewegt in der Menge neben Ruth und schaute, wie der Wind in die Halme fuhr, sie anhob, sie flattern ließ und allmählich abflaute und dem Nichts wich.

»Action, Owe«, rief jemand. »Kommt da noch was?«

Owe schwieg, und auch die Menge schwieg. Niemand grätschte Owe mehr ab. Niemand machte sich an Owe und seinem Werk zu schaffen. Roman blieb sitzen. Ruth schenkte ihm keinen Blick. Sie starrte auf das Heu, und einmal traf ihr Blick mich und eilte sofort zur Leinwand und Owe zurück, der sich nun einen Hut aufgesetzt hatte, einen Filzhut, wie Joseph Beuys einen trug. Unsere Kunstlehrerin Frau Schildewald hatte ein Faible für Beuys, besuchte seine Ausstellungen, seine Partys, hatte bei ihm studiert an der Kunstakademie in Düsseldorf, kam wie er aus Kleve. Kannte seine Frau, kannte seine Förderer und Gönner. Jetzt trug Owe einen Hut wie Beuys, und wieder fragte ich mich, ob er wusste, was er tat. War er ein anderer geworden? Die Zeit stand still und verging nicht. Der Heureiter blieb der Heureiter. Der Wind blieb der Wind. Keine Action. Nichts, was uns ermöglicht hätte, eine Handlung in den Film zu konstruieren. Wir schauten, und sonst taten wir nichts. Es war ein wenig wie im Gottesdienst. Jener Moment, wenn die Monstranz gezeigt wurde. Ein goldenes Gefäß mit verglasten Sichtfenstern, die das Allerheiligste zeigten – mithilfe einer Hostie, einer besonders großen, auf die ein christliches Motiv geprägt war, etwa ein Fisch. Der Fisch zeigte nicht sich selbst. Er sprach vom Sanctissimum, war ein Symbol für das Nicht-Sichtbare. Ging Owe so weit? Zeigte auch er mit dem Heureiter etwas, das über den Heureiter hinausging? Kannte er sich aus mit den Winkelzügen des Paradoxen in der Kunst? Davon hatte Frau Schildewald oft gesprochen, dass wir sehen und erkennen müssten, was zunächst nicht zu sehen sei, ja eigentlich nie und sowieso mit den Augen nicht zu begreifen und zu entschlüsseln sei und uns doch gezeigt und vor Augen geführt würde in Form eines Kunstwerks. Und dass ein Paradoxon schon in sich eine wunderbare Denkfigur sei, die niemand mächtiger ins Bild gesetzt habe als Beuys. Das dachte ich, rekapitulierte ich aus dem Kunstunterricht, bis irgendwann im Scharren der Füße und im Ploppen der Kronkorken doch eine Aktion einsetzte: Ein Traktor fuhr vor. Am Steuer saß Owes Vater. Er hatte anstelle der Schaufel auf den Frontlader zwei Schiebegabeln montiert, mit denen er unter den Heureiter griff, ihn emporhob und von der Wiese und aus dem Blick transportierte. Anschließend blieb nichts zurück als die Leere im Bild. Eine Leere, aus der sich viele schnell lösten. Wie gebannt schaute ich auf Owe und dessen Filzhut, dahinter das leere Bild, das immer noch sprach, oder jetzt erst recht sprach. Wovon? Genau das konnte ich nicht sagen. Nicht einmal denken, nur sehen.

Am Ende wurde das Bild schwarz. Owe nahm den Beifall, den zögerlichen, verhaltenen, höflichen Beifall entgegen. Roman applaudierte nicht. Er blieb in der Kirchenbank sitzen und schaute ins Leere.

Ruth setzte sich zu Owe an den Tisch, trank ein Bier, und nichts deutete darauf hin, dass sie ihn verlassen würde oder schon verlassen hatte. Owe legte seinen Arm um ihre Schultern. Sie tat nichts, damit sein Arm nicht dort lag.

Der Abend senkte sich über die Wiese und den Hof. Pechfackeln beleuchteten die Wege und ein Lagerfeuer die Wiese. Ich ging zu Roman. Er schwieg. Was hätte er sagen sollen? Dass er sich zu früh gefreut hatte? Dass er Owes Kurzfilm nicht auf der Rechnung gehabt hatte?

»Noch ist der Abend nicht vorbei«, sagte ich.

Roman nickte und holte sich ein weiteres Bier. Er schaute zu Ruth, als er zu mir zurückkehrte. Musik schepperte jetzt über den Platz. Etwas von Uriah Heep. Dann die Stones, und als Owe zum Plattenspieler ging und auflegte, war es Heavy-Metal, der die Gäste, vor allem die männlichen, auf die Tanzfläche lockte. Ruth blieb, wo sie war. Ließ Owe alleine rocken. Bei Black Sabbath drehte er den Verstärker voll auf, und ein Schwall harter Gitarrensoli sprang uns in die Ohren. Roman muss gespürt haben, dass Black Sabbath seine Chance war. Er stand auf, stellte sein Bier ab und ging zu Ruth. Unauffällig, nicht auf direktem Wege. Er mäanderte scheinbar absichtslos um die Tische und näherte sich doch seinem Ziel. Hatte Procol Harum die Ehe unserer Eltern ruiniert, so sabotierte Black Sabbath Owes Liebe zu Ruth. Roman beugte sich zu ihr, flüsterte ihr ins Ohr. Sie lächelte, schüttelte den Kopf, und doch stand sie schließlich auf und verschwand mit ihm zum Lagerfeuer. Nach ein paar Minuten der Schamfrist traten sie aus dem Lichtkreis. Anfangs waren sie Silhouetten, als sie über die Wiese auf ein Wäldchen zugingen. Schnell wurden sie zu Schatten, dann waren sie verschwunden, hatte die Nacht und die Schwärze jenseits des Feuers sie geschluckt. Ich wartete. Wartete, dass sie zurückkehrten. Nach ein paar weiteren Songs verließ Owe schweißnass die Tanzfläche. Sein Blick schwang über die Tische auf der Suche nach Ruth. Er ging ins Haus, kehrte nach einiger Zeit mit trockenem Haar und frischem Hemd zurück. Unruhe erfasste seinen Blick erst, als er mich sah. Er war ohne Ruth, ich war ohne Roman, und die Gleichung rechnete sich von selbst.

Ruth kehrte erst spät zu Owe und zur Party zurück und Roman gar nicht. Ich sah sie aus der Dunkelheit in den Schein des Feuers treten. Owe erwartete sie. Stellte sie zur Rede. Seine Hände fuhren auf und nieder. Sie wich zurück. Er griff sich ins Haar, packte Ruth an der Schulter. Sie hatte die Arme vor der Brust verschränkt, folgte ihm ins Haus. Er war wutentbrannt.

Ruth und Owe tauchten nicht wieder auf. Ich ging zum Plattenspieler. Blätterte in dem Stapel der Alben. Fand etwas von George Harrison und den Beatles. *While My Guitar Gently Weeps.* Dann spielte ich Dylans *I Want You.* Spielte es ein zweites Mal. Nicht aus Bosheit. Nicht dass ich Owe noch weiter kränken wollte. Einmal an diesem Abend wollte auch ich Akteur sein. Der Song beschrieb, wie es um Owe stand. Er beschrieb die Eifersucht, das Verlangen und dass die Zeit auf Seiten des Widersachers war. Roman, der sich genommen hatte, was ihm nicht zustand, der Owe aufs Kreuz gelegt hatte. *No, I wasn't very cute to him, was I? But I did it, because he lied and because he took you for a ride and because time was on his side and because I.*

Vielleicht handelte der Song auch von mir, musste ich mir eingestehen. Denn auch ich wollte Ruth. Und wenn ich gekonnt hätte, hätte ich mir genommen, was mir nicht zustand. Ich hätte es wirklich getan. Owe und Roman wären mir egal gewesen, der eine mehr und der andere weniger. In der Liebe ist man erbarmungslos. Ich hätte es wie Vater gemacht. Ich hätte sie aufgefordert zum Tanz und arrangiert, dass ein entsprechendes Lied gespielt würde. *I wasn't born to lose you,* muss Owe ganz klassisch gedacht haben, als er – ich spielte den Song ein drittes Mal – aus dem Haus stürzte und die Platte vom Teller fetzte.

»Verpiss dich!«, sagte er. »Bevor ich dir eine reinhaue. Einem von euch sollte ich eine reinhauen. Wenn nicht deinem Bruder, dann dir.«

»Schon gut, Owe«, sagte ich. »Lass uns den Abend in Ruhe zu Ende bringen. Trinken wir was, hast du Schnaps?«

Da hatte Ruth bereits ihre Hand am Lenker ihres Fahrrads und verschwand. Owe sah ihr hinterher und das Rücklicht immer funzliger werden, bis es in der Dunkelheit verschwunden war. Und auch ich hatte sie verloren. Ich, der sie nie besessen hatte.

Zwei Tage später, stand abends Ruth vor unserer Tür. Sie trug einen weißen Mantel, der ihr dunkles Haar und ihren Teint betonte. Roman führte sie hinauf zu seinem Zimmer. Ich hörte das Klacken des Schlüssels im Schloss, dann lange nichts, schließlich drang Musik durch die Zimmertür. *Girl from the North Country. Lay Lady Lay.* Cohens *Suzanne.* Nur ein Idiot wusste das nicht zu deuten. Für mich eine Qual.

Für jedermann sichtbar und zur Tatsache wurde das, was zwischen Roman und Ruth passierte, als Ruth ein paar Wochen später am Fußballplatz stand. Sie trug Lippenstift. Roman kickte an jenem Tag wie nie zuvor und nie mehr danach. Es gibt solche Tage, an denen man ein anderer ist, eine Erweiterung seiner selbst. Seine Dribblings waren unwiderstehlich. Seine Freistöße von einer Wucht und Genauigkeit, die ich nie bei ihm gesehen hatte.

»Schau«, sagte er zu mir. »Sie ist da. Ruth! Sie ist gekommen.«

An der Eckfahne hatte er sich den Ball zurechtgelegt. Für die Zuschauer musste es aussehen, als besprächen wir eine Eckballvariante. Ich schaute mich um. Ruth stand nicht weit entfernt von Vater, der sich immer noch jeden Samstag unsere Spiele anschaute. Ich trabte in den Strafraum, und Roman schoss den Eckball, der zum einzigen Tor führte. Als er gegen Ende des Spiels gefoult wurde, ein Tritt von hinten in die Beine, der alle, uns Spieler wie die Zuschauer, vor allem aber Vater empörte, der aufs Spielfeld zu Roman eilte, der sich auf dem Boden krümmte und vor Schmerz mit der Faust auf den Rasen schlug, da folgte Ruth Vater auf den Platz. In ihren Ohren musste das Tuckern von Owes Moto Guzzi zu hören gewesen sein, der die Maschine vor den Umkleidekabinen abstellte, den Helm vom Kopf nahm und klare Sicht auf Ruth hatte, die neben Roman kniete und ihn umarmte. Eine Art Pietà-Geste, bevor sie ihn küsste, auf den Mund, ein inniger Kuss unter dem Gejohle der gegnerischen Mannschaft und den wilden Pfiffen des Schiedsrichters, der sie und Vater schließlich mit erhobenem Arm wie ein Feldherr vom Feld eskortierte, nachdem sie Roman, der mühsam wieder auf die Beine kam, über die Wange gestrichen hatte, wie man einem Helden, einem Helden des Augenblicks, Trost und Anerkennung zollt. Das alles sah Owe, der bereits am Spielfeldrand hinter dem Stankett stand. Nicht auf Owe hielt Ruth zu, sondern stellte sich direkt neben Vater an den Spielfeldrand, als gehöre sie zu uns, lange schon, als sei sie vertraut mit Vater. Roman spielte noch ein, zwei Minuten, dann humpelte er vom Platz, und sie umarmte ihn. Als der Schlusspfiff ertönte, umarmte sie ihn immer noch, aber Owe stampfte bereits auf sie zu. In der Hand hielt er eine Metallkette. Als er Vater und das neue Paar erreichte, schwang er sie durch die Luft und ließ sie auf das Geländer niedersausen. Eine letzte Warnung. Bevor die Kette wieder in den Aufschwung kam und auf Roman einschlug, ergriff Vater sie, bremste ihren Flug, wrang sie um sein Handgelenk und ein Stück den Unterarm hinauf und zwang Owe auf sich zu. Owe hätte die Kette nur loslassen müssen, Vater wäre daran gebunden gewesen wie ein Fisch an den Haken, aber Owe hielt fest, was ihm gehörte, und so standen sie sich gegenüber, durch die Kette verbunden, und Owe holte aus, mit dem Kopf, mit der Stirn, wollte Vater eine Kopfnuss verpassen, aber Vater musste es geahnt haben, er duckte sich weg und fast gleichzeitig riss er Owe mit aller Kraft zu Boden. Owe kippte wie ein Sack und schlug mit dem Kopf auf das Gestänge, dann trudelte er zu Boden und blieb reglos liegen. Fiebrig und erschrocken wie ein Freizeitjäger, der mit dem ersten Schuss ein Wildtier niedergestreckt hatte, starrte Vater ihn an. Ein Murmeln hob an, und man näherte sich Owe vorsichtig, kniete, fühlte seinen Puls, jemand rannte los zum Vereinshaus und rief den Krankenwagen. Auch Vater bemühte sich um Owe, betastete seinen Kopf auf der Suche nach einer Wunde. Doch an Vaters Fingern war kein Blut. Owe lag leblos da. Ruth ging zu ihm, strich ihm über die Stirn, und einen Moment lang schlug Owe die Augen auf, bevor er wieder in die Ohnmacht zurückfiel. Wir warteten, und ich sah das schlechte Gewissen sich auf Vaters Zügen ausbreiten. Was, wenn Owe ernsthaft verletzt war? Ich hatte das Vater nicht zugetraut. Wie gut kennen wir die, die uns durchs Leben begleiten?

Als der Krankenwagen eintraf, tauchte auch Buhnke auf. Jemand musste ihn informiert haben. Der Arzt kniete neben Owe und untersuchte ihn. Schließlich schlug Owe die Augen auf und kam mühsam auf die Beine. Er starrte Ruth an und rieb sich den Nacken. Mich hat immer gewundert, wie unbedingt manche Frauen den Wechsel, das Aus signalisieren. Ruth rührte sich nicht, stand neben Roman, ihre Hand lag auf Romans Schulter. Owes Gesicht rötete sich. Das Leben und die Wut kehrten in ihn zurück.

»Wir sprechen uns noch«, raunzte er und ließ offen, wen er sprechen würde: Vater, Roman, Ruth oder gar Buhnke, der am Rand des Pulks Stellung bezogen hatte und sich Notizen machte. Owe stapfte an den Schaulustigen vorbei, stieg auf sein Motorrad und schoss mit brüllendem Motor vom Gelände. Der Sieg gehörte Roman. Auf dem Spielfeld wie im Kampf um Ruth. Aber wir hatten Buhnke vergessen.

In jenen Wochen sahen sich Roman und Ruth täglich. Ein Glanz lag auf Romans Gesicht. Mutter erfasste noch einmal eine Aufgeräumtheit und Freude, die ich lange nicht an ihr gesehen hatte, das musste ich mir eingestehen. Nach Großmutters Tod, nach Vaters Auszug, taten Ruths ständige Besuche dem Haus und Mutter gut. Wenn sie zu uns kam und zu Roman aufs Zimmer verschwand, bat Mutter mich nach einiger Zeit, beide auf einen Kaffee und ein Stück Kuchen in die Küche einzuladen. Ich klopfte an Romans Tür. Ich klopfte an eine Stille, die hinter dem Türblatt lag. Nie hörte ich sie sprechen, Musik lief, die scheinbar nie enden wollenden Gitarrensoli von Neil Young, Dylans *Sad Eyed Lady of the Lowlands.* Ich brachte es schnell hinter mich und verschwand von der Tür, und mein Herz klopfte unsinnig schnell. Manchmal folgten sie der Einladung, und ihre Gesichter waren am Tisch noch gerötet, nicht von Scham, sondern von einer Hitze. Ruth besaß Anmut, nichts an ihr war grob oder plump, ihre Manieren bei Tisch waren perfekt. Und doch fragte ich mich, was sie mit Owe verbunden hatte. Wie konnte sie mit Roman zusammen sein, wenn sie sich zuvor auf Owe eingelassen hatte. Konnte so ein Sprung gelingen? Ob auch Roman sich das fragte, wusste ich nicht. Wir haben nie darüber gesprochen in diesem Sommer. Und wir haben nie darüber gesprochen, was ich für Ruth empfand.

23

Im Juli verreiste Mutter an die Ostsee. Eine Kur, sagte sie. Für die Nerven und die Augen und damit die länglichen kleinen Pillen auf ihrem Nachttisch aus ihrem Leben und ihrem Schlaf verschwinden könnten. Sie sollte zur Ruhe kommen und das Sehen wieder erlernen. In einem Zimmer, von dem aus sie das Rauschen des Meeres hören konnte.

Wir besuchten Mutter nach einigen Wochen. Vater begleitete uns, damit wir nicht alleine reisen müssten, sagte er. Als sie aus dem Fenster ihres Zimmers schaute, und wir mit ihr, an einem Wochenende, an dem viele der Kranken Gesellschaft von Verwandten bekamen und der Strand und die Cafés gut besucht waren, schimmerte das Meer türkisgrün und eine Schar Vögel zog über den Horizont, und Mutter glaubte, sie sehen zu können, als wir über die Vögel sprachen. Vater saß in einem Clubsessel und schenkte ihr Tee ein. Am Abend warf sich ein auberginefarbener Himmel über das Land und löschte das Türkis, und wir gingen in ein Restaurant, das Mutter ausgewählt, und in dem sie Probe gegessen hatte.

»Ich wollte nichts dem Zufall überlassen«, sagte sie, als wir Platz nahmen.

Es war ein Lokal, das *Balkan-Sonne* hieß. Roman und ich bestellten Hirtengulasch, und Mutter bestellte wie Vater Ljubljana-Schnitzel, ohne dass sie in die Speisekarte geschaut hatte. Sie hatte sie nicht einmal aufgeschlagen.

Mutter aß mit Appetit, und wir genossen das Essen als eine willkommene Abwechslung zu den Mahlzeiten, die

Leonhard oder Roman in Mutters Abwesenheit fabrizierten. Fast hätte man an jenem Abend in der *Balkan-Sonne* meinen können, alles sei wie früher und unsere Familie wieder beisammen. Aber in der Freundlichkeit, mit der Mutter und Vater einander begegneten, in der Höflichkeit, mit der sie am Tisch agierten, lag eine Fremdheit, die sie nicht oder noch nicht überwinden konnten. Sie waren wie Bekannte, die einander hoch achteten, deren gegenseitiger Respekt ihnen jedoch die Wärme nahm. Nach dem Essen brachte Vater Mutter zum Kurinstitut, wie Mutter den mehrstöckigen Klinkerbau mit dem parkähnlichen Garten nannte. Wir ließen ihnen den gemeinsamen Weg und gaben vor, einen Spaziergang am Meer machen zu wollen. Roman gab mir zu verstehen, dass er von einer Telefonzelle aus mit Ruth telefonieren wollte. Ob ich Kleingeld hätte? Ich steckte ihm mehrere Zweimarkstücke zu. Ich war mir plötzlich selbst überlassen. Noch war es hell. Ich streifte durch Felder, wo der Weizen hoch und gelb vor dem Horizont stand. Lerchen flatterten auf. In den Pappeln entlang des Wegs hockten Krähen und sahen auf mich herunter. Die silberfarbene Unterseite der Blätter flirrte im Wind, und in der Luft entstand ein feines, sirrendes Geräusch. Ich wanderte vorbei an reetgedeckten Bauernhöfen, die beschattet waren von großen Bäumen. Vor manchen ein Teich, den Rasenflächen säumten. Es war immer noch warm, und ich hatte meine Jacke ausgezogen und trug sie über dem Arm. Das Quaken der Frösche füllte die Stille. Kam ich einem Teich oder einem der vielen Bachläufe zu nahe, verstummte der Chor, um nach einiger Zeit wieder einzustimmen in den sägenden Gesang. Heide wuchs die sanft geschwungenen Hügel hinauf. Ein Violett, das der Abend nur kräftiger machte. Darin eingestreut die dunklen Säulen der Wacholderbüsche. Zwischen den Hügeln mäanderten Pfade. Hüfthohes Gras, falb und langstielig, Steppengras ähnlich, entlang der sandigen Wege, die zu Moorseen führten. Sobald ich meinen Fuß ans Ufer der Seen setzte, sprangen Frösche von den Blättern der Seerosen in das nach Torf riechende Wasser. Ich setzte mich auf einen Steg. In Ufernähe standen Kolonien von gelben Sumpfschwertlilien und purpurfarbene Pflanzen, deren Namen ich nicht kannte. Mein Blick schweifte zum Saum des Kiefernwalds, der sich im Wasser spiegelte: die rötlich schimmernden Stämme und die schirmförmigen, luftigen Kronen. Ein Gefühl der Erleichterung wollte sich breitmachen, aber ich traute ihm nicht recht. Romans Worte waren mir im Ohr. Gefühle kommen und gehen. Sie seien wie das Wetter, wechselten scheinbar grundlos. Ich hatte ihm nicht widersprechen können, wohl aber ihm widersprechen wollen, denn ich hatte gespürt, dass das, was ich fühlte, nicht grundlos und unmotiviert war. Zumindest nicht das, was ich für Ruth empfand. Ich wusste um die Wurzel eines Gefühls, jedenfalls meistens. Ich schaute in den Schein der schwindenden Sonne, der auf dem Wasser und den Gräsern und auf allem lag, eine kurze goldene halbe Stunde, in die das Rascheln von Gras, das Knacken eines dürren Zweigs drang. Geräusche, die sich wieder verloren. Ich hielt Ausschau nach einem Tier. Über der Baumlinie stand ein Bussard in der Luft. Spinnenfäden spannten sich in den Sträuchern, und erste Dunstgespinste stiegen aus den Senken auf, und später färbten sich die Zirruswolken orangerot. Würden auch die Eltern sich den Sonnenuntergang anschauen? Bestand diese Art Nähe zwischen ihnen wieder? Konnte man eine Liebe heilen, wie man eine Krankheit heilte? Ich streckte mich auf den Planken aus. Ich spürte die Müdigkeit in allen Gliedern, wäre gerne eingedöst, aber etwas hielt mich davon ab. Eine Unruhe, die sich nicht fassen ließ, die nichts mit diesem Ort zu tun hatte. In meinem Rücken war es bereits Nacht, und dann und wann hörte ich ein Schnauben und die dumpfen Schritte von Hufen im Sand. Ich stand auf, konnte mich aber nicht dazu entschließen aufzubrechen. Ich blieb, wo ich war. Am nordöstlichen Himmel, im letzten Licht, zog ein Schatten dahin. Eine Wolke aus vielen schwarzen Punkten. Dann hörte ich leise die ersten Rufe, die lauter wurden, als die Vögel über mich hinwegflogen, lange Ketten von Wildgänsen, vermutlich schon auf ihrem Weg in den Süden. Wenig später war nur noch der nachtblaue Himmel zu sehen, dessen letztes Licht mich den Rückweg finden ließ. Zum Meer kam ich nicht.

In der Nacht schliefen wir mit Mutter in einem Zimmer, hörten sie leise atmen, ein rhythmisches Atmen, von dem ich glauben mochte, es bedeutete, dass es Mutter am Meer gutging. Woche um Woche, sagte Mutter, würde das Sehen sich verbessern, tauche die Welt wieder aus den Schatten auf. Sie sähe den großen Schiffen zu, Tankern, Frachtschiffen, die über das Meer führen, zunächst riesig, dann immer kleiner werdend, bis sie eine Zeit lang unbewegt auf der Horizontlinie zu stehen schienen und plötzlich verschwänden, als seien sie über den Horizont ins Nichts hinuntergestürzt. Mutter sagte, sie zähle von ihrem Fenster aus die Blätter an den Bäumen, nur um ihren Blick scharf zu stellen, um den Vordergrund von einem Hintergrund sich abheben zu lassen. Sie male Bilder, großformatige Landschaften, in die sie Rinder und Reiher, Pferde und Bussarde einzeichne, an einem blauen Himmel, dort im Blau könne das Auge sich so gut erholen.

Am Morgen brachte uns Mutter zum Bahnhof – gemeinsam mit Vater, der in einem Hotel übernachtet hatte und noch einige Tage am Meer ausspannen wollte, in Mutters Nähe, durchaus gewollt und für Mutters Genesung förderlich, hatten die Ärzte Vater geschrieben. Von der Tierärztin hatte er in diesen Tagen nicht geredet, auf der ganzen Fahrt nicht, und wir hatten nicht nach ihr gefragt, als könne man das, was man in den Worten ausspart, auch in den Gedanken aussparen. Als nehme etwas in seiner Existenz ab, wenn man lange genug nicht davon sprach.

Am Bahnsteig winkten sie uns seltsam heiter hinterher, als wir uns in die dampfbetriebene Schmalspurbahn setzten, eine Kurbahn in die nahe Stadt – ganz der Nostalgie der alten Eisenbahntage verpflichtet. Sie standen nebeneinander. Mutter und Vater. Schulter an Schulter. Nur ein dünner Spalt Luft schien sie zu trennen. Zuversichtlich winkten wir zurück, vielleicht bestand für sie wieder Hoffnung auf eine gemeinsame Zukunft – auf die eine oder andere Art, sagte ich mir. Ich sagte es nicht zu Roman, denn es gilt auch, was nicht ganz in der Welt ist, was noch werden muss, leidet Schaden, wenn es zu früh in die Welt gestellt wird – mit Worten, die manifestieren wollen, was noch zweifelhaft ist. Wir nahmen auf den Holzbänken Platz, und wieder fühlte ich eine Erleichterung, als hätte ich einen langen Verfolgungslauf gewonnen.

Und voller Mut waren wir, als wir am Abend heimkehrten, und Leonhard uns Eier briet und frisches Weißbrot aus dem Laden holte, eines, das duftete und dessen Krume braun und hart im Blond des Laibs ausgebacken war.

Sprechen tat Leonhard nach dem Essen. Buhnke sei hier gewesen. Heute Mittag. Im Krankenhaus in der Kreisstadt sei vor ein paar Wochen eine Frau aus dem Koma erwacht, und allmählich habe sie die Erinnerung und schließlich auch ihre Sprache wiedergefunden. Sie habe von zwei Jungen gesprochen, die im Haus ihrer Freundin gewesen seien, erschrocken, zu Tode erschrocken sei sie gewesen, daher der Sturz. In Buhnkes Beisein habe sie gesprochen, und er habe ihre Aussage zu Protokoll genommen.

Ich ahnte, wen Buhnke daraufhin informiert hatte, und dass sie sich bereits geregt hatte, eine blonde Dame mit einer zum Helm toupierten Frisur, und dass ihr Schlangenblut warm geworden war und sie in ihrem Amtszimmer in der Kreisstadt zu ihrem Aktenschrank geglitten war, studiert und verglichen und gerätselt hatte, was Zeit in Anspruch genommen haben musste, bis sie dann wohl telefoniert und die Luft mit ihren Ausdrücken tapeziert hatte.

Wir schlichen ins Bett. Ich fand lange keinen Schlaf. Hing fest in den immer gleichen Gedankenschleifen, die mich im Bett wälzen ließen. Die Schneidewind und Buhnke würden sich diese Chance nicht entgehen lassen. Ich spürte, dass sie nach uns griffen, Kräfte aus einer Zeit, die immer noch wirkte und mächtig zu sein schien. Für uns war vieles ein Spiel gewesen. Ein Spaß von bösen Buben. Es hatte etwas von *Max und Moritz*. Allerhöchstens. Jetzt spürte ich, dass der Vorhang fiel und hinter der Bühne etwas begann, das uns wegspülen konnte in ein Leben, von dem wir uns keine Vorstellung machten.

Am Morgen wurde ich von Musik geweckt – eine schwere scheppernde Blasmusik marschierte unten auf der Straße an unserem Haus vorbei, und wenn die Musik pausierte, waren das Trappeln der Füße und die mäandernden Stimmen der Betenden zu hören. Das *Vaterunser*, dem ein *Gegrüßet seist Du, Maria* folgte, in stetigem Rhythmus, bis schließlich die Stimmen und Gebete, die Schritte und die Musik verebbten und einer Stille wichen, die wir nie zuvor in unserem Haus gehört hatten, einer die die Frucht all der Verluste war, die uns heimgesucht hatten, nicht nur Mias Demenz und Großmutters Tod, auch Vaters Verschwinden war ein Verlust gewesen, wie auch Mutters Augenkrankheit, die eine Krankheit des Kummers war, genährt von Schnäpsen und den länglichen schmalen Tabletten, die man vierteln sollte und die sie am Ende nur noch halbierte, ein Verschwinden war, sodass an diesem Morgen im August nur Mia, Leonhard und wir zu Hause waren, als die Prozession unsere Straße passiert hatte und einen Moment lang alles in der Schwebe und in der Stille zu hängen schien, was auch Roman gespürt haben musste, denn er richtete sich im Bett auf, schaute mich an, und in seinem Blick lag ein schmerzliches Schimmern, vielleicht weil er es vor mir begriff. Der Countdown hatte begonnen. Das Unglück, die Bosheit hatten lange auf diesen Augenblick gewartet.

Ich hatte das Patronatsfest immer gemocht, besonders die Musik und die blumengeschmückten Altäre vor den Häusern. Das Verschwenderische, das aus den Bouquets sprach und aus den Schalen quoll, die Farben des Sommers, die Güte im Blick unserer einarmigen Madonna, die wir inmitten unseres Altars ins Fenster zur Straße postierten. Ihre blasse Stirn leuchtete aus dem Blumenarrangement. Auch die fein konturierte Nase und die kolorierten Lippen, die manchmal zu lächeln schienen, was ich mir einbilden musste, denn Roman sah das Lächeln nicht, hatte er gesagt. Aber auch er musste das Fest mögen. Dieses Jahr hatten wir keinen Altar errichtet, hatten die Madonna nicht geputzt, niemand hatte uns geweckt, kein Kaffeeduft durchdrang das Haus, weder Vaters Stimme noch Mutters Worte, auch von Leonhard kein Ton. Diese Stille hatte damals keinen Namen. Sie war gerade erst in unser Leben getreten, wir hörten sie zum ersten Mal, und Roman musste sie vor mir gehört haben: die Abwesenheit, den Verlust. Er lauschte ihrem spröden Klang, roch dieses Bittere, fühlte den Schmerz im Zwerchfell, im Sonnengeflecht, denn manchmal weiß der Körper lange vor uns, dass die Stunde geschlagen hat.

»Hier, lest«, sagte Leonhard und reichte uns einen Brief, als wir uns an den Küchentisch setzten. »Habe ich gerade im Briefkasten gefunden.«

Das Schicksal ist blind für die, die es trifft, und der Brief, so stelle ich es mir vor, war am Abend zuvor von Leonhard und uns ungehört im Briefkasten eingeschlagen, von Buhnke und der Schneidewind gemeinsam eingeworfen, einer des anderen Zeugen. Datum und Uhrzeit dokumentiert durch beider Unterschrift, auf dem Umschlag wie dem Brief.

Wie dem Bescheid des Familiengerichts zu entnehmen ist, sind die Eltern der Jungen Roman und Edgar Wollissen nicht in der Lage, den Kindern eine ordnungsgemäße Erziehung angedeihen zu lassen; es besteht vielmehr die Gefahr, dass die Kinder einer vollkommenen Verwahrlosung anheimfallen. Der klar sich fehlverhaltende Elternteil ist Gertrud Wollissen, der Vater, Emil Wollissen, verhält sich gegenüber dem destruktiven Gebaren seiner Ehefrau indolent. Ist selbst jedoch schwach in der Impulskontrolle. Man muss von einer Neigung zu Gewaltakten ausgehen.
Das Kreisjugendamt konnte glaubhaft darlegen, dass die Mutter seit Jahren Alkohol- und Tablettenabusus

betreibt, der sie außerstande setzt, ihren beruflichen und familiären Pflichten nachzukommen, umso mehr, da im Haushalt der Eheleute die hirnverkalkte Eva Maria Dobenhausen lebt und die Mutter der Ehefrau, erkrankt an Knochenkrebs, bis zu ihrem Ableben wohnte. Der Vater verkehrt mit einer Geliebten, der Tierärztin Marianne Schröder. Die Kinder haben sich außerhalb der familiären Obhut oft bis abends gegen 23 Uhr herumgetrieben und Zerstörungen und Verwüstungen an genutzten wie leerstehenden Immobilien betrieben.

Das Schreiben faselte in einem fort von erheblicher sittlicher Verwahrlosung der Jungen und der Erziehungsunfähigkeit beider Eltern, und Buhnke war es, der den Richter munitioniert hatte und in seinen Aussagen von Leonhard sprach, im Haushalt der Familie Wollissen wohnhaft, und der in jungen Jahren ein Arbeits- und Schulbummelant gewesen sei, ein Subjekt, dem bis heute jede ordentliche Gesinnung fehle, und das die öffentliche Sicherheit störe. Das sah der Richter am Familiengericht ähnlich, vor allem, als er durch Buhnkes Ausführungen erfuhr, dass Vater nicht mehr gemeinsam mit uns im Haushalt lebte und Leonhard einen zwiespältigen Leumund habe, vor allem was seine Vergangenheit im Dritten Reich angehe, und schon nahe der charakterlichen Delinquenz sei. Eine Erziehung sei das nicht mehr, sei es schon lange nicht mehr, wenn man sich die Taten der Jungen, das aufsässige Verhalten in früheren Jahren anschaue, in denen es zu Brandanschlägen und Widerstand gegen Amtspersonen gekommen sei, von Ruhestörung, Streunerei und Einbrüchen in leerstehende Werkhallen ganz abgesehen. Man müsse von schwerwiegenden Erziehungsdefiziten bei beiden Jungen und mangelnder Fürsorge der Eltern, gepaart mit emotionaler Instabilität bei *ihr* und einer gewissen Triebhaftigkeit bei *ihm*, sprechen. Das könne er, Buhnke, bezeugen.

Die Schneidewind befeuerte den Richter mit ganz ähnlichen Worten und steuerte ihrerseits ein jugendamtliches Gutachten bei, das ein Jugendrichter schon Wochen zuvor zu Protokoll genommen und dem Gericht zugestellt hatte, wie wir lasen.

Die Mutter sei des Öfteren ganztageweise von ihrem Haushalt weggeblieben, ohne sich darum zu kümmern, ob ihre Kinder etwas zu essen hatten. Sie mussten hungrig ins Bett gehen. Wie der Leiter der örtlichen Polizeidienststelle, L. Buhnke, glaubhaft versichern konnte, brachen der heute 16 Jahre alte Roman und der 15 Jahre alte Edgar vor drei Jahren in das Haus der Tierärztin Marianne Schröder ein auf der Suche nach ihrem Vater, um diesen u.a. um ein warmes Essen anzugehen.

Das Verhalten des Vaters ist nun im Besonderen für die Urteilsfindung heranzuziehen. Dieser hat die Tat der Söhne nicht nur nicht genügend bestraft und verurteilt, sondern Straftaten gedeckt und Unschuldige, an den Taten nicht Beteiligte, zu belasten versucht, indem er aussagte, nicht nur seine Söhne hätten die Tat begehen können, sondern weitere Jungen aus dem Dorf. Es gäbe keine stichfesten Beweise für die gegen seine Söhne geäußerten Vorwürfe des Einbruchs in das Haus der Marianne Schröder.

Zusammenfassend ist es mehr als gerechtfertigt, auf Fürsorgeerziehung der Jungen zu drängen, da den Eltern eine charakterliche und erzieherische Eignung zur Erziehung abgeht.

Der Brief endete mit ultimativen Worten, Worte, die in Druckerschwärze gegossen und in Stein gemeißelt waren:

Hier erscheint Anstaltsunterbringung und -erziehung am Platze. Schon mit Rücksicht auf die Gefährdung weiterer Kinder und Jugendlicher, mit denen die Jungen Umgang pflegen. Es wird deshalb hiermit die gerichtlich verhängte geschlossene Fürsorgeerziehung in Kraft treten. Die Inobhutnahme der Jungen hat unverzüglich zu erfolgen.

Für uns schlug die Stunde endgültig, und das Schicksal nahm seinen Lauf, als der Motor des beigen VW Käfers gestartet wurde in der Kreisstadt, und Buhnke zu Hause auf der Anrichte in der Diele nach dem Autoschlüssel griff. So oder ähnlich wird es gewesen sein. Selbst die Vögel draußen schwiegen, als seien sie betäubt vom Scheppern der Bleche und vom harten Schlag der Trommeln des Spielmannszugs, die man mit hölzernen Klöppeln schlug, ein Tremolo, das uns in den Ohren stand und sie verschloss, als die Prozession einen weiteren blumengeschmückten Altar in einem Hauseingang passierte, und die Schneidewind Gas gab, und im Gnadenhof, an einem Resopaltisch, jemand dem Geschehen vorauseilend schon mal eine Akte beschrieben haben wird, auf das erste Blatt Romans Namen und die Adresse eintrug, sauber und lesbar. Romans Gewicht und die Größe ließ er noch aus, sicher auch die Haarfarbe. Er trug das Datum ein, unterschrieb mit kernigem Schwung, *Dr. Bracke*. Er nahm Blatt zwei und schrieb *Delinquenz* und *geistig völlig normal, aber charakterlich abartig*, ein Attribut, das er mit linealgeradem Strich tilgte, um es durch das Wort *asozial* zu ersetzen und dann meine Akte anzulegen. Da war die Prozession schon an der Kirche angelangt, und ich zog die Vorhänge im Wohnzimmer zu, und Leonhard hielt den Brief noch in den Händen und Buhnke das Lenkrad, und die Schneidewind wird diesen Zug um den Mund gefühlt haben, der von unbedingter Strenge und von Verwahrlosung und der Unfähigkeit der Eltern faselte, den aufsässigen Kindern eine ordnungsgemäße Erziehung angedeihen zu lassen, während ihr Blick auf die Umgehungsstraße gerichtet blieb, die kaum befahren war, da alle, auch Besucher von auswärts, an den blumengeschmückten Altären vorbeidefilierten, im warmen Wind, gebadet in den Liedern der Spielmannszüge und Feuerwehrkapellen, um später unter großen Buchen oder Eichen einer Messe unter freiem Himmel und einem Umtrunk beizuwohnen. Und Leonhard setzte sich, und wog den Brief in den Händen – ein Brief, so schwer wie das Gewicht der Jahre, die Leonhard alt war. Ein Brief, beinahe so schwer wie das Papier, das Buhnke ihm übergeben hatte an jenem Morgen, bevor er sich mit den Frauen in den Wald zu den Schanzgräben aufmachte. Dieses Gewicht zwang Leonhard auf den Stuhl. Es ließ ihn den Brief nicht zur Seite legen. Das Gewicht ließ seine Hände leicht zittern, ließ ihn nicht aufspringen und uns aus dem Haus bringen, irgendwohin, vielleicht zurück ans Meer zu Vater und Mutter, vielleicht in den Wald und über die grüne Grenze in die Niederlande, ein Land, von dem es hieß, dass alles dort anders sei, ein Land ohne Schneidewinds und ohne Menschen wie Buhnke.

Leonhard und wir lasen zu spät, was wir rechtzeitig hätten lesen können, bevor Buhnke und die Schneidewind vorfuhren. Nicht auf dem Hof, sondern unterhalb unseres Hauses auf der Straße werden sie wohl geparkt haben. Leonhard öffnete das Fenster. Das Summen der Bienen drang aus den Weiden zu uns herein. Wir schnitten die Brötchen auf, sie dampften, Leonhard musste sie gerade erst aus der Backstube geholt haben. Wir belegten sie nicht, bissen hinein, tranken einen Schluck Wasser und hätten uns sofort auf den Weg machen müssen. Vielleicht wäre es egal gewesen, wohin. Nur fort!

»Kommt mit in die Backstube«, sagte Leonhard jedoch. »So schnell schießen die Preußen nicht. Wer weiß, was in den nächsten Tagen geschieht. Eure Eltern müssen sich um einen Rechtsanwalt kümmern. Jetzt braucht Günter euch für einen Moment.«

Leonhard legte den Brief auf dem Tisch ab, und wir folgten ihm in die Backstube, wo Günter mit einem Schieber die Brötchen aus dem Ofen holte und sie in einen Weidenkorb gleiten ließ.

»Ihr helft mir, das Brot rauszuholen«, sagte Günter.

Er trug nur ein Unterhemd und hatte die schwarz-weiße Karohose an den Waden hochgekrempelt.

»Es eilt. Wir haben eine Lieferung für den Flughafen. Die Briten kennen kein Patronatsfest. Versaut es nicht. Kein Brot fällt auf den Boden, hört ihr. Beeilt euch. Dauert nur ein paar Minuten.«

Wir ließen Günter diesen Ton durchgehen. Wenn Vater nicht da war, war Günter der Chef. Leonhard öffnete die Klappen des Ofens. Die Hitze schlug uns entgegen. Günter drückte uns die Schieber in die Hand. Wir schoben sie unter die Brote, beförderten sie aus dem Ofen und legten die dampfenden Laibe auf dem Holztisch ab. Alles musste schnell gehen, wenn die Brote im Ofen aufgegangen waren.

Grau ist die Farbe der Unsichtbaren, und unsichtbar

wollten sie sein. Die Schneidewind kam nicht allein. Sie hatte eine Eskorte – Herren, die sie in einem grauen VW Bus begleiteten. Kaum jemand wird unterwegs gewesen sein, alle Nachbarn bei der Messe, wer den Bus sah, sah ihm zwei Männer entsteigen, unscheinbar, gekleidet wie alle, einer davon Schneidewinds Gehilfe. Wir hörten die Schritte auf der Straße nicht. Sahen die Brote dampfen und blickten einander in die schweißnassen Gesichter. Wir hörten die Klingel nicht und nicht das Klopfen an der Haustür. Wir sahen sie nicht durch das Gartentor kommen und nicht auf der Veranda stehen, wir sahen sie nicht in die Backstube treten, sahen schließlich ihre Silhouetten Schatten auf die Brotlaibe werfen. Da erst wandten wir uns um, und Leonhard stellte sich vor uns, hielt den Schieber in der Hand, Günter trat vom Ofen weg, schritt auf sie zu, sie an ihm vorbei, auf uns zu.

»Lass es, Buhnke!«, sagte Leonhard. »Schick die Männer fort!«

Buhnke warf den Männern einen Blick zu. Sie griffen in die Taschen ihrer Blousons. Etwas Silbernes blitzte auf. Die Schneidewind spitzte den Mund, und Buhnkes Gesicht touchierte eine Röte.

»Buhnke, nein, diesmal nicht!« Leonhard hob den Schieber.

»Keine Gewalt, Leonhard. Mach dich nicht unglücklich«, sagte Buhnke.

Die Männer zögerten. Roman griff nach meiner Hand, lehnte seinen Kopf an meinen.

»Lauf!«, flüsterte er. »Lauf zur Treppe. Auf drei!«

Ich höre das Zählen noch heute.

Ich zähle, und bei drei laufe ich los und spüre Roman in meinem Rücken, wir fliegen durch die Backstube, ich höre seinen Atem, wende den Kopf und sehe Leonhard den Schieber werfen, zwischen die Beine der Männer, die stürzen. Günter brüllt sie an, panische Worte, die sich überschlagen, wir sind an der Treppe, die hoch zum Mehlspeicher führt, vor uns die Mehlsäcke, Schritte, die uns folgen, die Säcke meterhoch gestapelt, aber kein Versteck, nirgendwo. Durchs Dachfenster könnten wir fliehen, eine Luke, leicht von den Säcken zu erreichen, wenn das Schloss nicht wäre, das die Luke sichert, dass niemand dort einsteigt und niemand dort aussteigt, jedenfalls wir nicht, da jetzt ihre Hände nach unseren Füßen schnappen, die wir wegtreten. Sie schnappen erneut, sind wie bissige Mäuler. Roman tritt einen Mehlsack auf, es stäubt, mit beiden Händen greift er hinein, bewirft sie mit Mehl, sie schnappen weiter nach uns, ihre Hände mehlweiß, wie Klauen aus einem Gespensterfilm, die Schneidewind und Buhnke bei ihnen, von Leonhard keine Spur. Wir weichen zurück, die Männer erklimmen die Säcke, folgen uns, zwei Meter noch bis zur Wand, dort ist der Endpunkt, dort endet die Freiheit. Roman weiß es, und ich weiß es. Roman reißt einen weiteren Sack auf, greift hinein, schmeißt das Mehl in ihre Fratzen, die näher kommen, die husten und keuchen, sich nicht abhalten lassen und dann sind sie da, ich spüre das Metall, das mein Handgelenk streift, Roman tritt dem Kerl in die Magengrube, ich gegen sein Handgelenk, dann macht es klick, klick, klick und klick an meinem zweiten Handgelenk.

Sie führten uns ab, husteten, die Schneidewind klopfte sich das Kostüm ab, Buhnke sich die Uniform, Leonhard lag auf dem Hof, auf dem Boden. Sein Blick flatterte, sein Kopf war seltsam überstreckt, und auf seinen Lippen stand dünner Schaum. Buhnke beugte sich über ihn, reichte ihm eine

Hand und zog ihn vom Boden hoch. Leonhard schwankte. Seine Beine knickten ein. Buhnke stützte ihn.

»Lassen wir es gut sein, Leonhard. Lassen wir es gut sein.«

Als wir an ihm vorbeigingen, schaute Leonhard zu Boden.

Teil 3

1975–1976

24

Der Bus wendete, fuhr aus dem Dorf, preschte durch die Felder, querte einen Wald, die Landschaft, die Gehöfte waren uns vertraut. Er bog auf die Landstraße, knarrte untertourig dahin. Schulter an Schulter saßen wir. Bewacht von einem der Gehilfen, einem Mann mit Backenbart und ausrasierten Wangen. Er trug einen hellbraunen Blouson, der Kragen blau-grün kariert. Sein Blick war träge, er machte den Job nicht zum ersten Mal. Dazu wirkte er zu entspannt und zu gelangweilt. Und doch raffte er sich von Zeit zu Zeit auf, uns zu mustern, wie ein Bauer ein neues Rind prüft, das er auf einem Viehmarkt erstanden hat. Seine eng beieinanderstehenden Augen waren seltsam verschleiert, als hätte er getrunken, obwohl ich keine Alkoholfahne roch. In den Händen hielt er einen Schlüsselbund mit unzähligen Schlüsseln. Er ließ sie wie die Perlen an einem Rosenkranz durch seine Finger gleiten. Der Bus war erfüllt von einem metallischen Klackern.

Die Fahrt dauerte nicht lange. Wir fuhren über den kleinen Fluss, durch den von Buchen und Eiben bestandenen Park, der Kies knirschte unter den Rädern. Wir hielten vor dem Tor des Wasserschlosses, das von einem Teich umschlossen war. Kommt man an einen falschen Ort, ahnt man das Unheil bereits bei den ersten Schritten. Und falsch sollte unser Leben von nun an sein. Wir wussten, wo wir waren. Wir kannten das Heim, hatten in früheren Jahren an Heiligabend den Kuchen, der im Geschäft übrig geblieben war, dem Heim geschenkt. Dr. Marcus, der Heimleiter, hatte

Vater im Gegenzug eine Zigarre zukommen lassen, die Vater, der nicht rauchte, Günter am Weihnachtsbaum überreichte.

Dr. Marcus, er musste uns kennen, es konnte uns hier nicht allzu schlimm ergehen. Wir hatten das Heim nie betreten, weder den Speisesaal noch den Schlafsaal gesehen. Wir hatten die Kuchen an der Pforte abgegeben, und dort hatte die Zigarre garniert mit einer Weihnachtskarte gelegen – in der Zeit, als Vater bei uns gewohnt hatte, später nicht mehr.

Eine Frau mit einem blau-weiß gestreiften Kleid schritt auf uns zu. Sie fasste sich ins Haar, richtete eine blassblonde Strähne, die sich unter der weißen Haube gelöst hatte. Über dem Kleid trug sie eine Kittelschürze, als sei sie gerade aus der Küche oder der Wäscherei gekommen. Aus der Kitteltasche ragte das Ende einer Hundeleine mit einem Karabinerhaken. Roman drückte den Griff der Schiebetüre und wollte gerade aus dem Bus steigen, da warf sie von außen die Tür wieder zu, sie schrappte gegen Romans Fuß, der mit schmerzverzerrtem Gesicht auf seinen Platz zurückwich. Der Mann lächelte, fuhr Roman fast tröstend über den Kopf. Roman duckte sich. Nie zuvor hatte ich gesehen, dass Roman sich duckte. Die Frau stand unbewegt vor dem Wagen, stierte uns an. Wir schauten zu Boden, schauten den Mann an, der zu warten schien, auf irgendetwas, auf ein Zeichen der Frau. Als sie die Leine aus der Tasche nahm, öffnete er die Tür. Sie schlug mit der Leine in ihre offene Handfläche, er entstieg dem Wagen, stellte sich neben sie. Sie winkte uns zu sich heran, und wir kletterten nach draußen.

»Nehmt Haltung an!«, sagte sie mit warmer, kräftiger Stimme. »Ich will eure Hände sehen. Streckt sie aus und steht gerade dabei!«

Wir sahen uns an, streckten die Hände aus. Sie nahm meine rechte Hand, wendete sie, betrachtete sie, dann die linke.

»Die Fingernägel säubern«, sagte sie. »Unbedingt. Die Fingernägel sind eure Visitenkarte.« Wie konnte eine Frau eine solch tiefe Stimme haben? Eindringlich, sonor, als stünden wir Ivan Rebroff gegenüber, der sich als Donkosake ausgab, aber eigentlich Hans Rolf Rippert war, der sich mit seinem Pelzmantel, den schweren Stiefeln und der Fellmütze als waschechter Russe verkaufte.

Dann packte die Frau Romans Hand, und bevor sie seine Nägel studieren konnte, entzog Roman ihr die Hand. Ein Vogel pfiff. Ich erinnere mich genau. Ein lang gestreckter Pfiff, wie er zu hören ist, wenn man einen Wald betritt, und ein Vogel die anderen warnt. Ein Lächeln zog über ihr Gesicht. Hämisch und still, wie ein Lächeln, das nur sich selbst galt, keinen Adressaten hatte und niemanden brauchte. Der Mann machte einen Schritt auf Roman zu.

»Deine Hand, bitte!«

Roman rührte sich nicht, schließlich sauste die Leine durch die Luft, schwang sich auf, der Karabinerhaken hing einen Moment im Zenit, dann sauste er nieder auf Romans Schulter.

»Haltung«, sagte die Frau, und ihr wulstiges Kinn zitterte leicht. Im Blick etwas, das nach Befriedigung aussah.

Roman schüttelte sich, fasste sich an die Schulter.

»Willkommen im Gnadenhof«, sagte die Frau.

»Nehmt es ernst, Jungs«, sagte der Mann.

»Goodbye and hello sozusagen. Das Motto der Stunde«, flötete eine Stimme im Hintergrund. Wir wagten nicht, den Kopf zu wenden.

»Na, das wird schon. Man muss nur die Regeln kennen.

Eine kleine Lektion zu Beginn ist oft hilfreich, nicht wahr, vielleicht etwas eilig, Schwester Agnes.«

Aus dem Schatten des VW Busses trat, im hellen Ornat, einen Seidenschal um den Hals gebunden, Dr. Marcus.

Schwester Agnes nickte – ein winziges, nur angedeutetes Nicken.

»Ihr macht's auf die wilde Tour, nicht wahr, Jungs? Aber das geht hier nicht. Es gilt, sich unterzuordnen und ins Glied zu rutschen. Ein wenig Korrektur hier, ein wenig Korrektur da, bis man geschliffen ist – fürs Leben.«

Dr. Marcus stand dicht vor uns, er schien zu lächeln, sein Atem roch nach Pfefferminz, er legte mir die Hand auf die Schulter, ließ sie eine Spur zu lange dort liegen.

»Nun denn, wann immer der Schuh drückt, wendet euch an mich. Wünsche einen guten Tag.«

Damit entschwand er durch die große Portaltür.

»Ende der Vorstellung«, bellte Schwester Agnes. »Folgt mir.«

Wir liefen an der Front des Haupthauses vorbei, passierten die Kapelle, an die sich ein vielstöckiger Bau mit hohen Fenstern anschloss. Der Mann aus dem VW Bus eskortierte uns in Schrittnähe. Ich sah, dass Roman zum Park und dem nahen Wald spinkste, als suchte er nach einem Fluchtweg. Manchmal ist der erste Impuls der beste. Wir hätten rennen sollen. Das Überraschungsmoment wäre auf unserer Seite gewesen. Schwester Agnes hielt auf eine Gartenmauer zu. Die Krone war mit Glasscherben und rostigem Stacheldraht bewehrt. Auf dem schrundigen Holztor eine Inschrift in ältlichen Lettern: *Im Schweiße deines Angesichts sollst du dein Brot verdienen.*

Sie schloss das Tor auf. Wir betraten einen Gemüsegarten. Die Beete ohne Unkraut. Dahinter ein weiterer ockergelb verputzter Bau. Wir rochen es sofort. Den Schweiß und die Angst, eine Säuernis in der Luft, hörten die Stille in dem leeren Flur mit den weißen Türen wie in einem Krankenhaus. Unsere Schritte hallten auf dem blanken Linoleum. Der Flur endete vor einer Tür aus grauen Planken. Dahinter ein einzelner Stuhl, ein Friseurstuhl mit Armlehnen und Tellerfuß, mit einer Hydraulik und schmaler Nackenstütze. Daneben ein Tisch mit Scheren und Rasierer. Sonst nichts, bis auf einen Besen und ein Kehrblech neben der Metalltonne.

»Bitte Platz zu nehmen«, sagte der Mann und wies auf den Stuhl.

Wir schauten uns an.

»Macht schon«, raunzte die Schwester. »Du zuerst.« Sie zeigte auf mich.

Roman rührte sich nicht. Ich setzte mich, klappte das Stützbrett für die Füße auf. Es schien zu sein wie daheim beim Friseur. Nur dass der Mann mir keinen Kittel umlegte, und nicht zur Schere, sondern zu einem elektrischen Haarschneider griff, der im Nacken ansetzte, in mein Haar fuhr und eine Trasse bis zur Stirn schnitt, millimeterkurz. Ich wollte aufspringen, aber da nahm er mich schon in den Schwitzkasten und zwang mich zurück auf den Stuhl. Sein Unterarm war kräftig, ich spürte den Druck der Muskeln an meinem Hals. Eine Zwinge. Die Schwester nahm ihm den Rasierer aus der Hand und schnitt einen zweiten Streifen, und dazwischen blieb ein leicht mäandernder Saum stehen, wie das Gehölz am Rand einer Wiese. Ich zappelte und wand mich unter seinem Griff. Ich suchte nach Romans Blick, aber er hatte sich umgedreht, stand am Fenster, seine Schultern hingen, eine winzige Bewegung war an seiner Gürtelschnalle zu erkennen. Schwester Agnes und Adler, sie nannte den Mann beim Namen, beachteten ihn nicht weiter. Zu beschäftigt waren sie. Sie sahen den Gürtel in Romans Händen nicht, sahen nicht, dass er ihn zwischen seinen Händen streckte wie einen Strick. Blitzschnell warf er ihn Adler über den Kopf, zog zu und riss ihn zu sich. Adlers Oberkörper kippte seitlich neben mir über die Armlehne. Er hing mir über den Knien. Die Schwester warf den Rasierer zu Boden und schlug mit der Hundeleine auf Roman ein. Roman wich nicht. Er zerrte den Stuhl und den Pfleger zu sich hin. Ein Hieb nach dem anderen sauste auf ihn nieder, auf Kopf und Stirn, er blutete sofort. Ich sprang auf, wälzte Adler von mir herunter, wuchtete mich gegen die Schwester, deren Körper seltsam fest war, ich erinnere mich. Ein Körper, der trainiert war, der nicht die weiche Nachgiebigkeit von Mutters oder Großmutters Körper hatte. Dann stürzten wir zur Tür. Rissen sie auf, ein Mann mit weißem Kittel, mit Brille und ungestutztem Schnauzbart stand dort. Das Haar zurückgekämmt. Der Mann breitete die Arme aus, als wolle er uns umarmen. Seine Faust sauste gegen Romans Kopf, und mich stieß er zurück ins Zimmer, in die Arme der Schwester und in Adlers Schwitzkasten. Sie legten mir Handschellen um. Roman schien bewusstlos zu sein. Der Kerl im Kittel beugte sich über ihn, zog Romans Augenlider hoch und leuchtete mit einer kleinen Stabtaschenlampe in seine Augen.

»Braucht er noch was?«, fragte Schwester Agnes.

Er nickte und zog eine Spritze aus der Kitteltasche. Er rammte sie in Romans Oberarm und drückte den Kolben. Romans Kopf neigte sich zur Seite, die Arme erschlafften vollends.

»Karzer?«, fragte Adler.

Die Schwester schaute den Arzt an. Wieder nickte er.

»Beide?«, fragte Adler.

»Beide«, sagte Agnes.

»In eine Zelle?«

»Ja«, sagte Agnes. »Wir wollen mal nicht so sein, nicht wahr, Dr. Bracke?«

Aber Bracke hatte ihnen schon den Rücken zugekehrt und verließ wortlos das Zimmer. Ich hörte Gesang. Er drang durch das geschlossene Fenster, kam vielleicht aus der Kapelle. Ich kannte das Lied. Mia hatte es manchmal gesungen, wenn sie strickte, *Maria durch ein' Dornwald ging.* Ich spürte, dass mir Tränen in die Augen stiegen.

»Junge«, sagte Adler. »Weinen tut gut.«

Ich riss mich zusammen.

25

Der Raum war unmöbliert bis auf eine Holzpritsche ohne Matratze. Darauf ein klumpiges Kopfkissen und eine fadenscheinige Decke. In der Ecke ein Eimer. Daneben eine Rolle gräuliches Toilettenpapier. Vor dem einzigen Fenster waren senkrechte Stäbe angebracht.

»Gute Nacht, mein Junge. Dein Bruder kommt später, bleibt für eine Weile in Behandlung, eine Sonderbehandlung gewissermaßen. Hat er sich verdient«, sagte Adler und schloss die Tür.

Der Raum war niedrig, die Luft verbraucht, ich riss das winzige Fenster auf. Die Orgel unten in der Kapelle summte. Die Stimmen perlten, Kinderstimmen, darin die Bässe, die Altstimmen von Erwachsenen. *»Maria durch ein' Dornwald ging, Kyrie eleison. Maria durch ein' Dornwald ging, der hat in sieben Jahr'n kein Laub getragen. Jesus und Maria.«*

Wieder spürte ich Tränen aufsteigen. Sie sollten mich nicht weinen sehen. Es war die Orgel, es waren die Kinderstimmen. Alles klang so wie daheim in der Kirche. Es ist wichtig, dass dein Gegner dich nicht in vollem Maße kennt, das sollte ich später begreifen. Du musst ein Rätsel bleiben. Ich lief die wenigen Meter von einer Wand zur anderen und sagte das ganze Lied auf, und bei der letzten Strophe schrie ich den Text, damit ich nicht weinen musste. Ich war mir sicher, dass sie mich beobachteten.

Ich setzte mich auf die Pritsche und starrte auf den Eimer, in den ich nicht zu pinkeln wagte. Wann würde er geleert werden? Ich fürchtete, über Stunden meinen eigenen Urin in dem stickigen Raum riechen zu müssen. Ich wollte mich nicht vor mir selbst ekeln. Ich hörte mein Herz in den Ohren schlagen. Auf meiner Armbanduhr verstrich keine Zeit. Die Zeit kennt Stauchungen und Dehnungen. Sie verfließt nach eigenen Gesetzen. Nur Zeit, die an eine Handlung gekoppelt ist, vergeht in einem uns erträglichen Maß. Ist sie von jeder Tätigkeit bis auf das Warten entbunden, steht sie still, wird zur Qual. Ich tastete die Wand ab und schloss die Augen dabei. Ein Zeitvertreib. Ich fühlte Vertiefungen und Kerben. Eine Brailleschrift im Putz. Vieles überstrichen. Manchmal rubbelte ich mit dem Handballen eine Inschrift frei. Die Fingerspitzen erspürten Worte und Daten. Jahre legten sich offen, Gedichtzeilen. *Es ist August, die Pflaumen werden reif. 1944*. Neben der Tür der Satz: *Tugend ist eine Schüssel reiner Flammen. Sie brennt aus sich selbst. 30.8.65.* Beim Fenster: *Das Schwache aus sich weghämmern, ist eine Pflicht. 16.5.66.* Kann die Welt an verschiedenen Orten eine andere sein? Können an zwei Orten, die wenige Kilometer entfernt voneinander liegen, verschiedene Zeitalter herrschen? Konnte hier eine andere Zeit sein als im Rest der Republik? Vor ein paar Monaten war *Blood on the Tracks* erschienen. Wir hatten die Platte am ersten Abend zweimal hintereinander gespielt. Am Ende waren wir sicher. Sie würde zu Dylans großen Alben gehören. In einer Reihe mit *Blonde on Blonde* und *Highway 61*. Gab es eine Welt neben der Welt? War die Welt der Erziehungs- und Kinderheime entkoppelt von der übrigen Welt? Herrschten hier weiterhin die finsteren Nachkriegsjahre? So nah neben unserem Dorf und unserem Zuhause?

Irgendwann, ich konnte die Uhrzeit nur erahnen, auf meiner Armbanduhr standen alle Zeiger still, konnte ich dem Druck auf der Blase nicht länger widerstehen. Der

Strahl prasselte in den Eimer. Ich schnupperte. Urin stinkt nicht sofort. Das dauert.

Später schob eine Hand einen Emailleteller mit zwei Schnitten Brot in das Kabuff. Da stank es schon aus dem Eimer. Ich konnte nicht essen bei dem Geruch. Ich leerte den Eimer durchs Fenster, hörte das Aufplatschen unten im Garten. Ich biss in das trockene Brot. Es musste Tage alt sein. Graubrot, das sie wahrscheinlich von einer Brotfabrik bekamen. Wir lieferten schon lange nicht mehr zum Gnadenhof. Etwas zu trinken gab es nicht.

Am Abend war ich immer noch allein. Die olivgrünen Wände dunkelten ein, durch das schmale Fenster fiel beinahe kein Licht mehr. Draußen musste der Abend schön sein. Die Buchen rauschten. Auf den Blättern lag ein brennendes Licht. Von Roman keine Spur. Ich suchte einen Lichtschalter, fand keinen. Ich hatte Durst. Ich schlug gegen die Tür, bat um Wasser. Ich fuhr mit der Hand über meinen Kopf, fühlte die zwei stoppelkurzen Bahnen. Ich musste aussehen wie das Mitglied einer obskuren Sekte, eine Art Hare-Krishna-Verschnitt. Typen, die in der Fußgängerzone hockten und sangen und trommelten. Ich setzte mich an die Tür und lauschte. Niemand kam. Alles war schnell gegangen. Keine sechsunddreißig Stunden war es her, dass wir mit unseren Eltern am Meer gewesen waren. Sie standen am Bahnsteig. Sie winkten. Sie glaubten an eine Zukunft, vielleicht für sich, sicher für uns. Sie würden erfahren, was mit uns geschehen ist. Leonhard würde über die Klinik Mutter informieren. Ich musste nur diese Nacht überstehen. Ich hatte keine einzige Nacht in unserem Haus alleine verbracht. Immer war jemand bei mir gewesen. Wenn nicht die Eltern, dann Roman. Wenn Roman nicht, dann Leonhard oder Großmutter. Ich legte mich auf die Pritsche, spürte die

Planken im Rücken. Vater würde kommen. Er würde vor dem Gnadenhof vorfahren, Dr. Marcus sprechen und uns rausholen.

Ich musste eingeschlafen sein, die Tür flog auf, jemand wurde in den Raum geschubst. Eine Flasche rollte über die Dielenbretter auf die Pritsche zu, ich streckte eine Hand aus, fing sie ab, bevor sie am Bettkasten zerschlagen würde. Es war Roman, ich sah seine Silhouette im Zimmer stehen. Ich roch ihn. Das war Roman, so roch Roman. Ich sprang auf. Er taumelte in meine Arme. Ich schaffte es, ihn auf die Pritsche sinken zu lassen, ohne dass er mir aus den Händen glitt. Die Tür wurde zugeschlagen. Schritte entfernten sich. Roman sprach nicht, er wirkte benommen. Ich nahm seine Hand, legte ihm das Kopfkissen unter den Kopf, den sie ihm kahl geschoren hatten. Ich drehte den Flaschenverschluss auf. Wasser. Ich trank. Endlich Wasser. Dann setzte ich die Flasche an Romans Mund an, der ebenso gierig trank wie ich. Als ich die Flasche wieder absetzte, war sie leer. Die Luft stand. Mein Kopf, mein Nacken waren schweißnass. Auch Roman schwitzte. Mit dem Ärmel meines Hemdes wischte ich ihm den Schweiß ab. Plötzlich würgte er. Ich richtete ihn auf. Er kotzte. Immer wieder. Roman kotzte sich die Seele aus dem Leib. Ich hielt seinen Kopf. Er stöhnte, rief jämmerlich nach Mutter. Schließlich sank er zurück auf die Holzpritsche. Ich wischte ihm den Mund ab, er lag da wie tot. Die Hände seltsam abgeknickt, als wären sie versteift. Aus seinem Mund floss Speichel, ein stetiger Fluss, der sein Hemd tränkte. Das musste von der Spritze kommen, die Bracke ihm verpasst hatte. Ich trommelte gegen die Tür. Niemand öffnete. Ich stellte mich ans Fenster, schrie durch die Nacht, schrie um Hilfe. Kurz darauf hörte ich das Stakkato der Schritte. Die Tür flog auf, das Licht ging an. Adler und Schwester Agnes stürzten ins Zimmer, stürzten auf mich zu, sahen das Erbrochene, schauten sich an und hielten inne. Die Schwester beugte sich über Roman, fühlte ihm den Puls. Sie griff in seinen Nacken und bewegte seinen Kopf, als wollte sie prüfen, ob die Mechanik in seiner Wirbelsäule aus irgendeinem Grund steif geworden war.

»Mein Gott«, sagte sie zu Adler. »Bracke und seine Spritzen. Er hätte längst damit aufhören sollen.«

Adler zuckte mit den Achseln.

»Du machst die Schweinerei weg«, sagte sie. Sie zeigte auf mich.

Adler lief aus dem Raum und drückte mir kurz darauf Lappen und Feger in die Hand. Dann holte er einen Eimer mit Wasser und einen zweiten mit Sand.

»Das Licht bleibt an«, sagte Adler, als hätte ich verlangt, es auszumachen.

»Melde dich, wenn mit deinem Bruder was nicht stimmen sollte«, ergänzte die Schwester. Ihre Augen waren gerötet. »Das bisschen Kotzerei wird er überstehen. Bring das hier in Ordnung. Morgen früh könnt ihr dann in den Schlafsaal.«

Sie verließen das Zimmer, ohne abzuschließen. Ich putzte. Stellte die stinkenden Eimer vor die Tür. Roman schlug die Augen auf. Sein Blick war starr. Sein Atem ruhig.

Am Morgen brachten sie uns in einen Kellerraum, ein hohes Tonnengewölbe. Eine muffig feuchte Kühle umfing uns. Adler und ich mussten Roman auf den Treppen stützen.

Wir zogen uns aus und stellten uns in eine der gemauerten Duschzellen. Der Boden war veralgt. Das Wasser sprühte dünn aus einem der Duschköpfe. Adler reichte uns ein schmieriges, wie abgefressenes Stück Seife und entfernte sich langsam ein paar Schritte, seine Augen auf unsere Körper gerichtet, solange es der Blickwinkel ermöglichte. Ich kannte ein solches Glotzen nicht. Keiner der Fußballtrainer schaute uns beim Duschen zu, und keiner hätte uns so zugeschaut, wie Adler es tat. Wir wuschen uns. Romans Bewegungen waren verlangsamt. Als wäre er in Trance.

Ich begann, unter dem lauwarmen Wasser zu frieren, und war froh, der Dusche zu entkommen, ohne dass Adler protestierte. Wir zogen uns wieder an, und Roman sagte mit steifer Zunge: »Kannste nicht irgendwo anders hinglotzen als auf unsere Schwänze?«

Adlers Gesicht wurde nicht einmal rot, er schritt auf Roman zu, holte mit der Hand aus und täuschte einen Schlag an, um dann kurz vor Romans Kopf innezuhalten.

»Will mal nicht so sein. Bracke hat dich ohnehin auf die Bretter geschickt. Halt ab jetzt die Schnauze, sonst gibt es Nachschub. Dann bist du für mehrere Tage aus dem Rennen und kannst nach Mutti flennen. Aber auch so wird's nicht leicht, das kannst du mir glauben.«

Roman antwortete nicht.

Das Zimmer, in das Adler uns brachte, hatte dreißig und mehr Betten. Sie alle waren gemacht, die Kopfkissen von einem gräulichen Weiß, unter den Bettgestellen standen die Anstaltspantoffeln in Reih und Glied. Grobe Latschen mit Zeh- und Spannriemen, alle gleich und ausgetreten. Auf den Betten, die man uns zuwies, lag unsere Anstaltskleidung. Zwei Hosen, zwei Hemden, grobe, verschossene Unterwäsche, Socken, ein Blaumann für die Arbeit.

»Zieht euch um. Komplett. Legt eure Sachen auf den Boden. Ihr habt fünf Minuten.«

Adler verließ den Raum. Wir streiften das raue Unterzeug

über, dann die dunkelbraune Hose, die wie die Hose von einem ältlichen Onkel ausschaute. Selbst Leonhard trug solche Hosen nicht. Sie waren weit geschnitten, an den Knien geflickt, aus Drillichstoff. Die Hemden waren abgewetzt, die Kragen sahen speckig aus. Diese Kleidung war Dreck, sollte uns den Stolz rauben. Wer darin floh, den erkannte man draußen als Heiminsassen. Das Zeug musste über zwanzig Jahre alt sein, musste aus der Kleidersammlung stammen, aus den Beständen verstorbener alter Männer. Manchmal organisierte das Heim in den Pfarrgemeinden Spendenaufrufe. Die Schwestern und Dr. Marcus galten als vorbildlich im christlichen wie im erzieherischen Sinne. Sie halfen verwahrlosten Jungen aus der Stadt. Aus dem Dorf war bislang niemand ins Heim gekommen. Mikes Mutter hatte ihm gedroht, wenn er nicht pariere, stecke sie ihn ins Heim. Natürlich nahm Mike das nicht ernst. Keine Mutter steckte ihr Kind ins Heim. Auch Mikes Mutter nicht. Niemand hätte gedacht, dass Roman und ich die Ersten aus unserem Dorf waren, die ins Heim mussten. Niemand, bis auf die Schneidewind und Buhnke.

Im Speisesaal war es still. Kein Besteck klapperte, kein Glas schepperte auf den Holztischen, an denen auch ein paar jüngere Kinder saßen. Die Tischplatte reichte ihnen bis zur Brust. Sie mussten die Arme unnatürlich in die Höhe strecken, wenn sie ihre Suppe löffeln wollten. Blicke trafen uns. Wir spürten sie im Rücken und auf dem Gesicht, als Adler uns zu unseren Plätzen brachte. Kaum hatten wir uns gesetzt, sprangen die Jungen an den Tischreihen auf und falteten die Hände. An der Stirnseite des Raums stand Dr. Marcus. Er lächelte. Seine Hände waren gefaltet und zur Brust erhoben. Seine Stimme donnerte das *Vaterunser.* Alle stimmten ein. Roman schwieg. Ich auch. Dieses Beten hatte in seiner Lautstärke etwas Demonstratives, Prahlerisches und Obszönes.

Adler schaute in die Runde. Er war nicht der einzige Wärter. An seinem Tisch hockten weitere Männer und beteten. Schwester Agnes saß an einem Frauentisch. Alle trugen Kittelschürzen und weiße Hauben, die auf dem Hinterkopf platziert waren. Manchmal stand eine der Frauen auf, legte einem Jungen eine Hand auf die Schulter, der nun umso lauter und inbrünstiger betete, bis Dr. Marcus schließlich seine Hände ausstreckte wie ein Prediger, ein Gottesdiener, und uns Platz nehmen ließ.

»Wir alle sind Sünder«, begann Dr. Marcus. »Schon am Tag unserer Geburt haben wir unsere Reinheit verloren. Ihr seid hier, um eure Schuld zu tilgen. Nicht vor mir. Vor Gott. Zeigt ihm durch Fleiß und Unterordnung, dass ihr auf Erden seine Diener seid. Packt an! Euer Fleiß kann euch retten. Vor der Sünde. Denn ohne Sünde wärt ihr nicht hier. Gott sieht alles, und Gott weiß alles. Er kennt eure Sünden in Worten, Werken und Gedanken. Herr, ich habe gesündigt in Worten, Werken, Gedanken. Sprecht mir nach!«

Alle sprachen es Dr. Marcus nach. Auch die Erzieher. Auch Agnes und Adler. Sie hielten die Köpfe gesenkt. Wir nicht, bis mich der Ellbogen meines Nachbarn traf.

»Sprich! Sprich es nach«, flehte seine Stimme. »Der Tisch, der am schwächsten betet, bekommt kein Frühstück.«

»Herr, ich bin es nicht wert, dass du in meiner Seele wohnst. Ich bin es nicht wert, dass du in meinem Leben weilst. Brich mein Leben nicht entzwei. Führe mich auf deinen Pfad zurück.«

Mitten im Sprechgesang hielt Dr. Marcus inne, zeigte auf meinen Nachbarn, zeigte auf mich.

»Pohlisch …, bitte …«, sagte er. »Kümmern Sie sich um den guten Paul.«

Einer der Männer, ein Mann mit Glatze und spitzer Nase, stand auf, kam auf uns zu, riss am Ohr meines Nachbarn und riss ihn vom Stuhl, schleifte ihn durch den Raum zu Dr. Marcus.

»Junge«, sagte Dr. Marcus, »mein lieber Junge.« Paul hielt sich das Ohr. »Entschuldige dich bei deinem Tisch, entschuldige dich bei deinem Erzieher und entschuldige dich bei Gott für deine Zappeligkeit. Während des Betens herrscht strenges Schwatzverbot. Das weißt du! Bracke, Sie kümmern sich um den armen Jungen.«

Bracke, der alleine an einem für zwei Personen gedeckten Tisch saß, winkte den Jungen zu sich heran.

»Name. Zimmernummer.«

Er sagte seinen Namen.

»Bitte recht laut«, sagte Bracke.

Paul wiederholte seinen Namen und die Zimmernummer, dass jeder im Saal es vernahm.

»So«, sagte Dr. Marcus. »So ist es recht. Tisch sieben bleibt … nun ja, Tisch sieben fastet im Gedenken an unseren Herrn, nicht wahr, Jungs?«

»Ja«, schallte es von unserem Tisch.

»Wie bitte muss es heißen?«, brüllte Pohlisch. Er war klein, und seine Augen hatten etwas Lebloses und Starres. Er trug eine graue Joppe, die an den Ärmeln voller Flecken war. Seine Wangen waren unrasiert und eingefallen.

»Jawohl, muss es heißen«, brüllten die Jungen zurück.

»Mein guter Pohlisch, nicht diese Töne. Bleiben wir friedvoll in allem, was wir sagen, und darin, wie wir es sagen, nicht wahr«, säuselte Dr. Marcus.

Pohlisch nickte und ging zurück zu seinem Kaffee und

seinem Brötchen. Auf unserem Tisch wie auf allen anderen Tischen gab es Graubrot.

Dr. Marcus schritt an den Tisch zu Bracke. Seine Soutane wirbelte um die Hosenbeine. Erst als er sich gesetzt und mit seinem Teelöffel an den Rand seiner Tasse geschlagen hatte, griffen die Jungen nach dem Brot und den Kannen mit Hagebuttentee. Nicht an unserem Tisch. Keiner fasste den Brotkorb an. Keiner die Kannen. Auch ich nicht, auch Roman nicht.

26

In der Luft lag ein Knistern. Die Hitze stand im Raum. Wangen und Stirn benetzte ein feiner Schweißfilm, als hätten wir uns das Gesicht gewaschen und das Wasser nicht fortgewischt. Wir mussten uns in Reih und Glied aufstellen, wurden aus dem Saal geführt und zu einem Schuppen gebracht. Ein Aufseher verteilte Spaten und Schaufeln. Schon am frühen Morgen war es heiß. Die Sonne brannte in einem diffusen Lichtkranz. Der Himmel war bleich, die Schleierwolken gelblich, wie aus einem Vulkan entwichen.

»Wie heißt der Morgenappell?«, brüllte der Mann über unsere Köpfe hinweg. Er hatte ein grobes Gesicht. Auf den Wangen Aknenarben.

»Stechen und schaufeln!«, brüllten die Jungen zurück.

Der Mann schritt voraus. Neben ihm, bei Fuß, lief sein Hund. Ein großer weißer Hund. Er hatte ein neongelbes Halsband und eisblaue Augen. Mir wurde kalt, obwohl ich schwitzte. Ich erkannte den Hund, und ich erkannte den Mann. Wir durchquerten den Park, auf den Wegen war kein Unkraut zu sehen.

»Schneller!«, raunzte der Mann.

Wir verfielen in einen Laufschritt, bedacht, dem Vordermann nicht auf die Hacken zu treten. Die Spaten glänzten. Unsere Köpfe auch. Niemand trug eine Kappe. Ein Düsenjäger donnerte über uns hinweg. Er würde eine Sekunde vom Gnadenhof bis zu uns nach Hause brauchen. Eine Sekunde trennte unser Zuhause von der Welt im Erziehungsheim. Entfernungen besagten gar nichts. Es existierte offenbar das eine und das andere. Und manchmal rutschte man vom einen ins andere, ohne wählen zu können.

»Halt!«, schrie der Mann. »Haltung annehmen!«

Unser Zug hielt. Die Jungen drückten den Rücken durch.

»Paul, vortreten!«

Ich wandte mich um, Paul war kreidebleich, er lief an die Spitze des Zugs.

»Mach das Tier weg«, sagte der Aufseher. Vom nahen Wassergraben und den Teichen war das müde Quaken der Frösche zu hören.

»Rührt euch!«, bellte der Mann. Der Hund schaute uns an. Er hechelte, ich sah die großen gelben Zähne.

Wir stellten uns in einen Halbkreis hinter Paul. Ein Sonnenstrahl flackerte auf seinem Haar. Zu seinen Füßen lag ein Marder. Das Maul stand offen, ein Speichelfaden spannte sich zwischen den spitzen Eckzähnen. Auf den Schneidezähnen ein Blutfilm. Das Tier rührte sich nicht, aber in den Augen war noch Leben.

»Den Spaten, Junge, und zwar zackig. Wir stehen hier keine Stunde rum.«

Paul stemmte den Spaten in die Höhe. Mein Atem stockte.

»Ausmerzen! Das Tier leidet.«

Paul hielt den Spaten mit beiden Händen. Seine Fingerknöchel wurden weiß.

»Wer eine Kameradensau ist, kann auch die Drecksarbeit erledigen.«

Roman rührte sich nicht. Er hatte Mühe, sich auf den Beinen zu halten. Paul trat näher heran. Der Spaten stand über dem Kopf des Tiers.

»Zulangen, kein Zaudern!«

Der Mann musste die fünfzig überschritten haben. Er war muskulös. Sein Haar war militärisch kurz geschnitten.

Paul drückte den Rücken durch, neigte sich zurück, der Spaten zitterte, schnitt durch die Luft, traf den Marder am Rücken, verfehlte den Nacken. Der Marder zuckte, sein Körper wölbte sich. Blut quoll aus der Wunde, ein Rinnsal, das das Fell färbte.

»Versaut hat er es«, schrie der Mann. »Wegtreten alle!«

Er riss Paul den Spaten aus der Hand, hob ihn in die Luft, der aufgekrempelte Hemdsärmel rutschte ein Stück den Oberarm hinauf, und man sah die Buchstaben AB bläulich in die weiße Haut gestanzt.

»Runen«, flüsterte Roman.

»Was?«

»Runen, die Kennzeichnung der Blutgruppe. Nur die SS trug sie auf der Haut.«

Was sagte Roman da? Es war unmöglich. Ein SS-Mann als Erzieher?

Er ließ den Spaten niedersausen, ich hörte das Knacken der Knochen. Der Marder schien sich im Nacken gestreckt zu haben.

»Räumen!«, sagte der Mann und zog den Ärmel über den Ellbogen.

Zwei ältere Jungen, die unseren Zug angeführt hatten, sprangen aus dem Glied. Einer packte den Marder am Schwanz, trug ihn in die Wiese. Sie gruben ein Loch. Gruben schnell. Sie keuchten nicht, und von ihren Gesichtern tropfte kein Schweiß. Der Hund seiferte an den Lefzen.

»Versaut hat er es«, sagte der Mann. »Das schöne Fell. Aufstellen, Haltung und Marsch!«

»Jawoll, Herr Hochheimer!«, brüllte der Zug und trabte los.

Roman hatte Mühe mitzuhalten. Seine Schritte waren

schwer. Paul lief vor uns. Ein Ellbogen traf ihn. Er schwankte und schnappte nach Luft. Roman schaute starr auf den Rücken seines Vordermanns. Er konnte Paul nicht helfen. Nicht an diesem Morgen.

»Jetzt wird der Tag noch ein bisschen härter«, sagte der Junge, der gegen Paul ausgeteilt hatte, und seine Stimme klang mutlos.

Wir schwiegen.

»Spritzen wird man dich, Paul. Spritzen. Kotz- und Betonspritzen kriegst du. Wirst schon sehen.«

Paul hielt Schritt.

Wir erreichten den Wassergraben, der das Schloss an der Westseite umfasste. Er war fast so breit wie ein kleiner See. Das Wasser war grün und stand niedrig. Die Grasflächen davor waren zertreten, die Schubkarren rostig und verbeult. Die Jungen traten an eine breite Rinne, die sie begonnen hatten auszuheben. In der Rinne stand Wasser, das bis zu den Knöcheln reichte. Jeweils zwei stellten sich zueinander. Einer stieß mit dem Spaten ins Wasser und schaufelte matschige Erde in einen Eimer. Der zweite Junge watete an den Rand der Rinne und kippte den Matsch auf die Wiese, wo sich Haufen bildeten, die in die Schubkarren geschaufelt werden mussten, die man schließlich auf einem großen Erdhaufen auskippte. Der Matsch glänzte in der Sonne. Offenbar sollten wir eine Abflussrinne bis zum Grund des Wassergrabens ausheben. Nur so konnte der Graben vollständig entwässert werden. Das Wasser sollte zum Fluss hin ablaufen. Warum auch immer. Eine Distanz von mehr als zweihundert Metern. Eine mörderische Arbeit lag vor uns. Roman stieg hinunter. Ich folgte ihm. Das Wasser war lauwarm, kaum weniger warm als das Duschwasser. Roman grub und lud mir die Erde in den Eimer. Er arbeitete langsam, aber Hochheimer sagte nichts. Mücken und Bremsen umkreisten uns. Ihre Stiche brannten. Wann immer wir sie bemerkten, erschlugen wir sie auf dem Arm oder im Nacken.

Es waren keine Ferien. Was taten die Jungen hier? Wir alle hätten in der Schule sein müssen. Es hieß, auf dem Gelände gäbe es eine Anstaltsschule. Ein Bagger hätte die Abflussrinne in wenigen Tagen ausgehoben. Wollten sie das Geld sparen, oder war *Erziehung durch Arbeit* das Motto? Wir schaufelten. Stand einer von uns zu lange herum und stützte sich auf seinen Spaten, ohne zu graben, erhob sich Hochheimer aus dem Schatten einer Buche und trat an den Rand der Rinne. Er musste nichts sagen, alle beschleunigten ihr Tempo. Alle schwitzten, auch die beiden, die den Marder vergraben hatten, und alle waren nach kurzer Zeit voller Schlamm, was vielleicht ein Glück war, denn der Dreck an Armen und Händen, einige strichen ihn sich in den Nacken und ins Gesicht, schützte uns vor Sonnenbrand. Dennoch: Die Hitze war unerträglich. Wir hatten nichts zu trinken. Mein Kopf glühte. Niemand trug einen Hut. Manche leerten ihren Eimer nach jeder Spatenfüllung. Andere warteten, bis drei oder vier Füllungen den Eimer bis zum Rand gefüllt hatten und schleppten ihn dann erst zum Rand der Rinne. Alle versuchten, einen Rhythmus zu finden und einen Moment des Ausruhens. Es kam auf das Zusammenspiel an. Wer stach, musste den Spaten lange genug in der Erde lassen, bevor er ihn aus der Stichstelle hervorwuchtete. Nur so konnten der Stecher und der Träger kurz verschnaufen. Wer den Eimer geleert hatte, musste sich wenigstens auf den paar Metern Rückweg Zeit lassen.

Paul blieb verschont an diesem Tag, der Junge neben ihm nicht. Er war blass, und es kostete ihn Mühe, den Eimer zu leeren. Der Schweiß spurte Rinnsale über sein Gesicht. Er hatte das Pech vieler Hellhäutiger. Er vertrug die Sonne schlecht. Paul ließ ihm Zeit, er ließ den Spaten absichtlich fallen, er beließ ihn lange in der Stichstelle. Er bat Hochheimer, mehr als einmal, in die Büsche gehen zu dürfen. Während er pinkelte, konnte der Junge verschnaufen. Die kurzen Pausen halfen nicht. Er schwankte, taumelte durch die Rinne.

Wie alle Sadisten hatte Hochheimer ein Gespür für Schwäche. Er wusste, wie er Angst nutzen konnte, wie sie zum Schmiermittel der Arbeitsabläufe wurde.

»Alle, die einer Sonderbehandlung bedürfen, vortreten!«, rief er zu uns in die Rinne herunter.

Niemand rührte sich.

»Alle, die das Schwache in sich ausmerzen wollen, es aber nicht können, weil sie zu weich sind, im Geist oder in den Muskeln, vortreten. Vortreten, bevor *ich* euch sagen muss, wer unserer Arbeit schadet, absichtlich oder unabsichtlich. Denn um der Arbeit willen arbeiten wir. Arbeit ist unser aller Gut, und unser aller Ziel ist gute Arbeit.«

»Jawohl, Herr Hochheimer«, grölte einer. Hochheimer lächelte kurz.

»Also, wer unserer sportlichen Ertüchtigung und unseren Leibesübungen nicht gewachsen ist, wer in Wirklichkeit ein Stubenhocker und Bücherwurm ist, bittet jetzt um eine Pause.«

Niemand rührte sich.

»Jungs«, knurrte er, »in unserer Gemeinschaft kommt es auf Charakter und Willenskraft an. Wir dulden keine Arbeitsbummelanten. Sie schaden dem Ganzen, schaden dem Ziel, stecken uns alle an mit ihrer Schwäche, diesen verdammten Wassergraben nicht bis auf den letzten Tropfen leeren und säubern zu wollen. Tretet vor und meldet, wer uns schadet!«

Worte sind nicht nur Worte. Sie können ein Gift sein. Man muss sie nur lange genug hören, und sie erreichen, was in den Worten mitschwingt, was nicht ausdrücklich gesagt wird. Damals an jenem heißen Tag inmitten der Abflussrinne, keine zehn Kilometer von unserem Heimatort entfernt und dennoch am Rand der Welt, ahnte ich, wie das Gift der Worte wirkt.

Einer der beiden Jawoll-Brüller trat vor. Mit erhobenem Kopf und geradem Rücken. Auf wen würde er zeigen? Ich senkte den Blick, auch Roman, auch Paul. Alle hielten den Atem an.

»Gernot«, sagte der Junge, und sein Arm deutete pfeilgerade auf den blassen Jungen neben Paul. Ein Junge mit hängenden Schultern und leerem Blick. Ein Junge, der mehr als eine Pause brauchte. Ein Junge, der mit seinen Kräften am Ende war.

»Tauschen«, sagte Hochheimer vom Rand der Rinne, leise, bedächtig, als seien es Worte, die lange auf seiner Zunge gewartet hatten.

»Volker, du tauschst. Volker arbeitet nun mit Gernot. Paul rückt zu Volkers Kameraden vor.«

Volker war ein kräftiger Bursche. Hatte vorhin unseren Trupp angeführt. Er ließ Gernot keine Pause mehr. Gernot bekam den Eimer in Windeseile vollgeladen und brachte ihn schwankend zum Rand der Rinne, wuchtete ihn hoch, kippte ihn aus, und schon war Volker wieder zur Stelle und befüllte ihm den Eimer erneut. Ohne Verschnaufpause kippte Gernot Eimer um Eimer auf den Abraum, und jeder Eimer wurde schwerer, bis er schließlich innehielt, den Eimer fallen ließ, mit dem Rücken gegen den Rand der Rinne kippte und zu Boden rutschte, wo er sitzen blieb, einen langen Augenblick lang, in dem alle Arbeit ruhte, wir alle die Spaten stecken ließen, wo sie steckten, die Eimer in den Matsch abstellten, schon Hochheimers Blick suchend, und darauf warteten, was über Gernot kommen würde. Aber Hochheimer stand ungerührt in dieser Stille, die über der Rinne und dem Wassergraben lag. Er war das Zentrum der Stille. Er atmete gleichmäßig, sein Brustkorb hob und senkte sich, als machte er eine Atemübung.

»Holt ihn da raus und legt ihn unter den Baum«, sagte er schließlich.

Volker und der andere Bursche schleiften ihn zu einem schattigen Platz unter der Buche. Hochheimer kniete sich neben ihn, fühlte seinen Puls. Der Hund schnüffelte an Gernots Hand, die leblos im Gras lag. Ein dünner Speichelfaden band sich aus seinem Maul hinunter zu Gernots Hand. Hochheimer ließ einen Eimer mit Wasser füllen und Gernot ins Gesicht schütten. Gernot regte sich, und Volker half ihm auf die Beine.

»Wir verfahren wie immer«, sagte Hochheimer. »Eine letzte Chance verdient jeder.« Ein Lächeln zog über sein Gesicht. Kroch in Volkers Gesicht, kroch in die Züge des anderen Jungen, den Hochheimer jetzt ansprach.

»Rüdiger, suche für Gernot eine Schubkarre aus!«

Rüdiger wählte eine, deren Reifen kaum aufgepumpt war. Er drückte sie Gernot in die Hand. Gernot schob sie an den Rand der Rinne. Volker reichte ihm eine Schaufel.

Gernot stieß sie in einen der Haufen und beförderte die Erde in die Schubkarre, Schaufel für Schaufel. Bei der letzten knickte er in den Knien ein und sank gegen die Schubkarre und wäre zu Boden getaumelt, hätte Volker ihn nicht aufgefangen und auf die Füße gestellt.

»Komm schon«, sagte er. »Du schaffst das.«

Gernot griff die Schubkarre, die bis zum Rand mit Erde befüllt war, stemmte sie ein wenig in die Höhe und schob sie zehn Meter, zwanzig Meter – bei jedem Schritt wurde er kleiner, mit krummem Rücken und Schultern, die pressten und pressten, dann stand er einen Moment aufrecht, ließ die Griffe los, und ging zwischen ihnen zu Boden.

Die beiden Jungen schauten Hochheimer an.

»Wie immer auf die Krankenstation?«

Er nickte. Sie holten eine leere Schubkarre, hievten den Ohnmächtigen hinein und fuhren ihn weg. Lange hörten wir das Rumpeln und bewegten uns nicht. Jeder stierte zu Boden, und jeden maßen Hochheimers Blicke.

Am Mittag ließ uns Hochheimer aus der Rinne steigen. Zwei Frauen brachten uns in einer Schubkarre Wasserflaschen und Brote. Ich war mir sicher, dass es die Schubkarre war, mit der sie Gernot fortgebracht hatten. Zu Bracke. Wir stürzten auf sie zu, jeder erhielt eine Wasserflasche und drei Wurstbrote. Danach ließ Hochheimer uns im Schatten der Bäume ausruhen. Roman schickte er mit den Frauen fort.

»Der Junge braucht Ruhe. Er braucht ein Bett. Sorgen Sie dafür, dass man ihn in Ruhe lässt.«

Roman hatte den ganzen Morgen kein Wort gesprochen. Wie ein Schlaftrunkener hatte er den Spaten in die Erde gestoßen. Sein Blick verschleiert, als hätte er lange nicht geschlafen.

Am Nachmittag endete die Arbeit. Wir schlurften zurück. Hochheimer, der gelangweilt im Gras gesessen hatte, überließ uns unserem eigenen Schrittmaß.

»Jungs, das war ordentlich. Weiter so!«

Unsere Hosen und Schuhe waren verdreckt. Wir stanken nach Modder und Schweiß. Hochheimer führte uns in den

Keller. Sein Hund folgte uns. Lief hechelnd durch den Raum. Wir hörten das Klackern der Krallen auf den Bodenfliesen.

»Schöner Hund«, sagte ich.

Hochheimer schaute mich mit zusammengekniffenen Augen an.

»Wo kann man so ein Tier kaufen?«

»Nirgendwo«, sagte Hochheimer.

Ich war mir sicher, den Hund im Wald gesehen zu haben, am Tag nach Großmutters Tod. Und bei ihm war Hochheimer gewesen. Hochheimer, der für ein paar Minuten in meinem Leben aufgetaucht und auf dem Fluss davongetrieben war. Jemand, der in die Vergangenheit reichte und zugleich in die Zukunft. Können sich in einem bestimmten Punkt Vergangenheit, Gegenwart und Zukunft treffen und das eine vom anderen sprechen, weil etwas die Zeit verbindet? Dann wären der Hund und der Mann ein Zeichen gewesen. Eines, das nicht zu lesen war. Von mir nicht und von niemandem.

Wir duschten, keiner sprach. Wir waren zu müde.

Als ich in den Bettensaal trat, schlief Roman. Auf seinem Kopf glühten die Schlagmale des Karabinerhakens.

27

Die Tage vergingen. Von Vater, von Mutter, von Leonhard kein Zeichen. Warum holten sie uns hier nicht raus? Unternahmen sie denn nichts? Wussten sie, wo wir waren? Informierte sie niemand? Keine Schneidewind und kein Richter? Fürchteten sie, dass die Eltern oder Leonhard sich zu überstürzten Aktionen hinreißen ließen? Man hatte uns entführt. Im Namen des Jugendamtes und eines Gerichts. Was konnten unsere Eltern gegen die Täter ausrichten?

Im Gnadenhof lief jeder Tag gleich ab. Frühstück, Morgenansprache durch Dr. Marcus, Arbeit an dem Entwässerungsgraben, an keinem Tag besuchten wir die Schule.

Eines Tages fehlte Paul. Sein Bett war leer. Niemand hatte ihn aufstehen, niemand ihn den Schlafsaal verlassen sehen. Pauls Mutter hatte nach dem Tod des Vaters neu geheiratet, hatte Paul uns erzählt, was ungewöhnlich war, denn die meisten Jungen schwiegen sich aus über ihre Vergangenheit und ihre Familie. Paul spürte, dass er in der neuen Familie mehr und mehr störte. Er brachte schwache Schulleistungen nach Hause, sei ein Legastheniker und ein Zappelphilipp – hatte die Schule dem Stiefvater erklärt. Die Schule ließ überprüfen, ob er nicht besser auf einer Hilfsschule untergebracht wäre. Aber ja, sagte ein Gutachter. Sofort und unverzüglich zu überweisen auf eine Schule für Lernschwache und Intelligenzgeminderte. Da war Paul abgehauen und wenige Wochen später geschnappt worden. Das alles reichte für eine Deportation in den Gnadenhof. Seine Mutter hatte schon, bevor man ihn geschnappt hatte, der Unterbringung in einer Erziehungsanstalt zugestimmt.

Dr. Marcus sprach vor dem Frühstück über Moral, insbesondere über die Arbeitsmoral. Der Zögling müsse wissen, dass die Arbeit in Gottes Auftrag geschehe und keine klingende irdische Münze einbringe, sondern den ewigen Lohn. Das Wort »Im Schweiße deines Angesichts sollst du dein Brot essen« sei das überaus erfolgreiche Motto der letzten Woche gewesen. Weil wir gut gearbeitet hätten, würden nun einige Schulwochen folgen. Ohne Arbeitsdienst. Nach dem Frühstück dürften wir die Klassenzimmer aufsuchen. Paul war nicht aufgetaucht. Auch Bracke fehlte.

Der Klassenraum war eng. Die Ausdünstung all der Jungen hing in der Luft. Fünfzig und mehr, im Alter von zwölf bis siebzehn Jahren, saßen an langen wasserpockigen Holztischen. Beim Schreiben berührte man mit dem Ellbogen den Arm des Nachbarn. Lehrer Sielknecht, ein Wicht mit vollen Wangen und Knollennase, der schon das Rentenalter erreicht haben musste, teilte Papier und Stifte aus. Sein Rock war zerknittert, die Schuhe nicht geputzt. Schriftliche Division ohne Rest, etwas Geometrie und Winkelberechnungen. Wir rechneten und maßen stumm mit Geodreiecken vor uns hin, eine meditative Übung, die Erinnerung an glückliche Tage. Der Stoff der 6. Klasse. Es folgte ein Besinnungsaufsatz: *Von der Tugend des Glaubens, vom Lob der Ehrlichkeit.* Auf ein hektografiertes Arbeitsblatt, das nach Spiritus roch, trugen wir in der dritten Stunde die Hauptstädte Europas und die wichtigsten Flüsse des Kontinents ein. Der Unterricht langweilte, und dennoch bedeutete er eine Pause von der verhassten Arbeit am Wassergraben. Niemand zeigte auf, einige schliefen. Keiner machte einen Witz, man hörte das Kratzen der Kugelschreiber und Bleistifte auf dem Papier. Sielknecht saß an seinem Pult, blätterte in einem Buch. Manchmal stand er auf, lief zwischen den Tischen durch, lugte auf die Hefte, nirgendwo verweilte er, selten gab er einen Hinweis oder prüfte eine Berechnung oder eine Textpassage. Das schüttere graue Haar bedeckte mühsam die schon fortgeschrittene Glatze. Er kämmte die Strähnen knapp oberhalb des Ohrs über den ganzen Kopf. Die langen Strähnen am Hinterkopf, wo das Haar noch voll war, mussten den weiten Weg zur Stirn antreten. Starker Wind war der natürliche Feind dieser Frisur. Deshalb achtete Sielknecht darauf, dass niemand bei offener Klassentür ein Fenster aufriss. Wie alle Menschen, die ein vermeintlicher Makel in die Kontrollsucht treibt, schwor er seine Umgebung, also uns, auf eine Haltung der Vorsicht den Fenstern und der Tür gegenüber ein. Er wolle gefragt werden, bevor ein Fenster oder die Türe geöffnet werden dürfe. Es kam, wie es kommen musste, wenn nicht passieren darf, was nicht passieren darf. Jemand riss ein Fenster auf, als ein anderer zur Tür hinaus auf die Toilette eilte. Ein Windstoß hob das dünne Haar vom Kopf und ließ es auf die Schultern wehen – eine lange, fettige Matte, die er mit einer einzigen Handbewegung zurück auf den Kopf klappte. Er fuhr fort, in seinem Buch zu lesen, und tat, als sei nichts geschehen, als säße die Frisur tadellos und hätte nie ihren Liegeplatz verlassen. Freilich saß sie schief und schräg auf der Glatze, war Anlass zu Gekicher, das er ignorierte, ignorieren musste. Hätte er uns zur Rede gestellt, hätte er seine Frisur, sein Malheur, nur umso deutlicher in den Mittelpunkt gestellt. Wie ein Toupet betont unauffällig zu sein hat und dadurch auffällig ist, war es mit seiner Frisur nicht anders. Was man nicht zeigen darf, zeigt auf sich selbst.

Auch am folgenden Tag fehlte Paul. Gernot ebenso. Keiner von beiden war am Abend im Schlafsaal aufgetaucht, keiner nahm sein Frühstück ein.

Bracke saß neben Dr. Marcus. Sein weißer Kittel glänzte im trüben Licht des Speisesaals. Bracke kaute an seinem Brötchen, sein Schnurrbart war frisch gestutzt. Er kaute energisch. Und während er kaute, trank er aus seiner Tasse. Vater hatte uns ermahnt, bei Tisch genau das nicht zu tun. Es wirke *ungeschlacht*. Dieses Wort hatte Vater benutzt. Niemals hatten wir jemand anderen das Wort sagen hören. Vater sagte *Obacht* statt *Vorsicht*. Er sagte *tumb* statt *blöd*. Er benutzte Wörter wie *alsbald* und *mannigfaltig*, er las Bücher von Golo Mann und Peter Bamm, er war das Gegenteil von Bracke.

Das Frühstück war beendet. Alle brachen in die Klassenzimmer auf. Wir nicht. Wir nutzten die Gelegenheit, die Unübersichtlichkeit, die entstand, als die anderen aufstanden und in die Flure strömten. Immer wieder hatten die Jungen von Brackes Spritzen gesprochen. Es gebe einen Krankentrakt, den nur Bracke und eine Krankenschwester, die wir bisher nicht zu Gesicht bekommen hatten, betreten dürften. Hinter dem Krankentrakt liege das Kinderheim. Jungen und Mädchen seien dort zusammen untergebracht. Zappelige, nervöse Kinder. Kinder ohne Eltern. Verwahrloste Kinder, die ins Bett schissen. Kinder, die stotterten. Kinder, die zu doof seien, das Lesen und Schreiben zu erlernen. Einer habe einen zu großen Kopf, ein anderer ein zu kurzes Bein. Um diese Kinder kümmere Bracke sich besonders. Wir aber befänden uns im Erziehungsheim. Auch auf das Erziehungsheim habe Bracke ein Auge geworfen. Immer schon, sagten die, die schon seit Jahren im Gnadenhof lebten. Kaum ein Vergehen, das nicht durch eine Spritze sanktioniert würde. Bracke führe Buch darüber. Auch über die Nebenwirkungen.

Der Flur in dem dreistöckigen Bau mit den hohen Fenstern stank. Nicht nach Schmutz, nicht nach Erbrochenem oder Krankheit, er stank nach Angst. Wir konnten sie riechen. Die Angst saß im Mauerputz und in den Bodendielen. Sie schwamm im Linoleum und unter den Tapeten.

»Noch können wir umkehren«, flüsterte Roman. Ich schüttelte den Kopf. Ich ahnte, was Paul geschehen sein konnte. Er hatte niemandem, der ihm beistand. Paul war zarter als wir. Vater hätte ihn als weichherzig und sanftmütig beschrieben. Er hätte gesagt, solche Jungen hätten es schwer. Wir drückten eine gläserne Flügeltür auf. Ein weiterer Flur öffnete sich. Eine Flucht von Türen, alle in einem verblichenen Weiß, die Farbe rissig. Kein Laut. Aus keinem Zimmer. Wo sollten wir beginnen? Und was wollten wir hier? Paul helfen? Oder Gernot? Wie? Das Linoleum war stumpf und fleckig. Die Fußleisten abgestoßen. Wenn wir erwischt würden, müssten wir uns herausreden, wir hätten uns verlaufen – auf der Suche nach Paul. Das könne passieren. Wir seien schließlich erst ein paar Wochen hier im Gnadenhof. Wir drückten eine Klinke, öffneten die Tür, mein Herz pochte. Der Raum war groß und leer und bis auf Schulterhöhe gekachelt in einem blassen, verschossenen Beige. Auf dem Balatum die Abdrücke von Bettgestellen. Auf den Laufwegen, den Gassen zwischen den Betten, war der Belag brüchig, aufgeplatzt, lagen dünne, fadenscheinige Plattenstücke, scharfkantig und porös. Ein Bettensaal, ein Krankensaal. Wieder horchten wir. Eine Stille, die nicht still war. Als würden Stimmen sprechen. In meinem Kopf. Ein Rauschen. Dutzende Stimmen. Sie sangen Kinderlieder. *Maikäfer, flieg! Der Vater ist im Krieg. Die Mutter ist im Pom-*

merland. Und Pommerland ist abgebrannt. Andere beteten. *Die Eltern mein, empfehl ich dir. Behüte, lieber Gott, sie mir. Vergilt, oh Herr, was ich nicht kann, das Gute, das sie mir getan.* Die Stimmen der Kinder, die hier gelegen haben mochten. Und alle krank? Der Gnadenhof war kein Kinderkrankenhaus. Wir hätten davon gehört. In einem Dorf weiß man alles. Über jeden. Über jedes Haus. Wir hielten auf eine Tür zu. Roman legte sein Ohr ans Holz. Ich tat es ihm nach. Hörte Schritte hinter der Tür. Alle paar Sekunden hielten sie inne, setzten nach einiger Zeit erneut ein. Wir hörten Geklimper wie von Besteck. Weitere Geräusche schwappten zu uns herüber. Ein Husten, ein Stöhnen und vereinzelt Würgegeräusche.

Schließlich quietschte eine Tür und schloss sich. Wir warteten. Keine weiteren Schritte. Keine Tür, die wieder geöffnet wurden. Wir drückten die Klinke nach unten, schlüpften in den Raum. In dem länglichen Zimmer, an dessen Kopfseite sich eine Art Buffet mit allerlei Flaschen und Tiegeln und ein Aktenschrank befanden, stand Bett an Bett. In den Betten lagen Kinder. Es roch nach Erbrochenem. Die Kinder schauten uns nicht an. Ihre Blicke waren wie eingefroren. Sie stierten an die Decke oder in eine Ferne jenseits der Fenster. Kein Lidschlag. Die meisten Köpfe waren gerötet, als herrsche hier eine große Hitze, obwohl der Raum nicht sonderlich warm war. Ein Junge, vielleicht war er sieben oder acht Jahre alt, hatte seine Hände starr nach innen gebogen, und die Füße waren nach außen gedreht, seine Zehen wie in einem Krampf aufgerichtet. Hätte ich den Jungen im Schnee oder an einem Frosttag im Wald liegen sehen, ich hätte auf den ersten Blick gedacht, er sei im Frost erstarrt und erfroren. Neben ihm, im gleichen Bett, lag ein Kind mit einer Puppe im Arm. Der Mund war kreisrund geöffnet und bewegte sich nicht. Nicht die Lippen, nicht die Zunge. Als sei der Junge von einem schrecklichen Zauber befallen, der ihn mitten im Wort erstarren ließ. Wo waren wir? War das eine Krankenstation? Eine Station, auf der alle an einer ähnlichen Krankheit erkrankt waren, die ihnen das Leben zwar nicht nahm, aber verlangsamte, reduzierte, einschläferte, bis auf das Atmen. Ein leises, kaum hörbares Atmen grundierte die Stille, ließ uns die Sicherheit, nicht in einem Leichensaal zu sein. Wir passierten Bett um Bett, keines der Kinder sprach uns an. Ein ganz und gar stummer Ort. Ein Mädchen fasste sich an die Zunge, Hand und Zunge zitterten in einem steten Rhythmus. Ein anderes Mädchen lag apathisch in dem weißen Metallbett, ein Brustgurt fixierte sie. Sie rollte mit den Augen, begann den Kopf hin und her zu werfen und zog die Beine an, warf sie dann von sich, als seien es Stecken, die nicht zu ihr gehörten. Man hatte ihr den Schnuller mit Heftpflastern an den Mund geklebt. Roman beugte sich über sie und löste den Gurt. Dann entfernte er den Schnuller.

Ich schüttelte den Kopf. »Lieber nicht«, flüsterte ich.

Das Mädchen richtete sich auf, sackte in sich zusammen und wimmerte. Ich streichelte ihr über den Kopf. Sie nahm meine Hand und führte sie an den Mund. Sie saugte an meinen Fingern. Ich wagte nicht, ihr die Hand zu entziehen. Roman nickte.

»Bleib«, sagte er. »Ich suche nach Paul.«

Er machte sich auf, schaute in die Betten. Plötzlich schrie das Mädchen. Ich zog meine Hand fort, sah den Schreck in Romans Gesicht. Ich lief zu ihm. Er riss mich zu Boden, und wir drückten uns unter ein Bett. Mir war klar, was Roman fürchtete, und kurz darauf flog die Tür auf.

»Maria, schauen Sie nach, was hier los ist.«

Es war Brackes Stimme. Mit ihm hatte eine Frau den Raum betreten. Ich sah ihre Schuhe. Sie waren nicht allein. Sie schoben Paul die Gasse zwischen den Betten entlang: Ich kannte seine Hose und seine Schuhe. Paul taumelte auf ein Bett zu, nicht weit von uns entfernt. Sie zogen ihm die Schuhe aus, legten ihn ins Bett.

»Klara hat den Gurt aufgemacht«, rief Maria.

»Eigentlich unmöglich. Schlampige Arbeit, Schwester Maria. Sie müssten das allmählich im Griff haben.«

»Entschuldigen Sie, Herr Doktor. Sie kennen das Mädchen. Bei großer Unruhe wachsen ihre Kräfte ins Monströse.«

»Geben Sie ihr mehr. Ihre Unruhe wird irgendwann nachlassen. Wie viel Decentan hat sie bekommen?«

»Alle haben am Morgen sechs Milligramm erhalten. Wie Sie gesagt haben.«

»Dosieren Sie nach. Geben Sie allen zwölf Milligramm und steigern bei Paul und ihr in den nächsten Tagen auf achtundvierzig. Es wird bei beiden eine Unverträglichkeit, besser gesagt Unempfindlichkeit, vorliegen.«

»Jawohl, Herr Doktor.«

»Tragen Sie wie Schwester Vrona alles gewissenhaft in den Krankenblättern nach. Buchführung ist das A und O.«

»Sehr wohl.«

»Die Delegation aus Darmstadt ist penibel. Man will die Langzeitwirkungen sauber einschätzen können. Sie brauchen verlässliche Daten. Es ist ein Weltunternehmen, ein Pharmariese, keine Klitsche, Sie verstehen.«

»Natürlich, Herr Doktor. Ich dosiere nach und notiere die Wirkungen.«

»Engmaschig, bitte. Alle drei Stunden, Maria. Decentan wird in Zukunft das Mittel der Wahl zur Ruhigstellung von

Schwererziehbaren und notorisch Asozialen werden, Sie verstehen. Man sucht händeringend nach Mitteln zur Erleichterung der Erziehungsarbeit.«

»Saubere und diskrete Arbeit. Ich habe verstanden, Herr Doktor.«

»Es soll nicht zu Ihrem Nachteil sein, Maria. Wir reisen am Montag. Selbstverständlich begleiten Sie mich nach Darmstadt. Ausspannen können wir hinterher ein, zwei Tage in der Pfalz.«

Bracke verschwand und ließ die Frau zurück. Sie trat an den Schrank, wir zwängten uns unter dem Bett hervor, lugten über die weiße Fläche der Laken, die wie eine helle See ohne Dünung dalag. Keines der Kinder rührte sich. Die Schwester nahm eine grüne Flasche aus dem Schrank, schraubte sie auf, schüttete die Flüssigkeit in einen Becher und zog ein paar Spritzen auf. Wir tauchten wieder unter. Sie ging zu Pauls Bett. Sie zerrte ihm die Hose herunter und setzte die Spritze. Dann machte sie sich an weiteren Kindern zu schaffen, und nach jeder Injektion schrieb sie etwas auf ein Aktenblatt, das sie anschließend in einen Ordner heftete, bevor auch sie den Raum verließ. Wir warteten ein, zwei Minuten, dann stürzten wir zum Tisch, auf dem der Ordner lag, und schlugen die Akte auf. Die Namen, das Alter, das Medikament: jeweils die Dosis in Milligramm, Wirkung und Verträglichkeit. *Die linke Seite wie gelähmt: 8 mg. Bei Höchstdosierung von 48 mg: Schreikrämpfe. Nackensteife bei 16 mg. Lang anhaltendes quälendes Erbrechen, unsicherer Gang, vollkommene Apathie und Ruhigstellung bei 24 mg.*

Verlaufseinschätzung: zur Dämpfung von Unruhezuständen und delinquentem Verhalten bis zu einer Dosierung von 10 mg geeignet. Bei Unempfindlichkeit der Zöglinge ist die Dosis steigerbar auf 48 mg.

Ratlos hielt Roman die Akte in den Händen. Was sollten wir damit anstellen? Wen konnten wir einweihen oder benachrichtigen? Es war aussichtslos. Wir konnten nichts tun, als schleunigst versuchen, aus dem Heim zu verschwinden. Paul war nicht zu helfen, keinem der Kinder. Nicht heute und nicht morgen. Gernot fanden wir nicht.

28

Niemand kam. Vater nicht. Mutter nicht. Nicht Leonhard. Kein Brief. Telefonieren war uns nicht erlaubt.

»Eines Tages holen sie uns hier raus«, sagte Roman. »Sie haben uns nicht vergessen.«

Nachts lag ich lange wach, hörte das Atmen und das schwache Schnarchen der anderen. Über die weißen Bettenfluchten strich das gelbliche Flurlicht, durch das runde Fenster an der Giebelwand fiel in hellen Nächten Mondlicht ein, dann konnte ich sie erkennen, die traumverlorenen Gesichter, hinter deren Stirn nur ein Gedanke sich denken konnte: der an Flucht. Wir hatten von Kindern gehört, die geflohen waren. Roman ließ sich ihre Geschichten erzählen. Und manchmal machte er eine Notiz in den roten Lehrerkalender der Sparkasse, den er Sielknecht geklaut hatte. Der Kalender war ohne jeden Eintrag gewesen: kein Termin, keine Noten, nicht mal die Namen der Schüler waren gelistet.

Anderes hatte man notiert. In einer Kladde, die im Lehrerpult lag. Berichte des Jugendamtes. *Gernot Schuhriegel: erblich minderwertig, Kuckucksei. Mutter arbeitslos, wird mit dem Jungen nicht fertig. Ist respektlos, speit vor ihr aus. Ist substanzarm, sagt der Klassenlehrer. Möglichst bei laufendem Unterricht zu entfernen und zu verbringen. Diagnose: moralischer Schwachsinn.*

Paul Crümmer: Arbeitsbummelant, polizeilich aufgegriffen, keine Bindung an Gesetz und Sitte, treibt sich mit Halbstarken herum, Alkohol, Schulschwänzen und notorisches Zuspätkommen. Meldung erging durch Schulrektor. Nägelkauer.

Wir arbeiteten unermüdlich, und der Wassergraben wurde länger und tiefer. In jeder Woche geriet einer der Jungen in Hochheimers Blick, wurde schikaniert, bis ihn die Kräfte verließen und er auf die Krankenstation zur Sonderbehandlung verbracht wurde, von der Paul nach ein paar Tagen wortkarg und sehr blass zurückgekehrt war. Auch alle anderen kehrten zurück. Nur Gernot nicht. Es gab Gerüchte. Manche meinten, er sei von Bracke zu Tode gespritzt worden. Doch so weit würden sie nicht gehen. Ausgeschlossen.

Keiner der Jungen, der von Bracke einer Behandlung unterzogen wurde, sprach mit uns, und niemand schilderte, was ihm widerfahren war. Nichts fürchteten die Jungen mehr, als zurück in Brackes Spritzenkabinett zu müssen.

Jeder, mit dem sie darüber sprachen, hätte sie verraten können. Volker und Rüdiger waren Hochheimers Büttel. Aber wer stand noch auf Hochheimers Seite? Wer petzte, was im Schlafsaal oder im Speisesaal gesagt wurde?

Mehr als Pohlisch und Adler fürchteten wir Dr. Marcus und seine Sprechstunden. Ein Privatissime, wie er selbst sagte. Eine Selbsterforschungsstunde, die man nicht ausschlagen durfte. Zaghaft klopfte ich an die Tür. Dr. Marcus öffnete und bat mich einzutreten. Er wies mir meinen Platz auf dem Sofa zu, eine Chaiselongue mit schmalen, hohen Beinen, eine Antiquität. Dr. Marcus umwehte der Duft seines Eau de Toilette.

Ich dürfe mich, zöge ich die Schuhe aus, dort ausstrecken und mein Herz ausschütten. Er habe ein Ohr für junge Menschen. Seine Hände ruhten in seinem Schoß. Ich blieb am Rand des Möbels sitzen, rutschte hin und her und spürte den Saum des Bezugs unter meinen Oberschenkeln. Dr.

Marcus schaute mich an und sprach kein Wort mehr. Das Schweigen füllte den Raum. Sein Blick brannte auf mir. Ein abwartender, milder Blick, aber dahinter loderte etwas wie bei einem Hund, der sich einem in den Weg stellt. Kleinlaut betrachtete ich den Teppich mit dem Schachbrettmuster.

»Nun, mein Junge«, sagte er schließlich.

An der Wand hingen die gerahmten Fotos von Männern mit grauen Bärten. Ordensvertreter, wie ich vermutete. Mein Hals war zugeschnürt, meine Hände eiskalt.

Dr. Marcus rieb sich das Gesicht, als müsse er gegen den Schlaf kämpfen oder mit einem Gedanken, der ihn störte.

Was mich denn quäle? Ich solle mich meinen Ängsten und Sorgen öffnen. Mich der Erforschung meiner Gedanken und Wünsche übergeben. Hier an diesem geschützten Ort. In seiner Obhut. Nichts, was ich sagte, würde nach draußen dringen. Er unterliege dem Gebot unbedingter Verschwiegenheit. Dies sei ein Ort der Besinnung. Gerade in meinem Alter, ganz der Pubertät überantwortet, sei vieles noch fließend, vieles vage, in den Empfindungen, im Kontakt zu anderen. Nichts sei ihm fremd.

Sag nichts, hatte Roman mir mit auf den Weg gegeben. Lass ihn nichts Wichtiges über dich wissen. Räum ihm keine Macht über dich ein. Wirf ihm etwas hin, auf das er sich stürzen kann. Nichts über Mutter, hörst du! Nichts über Mia!

Tagelang hatte mein Name am Schwarzen Brett gehangen. 16:00 bis 16:50 Uhr. Für 17 Uhr war Gernot vorgesehen, sein Name war ersetzt worden durch Pauls Namen. Später war Georg an der Reihe, der auch an unserem Tisch saß. Dr. Marcus lud an jedem Nachmittag von jedem Tisch drei Jungen ein. Um Roman machte er einen Bogen.

»Mach es dir nicht schwer, reden tut gut!«, sagte er.

Also redete ich, warf ihm einen Brocken hin. Etwas, das mich bedrückte, das echt klang, das aber dennoch nicht der Wahrheit entsprach – in einem doppelten Sinne, wie mir später aufging.

»Die Eltern, dass sie sich nicht melden, das setzt mir zu«, sagte ich.

»Das macht dich traurig, nicht wahr?«

»Ja«, sagte ich, und Dr. Marcus nickte und schob seinen Sessel ein wenig näher ans Sofa. »Es muss furchtbar sein, eine solche Enttäuschung zu erleben.«

»Ja«, sagte ich.

»Traurig und wütend macht es, sich so verlassen zu fühlen.«

»Ja«, sagte ich. »Wütend vor allem.«

Das war das, was ich ihm zuwarf, die Übertreibung, das vorgetäuschte Gefühl, auf das er sich stürzen konnte. Aber ich täuschte mich. Dr. Marcus war ein Könner, er zauberte mir etwas an den Hals, was ich gar nicht fühlte.

»Schauen wir uns deine Wut an, mein Junge. Schauen wir, wie sehr sie deine Trauer über Menschen verdeckt, die …, nun, wie soll ich sagen, dich ein Stück weit aufgegeben haben, weil du sie enttäuscht hast.«

Ich spürte, wie sein Stachel mich traf, in mich eindrang und dort sein Unwesen trieb. Roman hatte gut reden. Ich war in die Falle getappt. Ich war ihm nicht gewachsen. Wie auch?

»Hat dein Vater dich denn früher schon enttäuscht?«

Mir wurde heiß. Ich spürte, dass Dr. Marcus ins Schwarze getroffen hatte. Sein Blick, dieser Blick über den Brillenrand. Die Hände, die über seine Knie strichen, als müsse er eine Falte auf der Hose glätten. Immer wieder.

Es kam jetzt darauf an, nicht zu viel preiszugeben, gleichzeitig aber so zu tun, als ob ich meine Selbsterforschung fortsetzte.

»Nein, Vater hat mich kaum enttäuscht, eher selten, eigentlich.«

»Eigentlich?«, fragte Dr. Marcus.

»Mein Vater ist ja auf dem Weg, zu uns zurückzukehren, glaube ich.«

»Spät, mein Junge. Sehr spät. Für dich wäre es wichtig gewesen, wenn er früher den Weg zurück eingeschlagen hätte. Das spürst du. Diese Enttäuschung, nicht wahr? Dass er nur an sich dachte, an sein Leben, nicht an dich.«

»Ja«, sagte ich und spürte, dass mir der Schweiß auf die Stirn trat. Sein Blick war nur schwer auszuhalten. Dieses Kalte und Fixierende. Dieses gleichzeitig Brodelnde darin. Diese Unruhe, die nicht zu seiner warmen, fast säuselnden Stimme passte.

Er stand auf, reichte mir ein Tempo.

Ich legte es aufs Sofa neben mich. Tat möglichst gelassen. Er kehrte zu seinem Stuhl zurück. Der Parfumduft stand vor meiner Nase, herb und edel zugleich. Vater roch nach Rasierwasser. *Tabac* hatte auf der weißen Flasche im Badezimmerschränkchen gestanden.

»Und die Mutter, hat sie dich ebenfalls enttäuscht?«

Ich durfte nichts über Mutter sagen. Nichts über ihre Sucht, ihre Ängste, den Aufenthalt in der Kurklinik. All das würde Dr. Marcus gegen mich wenden, es der Schneidewind brühwarm auftischen, für die es ein gefundenes Fressen wäre.

»Nein, sie ist eine gute Mutter. Liebevoll und manchmal ein wenig streng.«

»Wie es sein muss, also?«

»Wie es sein muss, glaube ich. Bedrücken tut mich Großmutters Tod. Ihr Leiden.«

Ich musste wegkommen von Mutter. Ich musste ihm Großmutter servieren.

»Du bist nicht sicher, wie du über deine Mutter denken sollst, was du fühlen darfst, nicht wahr? Schließlich ist sie deine Mutter, und eine Mutter ist für einen Sohn fast so etwas wie eine Heilige.«

Ich wischte mir den Schweiß von der Stirn.

»Sie hat mir sehr geholfen, über Großmutters Tod hinwegzukommen. Großmutter stand mir sehr nahe, wissen Sie. Krebs ist grausam. Gott sollte es einrichten, dass …«

»Lassen wir Gott aus dem Spiel, mein Junge. Bleiben wir bei dir. Deinem Schmerz. Nimm ihn an. Du musst ihn lieben, den Schmerz. Dich ihm hingeben, wie man sich einem …« Er hielt inne, fuhr sich wieder über die Knie. Wischte sich übers Gesicht.

»Es tut weh, immer noch weh«, sagte ich. Großmutter musste ich ihm servieren. Es ging nicht anders.

»Lass ihn raus, mein Junge. Zeig ihn, den Schmerz. Nicht so sehr mir als dir selbst. Alles, was wir fühlen können, reinigt uns. Eine ehrliche Trauer schadet nie, schadet niemandem.« Dr. Marcus lüftete sein Hemd, öffnete die beiden oberen Knöpfe, als sei auch ihm warm geworden.

Mein Blick flüchtete zu den Fotografien, zu den ernsten Herren, die an der Wand eindunkelten, dann in die Herbstsonne, die mit ihren letzten Strahlen das Herbstgelb der Buchenblätter vor dem Fenster aufscheinen ließ, bevor die Dämmerung einsetzte.

»Können wir Licht machen?«, fragte ich, denn das Halbdunkel im Raum behagte mir nicht.

»Später, Edgar. Oft redet es sich besser in einem weniger grellen Licht. Sprich weiter. Darf ich mich zu dir setzen, mein Junge? Du brauchst jetzt Trost.« Er stand auf.

»Großmutter verlor ihr Haar«, sagte ich, und meine Stimme war seltsam laut. »Ihr Gesicht war eine entstellte Fratze«, bellte es aus mir heraus. »Sie eiterte und blutete im Gesicht. Es stank im ganzen Haus.«

Dr. Marcus kam auf mich zu.

»Es stank nach Scheiße, wissen Sie. Durch die Zimmertür. Dann dieses Schreien. In der Dämmerung, um diese Stunde.«

Er setzte sich zu mir, ließ ein wenig Abstand.

»Dieses Schreien! Wer es nicht gehört hat, kann es sich nicht vorstellen. Hören Sie, so hat es geklungen.« Jetzt schrie ich. »Oder so.« Ich schrie noch lauter. »Sie schrie um Hilfe, jeden Abend.«

Dr. Marcus flog vom Sofa auf, rannte zum Lichtschalter und machte Licht.

»Ruhe, mein Junge. Nur die Ruhe! Oder brauchst du ärztliche Hilfe? Eine Spritze vielleicht. Sicher, du brauchst eine Spritze, nicht wahr.«

Er riss die Zimmertür auf.

»Pohlisch«, brüllte Marcus. »Pohlisch, kommen Sie!«

Roman stürzte ins Zimmer, noch bevor Pohlisch auftauchte.

»Möchte meinen Bruder holen, sein Schreien ist über den ganzen Flur zu hören. Noch draußen im Hof.«

Dr. Marcus fingerte an den Hemdknöpfen, versuchte sie zu schließen. Die andere Hand griff nach seinem Sakko. Roman sprang ihm bei, hielt ihm den Ärmel des Sakkos hin, in dem Moment, da Pohlisch mit einer Zwangsjacke ins Zimmer stob.

»Ich darf meinen Bruder doch mitnehmen, Dr. Marcus? Die Therapie ist doch beendet, oder ist da noch was, was ich wissen müsste? Gab es einen Zwischenfall?«

»Pohlisch, bringen Sie die Jungen raus!«, schnauzte Dr. Marcus. »Genug für heute. Genug!«

Roman stieß mich aus dem Zimmer.

29

»Nein«, sagte ich, rieb mir mit der Hand über die Augen und lief von Wand zu Wand. Lange schon. »Nein!«

Die Glühbirne warf ihr kaltes Licht in den Karzer. Die Luft war verbraucht. Das Fenster geschlossen. Nur mit einem Schlüssel ließ es sich noch öffnen. Hochheimer hatte dafür gesorgt. Isolation, fast absolute Verlassenheit, würde uns zur Räson bringen.

»Setz dich«, schimpfte die Schneidewind. »Ein paar Fragen, weiter nichts.«

Seit einiger Zeit tauchte sie im Gnadenhof auf, um sich über den Fortschritt der erzieherischen Maßnahmen zu erkundigen. Immer trug sie die klobigen braunen Halbschuhe und einen grauen Anorak, stellte Fragen, die unverschämt und direkt waren. Fragen, die keine Scheu kannten. Ob ich schlecht schlafe? Ich müsse mich im Gnadenhof doch gut aufgehoben fühlen. Oder sei da etwas, das mir auf der Seele liege, das ich aussprechen und endlich benennen wolle? Etwas aus meiner Vergangenheit. Von meiner Familie. Ob eine Wiederaufnahme der Gespräche bei Dr. Marcus denn nicht sinnvoll sei?

»Sprich dich aus, mein Junge! Oder schreib es auf, von mir aus, wenn du schon nicht sprichst.«

Ich setzte mich an den Tisch, sie reichte mir ein liniertes Heft, ein Schulheft. Ich hoffte, wenn ich schrieb, würde sie mich eine Zeit lang in Ruhe lassen, zumindest entging ich ihren Fragen. Fremd lag der Kugelschreiber zwischen Daumen, Zeige- und Mittelfinger. Hand und Finger waren ungelenk geworden. In der Anstaltsschule schrieben wir kaum. Ein paar Zahlen in ein schmieriges Mathebuch. Kurze Diktate, die ich nicht mitschrieb, so lächerlich waren die Anforderungen.

Ich schrieb irgendwas, die Aufstellung der Borussia im Pokalfinale gegen Köln, die Torschützen beim 7:0 gegen Schalke, die Deklination der lateinischen Demonstrativpronomen hic, haec, hoc.

»Du wirst sehen, was du davon hast.«

»Muss mich erst warm schreiben.«

»Du hast eine Viertelstunde.«

Sie ging hinaus, ließ die Tür ins Schloss fallen und vergaß abzuschließen. Ich hörte die Schritte auf dem Flur, den Takt der Absätze auf dem Linoleum, Schritte, die sich entfernten, schließlich das Tack-Tack auf der Treppe. Dann war es still bis auf das Summen des Heizkörpers. Ein Ton, den das Wasser in den Rippen sang. Ein Ton, der mir ins Ohr stieg, besonders ins rechte und schließlich dort sitzen blieb, sich veränderte und wie ein Vogel klang, der ins Nest zurückkehrte und pickte, immerzu mit dem Schnabel auf das Gezweig des Nestes hieb, Minute um Minute. Nur wenn ich ganz schnell atmete, hechelte, wurde der Ton stumm. Nur wenn ich aufstand und lief, wieder von Wand zu Wand, von der Tür zum Fenster, gaben sie klein bei, der Ton und der Vogel, und sie kamen auch nicht wieder, als ich die Tür öffnete und auf den Flur trat und von dort auf die Dachterrasse.

Auch hier draußen war er nicht zu hören. Aus dem Park drangen die Stimmen der Jungen zu mir hoch. Hochheimer ließ sie Trimm-Dich-Übungen machen, ein Programm aus Liegestützen und Kniebeugen, aus Seilspringen und endlosen Runden über das Heimgelände. Was ich hörte, war gedämpft wegen der Höhe, aber endlich Stimmen, dazu die

Geräusche der Autos und Lastwagen, weit entfernt auf der Landstraße. Klänge, die vertraut waren, die mir wirklich gefehlt hatten in all den Tagen, die sie mich hier bei geschlossenem Fenster eingesperrt hatten wegen meines manischen Tobsuchtsanfalls in Dr. Marcus' Sprechstunde. So lautete ihre Diagnose.

Ich hockte mich auf die Brüstung. Meine Füße baumelten in der Luft. Es dauerte, bis die Schneidewind mich fand. Da schmerzte mein Hintern schon, immer stärker spürte ich die Steinbrüstung, den körnigen Druck der Kiesel, die die Oberfläche mit einem Profil versahen.

Ich schlug mit den Fersen gegen die Brüstung, schnelle kräftige Schläge, bis sie schmerzten. Die Schneidewind hob ihre Brauen, senkte sie wieder, ein schnelles Auf und Ab, eine Art Brauenschlag, eine Unruhe auf der Stirn, die ich dirigieren konnte, die wuchs, wenn ich mich ein kleines Stück nach vorne zur Mauerkante beugte. Eine Unruhe, die zudem ihren Mund erfasste, der sich öffnete und schloss, der sie sprechen ließ, schnelle hastige Worte, die nur so flossen, wenn ich die Arme eng an den Körper legte, wie ein Skispringer kurz vor dem Sprung. Lehnte ich mich zurück, kamen die Worte langsamer.

Ich wollte nicht antworten auf Fragen wie diese: Ob die Eltern uns gepeinigt hätten? Ob die Eltern uns vernachlässigt hätten? Ob wir Drogen genommen hätten? Wie oft die Mutter getrunken hätte? Ob die Ehe der Eltern glücklich gewesen sei? Ob mein Vater meine Mutter bedrängt habe?

»Bedrängt?«

»Sexuell. Das machen manche Männer.« Ihre Stimme klang fiebrig.

»Nein«, sagte ich.

»Und Leonhard?«

»Quatsch!«

»Hat er euch geschlagen?«

»Halten Sie den Mund!«

Sie fuhr mit den Armen durch die Luft, strich über ihr Kinn, machte ein paar Schritte auf mich zu, ohne mir wirklich nahe zu kommen. Sie schien zu wissen, dass sie diesen Abstand halten musste, unbedingt. Schließlich verebbten ihre Bewegungen, sie verschränkte die Arme vor der Brust, allein die Füße wippten noch, ein kurzes rhythmisches Auffahren in den Schuhen, als wollten die Zehen das enge Bett verlassen. Dann trat sie einen Schritt zurück, dann einen weiteren und setzte sich auf einen Stuhl, ein schiefes, wurmstichiges Teil, das die Sonne gebleicht hatte. Sie machte sich eine Notiz in ihre Kladde, hetzte mit dem Stift über das Papier, schaute auf und sagte: »Du solltest jetzt zurückkehren in den Karzer. Ich werde schweigen über deinen Ausflug auf die Dachterrasse.«

»Ja«, sagte ich. »Ich werde auch schweigen, vor allem darüber, dass Sie vergessen haben, den Karzer abzuschließen, und ich fliehen konnte. Was, wenn ich wirklich springen würde?«

Sie fingerte an ihrem Stift, drehte ihn in den Fingern, als müsste sie Zeit gewinnen, bevor sie antwortete.

»Wann kommen mein Bruder und ich hier endlich raus?«, legte ich nach.

Sie setzte ein Lächeln auf.

»Kommt ganz darauf an.«

»Worauf?«, fragte ich.

»Kooperieren ist alles. Und reden, natürlich. Einfach nur reden. Endlich sagen, was dich quält. Hier bist du geschützt. Niemand wird ohne Grund aufsässig. Überlege es dir. Wer sich nicht scheut, die Wahrheit zu sagen, profitiert. Ganz klar.«

»Welche Wahrheit soll ich erfinden?«

»Nicht erfinden… sie aussprechen. Es wird dich heilen. Und wer geheilt ist, kann entlassen werden. Das sieht auch Dr. Marcus so. So einfach ist das.«

Ich starrte sie an. Ich hatte verstanden.

»Niemand, kein Kind, kein Jugendlicher, wird von alleine aufsässig und aggressiv. Es gibt immer Vorbilder.«

Diesmal lächelte ich, und ich sah, dass mein Lächeln sie irritierte.

»Befreit man sich von den Vorbildern, ist man frei, nicht wahr?«, sagte ich.

»In einem doppelten Sinne, ganz recht.«

Ich nickte, und sie stand auf. Sie schaute mich an, und ich konnte spüren, dass sie lauerte, dass sie endlich ans Ziel kommen wollte. Die Gier, von mir zu hören, was sie hören wollte, konnte sie aus ihrem Blick nicht verbannen. Ich sah zu Boden. Sie kam näher. Ich hörte die Schritte. Schaute nicht mehr auf. Ich hatte sie am Haken.

»Buhnke«, sagte ich schließlich mit gesenktem Kopf.

»Buhnke?«

»Er schlug uns. Er quälte uns. Er fing uns ab. Besonders oft mich. Schlug mir auf den Kopf und in den Magen. Wann immer er mich zu packen bekam. Egal wo. Im Wald, im Dorf und am See. Das ist die Wahrheit.«

Ich sah ihr direkt in ihr plötzlich krebsrotes Gesicht. Nur um die Nase und den Mund herum blieb sie blass, als hätte sie sich über Gebühr angestrengt oder aufgeregt – ein fast gleichschenkliges Dreieck.

Die Schneidewind war nun ganz nahe. Ich roch ihre Kleidung, das Mottenpulverige, ich sah die braunen Schnürriemen ihrer Halbschuhe, die sich an den Enden leicht aufgezwirbelt hatten.

»Hauen Sie ab!«, flüsterte ich. »Für Sie gibt es bei mir nichts zu holen.«

Sie zuckte in den Schultern, als müsse sie sich schütteln. Ich ging zurück in den Karzer. Sie folgte mir bis zur Tür. Dann drehte der Schlüssel im Schloss.

30

Gernot blieb verschwunden. Es hieß, er sei abgehauen, verstecke sich im Wald. Manche ließen eine Scheibe Brot, etwas Wurst, Obst mitgehen. Sie bunkerten es in einem Hohlraum, der sich unter der Treppe zur Anstaltskapelle befand. Er war mit Obstkisten und Kartons zugestellt. Die Jungen glaubten, nachts kehre Gernot auf das Anstaltsgelände zurück und bediene sich an dem, was sie ihm hingestellt hatten. Wir bekamen ihn nie zu Gesicht, aber die Rationen waren nach ein, zwei Tagen verschwunden. Vielleicht, dass Tiere sie gefressen hatten, vielleicht, dass Gernot die mit Glasscherben bewehrte Gartenmauer überwinden konnte und zwischen Wald und Anstalt hin und her pendelte. Warum floh er nicht vollends aus der Gegend? Vielleicht hatte er niemanden, zu dem er fliehen konnte. Keine Eltern, zumindest keine, die ihm glaubten, wie es im Heim zuging. Dr. Marcus hatte einen ausgezeichneten Ruf. Er galt als unbescholten, als erstklassiger Pädagoge für schwer erziehbare Jugendliche. Ein Mann an der Front.

Von unseren Eltern hörten wir nichts. Noch immer hatten wir keinen Brief erhalten. Noch immer waren sie nicht gekommen, um uns zu besuchen. Womöglich war unsere Mutter zu sehr mit sich und ihren Krankheiten beschäftigt und Vater doch zu sehr von seiner Liebe zur Tierärztin oder dem Gefühl in Beschlag genommen, dass er womöglich einen Irrweg eingeschlagen hatte und sich von ihr lösen musste. Ich hoffte Letzteres und stellte mir vor, dass er lange Spaziergänge im Wald machte, hin und her überlegte und eine Entscheidung vorbereitete, sie vielleicht wieder verwarf, das Gespräch mit meiner Mutter oder der Tierärztin suchte, mit sich selbst zu Gericht saß. Das alles dauerte, brauchte Zeit …

»Vertraue ihnen. Sie lassen uns nicht im Stich«, flüsterte Roman mir in den Nächten zu.

»Irgendwas stimmt nicht. Sie hätten unsere Briefe beantwortet, wenn sie sie bekommen hätten«, antwortete ich ein ums andere Mal.

Jeden Monat durften wir zwei Briefe schreiben. Auch andere Jungen hatten auf ihre Briefe keine Antwort bekommen. Allein Rüdiger und Volker erhielten Post. Allein die Jungen, die bald das Heim verlassen durften, weil sie volljährig wurden oder weil ihre Eltern sie zurück nach Hause holen durften, wurden besucht. Der große Rest ging leer aus, wartete. Das Warten zermürbte uns. Vielleicht war es Absicht, und wir sollten zermürbt und aller Widerspruchsgeist, alle Opposition und Stärke, sollten ausgelöscht werden. Vor allem aber die Bindung an zu Hause. Wer sie verlor, war wie ein Blatt, das vom Baum geweht und fortgekehrt wird.

Ein Nachmittag im Oktober. Wir waren auf eine Buche geklettert, hatten Ausschau gehalten nach Gernot. Hatten den Waldrand in den Blick genommen. Wir erkannten unsere Eltern sofort. Sie schoben ihre Räder über einen Waldweg, eine große Langsamkeit oder Vorsicht in den Bewegungen. Mein Herz klopfte. Sie beobachteten den Fluss und die Mauer. Sie sahen in unsere Richtung. Roman pfiff auf den Fingern. Sofort blieben Vater und Mutter stehen. Wir winkten. Sie warfen die Räder zu Boden, rannten auf uns zu. Uns trennten fünfzehn Meter. Zwischen uns der Fluss und die

Mauer. Die Mauer zu erklettern war unmöglich. Die Scherben würden uns die Hände zerschneiden. Es zerriss mich, sie hier, so nah und so unerreichbar zu sehen.

»Warum schreibt ihr uns nie? Warum holt ihr uns hier nicht raus?«, rief Roman.

»Wir haben euch geschrieben. Ihr habt nie geantwortet«, sagte Vater und seine Augen glänzten feucht. Er nahm Mutters Hand.

»Wir wollten euch sehen, schon am nächsten Tag. Buhnke und die Schneidewind haben es verhindert. Erst im nächsten Sommer können wir …« Mutter sprach nicht weiter. Sie wandte sich um. Ihre Schultern bebten. Vater nahm sie in den Arm.

»Unser Besuch würde eure Behandlung gefährden, hieß es. Sie haben euch für verhaltensgestört erklärt, für Soziopathen, die Schneidewind und der Richter beim Familiengericht. Sie haben gesagt, Edgar wäre selbstmordgefährdet.«

Ich schluckte.

»Ihr konntet nichts dagegen tun?«

»Nichts war erfolgreich. Kein Anwalt.«

»Wir werden abhauen«, sagte Roman.

»Sobald es geht«, sagte ich, und meine Stimme brach.

»Edgar … Roman …«, rief Mutter. Die Tränen liefen ihr das Gesicht herunter.

Wir hörten Stimmen. Sie kamen aus dem Park. Wir kletterten den Baum weiter hinauf. Fort von unseren Eltern. Hochheimer näherte sich. Er führte seinen Hund an der Leine. Der Köter zerrte ihn bis zur Mauer und begann sein kläffendes Lamento. Wir pressten uns an den Baumstamm. Die Blätter und Zweige würden uns verbergen. Wir sahen unsere Eltern ratlos am Ufer des Flusses stehen. Wir warteten. Hochheimer entfernte sich wieder. Kurz darauf tauchten Pohlisch und Adler auf. Sie spannten unweit der Mauer einen Draht. Er kreuzte den Pfad, querte die Rasenfläche, die bis zur Kapelle führte. Im Dunkeln würde er nicht auszumachen sein. Wir ahnten, für wen sie ihn aufstellten. Unsere Eltern gingen zurück zu ihren Rädern. Immer wieder drehten sie sich um, winkten uns zum Abschied zu. Wir wagten nicht, zurückzuwinken, mussten jede Bewegung vermeiden. Warum sie nicht wiederkehrten, an keinem der Tage, an denen wir im Baum saßen, erfuhren wir erst viel später.

Wann immer es sich einrichten ließ, bezogen wir unseren Posten im Baum. Hielten Ausschau nach Gernot, warteten auf unsere Eltern.

Dann sahen wir Ruth. Roman hatte nie über sie gesprochen, aber ich wusste, dass kein Tag, keine Stunde verging, ohne dass er an sie dachte. Kein Tag, an dem er nicht eines der Lieder aus der Zeit mit Ruth vor sich hin summte. Bei der Arbeit im Graben, auf den Fluren, im Bett, wenn er nicht einschlief, die Hände hinter dem Kopf verschränkt. Auch ich hatte an sie gedacht, wie man an etwas denkt, das unerreichbar ist und dessen Konturen immer mehr verwischen. Ruth radelte bis zum Flussufer. Roman stieg den Baum ein Stück höher hinauf. Ich blieb, wo ich war. Mehr konnte ich für die beiden nicht tun. Roman stemmte seine Füße in eine Astgabel, seine Hände umschlossen den Stamm der Buche, deren Blätter gelb und rot gefärbt waren. Ich hörte sie sprechen, hörte ihre Art, die Wörter zu betonen, ihren Klang, die Pausen. Wörter, die einen Hof hatten, eine Geschichte. Wörter, die mehr sagten, als sie bedeuteten. Etwas, das nur Roman und Ruth aus ihnen lesen konnten. Und doch meinte ich, dahinter etwas anderes aufklingen zu hören. Etwas, das nicht ausgesprochen wurde. Wörter von einer Angst, einem Zweifel grundiert. Wörter, die zu groß, zu bedeutungsvoll und womöglich zu furchtbar waren, um ausgesprochen zu werden, nicht hier, an diesem Ort. Und ich hörte auch, dass für Ruth diese Wörter schmaler und in ihrer Bedeutung ein wenig kleiner waren als für Roman. Dass sie gemildert waren in ihrer Geltung, weil Ruth frei war. Weil sie ein Leben hatte und Roman keines. Weil Ruth womöglich Owe hatte oder wen auch immer. Roman fragte nicht nach Owe. Aber in jedem ungeduldigen Versetzen der Füße in der Astgabel, in jedem Umgreifen der Hände am Stamm hörte ich diese Frage: Kann ich auf dich zählen? Bleibst du bei mir? Denn wenn Ruth ihn verließ, verlor Roman alles und Ruth nur Roman. Es würde sich zeigen, ob ihre Passion mehr war als *lay lady lay, lay across my big brass bed.*

Die Zeit im Baum trieb dahin. Nach mir fragte Ruth nicht. Wie lange sie blieb, so nah und zugleich so fern, wusste ich nicht. Sie hatten uns die Uhren abgenommen. Wir sollten die Zeit nicht messen können. Die Gongs und Glockenschläge im Heim gaben uns den Rhythmus vor. Irgendwann machte Ruth sich auf und fuhr davon – zu ihren Eltern, ihrer Schule, ihren Plänen für ihr Leben. Romans erste große Liebe.

In der Dämmerung kletterte Roman zu mir herunter. Er wird ihr hinterhergeschaut haben, bis ihre Gestalt auf dem Waldweg kleiner und kleiner wurde und das diffuse Licht eines Herbstabends, die Feuchtigkeit des Waldes, sein Dunst und die Entfernung sie schluckten.

»Wir sollten endlich von hier abhauen«, sagte er. »Wir müssen es tun.«

»Wann?«, fragte ich.

»Bald«, sagte Roman.

Ich ahnte, wie sehr ihn die Sehnsucht peitschte. Wir hangelten uns den Stamm hinunter und stiegen vorsichtig über die auf den Wegen und den Rasenflächen gespannten Drähte.

Jeden Abend in der Dämmerung stellten Pohlisch und Adler sie auf. Am Tage lagen sie auf dem Boden und waren keine Gefahr für niemanden.

Gernot war immer noch nicht aufgetaucht. Wann immer Zeit blieb in der dürren Spanne zwischen Ende der Arbeit und Abendessen, wann immer Hochheimer uns nicht bis in die Dunkelheit hinein schuften ließ, kletterten wir auf den Baum, auch wenn die Tage immer kälter wurden. Ich begleitete Roman. Wenn er höher stieg, stieg ich nach unten, gerade so tief, dass ich nicht jedes Wort mithörte und hoch genug, um den Park und den Pfad zu überblicken. Wenn wir fliehen wollten, mussten wir uns unauffällig verhalten. Niemand durfte uns hier entdecken. Keiner der Jungen, keiner der Erzieher. Der Tag unserer Flucht würde kommen. Nicht über die Mauer würden wir fliehen, es musste auf eine andere Art geschehen. Wir brauchten einen Plan und das Glück des Augenblicks. Seit zwei Wochen wurde das Essen unter der Kapellentreppe nicht mehr angerührt. War Gernot etwas zugestoßen?

Ruth kam regelmäßig, und irgendwann musste sich dieser Zölibat verbrauchen. Roman war siebzehn und Ruth war siebzehn. Alles war gesagt und nichts erfragt. Das immer Gleiche erschöpft. Auch eine Liebe, gerade eine Liebe. Ruth hatte das Haar kurz geschnitten an jenem Abend. Raspelkurz. Es stand ihr gut. Alles stand ihr. Sie trug eine Sonnenbrille, setzte sie nicht ab. Nicht vor der Sonne musste sie ihre Augen schützen. Roman blieb nur einige Minuten oben, dann rutschte er zu mir herunter, sprang vom Baum, raste auf die Mauer zu und jeder Schritt wurde eskortiert von seinem »Ruth bleib! Lass uns reden! Bleib!« Er versuchte verzweifelt, auf die Mauer zu steigen, seine Hände fanden keinen Halt und seine Füße rutschten an den Ziegelsteinen ab. Es hätte einer Leiter bedurft, ihn in die Höhe zu bringen. Er hätte Ruth davongehen sehen, er hätte sich die Hände an den Scherben zerschnitten, wäre in den Fluss gesprungen, hätte ihn die paar Meter durchschwommen, wäre ihr hinterhergerannt, was nie gut ist in der Liebe.

Roman saß erschöpft am Fuß der Mauer.

Er sollte Ruth nicht wiedersehen. Kein einziges Mal mehr würde sie zur Mauer zurückkehren. Das wusste Roman zu diesem Zeitpunkt nicht, aber er könnte es geahnt haben. Ich sagte nichts, beobachtete den Park, hoffte, dass niemand kam, kein Pohlisch, kein Adler, kein Hochheimer. Ich wusste, Roman hätte sie provoziert, hätte versucht, seine Verzweiflung über Ruth mit seiner Wut auf die Aufseher und ihren Terror zu löschen. Er hätte sich auf sie gestürzt, hätte auf sie eingeschlagen, koste es, was es wolle. Es hätte uns die Flucht gekostet.

Wir konnten nicht zurück zu den anderen, nicht in den Bettensaal. Roman brauchte Ruhe, musste allein sein. Ich zog ihn vom Boden hoch, wir entfernten uns von der Mauer, schlugen uns in den Park, erstiegen eine große Eibe, die auf einer Lichtung stand. Sie hatte eine ausladende Krone, und die Äste reichten fast bis zum Boden. Kein Baum wächst so dicht und verbirgt so gut wie eine Eibe. Wir hätten es uns denken müssen, hätten es wissen können, es war der ideale Rückzugsort – für jeden, der unentdeckt bleiben wollte. Gernot ersparte es den täglichen, gefährlichen Weg über die

Mauer, und es ersparte ihm den Wald. Ich stieg voraus durch die weit verzweigten, kräftigen Äste, sah zuerst die Schuhe, die Waden, die über den Rand eines ineinander verschlungenen Dickichts ragten, eine Art Liege, die sich unter der Krone spannte. Die Sohlen waren trocken. Gernot regte sich nicht. Ich wartete, bis Roman mich erreicht hatte. Wir rochen es: Ein Geruch, der sich hinter dem Duft der Nadeln und der Nässe aufbaute. Roman nickte, und wir stiegen weiter, mühten uns durch das Astwerk. Er lag auf dem Bauch, in sich eingekrümmt, klein wie ein viel jüngeres Kind, die Gestalt einer Puppe, die Hände und Arme grünlich marmoriert. Um Gernot herum eine Wolke aus Fliegen, die seinen Kopf umschwirrten. Prozessionen aus schwarzen Käfern und Ameisen krabbelten über den Rücken und verschwanden unter der Kapuze seines Anoraks. Wir stürzten hinunter, liefen zum Speisesaal, wo die Jungen die Tische eindeckten, hielten auf Pohlisch zu und sagten, was zu sagen war, und auf seinem Gesicht lag eine große Ruhe. Keine Regung, kein Schrecken und kein Mitleid. Er verließ mit uns den Saal, betrat das Büro von Schwester Agnes, informierte sie. Agnes griff zum Telefonhörer, sprach ein paar knappe Sätze. Kurz darauf trafen Bracke und Hochheimer ein. Wir führten sie zur Eibe. Hochheimer war es, der in den Baum stieg. Nach wenigen Minuten kehrte er zurück.

»Nur noch Matsch«, sagte er. »Eine Sauerei. Zerfressen, das ganze Gesicht, ein Teppich aus Aaskäfern und Maden. Schätze, der wird seit fast zwei Wochen dort liegen.«

Agnes rannte zurück ins Büro. Wir standen in der Kälte herum, wandten uns ab, gingen ein paar Meter in den Park hinein. Roman war kreidebleich. Es war kalt. Kein Wind ging, kein Vogel war zu hören, kein Tier raschelte im Laub. Niemand von uns sprach. Roman zitterte. Seine Lippen waren bläulich. In seinem Blick schwamm keine Wut mehr und keine Angst. Seine Augen glänzten von einer Kälte, die aus seinem Inneren kam. Ich wusste, es war jetzt genug. Alles war besser, als noch länger im Heim zu bleiben. Roman würde alles, wirklich alles dafür tun, von hier zu verschwinden, in ein paar Wochen mussten wir weg sein. Agnes, Hochheimer, Bracke, die ganze Bande würde für eine Zeit lang mit Gernots Tod beschäftigt sein. Es würde Untersuchungen geben. Die Presse würde auftauchen. Dr. Marcus würde beschwichtigen müssen. Ein toter Junge auf einem Baum würde für Wochen die Lage verändern. Das mussten wir nutzen. Wir hörten das Martinshorn, kehrten zur Lichtung zurück und sahen Polizei und einen Krankenwagen eintreffen, sie entluden blaue Säcke, die an Müllsäcke erinnerten, und einen schwarzen Leichensack. Zwei Ärzte und einer der Polizisten stiegen in den Baum. Kurz darauf traf ein Feuerwehrauto ein. Die Männer holten Leitern und Motorsägen aus dem Wagen. Sie begannen mit ihrer Arbeit, als die Ärzte und der Polizist aus dem Dickicht zurückkehrten. Sie entfernten Ast für Ast, arbeiteten sich vor bis zum Stamm, entblößten ihn, bis sie Gernots Sterbeplatz freilegten – ein Nest aus Ästen und Zweigen, das ihn vor Wochen vor dem Zugriff all derer bewahrt hatte, die ihn quälten. Wahrscheinlich war er an Unterkühlung gestorben, am Frost in der Luft und in seinem Herzen. Niemand, der wie Gernot war, konnte aushalten, was Hochheimer und Bracke ihm angetan hatten.

31

Dann kam Kurt. An einem Dienstag. Er stand in der Tür des Speisesaals, und sein Blick flog über uns hinweg. Ein herausfordernder Blick ohne Scheu. Kurts Haar war an den Seiten und im Nacken kurz geschoren. Kurt trug einen Ohrring, Schnürstiefel, eine eng anliegende Drillichhose und eine dunkle Uniformjacke, die aus Zeiten der Wehrmacht stammen mochte. Er folgte Pohlisch bis zu unserem Tisch. Pohlisch wies ihm den Platz neben Paul zu. Gernots Platz.

Die Suppe wurde gebracht, eine wässrige Graupensuppe, mit rotem Presssack. Wir ekelten uns vor dem Schweinemagen, in den die Köche das Fleisch von ausgelösten Schweineköpfen und weich gekochten Schwarten stopften. War geschlachtet worden, durfte nichts von der Schlachtung verkommen. Die Nonnen in der Küche aßen Kotelett oder Schweinsgulasch, den fiesen Rest setzten sie uns vor.

»Willkommen im Gnadenhof«, flüsterte ich. »Willkommen in der Hölle.«

»Nur die Ruhe, Jungs«, antwortete Kurt, ohne seine Stimme zu senken.

Wir anderen duckten uns. Es war auch verboten, während des Mittagstischs zu reden. Paul stieß Kurt mit dem Ellbogen an. Kurt grinste.

Wir rührten in der Suppe. Kaum jemand aß den Presssack. Wir löffelten nur die dünne Brühe und häufelten das glibberige Fleisch an den Rand.

»Guten Appetit, Jungs!«, sagte Kurt und rührte seinen Teller nicht an.

Pohlisch stand auf, bewegte sich auf unseren Tisch zu. Alle bis auf Kurt, vielleicht auch Roman, hielten den Atem an.

»Nur die Ruhe«, wiederholte Kurt.

»Junge«, zischte Pohlisch. »Weil du neu bist, erspar ich dir eine Abreibung. Aber ab jetzt hältst du die Fresse und isst deine Suppe.«

»Jawoll«, rief Kurt laut in den Saal. »Ich halte die Fresse!«

Pohlisch duckte sich – wie unter einem Schlag. Wahrscheinlich war es die Unverfrorenheit, das Unerwartete, das Unerhörte. Alle grinsten, an allen Tischen. Erst als Dr. Marcus seinen Löffel hinlegte, das Gulasch zerkaut und seinen Mund mit der Serviette abgeputzt hatte und aufstand, wich das Grinsen aus unseren Gesichtern. Er schlenderte an unseren Tisch, strich Paul und mir gönnerhaft über den Kopf und stellte sich hinter Kurt.

»Wohl bekomme es dem neuen Zögling«, sagte Marcus.

»Danke«, sagte Kurt und löffelte seine Suppe, ohne das Fleisch anzurühren. Jetzt erst fiel Dr. Marcus Blick auf die Teller, von denen fast jeder einen Fleischrand aufwies.

»Nun, es schmeckt den jungen Herrn nicht, wie ich sehe. Pohlisch, kommen Sie und assistieren den Zöglingen.« Wieder streichelte Dr. Marcus über Pauls Kopf.

»Junge, bist du ein Kostverächter?«

Paul schüttelte den Kopf.

»Na, wäre auch schlimm, die Speisung, die der Herr uns allen schenkt, zu verschmähen, nicht wahr?«

Paul nickte schwach und stierte auf seinen Teller. Kurt drehte sich um und schaute Marcus an, mitten ins Gesicht. Ein dürres Lächeln lag auf Kurts Lippen.

Dr. Marcus anzuschauen, ihm in die Augen zu sehen, gelang den wenigsten. Er blickte einem bis ins Herz. Er schien unsere Gedanken zu lesen. Möglichst schnell versuchte man seinem Blick zu entkommen.

»Pohlisch, zeigen Sie unserem Zögling, dass man eine Speise, für die ein Tier gelitten hat, nicht achtlos auf den Tellerrand schiebt. Das ist ein Akt der Achtsamkeit. Kein Tier hat es verdient, dass sein Fleisch auf dem Abfall landet.«

Ich hatte erwartet, dass Pohlisch sich Kurt zuwendete. Dr. Marcus aber zeigte auf Paul. Paul konnte sich nicht wehren. Pohlisch stellte sich hinter ihn, nahm seinen Kopf in die Hände – Pohlisch hatte seltsam zarte Hände, die Hände einer Frau – und forderte Paul auf, das verschmähte Fleisch zu essen. Paul fuhr mit dem Löffel am Tellerrand entlang, ohne dass er den Löffel mit einem Fleischbrocken füllte. Eine Kreisbewegung, eine leere, sich scheinbar selbst genügende Handlung. Manchmal verharrte Paul vor einem Stück Fett, vor einer Knorpelkapsel, die mit Fleischfasern überzogen war. Nie schaufelte er eine Portion auf den Löffel, immer bog der Löffel ab oder wanderte weiter. Alle am Tisch verfolgten den Weg des Löffels. Jeder wusste, dass das, was auf dem Löffel landete, alle Formen des Ekels zu erregen vermochte: Allein der Anblick! Dann der Geschmack, der uns schüttelte, wenn wir die Fettklumpen schluckten. Gefürchtet schon der Moment, in dem das Zeug die Lippen passierte und in die Mundhöhle einfuhr. Der taktile Ekel, wenn eine Schwarte über die Zunge glitt, den Gaumen berührte oder an der Wangeninnenseite entlangflutschte. Schlimmer als diese Not geriet uns das Knacken im Mund, das Brechen der Knorpel, diese Geißel der Ohren. Jede Form des Ekels würde sich einstellen. Zeitgleich und sich gegenseitig potenzierend. Das alles ließ uns auf Paul schauen. Er zögerte, und er zögerte zu lange. Pohlisch schlug ihm mit der Handkante in den Nacken. Pauls Kopf schoss nach vorne. Tränen traten ihm in die Augen. Sein Löffel verharrte vor einer Speckschwarte, an der die Borsten hafteten, widerliche fahle Borsten. Mit dem Finger schnippte Pohlisch die Schwarte auf Pauls Löffel. Er ergriff seine Hand und führte sie an seinen Mund. Paul wurde bleich. Sein Mund blieb geschlossen.

»Ess!«, bellte Pohlisch.

»Iss«, echote Kurt.

»Was?«, brummte Pohlisch.

»Iss, sollte es heißen. Imperativ. Da hat ein Erzieher eine Vorbildfunktion inne – mit dem Mund und dem Verstand. Das haben Essen und Sprechen ja gemeinsam: Es gelingt nicht ohne Manieren.«

»Schnauze!«, zischte Pohlisch leise, aber jeder am Tisch hörte es: »Zu dir komme ich später, verlass dich drauf.«

Mit der einen Hand zwang Pohlisch den Löffel an Pauls Lippen, mit der anderen drückte er ihm den Mund auf und stieß ihm den Löffel mit der haarigen Schwarte hinein. Blitzschnell drehte er den Löffel, wand ihn heraus und hielt Paul mit beiden Händen den Mund zu. Paul schluckte. Er schluckte, was immer Pohlisch in ihn hineinzwang. Er würgte es runter, Schwarten und Fettklumpen, Suppe und Glibber, bis es nicht mehr ging, und sein Mund sich nicht mehr öffnete. Ein Moment großer Stille machte sich breit – auf allen Gesichtern. In diese Stille hallten Schritte. Eilige Schritte. Die verhasste Schwester Agnes. Ihre Lippen wurden bei jedem Schritt schmal und schmäler. Ihre Schritte kannten nur ein Ziel. Sie packte Paul am Kinn, drückte, wie zuvor Pohlisch es getan hatte, Pauls Mund auf, und Pohlisch schaufelte ihm die Suppe mit den Fleischstücken und Schwarten in den Mund. Paul schluckte nicht, konnte nicht schlucken. Er sammelte die Suppe im Mund wie in einem

Teich, und von unten aus seinem Magen drückte und würgte es, und schließlich spie er alles aus, die Schwarten, die Fettklumpen und die Knorpel – da halfen nicht der Schraubstock von Agnes' Armen und nicht die Hände von Pohlisch. Am Kragen zerrte ihn Agnes vom Tisch. Dr. Marcus ging an seinen Platz zurück.

»Wir machen es wie immer«, tuschelte die Schwester. Pohlisch nickte.

Er schubste Paul vor sich her aus dem Saal. Niemand von uns rebellierte. Keiner kam Paul zu Hilfe. Roman nicht und Kurt nicht. Jeder wusste, was ihm bevorstand. Das Scharren der Löffel, das Anstoßen des Blechs am Tellerrand füllte den Speisesaal, ein heller, matt klirrender Ton, dem ein *Vaterunser* und Stühlerücken folgten. Marcus und Bracke verließen den Raum. Die Jungen nahmen Aufstellung, bildeten eine Gasse, zogen einen Schuh aus und hielten ihn in den Händen, bis auf Kurt, bis auf Roman. Pohlisch führte Paul zurück in den Raum. Paul trug kein Hemd und kein Unterhemd mehr. Adler stieß ihn in die Gasse. Er taumelte unter den Schuhschlägen, die auf seinen Kopf und den Nacken, auf den Rücken und die Schultern prasselten. Ein paar wenige Schläge trafen ihn hart, ließen ihn taumeln, die meisten trafen ihn kaum, waren nur Alibischläge. Volker und Rüdiger hieben mit Ochsenziemern auf ihn ein. Paul blutete an der Stirn. Agnes griff ihm unter die Arme, stellte ihn auf die Füße und Adler schob ihn voran, auf Roman und Kurt zu. Paul duckte sich, schützte sich mit den Händen, aber weder Roman noch Kurt schlugen.

»Schlagt!«, brüllte Adler.

»Nein«, sagte Kurt.

»Wie bitte?«

»Nein«, sagte Roman.

Über Adlers Gesicht lief ein Zucken. Aber er rührte sich nicht. Jede Sekunde, die er zögerte, ließ Adler in unseren Augen schrumpfen und Kurt wachsen. Das spürte er. Schließlich packte er Paul am Nacken. Irgendwas musste er tun. Er schob ihn durch die Gasse zu mir. Agnes folgte ihm wie der Herr seinem Hund. Jetzt war ich an der Reihe. Wer nicht schlug, wurde selbst in die Knüppelgasse gestoßen. Musste von allen verprügelt werden. So war das Gesetz. So war es immer gewesen. Ich hielt den Schuh in der Hand, hob den Arm. Paul schaute mir ins Gesicht. Kein Bitten in seinem Blick, kein Flehen. Nur die eine Frage: Ob ich schlagen würde. Ob meine Angst und meine Feigheit größer waren als mein Anstand. Alle Blicke brannten auf mir. Da geschah es, ich fühlte es an den Beinen, ein warmes Rieseln, das die Hose dunkel einfärbte, aus dem Hosenbein rann, auf den Flur, auf das Linoleum – eine gelbe Pfütze.

»Den Ziemer!«, brüllte Adler, als sei der Bann der Schwäche von ihm abgefallen. Volker flog heran, hieb mir mit dem Ziemer über den Rücken. Immer noch rührten sich weder Roman noch Kurt.

»Den Schweineschwanz!«, fauchte Agnes zu Rüdiger. Rüdiger fingerte ihn aus seiner Hosentasche: ein gekringeltes, steifes, gelbliches Schweinsstück, an einem kurzen Gürtelstück befestigt. Jedem Bettpisser wurde der Schwanz umgebunden. Dann musste er durch die Knüppelgasse. Musste sich prügeln lassen. Roman, warum schritt er nicht ein? Warum ließ er es geschehen? Adler packte mich am Arm und drückte mich in die Gasse. Rüdiger schlug mir auf den Hals, aber bevor auch Volker zuschlug, machte Kurt eine Art Luftsprung, einen Luftspagat und in jenem Moment, da eines der Beine den Umkehrpunkt erreicht hatte und sich senkte, schwang das andere sich empor und trat Rüdiger mit der

Fußkante vor die Brust. Rüdiger kippte, schlug zu Boden. Dies der Moment, in dem es genug war. Genug der Prügel und der Demütigung – für mich, für alle, bis auf die beiden Kapos, Rüdiger und Volker. Der Moment, in dem das Johlen begann, das Pfeifen, das rhythmische Schlagen der Schuhe gegen die Flurwände. Nichts half es, dass Pohlisch brüllte und Adler den Ochsenziemer aus Rüdigers Hand nahm und durch die Luft sausen ließ. Er traf irgendwen, jedoch keinen zweiten mehr, denn Kurt machte ganze Sache: Er packte Adlers Arm und drehte ihn auf den Rücken, zwang den Arm diagonal über den Rücken zur Schulter, bis er vor Schmerzen schrie und den Ziemer losließ, den einer der Jungen auffing, in der Hand wog, und mit kleinen Schritten bewegte er sich auf Agnes zu, die zur Tür hinausrannte. Adler krümmte sich am Boden. Allein Pohlisch stand aufrecht und blies inmitten der Jungen auf seiner Trillerpfeife. Roman riss ihm die Pfeife aus dem Mund und die Kette, an der die Pfeife hing, vom Hals. Pohlisch wankte, ging mehr vor Schreck als vor Schmerz in die Knie, strauchelte, fing sich auf allen vieren und war umringt von einem Kreis aus Körpern, der sich eng und enger zog, ihn touchierte, an den Knien, an den Füßen. Die Jungen auf Strümpfen und mit einem Schuh am Fuß. Man trat Pohlisch auf die Zehen und die Finger, dass es knackte, wie bei einem Stöckchen, das bricht. In allen von uns brachen sich der Hass Bahn und der Wunsch, es ihm heimzuzahlen. Mehrere Jungen schlugen Pohlisch mit ihren Schuhen. Roman und Kurt ließen es geschehen, ließen die Jungen tun, was sie sich in ihren Träumen ausgemalt haben mochten, dass es eine Gerechtigkeit gab, eine Abrechnung. Plötzlich begann Roman zu sprechen, zu skandieren. Einen Song, den keiner der Jungen kannte. In den nur Kurt einstimmte: *Poor Hattie Carroll.*

»William Zanzinger killed poor Hattie Carroll. With a cane that he twirled around his diamond ring finger. At a Baltimore hotel society gathering. And the cops were called in and his weapon took from him.« Dann begann Kurt zu singen. Kurt stockte kein einziges Mal im Text. *»She was fifty-one years old and gave birth to ten children. Who carried the dishes and took out the garbage. And never sat once at the head of the table. And didn't even talk to the people at the table. Who just cleaned up all the food from the table. And emptied the ashtrays on a whole other level. Got killed by a blow, lay slain by a cane. She never done nothing to William Zanzinger. With rich wealthy parents who provide and protect him. She never done nothing to William Zanzinger.«*

Die letzte Zeile wiederholte er. Immer wieder. Etwas lag in der Luft, etwas wie Aufruhr und Revolte, ein Glanz auf den Gesichtern und in den Blicken. Kurt und Roman fingen an, den Song ein zweites Mal zu skandieren. Wir hatten Hochheimer vergessen. Den verfluchten Hochheimer und Bracke. Wir hatten sie ausgeblendet. Auch den Hund. Plötzlich standen sie im Flur, hinter ihnen Schwester Agnes. Roman verstummte. Jeder wusste, Bracke und Hochheimer waren ein anderes Kaliber. Nicht Kurt. Kurts Stimme füllte ungebrochen den Raum. Der Hund knurrte, sein Nackenhaar hatte sich aufgestellt. Hochheimer hielt ihn am Halsband fest. Der Hund bäumte sich auf, fletschte die Zähne. Hochheimer ging Schritt für Schritt auf Kurt zu, der Hund ihm voraus. Junge um Junge trat zur Seite, ließ die Sicht freiwerden auf Kurt und Roman, die bei Pohlisch standen, dem knienden Pohlisch, sie hakten ihn unter, stellten ihn zurück auf die Beine – zu spät, da flog der Hund schon heran, stumm, eine weiße Fellmasse, die gegen Pohlisch prallte, ihn zu Boden rammte und biss. In die Schulter und in den

Arm, unter ihm lag Roman, neben ihm stand Kurt. Es war Bracke, der auf Kurt zuschritt und ihm die Spritze in den Oberschenkel rammte. Es war Bracke, der Kurt mithilfe von Adler durch den Flur bis zur Kellertür schleifte. Niemand stellte sich ihnen in den Weg. Von Bracke ging eine Furcht aus, die jeden in ihren Bann zwang und mit angstgeweiteten Augen verfolgen ließ, wie Schwester Agnes die Riegel der Kellertür aufschnappen ließ und man Kurt die Treppe hinuntertrug. Adler, Bracke, Agnes. Wir machten uns davon. Liefen durch den Park, liefen zum Graben, der mit frischem Wasser befüllt war, auf dem eine dünne Eisschicht lag. Ratlos standen wir in kleinen Gruppen am Ufer, unsere Gesichter gerötet von der Kälte und von dem, was hinter uns lag. Alle dachten an Kurt. Dachten daran, was ihm im Keller zustoßen würde.

Kurt tauchte an diesem Abend nicht wieder im Speisesaal auf. Wir hockten an den Tischen, schauten vorsichtig zu Bracke und Schwester Agnes, zu Pohlisch und Adler, die ihre Suppe aßen. Hochheimer war nicht zu sehen. Er aß selten im Speisesaal. Er bewohnte einen kleinen Bungalow am Rande des Geländes. In das Schweigen drang das Kratzen der Löffel, das Klopfen der Gläser auf den Tischplatten, das Quietschen der Stühle, singuläre Geräusche, die übers Trommelfell schrappten. Nach dem Essen entließ uns Dr. Marcus mit einem Gebet. Er streckte die Hände zum Himmel, legte den Kopf in den Nacken und ließ seine Stimme erschallen, schaute an die holzvertäfelte Decke, in den Schein der Neonröhren. Es war ein Beten wie auf einer Bühne, ein Beten, das sich zeigte, sich ausstellte. Marcus betete nicht zu Gott. Er schien zu sich selbst als oberste Repräsentanz zu sprechen. Gott konnte nicht furchtbarer als Dr. Marcus sein.

Wir wurden in den Bettensaal entlassen, trotteten die Treppe hinauf. Wohin auch sonst hätten wir gehen können? Es gab keinen Aufenthaltsraum bis auf einen zugigen, unbeheizten Raum mit einem Kicker und ein paar schäbigen Tischen, an denen man Schach oder Mühle spielen konnte. Die Turnhalle durfte man nur unter Aufsicht betreten. Der Bolzplatz war ohne Beleuchtung.

Wir saßen auf unseren Betten oder legten uns hin. Viel zu früh, um zu schlafen. Die Abende waren schlimmer als die Tage, die wir bei der Arbeit oder im Unterricht verbrachten. Die Tage hatten Struktur, und in diesem Korsett verging die Zeit. Im Winter war jeder Abend leer. Es gab nichts zu tun. Nur ein paar Streber besuchten den Bibelkurs von Dr. Gressmann in dessen Büro, einem weitläufigen Zimmer mit großem Gummibaum und einer Anrichte, auf der Limonade und Kekse zum freien Verzehr standen. Gressmann galt als verschroben und senil. Manchmal steckte er den Jungen Geld zu, weil bald Weihnachten sei, obwohl es erst Mitte September war. Ein anderes Mal zwang er die Jungen dazu, eine Messe abzuhalten. Mit ihm als Priester und ihnen als Messdiener und Kirchenchor. Alles wurde einstudiert: Vom Confiteor bis zum Schlusslied, bevor Gressmann schließlich den Segen erteilte, und alle sich hinknieten auf den Teppichboden. Gressmann war nicht irgendwer, wie wir erfahren sollten. Er war nicht nur Dr. Marcus' Vorgänger als Heimleiter. Gressmann war viel mehr, und er selbst brachte uns auf die Spur.

An jenem Abend suchten Roman und ich ihn erstmals auf. So würden wir der Aufmerksamkeit von Hochheimer und Pohlisch entgehen. Wir kamen allein. Gressmann saß in seinem Lesesessel. Faselte vor sich hin, sagte ein Weihnachtsgedicht auf, das wir wiederholen mussten.

Prima Kerle seien wir. Geschmeidig wie Windhunde. Seine Windhund-Truppe. Immer bereit. Immer zur Stelle.

»Jawohl«, sagte Roman.

Wegstrafen sollte man die Kameradenschweine, die ihn und uns heute allein ließen. So mitten im Advent. Eine Sauerei.

»Jawoll, Herr Direktor. Aufs Härteste bestrafen.«

Aushungern sollte man die Bande. Alle bedürften der Lektüre der Heiligen Schrift. Ob wir wüssten, dass das Heim einmal ein Herrensitz, schließlich ein Kloster gewesen sei, bis die Mönche 1935 ohne Wenn und Aber hätten weichen müssen, nämlich dem Führer und seinen Plänen zur Umwidmung zur Heil- und Pflegeanstalt. Ab '41 mit Kinderfachabteilung. Die einzige im Rheinland. Die einzige! Saubere Arbeit hätten seine Leute im Gnadenhof geleistet. Das sei bekannt gewesen. Auch in Berlin. Beim Reichsauschuss.

»Jawoll, saubere Arbeit, Herr Doktor. Im Namen des Führers. Ganz ohne den Heiligen Geist. Ganz ohne den Vater und den Sohn.«

Roman hob den Arm zum Hitlergruß und schlug die Hacken zusammen.

Jeder könne sich davon überzeugen, fuhr Gressmann fort.

»Wovon?«

Von den Planungen und reibungslosen Abläufen. Man müsse nur die Tabellen lesen, das kontinuierliche Auszehren. Gramm für Gramm, bis sie in ihren Betten immer schmaler und durchsichtiger geworden seien. Zum Ende hin, bei denjenigen, wo es dauerte, lange, zu lange, wo man die Eltern schon informiert habe vom Ableben des Kindes, eilig, manchmal zu eilig, aber das Bett musste frei werden, musste vergeben werden an Neuankömmlinge, ebenso idiotisch oder ebenso asozial und schwer erziehbar wie die gerade ausgemerzten, da seien die Kinder vor dem Tod schon totgeschrieben worden. Helfen, nachhelfen musste man. Selbstverständlich. Das habe er angeordnet.

»Womit, Herr Direktor. Womit nachhelfen?«

Gressmann zögerte. Schaute Roman an. Mit seinem kurz geschorenen Haar musste er Gressmann an die gute alte Zeit erinnern.

»Mit Luminal, mein Lieber«, fuhr Gressmann fort und ließ Roman nicht aus den Augen. »Abspritzen oder rein ins Essen. Das darf Ihnen nicht entfallen sein, einem Manne Ihrer Klasse, einem Mann fast der ersten Stunde.«

»Jawoll, Herr Direktor. Ich versuchte stets, hart und gerecht in der Sache zu sein. Heute nicht weniger.«

»Das Luminal-Schema, lieber Tresse. Das ist Ihnen und Ihrer lieben Gattin, der guten Frau Hildegard, in Fleisch und Blut übergegangen, nicht wahr? Oder zeigen sich gegenwärtig Spuren von Schlendrian, von Müßiggang, in Ihrer Abteilung, Herr Kollege?«

»Aber nein!«

»Dreimal täglich überdosiert zu injizieren. Dreimal 0,3 Milligramm.«

»Bei strenger Unterernährung, jawoll.«

»Fettarm bis fettlos. Der Verpflegungssatz von neununddreißig Pfennigen pro Kind ist unbedingt einzuhalten. Sauerkohl und die gute Wassersuppe.«

»Achtunddreißig Pfennige, wenn ich mich recht erinnere, Herr Direktor.«

»Aber ja, Tresse. Aber ja. Besser achtunddreißig Pfennige. Jeder Pfennig zählt.«

»Das überlebt das stärkste Pferd nicht, Herr Direktor.«

»Hermann, mäßigen Sie sich. Keine falsche Metaphorik.

Im Übrigen: Haben Sie die Akten sauber geführt? Haben Sie protokolliert und archiviert. Lungenentzündung, Herzinsuffizienz im Verhältnis eins zu zwei?«

»Jawoll, Herr Direktor. Sauber protokolliert. Auch Kreislaufschwächen.«

»Tresse, nutzen Sie die nächste Masernepidemie, um die Sterblichkeit zu steigern!«

»Selbstredend, Herr Direktor. Eine Epidemie … kommt immer wie gerufen.«

»Sie finden die Kindersärge im Leichenkeller. Wurden auf Vorrat gezimmert. Müssten genügend vorhanden sein.«

»Will mich davon selbst überzeugen, Herr Direktor. Der Leichenkeller …, sagten Sie? Wo genau finde ich ihn?«

»Tresse, mein Gott, setzt Ihnen die Arbeit so zu? Kennen den eigenen Laden nicht. Schauen Sie im Seziersaal unter der Anstaltskapelle nach.«

»Es ist nur …, Herr Direktor, dass …« Roman stockte.

Gressmann fixierte ihn. Ein Speichelfaden löste sich und hing einen Moment an seiner Lippe.

»… nur? Was meinen Sie mit *nur*?« Der Speichelfaden tropfte auf seine Hose.

»Wie bitte?«

»Lieber Tresse, Sie sagten, *es sei nur …*«

Roman hüstelte. Schaute beschämt zu Boden. Rieb sich vor Verlegenheit über die Wangen und sagte kleinlaut: »Die Akten, Herr Direktor. Sie sind seit gestern unauffindbar.«

»Schauen Sie in die Wandschränke im Seziersaal, durchsuchen Sie das Archiv unter dem Schutzengelhaus, machen Sie sich auf in den Keller und erstatten unverzüglich Bericht.«

»Schutzengelhaus, Herr Direktor?«

Gressmanns Gesicht schien zu kochen.

»Wegtreten! Mir aus den Augen!«, schnaubte er. »Ich werde Ihre Versetzung zum Kalmenhof beantragen, unverzüglich. Kennen anscheinend im Gegensatz zu Ihrer Frau Hildegard Ihr eigenes Haus nicht, haben es wohl nicht im Griff. Im Kalmenhof produzieren sie ganz andere Zahlen. Da kann sich Ihre mickrige Kinderfachabteilung eine Scheibe von abschneiden. Epileptiker, Arbeitsscheue, Asoziale, auch die Bettnässer, vor allem die Pisser, diese Sauerei, ekelhaft, nicht besserungsfähig, die Pisser sind immer zu melden.«

»Jawoll, immer zu melden, werde Anweisung geben, Herr Direktor.«

»Im Kalmenhof, Tresse, spritzt man, was die Spritzen hergeben.«

»Für Führer und Vaterland, Herr Direktor.«

»Hüten Sie Ihre Zunge, Tresse. Ich höre da eine boshafte Ironie heraus, einen Defätismus in später Stunde, nicht wahr? Noch ein Wort und ich sorge dafür, dass es vom Kalmenhof direkt nach Hadamar geht, mein guter Tresse. Sie wären nicht der Erste, den Hadamar in die Knie zwingt. Und auf den Knien ist man vor den eigenen Leuten nicht mehr sicher. Ein kranker Arzt ist kein Arzt.«

»Ist unwertes Leben, Herr Direktor.«

»Da steckt man Sie als unnützen Fresser mit zu den Idioten ins Gas!«

»Jawoll, ins Gas nach Hadamar.«

»Letztes Jahr gab's Bier für alle.«

»Wie bitte, Herr Direktor.«

»Eine Feierstunde, die Sie sich erst verdienen müssen, Hermann. Als der Zehntausendste desinfiziert war und anschließend durch den Schornstein ging, gab's Bier für alle. Idiot um Idiot, Asozialer um Asozialer, ging durch den

Schornstein, schwere Arbeit, wäre mal ein Versuch wert, Sie und Ihren Gehilfen, der übrigens einen Haarschnitt braucht, an den Öfen unterzubringen.«

Ich schlug die Hacken zusammen.

»Jawohl, Herr Direktor. Ein Haarschnitt. Unverzüglich, damit es nicht zu den Öfen geht.«

Gressmann beachtete mich nicht. Sein Blick ruhte auf Roman.

»Geduscht, Herr Direktor. Es wurde viel geduscht. Das gute Zyklon B, nicht wahr?«

»Kein Zyklon, Hadamar ist nicht Auschwitz, Kohlenmonoxid reicht für die Brut. Tresse, Sie enttäuschen mich. Sind erneut nicht im Bilde. Wegtreten! Sofort!«

Wir riefen: »Heil Hitler!« und ließen ihn zurück. Wir taumelten aus Gressmanns Zimmer, taumelten aus dem Haupthaus.

Kinderfachabteilung ... Schutzengelhaus, wahrscheinlich handelte es sich um eines der Bettenhäuser oder um das Haus, in dem der Speisesaal lag. Wir mussten von hier weg. Bis zur Volljährigkeit würden für mich zwei Jahre vergehen. Viele, die hier ihren Dienst taten, hatten ein Vorleben. Eines, das ihnen aus den Augen schaute oder auf die Haut gestanzt war. Hochheimer, Buhnke waren damals Männer von unter dreißig Jahren. Agnes, die Schneidewind ... was hatten sie in der NS-Zeit getan? Was der Richter, der uns hierher verfrachten ließ? Wir mussten zu Kurt, dann die Akten einsehen und verschwinden, spätestens in ein paar Wochen.

32

Seit Tagen galt die Aufmerksamkeit Gernot und dem Skandal, den er dem Heim eingebrockt hatte. Niemand sprach mehr von Kurt. Niemand vom Personal erwähnte den Aufruhr im Flur. Sanktionen gegen uns hatte es keine gegeben. Marcus, Bracke, Agnes und ihre Büttel schienen sich zu verstecken hinter der Aufmerksamkeit, die ihnen zufloss. Es kam zu Befragungen, die Polizei ging ein und aus. Journalisten tauchten auf, wurden am Tor von Schwester Agnes empfangen und mit dem Wagen bis zum Haupthaus, bis zur Verwaltung und Dr. Marcus gefahren, damit niemand von uns mit ihnen sprechen konnte. Wir sahen einen Bäcker kommen und Kuchen liefern. Im Speisesaal wurde uns aufgetischt und die Presse schoss ein Foto. Niemand von uns steckte dem Fotografen, was sich im Gnadenhof wirklich abspielte. Wir wagten es nicht. Die Schwester Oberin der *Armen Dienstmägde Jesu Christi* fand aus dem fernen Dernbach zu uns und ließ sich berichten, was mit Gernot geschehen war. Sie nannte Gernot den *armen Gernot*, ließ uns Fleisch und Nudeln auftragen, ein Gulasch, wie wir es von zu Hause kannten, keine Schwarten. Sie saß neben Dr. Marcus und Bracke am Tisch.

Politiker von Kreis- und Landtag hatten für Anfang März eilig zu einem Symposium eingeladen unter Beteiligung von Fachjournalisten und dem Orden: *Die Heimreform. Das Ende der schwarzen Pädagogik?!* Den Einführungsvortrag zu halten stand dem Gastgeber zu, Dr. Marcus.

Wir mussten an die Akten gelangen, von denen Gressmann gefaselt hatte. Wenn wir sie während der Tagung jemandem zukommen ließen, konnte sich das Blatt wenden. Roman und ich halfen nach dem Mittagessen beim Tischabräumen. Die Gelegenheit war günstig: Das Krippenspiel für Heiligabend sollte vorgezogen und der Schwester Oberin vorgeführt werden. In der Kapelle. Alle machten sich auf. Der Zwang, sich in Zweierreihen aufzustellen, entfiel. In losen Gruppen trieben wir über das Gelände und hielten auf die Kapelle zu, alle Bänke waren besetzt. Die Lokalpresse machte Fotos. Wir verdrückten uns. Als die Tür geschlossen wurde, und der Gesang einsetzte, waren wir längst die Treppe zum ehemaligen Leichenkeller unter der Kapelle hinuntergelaufen und standen vor der grauen Holztür, die lose in den Angeln hing. Vorsichtig drückten wir sie auf. Ein Zwielicht umfing uns. Es sickerte durch ein verdrecktes schmales Kellerfenster. Der Putz blätterte großflächig von der Decke. Die Wände waren gefliest bis auf Kopfhöhe. Es roch feucht. Auf dem Boden waren Fußspuren im Staub zu erkennen. Vielleicht hatte jemand Gernots Versteck hier vermutet. Die Spuren kreuzten sich, zeigten ein Muster wirr umherschweifender Schritte. Wir gingen an den leeren Holzregalen vorbei, die fast bis zur Decke reichten. Die Kindersärge, von denen Gressmann gesprochen hatte, entdeckten wir nicht. Eine Stimme sickerte durch die Gewölbedecke und sprach: *»In jener Gegend lagerten Hirten auf freiem Feld und hielten Nachtwache bei ihrer Herde. Da trat der Engel des Herrn zu ihnen, und der Glanz des Herrn umstrahlte sie. Sie fürchteten sich sehr, der Engel aber sagte zu ihnen: Fürchtet euch nicht, denn ich verkünde euch eine große Freude, die dem ganzen Volk zuteilwerden soll.«*

Ein einzelner Sarg, stockfleckig und cremeweiß, stand auf einem steinernen Tisch, der die Größe eines Altars hatte.

Die Tischplatte war gemasert von braunen Flecken. In der Mitte war eine Rinne eingelassen. Sie endete an einer Abflussöffnung, die mit einem Bleirohr verbunden war, das zum Boden führte. Wir schauten uns an. Ahnten, um was für eine Art Tisch es sich handelte. Mein Herz schlug schnell. Ein jagender, fliehender Rhythmus.

»Heute ist euch in der Stadt Davids der Retter geboren; er ist der Messias, der Herr. Und das soll euch als Zeichen dienen: Ihr werdet ein Kind finden, das, in Windeln gewickelt, in einer Krippe liegt.«

Unter dem Sarg lugte ein vergilbtes, eingerissenes Papier hervor, ein Tabellenblatt, Zahlen, Eintragungen mit Bleistift. In einer Rubrik war das Wort *Abgänge* zu lesen. Der Sarg verdeckte, um wie viele Abgänge es sich handelte. Wir streiften die Hemdsärmel bis über die Finger und hoben den Sarg an. Ihn anfassen, Haut auf Holz, vermochten wir nicht. Kaum hatten wir ihn in den Händen, klappte der Boden des Sargs auf. Mit Scharnieren war er am Gehäuse befestigt. Eine Art Klappsarg, der offenbar wiederzuverwenden war, über einem Grab, einer Grube, entleert wurde, um anschließend zurückgebracht zu werden zum Leichenkeller: ein schnödes, praktisches Transportbehältnis, um ein Kind nach dem anderen zu bestatten. Über uns in der Kapelle setzte Gesang ein. Deutlich schieden sich die dunklen Stimmen der Erwachsenen und die Stimmen der Jungen im Stimmbruch von den Kinderstimmen, die hell und inbrünstig sich ins Zeug legten: *»Macht hoch die Tür, die Tor macht weit; es kommt der Herr der Herrlichkeit, ein König aller Königreich', ein Heiland aller Welt zugleich, der Heil und Leben mit sich bringt; derhalben jauchzt, mit Freuden singt: Gelobet sei mein Gott, mein Schöpfer reich von Rat.«*

Ich fischte das Blatt vom Tisch, und wir stellten den Sarg

zurück. Säuberlich war das Gewicht der Kinder eingetragen. Von 1941 bis 1942. Gertrud S., zehn Jahre alt, verlor innerhalb von zehn Monaten von ihren wenigen 21 Kilogramm Körpergewicht weitere 10 Kilo. Als sie starb oder gestorben wurde, wog sie 11 Kilogramm. Das Gewicht von elf Broten. Weitere Eintragungen folgten.

In der vorletzten Spalte: *Nachts viel geweint / unruhig im Bett gewühlt / Am Tage gehemmt, stuporös, manierierte Armbewegungen / Grimassieren / Isst nicht von selbst / Epileptiker / nässt ein / nachts und am Tage unrein.*

Am Ende das Kürzel *n.a.*. Was mochte es bedeuten? Roman steckte das Papier ein.

»Lass es! Wenn man es bei dir findet, bist du dran.«

»Abwarten. Das kann unsere Rettung sein. Komm jetzt. Wir müssen weiter.«

»Wohin?«

»Zu Kurt. Und wir sollten uns den Sezierraum anschauen.«

»Aber Roman, was ist das hier, wenn nicht der Sezierraum?«

Roman nickte. Am liebsten wäre ich fortgelaufen. Laufen, immer nur laufen, solange die Füße mich trugen, fort aus dem Heim, laufen, nichts als laufen.

Wir schlichen über den Hof, betraten das Haupthaus. Im Flur, kurz vor der Kellertür, kam uns Pohlisch entgegen.

»Die Herren sind nicht beim Krippenspiel?«

»Wir müssen etwas holen«, stotterte ich.

»Etwas holen. Für wen? Und was?«

Er fixierte mich. Seine ganze Gestalt war von Schäbigkeit, vom Altmännermuff, von finsteren Gedanken und einer ebenso finsteren Vergangenheit gezeichnet. Wie Pohlisch sahen die Männer auf den Phantombildern aus, die man in der Sendung *Aktenzeichen XY … ungelöst* suchte und die uns noch vor ein paar Jahren einen Schauer über den Rücken jagten.

»Das Gebetbuch. Wir holen das Gebetbuch der Schwester Oberin«, sprang Roman mir bei.

»Dann aber zackig, die Herrn!«

»Sie hat es verloren. Wir müssen es suchen.«

Pohlisch nickte.

»Sucht es und sucht es gut. Wir sprechen uns.«

Er stakte den Flur hinunter. Wir betraten den Speisesaal und warteten. Eduard Zimmermann und sein Gruselkabinett am Freitagabend, das alles schien so lange zurückzuliegen. Wenn Zimmermann pausbäckig und mit staubtrockenem Gaumen leicht schmatzend bei Werner Vetterli in der Schweiz und Teddy Podgorski in Wien den Stand der Verbrecherjagd erfragte, spitzten wir die Ohren, um dieses Schmatzen zu hören, das einzigartig war, das niemand anderer so in die Welt entließ, niemand im Fernseher, niemand auf der Straße. Dann trat sein Assistent Peter Hohl wichtigtuerisch aus seinem Telefonkabuff heraus und verkaufte jede Null für einen Volltreffer und vertröstete uns letztlich, was die Aufklärung eines Falles anging, auf ein Später, ein Später nach Sendeschluss, bei dem das Deutschlandlied erklang und die schwarz-rot-goldene Flagge flatterte und Bonn und der Rhein auf der Mattscheibe auftauchten. Im Heim gab es keine Fernsehabende.

Wir warteten ein paar Minuten, traten dann hinaus auf den Flur und schlichen zur Kellertür. Sie war abgeschlossen. Wir rannten nach draußen. Es gab ein Kellerfenster, ein blindes Milchglasfenster. Vielleicht ließ es sich aufbrechen. Wir mussten zu Kurt, wir mussten an die Akten kommen. Das Glück klopft nicht zweimal an: Das Fenster war verschlossen, ließ sich nicht aufstoßen. Kleinlaut begaben wir uns zurück in den Speisesaal. Hörten das Getrappel der Schritte, die Stimmen der Jungen, die vom Krippenspiel zurückkehrten, hörten das Gebimmel der Anstaltsglocke, gingen wieder raus auf den Flur, reihten uns ein, stromerten über den Gang, sahen Bracke an uns vorbeieilen mit wehendem Kittel, in den Händen eine bauchige Ledertasche, gefolgt von Adler und Agnes. Aufregung und Konfusion flirrte in den Gesichtern. Sie liefen auf die Kellertür zu, schlossen sie hastig auf, drängten die Treppe hinunter und schlossen die Tür nicht ab. Wir mussten es wagen. Wir zogen die Tür auf und stiegen auf leisen Sohlen hinterher. Die Stufen knackten. Der Muff abgestandener Luft umfing uns. Stimmen drangen zu uns durch. Sie wiesen den Weg. Die Türen standen offen. Raum für Raum leere Fluchten in leeren Räumen. Schließlich Räume voller Bettgestelle und Matratzen und mit alten Melkschemeln, Babywaagen, Sackkarren mit Holzrahmen und gusseisernen Rädern, Eierkartons, Apfelkisten, Kartons voller Kinderwäsche, Regalen mit Schuhen, winzigen Schuhen. Orthopädische Schuhe, Mädchenschuhe. Die Stimmen gewannen an Lautstärke. Fahles Licht fiel durch einen Fensterschacht, in dem ein Bäumchen wuchs. Davor ein Spinnennetz, darin hingen Fliegenleiber und Wespenkadaver, kopfüber, ausgetrocknet. Das Fenster musste seit Jahren geschlossen sein. Wir huschten weiter, auf den Kanon der Stimmen zu. Vorbei an Kartons mit ausgebleichter Unterwäsche, Pullovern, uralten Hosen. Kisten voller Flaschen und Tiegel, auf dem Boden mumifizierte Mäuseleichen, das Gerippe eines kleinen Vogels, der hier den Tod gefunden haben musste. Wir trieben auf die Versammlung, auf die Rücken von Adler, Agnes und Bracke zu. Auch Pohlisch war dort. Wir kauerten uns hinter ein Regal, zugestellt mit staubblassen Einmachgläsern, Karotten und Birnen, Kirschen und Pflaumen im Saft, scheinbar der Zeit und dem Verfall enthoben. Kurt stand an der Wand. Seine Hände waren gefesselt. Über seinem Kopf befand sich ein Haken, daran befestigt eine Schlaufe. Man hatte sie Kurt über den Kopf gestülpt. Eine Halsschlaufe. Würde er nach stundenlangem Stehen zusammensacken und seine aufrechte Haltung verlieren, würde die Schlaufe sich zusammenziehen und ihn würgen. Kurt stand aufrecht, weil Pohlisch ihn stützte. Er war sehr blass im Gesicht. Brackes Stimme peitschte auf Pohlisch ein. Seine Stimme war schrill, ohne dabei das Kantige zu verlieren. Pohlisch hielt den Blick gesenkt. Bracke skandierte, dass niemand ihn und Adler dazu autorisiert hätte. Und dass die Schlaufe nur in Anwesenheit eines Wärters, Erzieher muss es heißen, Erzieher selbstredend, korrigierte sich Bracke, angelegt sein dürfe. Ein Erzieher, der den Raum nicht verlassen dürfe. Niemals. Kurt sei aus der Schlaufe zu befreien und auf einen der Tische zu legen, auf der Stelle.

»Das Stethoskop!«, diktierte Bracke. »Eine Spritze mit Ephedrin aufziehen, Adler. Machen Sie!«

Adler machte, hantierte. Bracke setzte die Spritze.

»Pohlisch, Sie überwachen den Jungen und bringen ihn dann unverzüglich auf die Krankenstation.«

»Keinen weiteren Skandal, meine Herren«, raunte Schwester Agnes. »Keine weitere Sonderbehandlung. In zwei Wochen ist das Symposium. Sie begreifen. Machen Sie sich anderweitig nützlich! Vernichten Sie endlich die Akten! Dachte, das sei längst geschehen.«

In den Ecken lagen zahlreiche Ordner, wahllos aufeinandergestapelt.

Bracke packte seine Tasche und verließ den Raum.

Agnes folgte ihm.

»Hält sich für was Besseres, der Doktor«, zischte Adler.

»Halt die Fresse«, antwortete Pohlisch. »Du hast es versaut.«

»Man macht heutzutage zu viel Federlesens um Asoziale«, fuhr Adler fort und kniff Kurt in die Wange.

»Heute ist manches anders. Adler, kannst froh sein, dass du hier bei den Nonnen bist. Wärst du im Osten geblieben, hätten dich die Russen in den Gulag gesteckt«

»Du hast genauso viel Dreck am Stecken wie ich. Hirn um Hirn, nicht wahr. Das war deine Devise.«

»War nur Mitläufer. Hab es amtlich«, sagte Pohlisch und knüpfte die Schlaufe vom Haken.

»Mitläufer, dass ich nicht lache.«

Adler kniff erneut in Kurts Wange. Dann füllte er am Waschbecken einen Eimer Wasser und schüttete ihn Kurt ins Gesicht. Pohlisch stellte ihn auf die Beine. Gemeinsam schleiften sie ihn zu einer Tür und schoben ihn in den nächsten Raum. Wir sahen ihnen hinterher. Mühsam setzte Kurt einen Fuß vor den anderen. Offenbar gab es einen Weg vom Keller direkt auf die Krankenstation. Keiner der Jungen oben in den Fluren würde Kurt zu Gesicht bekommen. Wir konnten nichts für ihn tun, mussten ihn Adler und Pohlisch überlassen.

Wir zogen wahllos Akten aus den Haufen, studierten sie, hastig: Notizen, Arztberichte, Gewichtstabellen, der ganze Dreck. Alles, wovon Gressmann gesprochen hatte. Sie hatten sie hier verschimmeln lassen. Sich nicht mal die Mühe gemacht, sie zu verbrennen. Wir wühlten. Sichteten. Verstanden, was wir verstehen mussten. Luminal. Immer wieder Luminal. Bestelllisten. Ein Schlafmittel. Ein Protokollblatt mit der Anzahl der verabreichten Spritzen. Und immer kam der Tod quälend langsam. Dauerte Stunden, dauerte Tage. Ein Dr. Tresse hatte alles protokolliert, Gressmann hatte ihn erwähnt. Auch die Kosten. Der Tod war in der Kinderfachabteilung, war in der Tötungsstation im Gnadenhof billig zu besorgen. Bei Anne-Marie und Klara, bei allen. Tresse rechnete und kalkulierte. Den Preis für das Abspritzen, wie er sich ausdrückte. Nur wenig teurer als der Hungertod. Die Kinder krampften, erbrachen, erstickten. Im Sterbezimmer. So lasen wir es jetzt in den internen Blättern, die Tresse für eine Meldung *an den Reichsausschuss* angelegt hatte. Um Betten zu sparen, um die Reinigungskosten einzuschränken, seine Empfehlung, die Kinder zu zweit und zu dritt in ein Bett zu verbringen, Rücken an Rücken, Bauch an Bauch. In abgedunkelten Zimmern. Da komme der Tod schneller. Alles in allem.

An den Reichsausschuss zur wissenschaftlichen Erfassung
von erb- und anlagebedingten schweren Leiden.
Herr Richard von Hegener
Amt IIb
Schließfach 101
Postamt W9
Linkstraße
Berlin

Heil- und Pflegeanstalt Gnadenhof, den 12.2.1942

Heil Hitler!,
Ich möchte Ihnen mitteilen, dass ich nicht genügend
Kinder, im Besonderen asoziale und geisteskranke,
in meiner Kinderfachabteilung habe, um sie einer
entsprechenden Behandlung zuzuführen. Ich wäre

Ihnen dankbar um eine baldige Verlegung von Kindern in die hiesige Anstalt.

Unterschrieben hatte *Dr. W. Bracke*. Unser Waldemar Bracke. Welch großer Eifer des Herrn Doktors, der weitere Briefe schrieb, der überhaupt viel zu schreiben schien. An den Reichsausschuss, an den Gauleiter, an den Landeshauptmann der Rheinprovinz Heinrich Haake, an Professor Walter Creutz, seinen Vorgesetzten und Vorgesetzte aller rheinischen Anstaltsdirektoren. Mit eiskalten Fingern blätterten wir seine Reports durch, seine Todesbescheinigungen und Untersuchungsberichte.

Völlig verblödetes Kind ohne jede freudige oder depressive Affektäußerung. Lässt alles mit sich machen, ist schmutzig und meldet sich nicht zu den Bedürfnissen, kann nicht allein essen. Völlig idiotischer Gesichtsausdruck. Es springt durch das Zimmer, betastet alles Erreichbare. Kann nur im Bett gehalten werden. Kein Schmerzempfinden.

Da kam die Frage auf: Wie hält man jemanden im Bett, der keine Schildkröte ist? Und selbst Schildkröten möchten sich bewegen. Alles, was lebt, will gehen, laufen. Wie macht man das? Indem man es anbindet, indem man es fesselt, das *motorisch unruhige* Kind, das *kein Schmerzempfinden* hat, als sei es aus Holz.

Am Ende jeder Seite, in jedem Bericht, zu jedem Kind, lasen wir: *Das Kind ist nicht bildungsfähig*. Wir lasen ab Juli 1941: *Das Kind ist nicht dressierfähig*. Wir lasen *n. a.* – ab einem bestimmen Zeitpunkt schrieb Bracke nur mehr *n. a.* Und schließlich fürchtete er sich nicht länger vor seinen eigenen Worten. Ab 1942 schrieb er es aus, schrieb: *nicht abrichtfähig*.

An die Untersuchungsberichte schlossen sich die Todesbescheinigungen und die Diagnosen an: *Bronchialkatarrh,*

Lungenentzündung, Herzschwäche. Zuletzt die Trostbriefe an die Eltern im immer gleichen Jargon gehalten: *Ihr Söhnchen ist an einer Lungenentzündung gestorben. Ihr Töchterchen ist an einer Herzbeutelentzündung gestorben. Wird morgen hier auf dem Anstaltsfriedhof beerdigt, ist gestern, ist vor zwei Tagen, ist vor einer Woche, auf seuchenpolizeiliche Anordnung, auf dem Anstaltsfriedhof beerdigt worden. Dr. Bracke. Abteilungsarzt Kinderfachabteilung.*

Sofort beerdigt, damit niemand, damit die Eltern nicht in den Klappsarg schauten und die ausgehungerten Kinder, die Wassersuppenkinder, die 39-Pfennig-Kinder sahen. Manchmal gaben sich die Eltern nicht zufrieden mit den dürren Worten, schrieben Beschwerdebriefe und erhielten Antworten, man solle Ruhe geben und nicht den Bruder, die Schwester gefährden, denn man könne sich höheren Orts nicht mehr sicher sein ob der Erziehungsfähigkeit der Eltern. Das zu verhindern sei jetzt geboten. Querulantentum habe noch nie eine Sachlage verbessert.

Wir lasen immer weiter in den Akten, bis mein Bauch bretthart und die Kehle trocken war, dass ich nicht mal mehr schlucken konnte.

Wir fanden ein Foto von Berthold Osterschlag. Er stand an einem Seziertisch, im Gnadenhof oder sonst wo. Genaueres gab das Bild nicht her, darauf ein toter Junge. Osterschlag hielt ein Skalpell in der Hand, den Kittel schon umgebunden. Er lächelte in die Kamera.

»Gehen wir«, sagte ich. »Nehmen wir, was wir kriegen können, und hauen ab.«

Mehr konnte ich nicht aushalten.

»Warte! Edgar, warte!«

Roman hielt eine Akte mit sechs Krankenblättern in den Händen. Nachgeheftet ein Fotoalbum mit dem Titel *Weih-*

nachtswerkstatt, zusammengestellt von Waldemar Bracke. Frohe Weihnachten 1941, Herr Professor!

Brackes Weihnachtswerkstatt zeigte auf jedem Blatt ein Gehirn, sauber präpariert und kartografiert in den Schnittvarianten mit den freigelegten Arealen, die mit Kürzeln versehen waren und in der Legende sich offenbarten: das Corpus callosum, die Inselrinde, das Putamen, der Schläfenpol, die Epiphyse, der Gyrus hippocampus. Bracke wies auf das markant erhaltene Rindengrau und die Windungsfurchen der Kinder hin. Er erläuterte servil und übereifrig die Sektionstechnik, dass die *Absetzung des Gehirns vom Rückenmark möglichst tief durch einen glatten, senkrecht zur Rückenmarkachse stehenden Schnitt* erfolgte, wobei zuvor *mittels der Doppelsäge und Hammer und Meißel die Wirbelbögen im Nacken weit außen durchtrennt wurden*, als ob es dieser Anmerkung des Gesellen gegenüber Osterschlag, dem Schlachtmeister, bedurft hätte. Es sei denn, Bracke wollte seinem Chef verdeutlichen, wie seriös und untadelig er arbeitete in einem Reich, das ausgelegt war auf tausend Jahre und mehr.

»Schau«, sagte Roman, »die Namen in den Akten sind identisch mit den Namen unter den Fotos. Bracke kennt die Namen, und er kennt die Kinder. Er weiß, wen er getötet hat.«

»Gehen wir«, sagte ich. »Es ist genug.«

»Es ist nie genug«, flüsterte Roman und hielt eine Akte mit dem Vermerk *Freigegeben zur Therapie* in den Händen. Wir lasen und blätterten. Osterschlag. Immer wieder Osterschlag, Pathologe. Sein Dank an Walter Creutz über die *zur Therapie freigegebenen Kinder*. Osterschlag impfte die Kinder offenbar mit TBC-Bakterien: *Impfwunde entzündet und stark eiternd*. Einträge über *großflächige Abszesse, Schmerzen, starke*

Schmerzen, lang andauernde Schmerzen, Abszess aufgegangen, eine ganze Schale von Eiter entnommen.

Über Monate wurde das Martyrium protokolliert, bis die Kinder *an Kreislaufschwäche, an Lungenentzündung* verstarben und man sie zu wissenschaftlichen Zwecken ausschlachten konnte, direkt nach ihrem Tod.

Wieder ließ mich mein Körper im Stich. Ein Schmerz hämmerte in meinem Kopf. Ich stützte mich mit den Händen an einem verdreckten Waschbecken. Bracke belieferte Osterschlag wie ein Schlachter seine Kunden. Ich ging in die Knie, hockte mich hin, hielt meinen Blick fern von den Seziertischen, schaute auf die beigen Wandfliesen, darüber die putzblätterigen Wände, die vom Rost gemaserten Wasserleitungen, die Anschlüsse für die Schläuche, um die Tische und den Boden zu reinigen.

»Dank für das lebendfrische Material, lieber Bracke«, las Roman. Seine Stimme flatterte nicht. *»Die Organpräparate so schön, wie ich sie noch nie auf dem Präpariertisch gesehen habe.«*

Alles drehte sich vor meinen Augen. Ich kniete mit allen vieren auf dem Boden. Roch den Dreck, hörte den Horror.

»Hör zu, Edgar. Osterschlag empfing nicht nur Leichenteile, er belieferte seinerseits Anstalten im Reich damit. Hier seine Rechnung an die Nervenklinik Wiesengrund, in Berlin. *Schädel: 30 Reichsmark, Wirbelsäule mit Kopf und Becken: 50 Reichsmark, ein Phallus in Formol: 50 Pfennige.*«

Ich hielt mir die Ohren zu. Roman blätterte ans Ende der Akte: der Epilog, der Abspann, ein Vermerk, den Roman mir vor die Augen hielt. Osterschlags Persilschein, in Kopie. Eingestuft zum Mitläufer. Entnazifiziert.

Wir stopften so viele Blätter wie möglich in Jacken- und Hosentaschen und verschwanden.

33

Nach ein paar Tagen tauchte Kurt wieder auf, setzte sich an Gernots Platz, aß das Graubrot, aß seine Suppen, die nun ohne Schwarten serviert wurden. Er löffelte und schwieg. Sagte kein Wort. Das Essen hatte sich spürbar verbessert. Die Arbeiten am Wassergraben seien erfolgreich beendet, hieß es. Wir bekamen leichte Arbeiten im Garten zugewiesen und in der Schreinerei. Das Sportangebot wurde ausgeweitet, auch in den Abendstunden durften wir die Turnhalle benutzen. Zu Bracke musste niemand mehr. Das Symposium rückte näher. Adler und Pohlisch zeigten sich in dezenten Cordhosen und mit Schuhen, die nicht mehr alt und onkelhaft aussahen. Hochheimer ließ sich nicht mehr blicken. Die Stolperdrähte im Park waren entfernt worden. Ein Chor wurde gegründet, eine Theatergruppe. Gressmanns Katechismusgruppe erhielt Verstärkung durch eine junge Nonne, die hinter ihrer Brille lächelte, wenn Gressmann wunderliche Sprüche sagte und uns niederknien ließ. Dr. Marcus' Sprechstunde fand in Kleingruppen statt. Jeder Tisch durfte einen Teilnehmer dazu entsenden. Die Gesprächsthemen bestimmten die Jungen. In einen Kummerkasten wurden die Themen zuvor eingereicht.

Wir mussten hier weg. Der Zeitpunkt war günstig. Sie hatten uns nicht im Visier. Wir hatten die Papiere, die wir im Keller gefunden hatten, auf einem Dachboden versteckt. Auch unsere Personalausweise. Hatten sie aus dem Sekretariat geklaut. Das Heim hatte mit sich selbst zu tun. Musste sich für das Symposium anders zeigen, als es war. Was wir im Keller gelesen hatten, ließ uns keine Ruhe. Ich sah Roman nachts aufrecht im Bett sitzen. Ich wälzte mich oft von einer Seite auf die andere, wartete auf den Morgen. Wenn sich eine Gelegenheit bot, verschwanden wir in den Park, spazierten herum, im Kopf all das, was in den Papieren zu lesen gewesen war. Wir kletterten in die Buche, schauten von dort in die Freiheit.

»Wohin hauen wir ab?«, flüsterte ich. »Hast du einen Plan?«

»Nach Hause, dann sehen wir weiter.«

Ich dachte an Mutter, an Vater. An Mia und Leonhard. Der Schmerz biss zu. Ich wusste, dass wir zu Hause nur für kurze Zeit bleiben konnten, und ich fürchtete mich vor dem Moment, da wir Abschied nehmen mussten. Denn Abschied hatten wir nie genommen. Als man uns in den Gnadenhof brachte, waren die Eltern am Meer. Es hatte den Moment nie gegeben. Abschiedsszenen kannte ich nur aus Filmen.

»Sie werden uns zuallererst dort suchen«, sagte ich.

Roman biss sich auf die Unterlippe.

»Nur zu fliehen, reicht nicht. Vor uns sind andere aus dem Gnadenhof abgehauen. Die meisten hat man geschnappt, das weißt du.«

Roman schwieg.

Die Verwaltung stellte eine Psychologin ein. Frau Ellgard sollte Dr. Marcus unterstützen und ihm Arbeit abnehmen. Auch eine Sonderpädagogin fand sich ein. Wir würden nicht mehr gemeinsam alle in einer Klasse unterrichtet werden. Das Lerngefälle sei zu hoch, teilte Dr. Marcus uns im Beisein der Sonderpädagogin nach dem Frühstück mit. Die guten Schüler würden im Lernen von den schlechten blockiert.

»Welches Lernen?«, brummte Roman an unserem Tisch.

Wir grinsten. In Kurts Gesicht regte sich nichts. Er war nach den Qualen im Keller ein anderer geworden. Wer immer ihn ansprach, erntete Schweigen.

»Wir teilen euch auf. Eine Klasse für Sonderschüler und eine für normale, also fitte Schüler«, fuhr Dr. Marcus fort. »Wer wo hinkommt, entscheidet Frau Kall.«

Dr. Marcus wies auf die junge Frau mit Pferdeschwanz, die neben ihm stand. Sie versuchte ein Lächeln, rieb die Hände an der Hosennaht ab, als seien sie nass.

»Wir machen es so gerecht wie möglich. Wer Sonderschüler und wer Regelschüler ist, darüber entscheidet ein Test.«

»Ein Intelligenztest«, ergänzte Dr. Marcus. »Niemand soll unter- und niemand überfordert werden. Und das ist noch nicht alles. Drei neue Lehrer werden euch unterrichten. Frisch von der Uni.«

Das Symposium stand vor der Tür. Dr. Marcus wusste, dass er mit Sielknecht keinen Blumentopf gewinnen würde, sollte man sich den Unterricht im Gnadenhof anschauen.

Die Neuen erschienen ein paar Tage später. Sielknecht schleppte sie mit. Sie trugen Bart und Jeans und wohnten in den neu errichteten Dienstwohnungen im ersten Stock eines Backsteingebäudes, dessen Parterre als Lebensmittellager diente.

Er würde sie in den ersten Tagen im Unterricht anleiten, sagte Sielknecht, und niemand von uns lachte, weil Dr. Marcus mit Frau Kall an der Tafel Aufstellung genommen hatten. Sein Blick schweifte über uns, als würde er persönlich nach Störern Ausschau halten, die Sielknechts Autorität in einem schlechten Licht erscheinen ließen. Sielknecht ließ uns vorlesen. Aus einem ramponierten Lesebuch. Er ließ uns rechnen. Selbst Aufgaben aus dem Einmaleins, bei denen sich keiner meldete. Jeder schien zu wissen, dass diejenigen, die aufzeigten, bei Frau Kall vermutlich für die Sonderklasse vorgemerkt wären, da ihnen eine solche Aufgabe offenbar nicht zu leicht erschien.

»Drei mal neun«, sagte Sielknecht.

»Neununddreißig«, antwortete Dr. Marcus und verließ mit der Kall das Klassenzimmer.

In den nächsten Tagen wuchs die Nervosität spürbar. Schwester Agnes eilte von hier nach da, gab Anweisungen, die Rasenflächen zu mähen, die Hecken zu schneiden und das Unkraut aus den Beeten zu zupfen. Pohlisch, Adler und einige von uns mussten den Speisesaal unter ihrer Aufsicht umräumen. Die Tische wurden wie in einer Schulklasse in Hufeisenform arrangiert. Ein Rednerpult, ein Overheadprojektor und eine Leinwand wurden hereingetragen. Zuvor hatten wir den Boden gefegt und Tische und Stühle abgewischt. Im vorderen Teil des Speisesaals richteten wir ein Buffet ein. Wir Jungen sollten uns um das leibliche Wohl der Gäste kümmern, ihnen in den Pausen Häppchen und belegte Brote servieren. Dr. Marcus forderte alle auf, sich von der besten Seite zu zeigen, und in seiner Stimme lag eine Spur von Sorge, von aufrichtiger Bitte, die sich seltsam anhörte. Nie hatten wir Dr. Marcus um etwas bitten hören.

Am Tag des Symposiums standen wir in Reih und Glied am Buffet. Mit schwarzen Kellnerschürzen und weißen Hemden ausstaffiert.

Dr. Marcus erschien im Anzug mit Halstuch, Schwester

Agnes und die Mutter Oberin trugen Kostüm. Bracke fehlte, auch Pohlisch und Adler bekamen wir an diesem Tag nicht zu Gesicht. Wir kannten keinen der Gäste. Sie nahmen kaum Notiz von uns, setzten sich an die Tische, blickten auf Dr. Marcus, der zum Rednerpult schritt, die Anwesenden mit einer Stimme begrüßte, die wie geölt klang. Die Wörter gehorchten ihm. Er jonglierte mit ihnen, stellte sein Erziehungskonzept vor. Die schwarze Pädagogik müsse ein Ende finden. In den Schulen. In den Heimen. Auch im Gnadenhof. Der Gnadenhof sei keine Insel der Seligen. Sei ein Ort der Erziehung, der Nachreifung verhaltensgestörter, schwer erziehbarer Jugendlicher. In demokratischen Zeiten wie diesen müsse die Pädagogik neue Instrumente der Erziehung schaffen. Auch im Gnadenhof. Auch hier bestünde Nachholbedarf. Da dürfe nichts beschönigt werden. Niemand dürfe die Augen verschließen vor den Herausforderungen der Gegenwart, gerade in der Pädagogik, die sich kritischen Fragen stellen müsse. Er habe ein Beratungskonzept entwickelt, das den Jugendlichen zugute käme – in seinen Sprechstunden und in neu installierten, an den Bedürfnissen der Zöglinge orientierten Encountergruppen.

Was genau er meine, fragte eine Journalistin aus Frankfurt.

Einen eher non-direktiven Ansatz der Menschenführung, der autoritäre Erziehungspraktiken ablösen solle, die freilich nicht von heute auf morgen zu ändern seien, da müsse der einzelne Erzieher umlernen, antwortete Marcus. Es sei bereits eine interne Fortbildung im Haus angelaufen, durch ihn, Dr. Marcus, und seine Assistenz.

Ich schüttelte mich. Die Psychologin, Frau Ellgard, nickte und lächelte. Die Pressevertreter schrieben mit. Der Bock machte sich zum Gärtner. Und niemand sah Dr. Marcus den

Bock an. Keines der Hörner und keinen Huf. Von einer Fortbildung hatten wir nichts mitbekommen. Und zu glauben, dass Bracke oder einer der Büttel sich änderten, war absurd.

Die Psychologin saß neben dem Leiter des Jugendamtes. Er referierte zu Gernot. Gernot sei verwahrlost durch die Stadt geirrt. Die Mutter sei geistig unzulänglich gewesen. Neben Gernot seien noch zwei Jungen in der Familie gewesen. Auch sie Hilfsschüler. Und auch sie habe man pflegerisch unterbringen müssen. Sogar der Vater, Hilfsarbeiter auf dem Bau, sei erziehungsunfähig.

»Erziehungsunfähig also, der Hilfsarbeiter?«, fragte die Journalistin und strich eine blonde Strähne hinters Ohr.

Aber ja, sagte das Jugendamt. Letztlich ja. Am Ende müsse man sich das Wohl der Kinder auf die Fahnen schreiben und Hilfe leisten.

»Hilfe dem Hilfsarbeiter und den Hilfsschülern«, sagte jemand, der bislang geschwiegen hatte und dessen Gesicht von einer schlecht versteckten Wut überzogen war. Ein Dozent, Erziehungswissenschaftler von der Universität Köln.

Gernot habe miterleben müssen, dass der Vater die Mutter im Wohnzimmer mit einem Messer verletzt habe, führte Frau Ellgard aus. Gernot habe sich wohl nicht mehr in geschlossenen Räumen aufhalten können. Deshalb seine Flucht in den Baum. Eine Flucht in den Uterus gleichsam – metaphorisch gesprochen.

Die blonde Journalistin schüttelte den Kopf. Sie sah aus wie eine Schwedin. So stellte ich mir jedenfalls eine Frau aus Schweden vor.

»Ist es zu Gewalt gegen Gernot gekommen?«, fragte ein Journalist der *Rheinischen Post*.

Ja, sagte Schwester Agnes. So bedauerlich es sei. Man wolle nichts vertuschen. Gernot sei arrestiert worden. Falsch.

Ganz falsch sei das gewesen. Im Besinnungsraum. Ohne ihr Wissen. Nicht mit ihr abgesprochen. Der Erzieher habe eine Abmahnung erhalten.

»Aha«, sagte Roman. Ziemlich laut. Köpfe drehten sich zu ihm um, und die Blicke aller lagen auf ihm.

»Würden Sie die Abmahnung einsehen lassen?«, fragte ein Reporter der Lokalpresse und fotografierte nicht mehr.

Etwas flammte in Schwester Agnes' Gesicht auf.

Natürlich, sehr gern, sprang ihr die Oberin zur Seite. Man werde alles vorlegen, nach der Pause.

»Sind weitere Jugendliche geschlagen worden?«, setzte der Journalist aus Düsseldorf nach, und in die Gesichter der Politik drängte Aufmerksamkeit, eine hellwache Konzentration.

Bedauerlicherweise habe nicht jeder Erzieher seine Nerven im Griff, wenn er aggressiv angegangen worden sei, bestätigte Dr. Marcus. Da müssten Nachschulungen durchgeführt werden.

»Nachschulungen? Was meinen Sie damit?«

Ein Deeskalationstraining. Lernen, die Ruhe zu bewahren, auch wenn das Adrenalin in Konfliktsituationen steige, auch wenn ehrliche Empörung ob des provozierenden Verhaltens eines Jugendlichen sich in einem breitmache, ergänzte Schwester Agnes. Diese Haltung, diese Besonnenheit, sei nicht leicht zu erlernen, das möge man ihr glauben. Schwester Agnes setzte eine bedauernde Miene auf.

»Provozierendes Verhalten? Was muss man darunter verstehen?«, fragte ein Politiker aus dem Kreistag.

»Schimpfwörter, Schubser, Tritte ans Schienbein. In die Suppe spucken bei Tisch, solche Dinge.«

Schwester Agnes fuhr sich mit den Händen übers Gesicht. Viele nickten. Nicht die Blonde aus Frankfurt. Als sie in der Pause den Raum verließ und nach der Toilette fragte, bot Roman sich an, ihr den Weg zu zeigen. Die Oberin nickte Roman anerkennend zu. In Agnes' Gesicht las ich etwas anderes. Ich trat an ihren Tisch. Beugte mich zwischen der Oberin und Schwester Agnes über den Tisch. Wollte ihnen Kaffee nachschenken. Unaufgefordert. Wollte, dass Agnes am Tisch sitzen blieb und nicht Roman folgte. Ich schüttete den Kaffee in einem Schwall aus der Thermoskanne. Er schwappte auf den Tisch.

»Entschuldigen Sie!« Ich sagte es laut, dass alle es hören konnten.

»Schon gut, mein Junge. Schon gut. Das macht doch nichts.«

Sie gaben sich keine Blöße.

Ich wischte mit einem Papiertaschentuch, das ich aus der Hosentasche zog, den Tisch ab. Eifrig. Wie jemand, der seinen Fehler wiedergutmachen wollte. Mit spitzen Blicken verfolgten sie mein Wischen, mein Verwischen – über den ganzen Tisch, dass sie nachwischen mussten. Mit einem Handtuch, das die Sonderpädagogin aus der Küche brachte.

Nach der Pause lag Adlers Abmahnung vor. Wahrscheinlich eilig geschrieben worden, gerade erst fertiggestellt. Roman stand bereits wieder hinter dem Büfetttisch, neben mir. Er holte einen Zettel aus der Tasche, darauf eine Adresse in Frankfurt.

»Damit wir irgendwo für ein paar Wochen unterkriechen können«, flüsterte Roman. »Bei jemandem, den sie kennt. Sie ... sie heißt Astrid Hermann. Ich habe ihr die Akten übergeben. Sie will schauen, was sich daraus machen lässt.«

Es folgten Fachvorträge. Astrid Hermann fuhr als Erste, wartete das Flötenkonzert am Ende nicht ab. Sie stand auf und ging, warf uns keinen Blick zu. So hatte sie es mit Roman vereinbart. In den nächsten Wochen sollten wir uns ruhig verhalten. Sie werde recherchieren.

»Das hat sie versprochen. Sie seien viele in Frankfurt und wir nicht allein«, sagte Roman.

Da lagen wir schon in den Betten, und Adler schlich über den Gang vor dem Schlafsaal.

34

Anfang April begannen wir, Kartons, Papier, was immer sich entwenden ließ, in den Keller der Kapelle zu bringen. Wir schichteten es hinter dem Seziertisch und unter den Regalen auf, nie zu viel, gerade so, dass Luft zwischen allem blieb. Wir stahlen aus der Küche Streichhölzer und fanden im Juni die Tür zum Kapellenkeller instand gesetzt und verschlossen vor. Wir hatten aus Draht einen Dietrich angefertigt. Mit Kurts Hilfe. Kurt war unsere Achillesferse. Er wusste Bescheid – spätestens, als er die Papierstapel sah. Würde er den Mund halten? Wie widerstandsfähig wäre er bei einer Befragung durch Hochheimer oder Bracke? Mit uns zu kommen hatte Kurt abgelehnt. Er musste noch ein halbes Jahr im Gnadenhof absitzen, dann war er volljährig, und sie mussten ihn entlassen, so wollte es das neue Gesetz. Dr. Marcus würde in zwei Wochen seinen Fünfzigsten feiern. Ein Gartenfest. Die Aufmerksamkeit von Pohlisch, Adler und Hochheimer würde gebunden sein. Wir würden Feuer legen, und dann in einen der Wagen zusteigen, die aufbrachen, um sich in Sicherheit zu bringen, mit oder ohne Gewalt.

Die Zeit verging. Unsere Eltern schrieben uns Briefe. Wir schrieben zurück. Seit ein paar Wochen hatte sich eine Art Briefverkehr eingestellt. Kein offener Briefverkehr, nein, unsere Briefe wurden zensiert. Wie Briefe von der Front. Die Eltern taten ihr Bestes, uns rauszuholen. Sie schrieben Anträge auf Beendigung des Erziehungsaufenthalts. Sie formulierten Beschwerden. Der Rechtsanwalt riet ihnen, Ruhe zu bewahren. Er riet ihnen, uns nicht *illegal*, er schrieb *illegal*, an der Mauer zu treffen. Er bekam Akteneinsicht. Wir würden richterlicherseits als *nicht erziehungsfähig* und *verwahrlost* eingestuft. Es stehe nicht zum Besten.

Ein fünfzigster Geburtstag. Man ist noch nicht alt, aber man biegt in die Kurve ein – jene, die vor der Zielgeraden liegt. Man schaut zurück und weiß, dass die Strecke lang und mühsam war. Man schaut voraus und ahnt, dass sie ab jetzt kurz sein kann und versehen mit bislang unbekannten Lasten, die womöglich ihren Schatten auf das Leben werfen. Ein Schattenleben. Das muss Dr. Marcus geahnt haben. Er scheute keine Kosten. Er lud zu einem Maskenball, einem Lichterfest, im Garten des Gnadenhofs, mit Lampions und weißen Tischdecken auf den Tischen, mit einer Bühne für die Band und einem Tanzboden davor. Roman und ich hatten uns auf dem Symposium als dienstbare Geister bewährt. Neben Rüdiger und Volker, neben Paul und Georg, sollten wir die Bewirtung übernehmen, das Kellnern und Auftragen. Wir stellten am Nachmittag Tische und Stühle auf die Rasenflächen. Kurt kam zu uns, er sei von Pohlisch aufgefordert worden zu helfen. Eigentlich kümmerte Schwester Agnes sich um uns. Jungen in frisch gekaufter Abendgarderobe, Vorzeigejungen mit geschnittenen Fingernägeln und geputzten Schuhen. Niemand ahnte, dass wir unter der Kapellentreppe Plastiktüten mit Turnschuhen, Hosen, Hemden und Jacken gebunkert hatten.

Sie kamen alle. Stellten ihre Wagen abseits des Haupthauses auf einer ausgewiesenen Parkfläche ab: Politiker der im Kreistag vertretenen Parteien, Vertreter der Verwaltung und des Ordens, der Universität und Fachhochschule, die Leitung des Jugendamts, Psychiater, Amtsbrüder Brackes, die in anderen Heimen im Land tätig waren. Kollegen von Dr. Marcus, Jugendfreunde, Altersfreunde. Und Harry und Helene. Vor allen anderen. Freilich nicht als Gäste. Sie waren im Schlepptau von Schwester Agnes an uns vorbei in Richtung Küche marschiert, schon am Morgen, da hatten wir noch den Rasen geharkt. Wir hatten versucht, uns wegzuducken, uns in die Eibenhecke zu drücken. Aber zu spät. Sie blieben abrupt stehen, schauten uns verlegen und zweifelnd an, wollten etwas sagen, fanden offenbar keine Worte. Wir hielten die Rechen in der Hand. Was machten sie hier?

»Kommen Sie! Oder gibt es hier was zu sehen?«, raunzte Schwester Agnes. »In der Küche wartet reichlich Arbeit! Sie werden nicht fürs Glotzen bezahlt.«

Harry und Helene setzten sich in Bewegung, liefen der Schwester hinterher und drehten sich immer wieder nach uns um. Was machten sie hier, fragte ich mich erneut. Etwas musste falsch gelaufen sein bei den Vorbereitungen. Vielleicht war eine Küchenkraft abgesprungen, oder man traute der Köchin am Ende nicht zu, die Gäste zu bekochen.

Niemanden aus dem Dorf hatte ich hier je gesehen. Keinen Handwerker, keinen Gärtner. Alle Arbeiten erledigten Hochheimer und seine Büttel selbst oder eben wir, all die Jungen, die im Garten und im Park unentgeltlich schufteten. Das Heim und das Dorf lagen nicht weit auseinander. Zeitlich aber trennten sie Jahrzehnte. War das Land und mit ihm das Dorf in der Demokratie angekommen, so herrschte hier drinnen eine andere Zeit – eine, die die Finsternis konservierte.

Am Vormittag hatten wir Harry und Helene dann in der Küche angetroffen. Roman und ich und ein paar andere Jungen waren dorthin *verlegt* worden. So hatte es Adler formuliert. Auf Anweisung der Schwester, weil die Vorbereitungen in der Küche nicht schnell genug fortschritten. Wir konnten Harry und Helene nicht mehr aus dem Weg gehen. Das war unmöglich. So sehr wir uns schämten. Sie standen am Herd und an der Spüle, schrubbten Gemüse und richteten das Grillfleisch her. Angewiesen und kontrolliert von Agnes. Als seien sie, die ein eigenes Restaurant betrieben, ihre Lehrlinge. Wir sollten ihnen zuarbeiten. Sollten die beiden Küchenhilfen ersetzen, die plötzlich erkrankt waren. Mit krebsrotem Kopf reichte ich Harry die zerhackten Knoblauchzehen und rieb das Fleisch mit der Marinade ein. Roman stand bei Helene und schnitt die Brötchen auf, die ein Bäcker aus der Stadt geliefert hatte. Helene belegte sie mit Käse oder Forellenfilet. Roman legte ein Salatblatt ein. Sie arbeiteten Hand in Hand. Sprechender konnte die Ironie der Stunde nicht sein. Wir, die wir mit unserer Aktion auf dem Dach ihres Restaurants, nahm man es genau, vor ein paar Jahren unser Verderben eingeleitet hatten, waren nun in der Heimküche ihre Gehilfen. Eine Entwicklung, die weder Harry noch Helene gewollt haben konnten. In ihren Augen las ich Mitleid, las ich Bestürzung, uns hier anzutreffen. Die Schroffheit, die Kälte, die Biestigkeit, mit der Agnes agierte – all das konnten sie draußen nicht ahnen. Agnes schnauzte uns Jungen an, wenn ein Salatkopf, eine Tomate zu Boden fiel, und sie fuhr Harry und Helene an, wenn etwas nicht schnell genug von der Hand ging. Sie plärrte und zeterte. Die Aufregung, die Eile, die sich in ihr wegen des Festes breitgemacht hatte, ließ allen Anstand, allen mühsamen Dekor von den Worten abfallen. Und dahinter flammte ihre Gesinnung auf: dass wir Dreck waren. Nur bei der Köchin hielt sie ihre Worte im Zaum, schlug einen frömmlerischen Ton an, der aber noch widerwärtiger klang. Zuckersüß und maunzend, wir spürten die Falschheit.

Niemand von uns sprach, wenn Schwester Agnes im Raum war. Auch die Köchin, eine Angestellte aus Dernbach, dem Mutterhaus, arbeitete wortkarg vor sich hin, gab uns nur manchmal eine knappe Anweisung und Harry und Helene einen Wink, was als Nächstes zu tun war. Leute aus dem Dorf ins Heim zu holen war nicht Agnes' Manier. Nichts durfte nach draußen dringen. Das Heim war sowohl eine abgeschlossene wie eine parallele Welt, die nur existieren konnte, weil die Welt draußen an den Mauern endete, dort, wo Agnes und Marcus und ihre Helfer sich auf die Fahnen geschrieben hatten, bessere Menschen aus uns zu machen. Erziehen heißt in letzter Konsequenz Umerziehen, und Umerziehen bedeutet Unterwerfen.

»Ihr müsst von hier fort!«, flüsterte Harry mir zu, als Schwester Agnes den Wasserhahn aufdrehte und das Wasser ins Spülbecken prasselte. »Das ist kein Ort für euch.«

Ich durfte Harry nicht einweihen und schwieg. Auch Roman sagte nichts. Wir waren kurz vor dem Ziel. Und nichts ist furchtbarer, als kurz vor dem Ziel ausgebremst zu werden – durch ein unbedachtes Wort, eine verräterische Geste. Die Zeit lief und sie lief gegen uns. Darauf zu vertrauen, dass unsere Eltern uns aus dem Heim herausholten, wäre naiv gewesen.

Der Countdown begann am Abend, da hatten wir uns umgezogen und fein gemacht für das Fest. Ein Heer von Gästen traf ein, Dr. Marcus stellte sie vor, und sie stellten sich vor, ein kurzes Grußwort von der Bühne aus. Freunde überall, so weit das Auge sehen konnte: am Büfett, auf den Wegen zu den Lauben, zu den abgezirkelten Gartenzimmern, wo man sich an langen Tischen tummelte, in Festverkleidung mit venezianischen Augenmasken. Man sah filigrane Arbeiten mit Perlen und Arabesken verziert. Der Gastgeber bevorzugte eine Maske, die sein Gesicht ganz verdeckte. Eine Hälfte schwarz, die andere in einem Goldton. Ein zweigeteiltes Gesicht. Bracke kam in der Maske eines Pestarztes, ein weißes Vogelgesicht mit langem Schnabel und schwarz umrandeten Augen. Schwester Agnes und die Damen der Ordensleitung blieben unmaskiert. Auch Hochheimer, auch Adler und Pohlisch. Sie waren im Dienst. Hatten ein wachsames Auge auf die Gäste und auf uns. Sie spazierten zwischen den Tischen, trugen Krawatte und Anzug, in ihren Gesichtern keine Feierlaune, eher Verdruss, wohl weil Dr. Marcus zu weit gegangen war mit der Kostümierung, mit den Lichterketten und der Musik, die durch den Park waberte. Jazzig verhauchte Töne. Dies war eine Erziehungsanstalt, keine Villa, wenn auch das Schloss und der Wassergraben, die Kapelle, die weiten Rasenflächen, die Blumenrabatten mit den Einfriedungen aus niedrig gehaltenen Buchsbaumhecken und der Park daran erinnerten, dass die Anstalt nicht immer Anstalt gewesen war.

Die letzten Stunden bis zur Nacht und zur Flucht brachen an. In der Nacht ist vieles schwer und manches einfacher. Die Anstaltsküche hatte mithilfe von Harry und Helene und auch mit unserer Hilfe Speisen gekocht, die wir nie zu essen bekommen hatten. Sie dufteten, sie schmeckten, man sah es den Gästen an. Wir entkorkten Weinflaschen. Reichten Sekt, reichten Bier. Man tanzte. *Spicks and Specks* von den Bee Gees, *Der Junge mit der Mundharmonika,* die Beatles, aber ja. Heino, der grauenhafte Heino, da grölten sie, bei *Schwarzbraun ist die Haselnuss* und dem *Polenmädchen*, da hatte die Band gewechselt, spielten Jungs mit kurzem Haar und in schlecht sitzenden Anzügen. Die Tanzenden mit glänzenden Augen, jetzt, da sie aufgetaut waren, da sie mitsingen konnten, das, was sie immer schon gesungen hatten, was jeder verstehen konnte, auch Pohlisch, auch Adler, die am Rand standen mit roten Wangen, quasi privat, Männer unter Männern, schunkelnd, auf Hochheimer fokussiert, der mit seiner Frau tanzte, die wir nur selten zu Gesicht bekommen hatten, im Dirndl, ein wenig jünger als Hochheimer, mit schönen Brüsten, die wippten, die sich zeigten unter dem bestickten Mieder, dass Pohlisch und Adler ihre Augen nicht von der Tanzfläche bekamen. Schauen mussten sie, immerzu schauen. Auch Dr. Marcus tanzte – mit einer Frau, die wir nicht kannten, die blöd lächelte bei jeder Kehre und Pirouette, in die er sie schickte. Wir hatten alles und alle im Blick. Rüdiger und Volker trugen in einem Korb benutztes Geschirr und Besteck in die Küche. Abseits der Wege, abseits der Bühne und des Tanzbodens war Dunkelheit. Die Lichter im Haupthaus und in den Bettenhäusern waren erloschen. Kurt wischte den Büfetttisch ab. Immer wieder schaute er zu uns herüber, auch Paul. Wir hatten nicht vor, Paul mitzunehmen. Selbst wenn er fliehen würde, würde er nicht zu seiner Mutter zurückkehren können. Er hatte niemanden da draußen. Wir müssten ihn mitschleppen, auf Gedeih und Verderb. Wir schnappten uns zwei Flaschen Schnaps vom Büfett und zwei Handtücher. Wir konnten nicht länger warten, mussten ausnutzen, dass Volker und Rüdiger beschäftigt waren und Adler und Pohlisch sich Blicke auf die Tanzfläche gönnten. Es musste jetzt geschehen. Jetzt oder nie. Wir stahlen uns fort. Paul sah uns nach. Neben ihm Kurt. Wir schlichen in die Dunkelheit, zur Kapelle.

Niemand begegnete uns. Wir schlossen die Tür zum Kapellenkeller auf, tränkten die Handtücher mit dem Alkohol, zündeten das geschichtete Papier und die Kartons an. Sofort fingen die Stapel Feuer. Es war so weit. Romans Augen leuchteten. Ich wusste, wie viel es ihm bedeutete, dass dieser Raum brannte. Der Leichenraum. Der Klappsarg. Der Seziertisch. Die Regale. Vielleicht die ganze Kapelle. Mit ihr brannten all die Jahre, die Monate, die Tage, die Stunden, die Schwester Agnes geschwiegen, Lieder gesungen, den Mord an den Kindern nicht verhindert hatte, ihn geduldet, ihn gefördert, ihn unterstützt hatte, vielleicht, wahrscheinlich, sicher. Die Flammen fraßen sich durch die Regalbretter. Sie waren knochentrocken, knackten im Feuer. Der Rauch waberte hoch zur Decke, quoll durch den ganzen Raum, wir rissen die Tür auf, mussten hier raus, der Qualm folgte uns, kroch ins Freie. Vor der Kapelle stand Paul mit jäh auffliegendem Blick, als er die Flammen sah. Hinter ihm Bracke – mit der Vogelmaske – seine Hand krallte in Pauls Nacken. Der lange Schnabel über Pauls Schulter. Übergroß starrten Brackes Augen aus den Augenlöchern. Was hatte er vor? Wollte er uns zurückjagen in den Leichenraum? Die Tür abschließen? Wollte er das? Wir wichen zurück, standen bereits im Türrahmen. Noch einen Schritt, dann wären wir im Keller gefangen. Dies war der Moment, in dem sich alles entschied. Flucht oder an den Haken kommen. Freiheit oder in Brackes Qualenkabinett landen. Neben mir Roman, wir schauten uns nicht an. Wir wussten es beide. Wir mussten es tun, ließen Bracke mit Paul näherkommen. Meter um Meter. Unsere Augen tränten vom Qualm. Bracke hustete, der Griff seiner Hand lockerte sich, der Rauch schien ihm unter die Maske zu steigen. Bracke blinzelte, er bebte unter dem Husten, als ich ihn trat, mit dem Fuß in die Seite, dass er kippte und Roman hinter ihn sprang und ihn in den Rauch hineinstieß, ins Feuer. Er fiel auf den Boden, mit dem Kopf voraus. Die Tür! Einer musste sie schließen. Wir hörten Stimmen, Kreischen, der hohe Singsang der

Angst, die Worte, die überall und immer gerufen werden, wenn es brennt. Die Tür. Einer musste sie schließen. Paul war erstarrt. Machte keinen Schritt. Roman hatte das Türblatt, hatte den Riegel in der Hand. Wir mussten nur die Türe schließen, und es gab keinen Bracke mehr ... *völlig verblödet ... lässt alles mit sich machen ... schmutzig ... meldet sich nicht zu den Bedürfnissen ... springt ... fasst alles an ... nur im Bett gehalten werden ... kein Schmerzempfinden* ... und schlossen sie nicht. Wir griffen nach den Tüten mit unserer Kleidung und liefen davon, schauten zurück, Paul ... was war mit Paul? Er folgte uns nicht. Stand wie angewurzelt auf einem Fleck. Wenn man ihn dort fand, war er verloren, würde man ihn für den Brandstifter halten. Ich kehrte um, rannte zur Kapelle zurück, ein Netz aus Schreien und Rauch, so dicht, vor den Augen, vor den Ohren, Bracke lag immer noch da ... *Impfwunde entzündet und stark eiternd ... Abszess aufgegangen ... eine Schale von Eiter herausgenommen ... das lebendfrische Material, lieber Bracke ... Organe so schön auf dem Tisch* ... ich zerrte Bracke nach draußen, zu Kurt und einigen Gästen, die ihn wegtrugen, weg vom Feuer, ich schnappte Pauls Hand, zog ihn mit mir. Paul rannte, der Bann fiel von ihm ab. Fort, nur fort, die Kapelle, das ganze Gebäude umrunden, hin zu einem der Wagen, die aus dem Tor hinausschossen. Wir bogen auf den Parkplatz ein, sprangen vor einen Wagen, rissen die Vordertüren auf. Ein Paar, das wir nicht kannten, Freunde von Dr. Marcus vielleicht. Man zerrte uns die Tür aus den Händen und fuhr davon. Wir rannten weiter, zum Schlagbaum. Hinter uns ein Wagen, ein einzelner Fahrer. Roman sprang ihm in den Weg. Er bremste scharf. Ich hatte den Griff der Hintertür schon in der Hand. Wir sprangen auf den Rücksitz, Roman auf den Beifahrersitz.

»Fahren Sie«, schrie Roman. »Alles kann explodieren. In der Kapelle hat man Gasflaschen gelagert. Fahren Sie!«

Der Mann gab Gas, raste los, hielt auf den Schlagbaum zu. Er war geschlossen. Der Motor dröhnte, und die Räder vibrierten. Vor und zurück. Gas und Bremse zugleich. Der Fahrer schrie. Schrie aus dem Fenster. »Feuer! Auf da! Auf da! Reißen Sie den Schlagbaum hoch!« Was machte Adler am Schlagbaum? Er starrte auf den Wagen und die Kolonne, die sich hinter uns bildete. Auto an Auto, Hupen, Hupen, Hupen und in den Baumkronen das Flackern, der Widerschein der Flammen, in der Luft der beißende Qualm, die Schreie derjenigen, die sich zu Fuß aufgemacht hatten. Adler schaute auf unseren Wagen, reckte den Kopf, musste Roman auf dem Beifahrersitz längst erkannt haben. Er trat von einem Fuß auf den anderen. Sein Mund öffnete sich. Adler redete, lautlos wie ein Fisch unter Wasser, ein Wassermaul. Auf und zu ging der Mund, als kaute er die Wörter, als zerbiss er sie. Adler bewegte sich auf uns zu, Schritt für Schritt, war schon bei Roman, streckte die Hand nach der Tür aus, die ich mit aller Kraft ihm entgegenschlug, dass er stürzte. Da war Roman schon am Schlagbaum. Drückte ihn hoch, ein Wagen nach dem anderen schoss hindurch, auch unser Fahrzeug mit Paul, ohne anzuhalten und uns wieder einsteigen zu lassen. Rücklicht um Rücklicht stob davon, eine rote Schlange, die sich durch den Wald fraß. Wir rannten hinterher. Kannten die Richtung und die Wege, waren hier entlanggeradelt, in einem anderen Leben, das gerade einmal ein Jahr zurücklag. Wir brauchten eine halbe Stunde durch den Wald, brauchten eine weitere über die Feldwege, ließen die Straße, die zum Dorf führte, links liegen. Hörten die Martinshörner, die Sirenen in den Dörfern losbrechen – eine Symphonie der Panik. Jeder Ton sprach davon, dass wir rennen mussten, was die Beine hergaben, rennen, nach Hause, nur nach Hause.

Buhnkes Wagen parkte im Hof. Licht brannte im Wohnzimmer und in der Küche. Stimmen schlugen nach draußen. Die von Buhnke und die von Mutter, die sich um Vaters Stimme wanden wie Efeu um einen Baumstamm, ihn erklommen und schließlich erstickten. Wir pirschten durch den Garten zum Küchenfenster. Wollten die Eltern sehen, schauten in die Küche, sahen Buhnke. Er saß am Ende des Tisches, wandte uns den Rücken zu, redete auf die Eltern ein. Vater schüttelte den Kopf und Mutter schüttelte den Kopf. Dann nahm Vater Mutters Hand.

»Wir werden sie jagen!«, bellte Buhnke und stand auf.

Vater ließ Mutter nicht los, als er sagte: »Panzermeyer. Die Russenmädchen. Ich krieg dich dran!«

»Komm mir nicht wieder damit. Ist lange verjährt. Interessiert niemanden mehr. Solltest du endlich kapieren.«

Buhnke setzte sich wieder. Vater schwieg. Mutter streichelte mit dem Daumen über seine Hand. Mein Herz schlug schneller. Roman zog mich fort vom Fenster. Wir schlichen in den Schweinestall, hörten das vertraute Grunzen und Quieken, das Rascheln im Stroh, sahen Leonhard in den Hof treten und das Ventil am rechten Vorderrad von Buhnkes Wagen aufdrehen. Roman pfiff. Leonhard hielt inne. Roman stellte sich ans Stallfenster. Leonhard kam zu uns herüber, wir traten in den Gang zwischen den Boxen. Er öffnete die Tür. Als wir uns umarmten, spürte ich seine knochigen Schultern.

»Jungs«, flüsterte er. »Habt ihr das Heim angesteckt…?«

»Es musste sein«, sagte Roman.

»Ihr müsst weg hier«, sagte Leonhard.

»Bring uns Geld.«

Leonhard verschwand. Wir schauten ihm nach. Er überquerte den Hof. Die Beete sahen gepflegt aus im Licht der Laterne. Zwischen den Rosen wucherte kein Unkraut. Nur ein Fensterladen hing schief in den Angeln. Immer noch schlug mein Herz schnell. Vaters Mercedes parkte in der Garage. Dort, wo er ihn immer abgestellt hatte, am Abend und für die Nacht.

Leonhard kehrte nach ein paar Minuten zurück. In den Händen hielt er mehrere Hundertmarkscheine, einen Autoschlüssel, zwei Decken und die grünen Reisepässe. Er hielt auf Vaters Wagen zu. Wir stiegen im Fond ein, legten uns auf die Rückbank, zogen uns die Decken bis zu den Lippen. Leonhard startete den Wagen, wendete. Der Lichtkegel eines Scheinwerfers blendete über unseren Köpfen auf. Leonhard bremste abrupt. Was war geschehen? Der Motor lief im Leerlauf weiter. Eine Autotür schlug zu. Dann eine weitere. Polizei? Hatte Buhnke sich Verstärkung erbeten? Leonhard kurbelte das Fenster runter. Wir zogen die Decke bis über den Kopf, hörten Harrys Stimme. Atmeten zur Seite aus, damit die Decke sich nicht hob.

»Die Jungen«, sagte Harry. »Die müssen weg vom Gnadenhof.«

»Ich weiß«, sagte Leonhard.

»Ihr müsst sie rausholen«, sagte Helene.

»Haben es versucht«, sagte Leonhard.

Der Motor brummte vor sich hin. Schweigen, eine Stummheit plötzlich.

»Es heißt, sie hätten …«, sagte Helene schließlich.

»Glaubt ihnen nichts. Kein Wort. Ich muss los.«

Wieder war da diese Stille, die ich nicht lesen konnte. Harry musste uns längst auf dem Rücksitz entdeckt haben.

»Beeil dich!«, sagte Harry endlich. »Nimm den Weg durch den Wald. Sie errichten Straßensperren, kontrollieren die Wagen.«

»Mach ich«, unterbrach Leonhard ihn und kurbelte das Fenster wieder hoch.

Harry setzte seinen Wagen zurück, und wir fuhren vom Hof. Ich sah von der Rückbank nur die Giebel der Häuser. Jedes einzelne war mir vertraut. Ich ahnte, wir würden das Dorf für lange Zeit nicht wiedersehen.

»Wohin soll ich euch bringen?«, fragte Leonhard.

»Frankfurt. Bring uns nach Frankfurt«, antwortete Roman.

»Frankfurt, mein Gott. Ich bin nie so weit gefahren.«

Schätzte ich die Lage richtig ein, war Frankfurt der einzige Ort, zu dem wir aufbrechen konnten. Und Leonhard unsere einzige Chance, sicher und schnell dort anzukommen, es sei denn wir nahmen die Bahn. Aber wer sagte uns, dass sie nicht auch auf den Bahnhöfen nach uns suchten. Wir bogen auf einen Feldweg. Fuhren ohne Licht bis zum Wald. Leonhard kurvte Kilometer für Kilometer durch den Wald und bog schließlich auf die Landstraße. Feuerwehrwagen kamen uns entgegen. Das Blaulicht marmorierte das Wageninnere, wischte über die Scheiben, wischte über die Kronen der Bäume, über Leonhards graues Haar. Auf der Kreisstraße, nahe der Stadt, fügten wir uns ein in den Strom der Autos. Leonhard nahm die Auffahrt zur Autobahn. Es herrschte dichter Verkehr. Er musste beschleunigen, einfädeln. Mehrmals brach er seine Manöver ab. Wir zockelten auf dem Standstreifen weiter. Hätte uns ein Streifenwagen gesehen, er hätte uns gestoppt, hätte glauben müssen, Leonhard sei betrunken. Schließlich hatte ein Lastwagenfahrer Mitleid, verringerte sein Tempo, schuf dadurch eine Lücke zum Vordermann, und ließ Leonhard auf die Fahrbahn einscheren. Dort verblieben wir, klemmten im Verbund der einträchtig dahinfahrenden Lastwagen fest. Auf die Überholspur zu wechseln wagte Leonhard nicht.

Eine große Müdigkeit überkam mich. Wie damals auf der Küchenbank, als Großmutter starb und Leonhard in der Dämmerung von Buhnke und den getöteten Mädchen erzählte, hörte ich nun Romans und Leonhards Worten zu. Roman erzählte alles, und Leonhard erzählte vieles. Roman berichtete über Bracke und die Akten. Er schilderte die Qualen, die Brackes Spritzen bereitet hatten. Die Schinderei am Wassergraben, das widerliche Essen, Gernots Tod. Leonhard erzählte von den Bemühungen herauszufinden, wohin sie uns gebracht hatten. Die Suche nach einer Spur. Die Schneidewind hatte die Eltern im Unklaren gelassen. Irgendwann redete Buhnke, hatte ein Einsehen. Benannte das Heim. Forderte, die Eltern sollten Ruhe bewahren. Er wolle sich um Besuchszeiten bemühen. Scheiterte. Jedes Mal. Dr. Marcus und Schwester Agnes hatten den Richter, hatten die Schneidewind bedrängt, man solle den Eltern kein Besuchsrecht gewähren, um den Erfolg der Erziehungsmaßnahmen nicht zu gefährden. Schließlich, das wüssten wir ja, hatten die Eltern einen Rechtsanwalt bemüht. Für übermorgen sei der Besuch der Eltern im Heim richterlich genehmigt. Ob uns das bekannt sei? Wir hätten die Eltern getroffen – nach all der Zeit. Wir hätten sie wirklich getroffen. So aber brachte uns jeder Kilometer weiter von ihnen fort.

Am Ende der Nacht, in der Bleiche des Morgens unter hohen Schleierwolken, im blassen Licht der Straßenlaternen, im Gesang der Vögel, fuhren wir mit Leonhard über den

Fluss, über das graue Band, auf das die Brücke keinen Schatten warf, weil alles Schatten war.

Es war die letzte Stunde, die wir mit Leonhard zusammen sein sollten. Wir würden ihn nicht wiedersehen. Der Schlaf saß uns in den Gesichtern, er schwamm in unseren Gedanken, machte sie langsam, machte sie stumpf. Wir irrten durch die Stadt. In Romans Händen, auf einem Zettel, ein Name und eine Straße. Niemand vermutete uns hier. In Frankfurt waren wir sicher. Ein blaues Grau zog auf, am Horizont ein Höhenzug im Dunst, die Kuppen gerundet, darüber die Schweife der Flugzeuge – in der aufgehenden Sonne. Kein Stadtplan, nirgendwo. Mainkai, Mainzerstraße, Willy-Brandt-Platz, Börne-Platz. Wir fuhren von hier nach da, wagten nicht, nach dem Weg zu fragen. Straßen, die immer tiefer in die Stadt zu führen schienen und nicht endeten, sich fortsetzten von Ampel zu Ampel. Sprüche, eine Stadt voller Sprüche, an Wänden, an Häuserfronten, auf Papier und Beton gepinselt, auf Leinen und auf den Asphalt gesprüht. *Gegen NATO, BKA und Folterschweine, Zusammenlegung der RAF-Gefangenen*. Irrfahrt zur Kaiserstraße, zum Hauptbahnhof. Nirgendwo der Erich-Fromm-Platz. Dorthin sollten wir kommen, hatte Astrid gesagt. In Bockenheim, irgendwo am Straßenrand, parkten wir, landeten wie Schiffbrüchige, Morgenbrüchige, Lebensbrüchige, hatten nichts bei uns, kein Brot, nicht mal ein Brötchen – die Söhne eines Bäckers. Hunger bis in die Eingeweide. Eine Bar spülte die letzten Besucher aufs Trottoir. Gelächter, der Lärm ihrer Stimmen, die wie ausgefranst klangen, daneben ein Kino, eine Leuchtreklame, ein laufendes Band. *Einer flog über das Kuckucksnest.* Ein Film von Milos Forman mit Jack Nicholson und Danny de Vito. Meine Augen brannten. Roman und Leonhard schliefen. Ihr gleichmäßiges Atmen schien befreit zu sein von aller Last. Meine Glieder wurden schwer, Regen schlug an die Scheibe, ich spürte das Fallen, gab ihm nach, eine Serie von Träumen, in die es am Ende klopfte, im Morgenlicht stand ein Passant auf dem Gehweg, der gedacht haben mochte, es sei mehr als der Schlaf, was uns in die Sitze zwang, mit offen stehenden Mündern und auf die Brust gesunkenen Köpfen. Ein Mann mit lichtem Haar, mit Aktentasche und Trenchcoat, den der Regen eingedunkelt hatte. Der Asphalt glänzte. Ich kurbelte die Fensterscheibe runter. Die Luft roch mild und nach den Linden, deren Blütenstaub die Frontscheibe bedeckte.

»Wo, bitte, finden wir den Erich-Fromm-Platz?«, fragte ich mit belegter Stimme. Leonhard und Roman wurden wach. Der Mann überlegte, entschied sich für zweimal links und dreimal rechts, dann die Bockenheimer Landstraße bis zur Liebigstraße. Nichts, was uns weiterhelfen würde, wir nickten, mussten hier weg, dachten bereits wie Menschen auf der Flucht, dass wir nie lange irgendwo bleiben durften, weiter mussten, immer weiter, bis sich ein Unterschlupf auftut, der nur von kurzer Dauer sein darf. Wir bedankten uns, kurbelten die Scheiben hoch, fuhren los, an einem Kiosk hielten wir, tranken Kaffee, aßen Brötchen, fragten erneut nach dem Weg und kamen dem Erich-Fromm-Platz näher, dem Abschied von Leonhard: ein Haus mit Erker, zwei kantige Säulen, ein Vorgarten mit Zaun und Ligusterhecke. Unter dem Dach, eine Wohnung im Mezzanin, wir nahmen unsere Tüten mit der Kleidung, stiegen aus dem Wagen, fanden die Klingel, fanden den Namen, nach dem wir suchten. Hörten ein Summen, drückten die Tür auf, schoben uns in den Hausflur, drehten uns um, sahen im Lichtausschnitt der Tür Leonhard, der auf dem Bürgersteig stehen geblieben war, gingen nicht mehr hinaus zu ihm, weil es so leichter war für uns, winkten ihm zu, wie man sich beim Abschied zuwinkt, nahmen Treppe um Treppe und auf jedem Absatz ein Fenster, aus dem wir nach draußen schauten zu Leonhard, der kleiner wurde, der immer noch winkte, wie auch wir, bis wir vor einer Tür und einem schlaksigen, dunkelhaarigen Jungen in einem blauen Overall standen, nur wenig älter als Roman, und es zu spät war umzukehren, zu Leonhard und einem anderen Leben. Wir traten durch die Tür, und ich fühlte, wir hätten uns von Leonhard auf eine andere Art verabschieden müssen, wir hätten zu ihm laufen, ihn noch einmal in den Arm nehmen müssen. So fuhr er davon, ohne ein Wort von uns.

Hinter uns zog der Junge die Tür zu. Im Flur jede Wand tapeziert mit Postern: Mao, Frank Zappa, die nackte Uschi Obermeier, Che Guevara mit Zigarre, Beuys mit Weste und Hut. Jimi Hendrix in Metallicfarben hinter Glas und im Alurahmen. Wieder Sprüche. *Macht kaputt, was euch kaputt macht! Gegen die Rohrstock-Republik Deutschland.* Ein Prügel saust auf einen Jungen nieder, er duckt sich, schreit. Der Prügel ist von einer Faust umschlossen, eine Männerfaust, eine Faust, wie man sie von den Bildern und Statuen der Nazis kannte, stählern, ein Schraubstock. In der Küche schließlich: *Baader-Meinhof LIVE IN OUR HEARTS. SOLIDARITÄT MIT DER R.A.F.* Rote Lettern auf beigem Grund.

Vaters Wagen war aus der Parkbucht verschwunden, als ich einige Zeit später aus dem Küchenfenster schaute. Eine leere, gepflasterte Lücke, auf die ich jeden Morgen, wenn ich aufstand, hinunterschaute. Eine Lücke, die schmerzhaft davon sprach, was wir verloren hatten. Unser Dorf und die Eltern, ein ganzes Leben.

Epilog

Es wird Zeit. Ich mache mich auf den Weg. Bei Anbruch des Tages. Ich fahre in das Wogen der Getreidefelder, in die Dünung des Winds, der den Duft von blühendem Raps mit sich führt. Die schmalen Straßen, gesäumt von Weißdornhecken, teilen die Landschaft nicht. Sie mäandern durch das Land wie Bäche. Keine Straße ist viel befahren. Die Dörfer sind leer, die Straßen verwaist. Eine Schläfrigkeit und Melancholie liegt über dem Land. Die Hundstage. Eine nicht enden wollende Abfolge heißer Tage. Der Sommer ist reif. Bis zu unserem Dorf fahre ich eine Stunde.

Ich parke vor dem Haus. Die großen Rhododendren im Vorgarten, die Mutters Vater hatte pflanzen lassen, *vor dem Krieg*, sind vertrocknet. Rücklings treiben die Goldfische im grünen Wasser des Teichs. Die Farbe blättert von den Mauern. Im Bungert liegen zahlreiche Obstbäume entwurzelt im hohen Gras, anderen hat ein Sturm Kronen und Stamm gebrochen. Eine Herde lebloser Tiere in der Savanne, ein Baumfriedhof. Alles hat Schaden genommen, als seien die Dinge und die Pflanzen belebt auf eine Art, die sie verstehen lässt, dass die Eltern tot sind und niemand sie hütet, und dass die Zeit auch für sie gekommen ist, Abschied zu nehmen. Niemand sitzt auf der Terrasse, Leonhards Zimmer ist verschlossen. Er wolle das Haus verkaufen, schrieb Roman nach Mutters Tod. Bislang konnte ich es verhindern. Vielleicht werde ich hierher zurückkehren, eines Tages, auch wenn ich weiß, niemand kann heimkehren zu dem, was er verloren hat. Ich schlendere durch die Wiese, die in der Blüte steht. Kornblumen und Klatschmohn, das Johanniskraut. Blau, rot, gelb. Die Schmielen kitzeln in den Kniekehlen. Aus den Gärten der Nachbarn dringt kein Laut, als hätten alle das Land verlassen, wären verreist an die Küste oder in die nahen Wälder, über denen der Glast steht.

Die Backstube ist leer geräumt. Selbst die Spüle hatte Vater von der Wand montieren und verkaufen lassen. Die Bäckerei warf zuletzt kaum mehr was ab. Sie teilte das Los so vieler Bäckereien. Sie überlebte, aber prosperierte nicht mehr. Dem eigenen Abstieg wollte Vater nicht zuschauen. Neben dem Ofen steht ein Holzschieber, als würde die Arbeit weitergehen. Sonst ist nichts geblieben. Der Ofen sei unverkäuflich, hatte Vater zu den Aufkäufern der Maschinen gesagt. Auf den Bodenfliesen klebt Kaugummi und der Dreck der Jahre. Niemand putzt einen Raum, der nichts mehr beherbergt.

Zwischen meinen Besuchen schienen meine Eltern immer ein Stück gealtert zu sein. Mutter servierte Kuchen, den sie selbst gebacken hatte. Vater backte nicht mehr. Auch nicht zu ihrem Geburtstag. Wir sprachen von denen, die tot waren, die wir beerdigt hatten. Bei jedem Besuch fielen ihre Namen. Wir sprachen von Leonhard und Mia und Großmutter, und am Ende fragte Mutter nach Roman und sagte, eines Tages käme er zurück. Zu ihr und zu Vater.

Sie würden das Haus und den Garten nicht mehr verlassen, sagte Mutter bei unserem letzten Telefonat. Vater schliefe nachts auf einer Liege unterm Apfelbaum. Sie träume viel, sie träume von Roman.

Aus dem Schuppen nehme ich zwei Räder. Eines ist für ihn. Ich pumpe die Reifen auf. Romans Rad lehne ich an einen Baum. Er wird es schon finden. Ich werde vor ihm am

See sein. Dort sollten wir uns treffen, schrieb er. Am See begann unsere Geschichte, an jenem Maiabend auf dem Dach von Harrys und Helenes Lokal.

Ich radele auf dem Bürgersteig, fahre an den Häusern vorbei. Jedes kenne ich, und jeder hier kannte Roman und mich. In Mutters Lotto-Laden ist jetzt eine Wäscherei. Sie ist geschlossen. Ich schaue durch die Frontscheibe. Einen Teil des Mobiliars erkenne ich wieder. Die Schaltertheke und die graue Arbeitsplatte, an der Mutter die Scheine kontrollierte.

Die Straße ist staubig. Der Wind treibt die Hitze in jeden Winkel des Dorfs. Die Platane auf dem Marktplatz schält sich, wirft ihre Rinde ab. Die Blätter sind spröde, hängen schlapp an den Zweigen. Zu Füßen des Baums ist der Herbst gekommen. Bleiben die Tage so heiß, werden die Bäume sich selbst amputieren: zuerst die Blätter, dann Zweige und Äste. Erst stirbt die Peripherie, dann sterben die Leitäste. Ich sehe uns auf dem Rad unsere Runden drehen. Das Maifeuer brennt. Mike ist bei uns, Musik spielt, etwas von den Bee Gees. Vater tanzt mit der Tierärztin, und wir verschwinden, und mit uns verschwindet das Leben, das wir kannten. Wir ahnten es damals kaum, als wir auf die Straße bogen, durch die Felder fuhren und den Wald erreichten. Der Wald schaut heute stumpf aus, aus der Ferne. Als sei aller Glanz aus dem Grün gewichen. Über den Stoppelfeldern steht die Hitze. Sie legt sich auf mein Gesicht wie ein Tuch. Am Himmel türmen sich die Wolken. Sie quellen in die Höhe, sind scharf umrissen, bilden wie Gebirge anmutende Himmelslandschaften mit Türmen und Felsnasen, mit Graten und Lufttälern, in denen sich Wassertröpfchen und Eiskristalle sammeln. Der Saugbagger auf dem See wurde demontiert. Auch das Silo für den Kies ist verschwunden. Die Terrasse am gegenüberliegenden Ufer ist leer. Das Restaurant führt ein Pächter. Harry und Helene sind in den Norden ans Meer verzogen, habe ich gehört.

Ich bin allein am See. Ein Steg, den es damals nicht gab, führt ein paar Meter in den See. Die Stufen der Leiter sind glitschig und kalt. Beim Eintauchen ist das Wasser nur im ersten Moment kalt, dann bleibt nur noch eine kalte Strömung an den Füßen, die die Hitze nicht gelöscht hat. Die Blätter der Seerosen werfen Schatten, Fische ziehen über den sandigen Grund. Das Licht ist weich und lässt die Konturen des Walds und die dunstige Ferne über den Bäumen verschwimmen. Meine Arme teilen das Wasser ohne einen Laut. Ein stummes Gleiten. Ich bin so still wie der Wald. Etwas hat sich verändert. Die Vögel fehlen, der Wind fehlt, das Rauschen der Blätter, das feine Sirren in den Fichten- und Kiefernnadeln, das entsteht, wenn ein Windzug vorbeiströmt. Ich warte auf Roman. Die Stille ist überall. Sie ist auf dem Wasser und in der Luft. Sie ist die Schwester der Hitze.

Ich breite die Decke in einem dünnen Schattenfeld in der Nähe des Ufers aus. Libellen kreuzen über dem See. Mein Blick folgt ihnen, verliert sich dann im Wellenspiel und der Müdigkeit, die von mir Besitz ergreift und mich fortträgt, bis das Rascheln in den Papieren, die neben mir auf der Decke liegen, mich weckt. Der Wind ist zurückgekehrt. Die Sonne dringt durch die Baumkrone und streift über mein Gesicht, über die Arme, den Oberkörper – je nachdem, welche Partie der Wind freigibt, wenn er das Blattwerk der Weide, unter der ich liege, um Nuancen verschiebt. Der Wind blättert in den Seiten, er fährt über die Namen, die Namen der Opfer und die Namen der Täter. Ich überlasse dem Wind die Regie und lese, was der Wind mir vorschlägt zu lesen. Wenige, vermute ich, wissen wie ich, hinter den Worten und Zeilen zu lesen. In den Worten der Opfer, Kinder meist, Jugendliche damals, und in den Worten der Täter, bisweilen Ungelernte, ehemalige Soldaten der Wehrmacht, Pfarrer, Seelsorger, wie sie sich nannten, Ordensschwestern, Ärzte, viele approbiert in den dunklen Jahren. Ich rieche den Karzer, den staubtrockenen Dielenboden aus groben Holzplanken, das kalte Licht der Glühbirne, die nie erlosch, am Tag und in der Nacht nicht, ich rieche den Urin in der Emaille-Schale, die nur einmal am Tag vor dem Abendgebet entleert und ausgespült wurde. Ich höre hinter den Worten das Kratzen der Füllernadel, das Ausfüllen der Diagnosebögen. Den stumpfen Schwung der Schrift. *Moralischer Schwachsinn, kaum bildungsfähig*, was fast immer den Ausschluss aus der Anstaltsschule bedeutete. Was fast immer einen Zehn-Stunden-Tag in der Anstaltswäscherei hieß und bei der Entlassung mit achtzehn Jahren ein Leben ohne Schulabschluss zementierte. Das Elend der Ungelernten auf Baustellen und an Fließbändern. Ich sehe die Kinder in den Betten beten. Die Sonne scheint. Es ist sieben Uhr am Abend. Die Nonnen stehen vor den Betten, kreuzbrav und kreuzernst haben die Kinder die Hände gefaltet und bis zur Brust erhoben. Sie beten laut, und draußen tanzt das Licht auf den Blättern der Bäume.

Ich bin ein fleißiger Mensch. Arbeite, wann immer es geht. Nichts betäubt mehr als Arbeit. Immer schon wusste ich, wie umfassend unsere Arbeit unser Leben stützt. Ich nehme Hinweis um Hinweis an. Recherchiere Biografien. Recherchiere das Leben und Sterben in sogenannten Kinderfachabteilungen.

Von Zeit zu Zeit schließe ich die Augen, höre dem Wind zu, höre den Worten in meinem Kopf zu. Den Worten der

Täter und den Worten der Opfer. Zu Hause laufe ich, an fast jedem Abend. Die Endorphine sind meine kleinen Helfer. Sie lassen mich schlafen, sie lassen all die Berichte in meinem Kopf sich glätten, all die Worte, all die Bilder zu den Worten. Wer alleine lebt, ist ihnen ausgeliefert, gerät in den Bann ihrer Echos.

Die Hitze weicht nicht. Mein Herz schlägt schnell und ungeduldig wie bei einem, der lange gewartet hat, der die Zeit nicht einschmelzen kann, die Wartezeit, die ihn zu quälen beginnt. Ich höre ein Rumpeln, als fahre ein Fahrrad über Stock und Stein, und eine Silhouette taucht zwischen den Bäumen am Waldrand auf, ein Rad und ein Mensch, der zu mir herüberschaut, einen Moment verharrt, wie man immer verharrt, wenn etwas zu Ende geht – eine Zeit, ein Exil – und man eintritt in eine neue Zeit, die grundiert ist vom Imperfekt. Das Rad müht sich auf mich zu. Schwer drehen die Räder im Sand, bis es schließlich nicht mehr weitergeht und Roman das Rad fallen lässt. Er stapft auf mich zu. Ich stehe auf, stecke den Aktenordner mit den Papieren in meinen Rucksack, streife mir Sand und Gras von der Hose ab. Romans Gang ist nicht rund. Das Knie oder die Hüfte vielleicht. Womöglich irgendeine Verletzung. Er lächelt. Bleibt stehen, schaut mich an. Seine Haut ist gebräunt. Sein Haar dünner geworden.

»Ich bin lange fort gewesen«, sagt Roman.

»Ja«, sage ich.

»Danke, dass du die Eltern…«

»Schon gut«, unterbreche ich ihn. »Lass uns nicht damit beginnen. Wir haben Zeit.«

Ich gehe auf ihn zu und lege meinen Arm um ihn, um das Eis zu brechen. Immer noch ist er muskulös. Er folgt mir durch den Wald zu einer Bucht, in der ein Boot verborgen unter Laub und Zweigen liegt. Ich habe es mit einem Seil an einem Baum befestigt.

»Rudern wir eine Partie.«

Ich streife den Rucksack über, löse das Seil und ziehe das Boot ins Wasser. Es ist ein altes Faltboot. Vom Tuch sind alle Farben gewichen. Ich habe das Boot vor ein paar Jahren gekauft. Wir paddeln hinaus auf den See. Als wir die Insel erreichen, ziehen wir das Boot ans Ufer, legen die Kleidung ab und schwimmen. Es ist wie damals in unserer Jugend, nur wir sind andere geworden.

Nichts ist eindeutig. Nichts ist so, wie es scheint. Alles hat einen doppelten Boden. Wenn es in der Rückschau ein Motto für das Leben meines Bruders und für meines gab, so war es die Erkenntnis, dass es keine Konstanz gibt im Leben und keine Verlässlichkeit in dem, was wir sind und was wir tun, und dass wir andere sind, sobald wir uns aus einem anderen Blickwinkel betrachten oder betrachtet werden. Es gilt für alle, denen wir in den Jahren begegnet sind. Buhnke hat das Dorf nie verlassen. Lebt im Altenheim. Ist in Ehren gealtert. Dekoriert mit einem Orden für sein Engagement in der Brauchtumspflege. Es gibt Tausende wie Buhnke. Hunderte wie Bracke. Die Vergangenheit zu vergessen war eine Pflicht, für alle. Nicht für mich.

Nach dem Schwimmen liegen wir im Gras unter einer Buche. Sie steht am Ufer, hat ihre Wurzeln bis in den See getrieben. Ich ziehe den Aktenordner aus dem Rucksack. Das Sonnenlicht lässt die Wasseroberfläche glitzern. Die Linien der Äste, der Blätter, der Zweige zeichnen sich im Wasser ab. Spiegelbilder von großer Schärfe und Klarheit. Roman liest von Berthold Osterschlag. Von dem lauen Gerichtsverfahren, dem Freispruch. Er liest von der Pflegerin Agnes Vrona, die vor dem Landgericht Düsseldorf aussagte, dass im Gnadenhof nur »äußerst tief stehende, idiotische Kinder« getötet wurden. Die Angeklagte sei ein einfacher Mensch mit geringer Bildung und nicht fähig gewesen, das Unrecht ihres Tuns zu erkennen, entschied der Richter. Romans Kiefer mahlen, dann verschließen sich seine Lippen, werden zu einer dünnen Geraden, als er den Aktenordner schließt.

Ein gleißendes Licht fällt durch die Baumkrone. Es sind Lichtschächte, die helle Flecken auf den Boden und auf mein Gesicht und den Bauch werfen. Der Tag hat seinen müden Glanz verloren. Er ist noch roher und heißer geworden. Wir schweigen. Schweigen lange. Es ist der Atem der Wüste, der durch die Bäume fährt.

»In Frankfurt«, sagt Roman schließlich und zieht an seiner Zigarette, »ist ein Platz im Schwimmbad in diesen Tagen ein Glück.«

Er steht auf und geht noch einmal in den See. Nur ein paar kurze Züge macht er und kehrt seltsam erschöpft zurück. Ich weiß nichts über sein heutiges Leben in Frankfurt – jener Stadt, in der Roman und ich untertauchen konnten, bis wir volljährig wurden. Wir schreiben uns, manchmal telefonieren wir. Als Mutter und ein paar Wochen später Vater starb, war Roman unauffindbar. Verschollen in der Welt, auf einer seiner Reisen, einer seiner Fluchten. Ich habe Briefe und Postkarten von ihm – über all die Jahre hinweg. Besonders liebe ich die Karten. Aus Goa, aus Ceylon, aus Tiburon in Kalifornien. Später Marokko. Tanger und Mogador, die klassische Tour derjenigen, die frei sein und sich nicht unter ein Joch spannen lassen wollten. Vor ein paar Jahren, kurz vor der Wende und dem Fall der Mauer, kehrte Roman zurück. Nach Frankfurt, zu Freunden aus alten Tagen in den Wohnkollektiven, um dort ein Leben zu führen, wie ich es nie hätte führen können. Im Dunstkreis der Stadtguerilla, falls ich es richtig einschätze. Roman hat sich nie näher dazu geäußert.

»Edgar ist, wenn es drauf ankommt, ein braver Kerl«, hatte Mutter gesagt. Noch in der Volksschulzeit. Auf eine bestimmte Art hatte sie recht und das »*zu* brav« weggelassen.

»Danke, dass du die Eltern begleitet hast«, sagt er erneut, und sein Blick schwimmt ein wenig. »Wir sollten zum Grab. Ich sollte endlich zu ihnen.«

Wir paddeln zurück, verstecken das Boot im Dickicht. Stumm fahren wir durch den Wald. Roman kennt die Wege hier wie ich. Aus der Rückschau werden sie sichtbar, die Weichen, die Weggabelungen, die über ein Leben entscheiden. Der Blick zurück ist oft präziser als der Blick voraus und lässt sie erkennen, jene Momente, die entscheidend waren. Das gilt für die Geschichtswissenschaft wie für die Archäologie des eigenen Lebens, die zu betreiben schwer genug ist. Der Blick ist verstellt von falscher Rücksichtnahme, und vor allem schont man sich selbst.

Der Friedhof liegt am Rand des Dorfs, in Sichtweite des Altenheims. Buhnke wird vielleicht von seinem Zimmer aus auf die Gräber und die Zypressen schauen können. Auf dem Weg zum Friedhof passieren wir Owes Lackierwerkstatt. Das Tor zur Werkhalle steht offen. Ruths Wagen parkt in der Halle. Ruth hat Owe geheiratet. Vor vielen Jahren. Roman hat nie nach ihr gefragt. In keinem Brief. In keinem Telefonat, als würde er wissen, dass in der Liebe ein Comeback selten gelingt. Ob es Owe und Ruth gelungen ist, weiß ich nicht. Damals hatten wir keine Ahnung von der Liebe und den Irrungen, die sie in die Leben bringt, und Ruth wird sich vielleicht fragen, ob der Kurs, den ihr Leben durch die Liebe nahm, der richtige war. Oft gerät er unscharf. Wer nach Afrika will, sieht sich auf den Kanaren gelandet. Wer nach den Sternen greift, findet sich in irgendeinem Kaff wieder, nicht am Ende der Welt, sondern ohne Welt. Ob dies für Ruth gilt, weiß ich nicht. Ich habe nach unserer Zeit in Frankfurt nicht mehr mit ihr gesprochen. Auch Roman nicht, glaube ich. Vielleicht trauen wir der Liebe beide nicht.

Ich öffne das schmiedeeiserne Tor. Wir schieben die Räder über den Kiesweg, der von dichtem Gras gesäumt ist. Die Zypressen duften in der Hitze und werfen lange Schatten auf die Gräber und die Allee. Romans Gesicht ist starr, als müsse er sich panzern. An diesem Ort kann keiner dem anderen helfen. Hier ist jeder allein mit sich und dem Schmerz. Das weiß Roman. Er spürt es, da bin mir sicher. Nur das Drehen der Räder im feinen Kies ist zu hören. Das Grab der Eltern ist zugleich das Grab von Großmutter. Seite an Seite liegen sie. Dunkler Granit, darauf ihre Namen, in Messing. Nebeneinander stehen wir, Seite an Seite. Neben dem Grab wächst eine Birke. Ihre Blätter streuen das Licht.

Roman atmet schwer. Er hat die Hände gefaltet, und auch ich wage es nun, als sei das Beten etwas Schamvolles. Roman bewegt die Lippen, und ich lese die Worte von seinen Lippen, und es sind auch meine Worte. Wir sprachen sie als Kinder abends im Bett. Wir sprachen sie als Messdiener. Wir sprachen sie nicht mehr im Heim, als seien die Worte dort vergiftet gewesen, als hätten Schwester Agnes und Dr. Marcus ihnen alles genommen. Leonhard und Mia liegen nicht weit entfernt. Auch dort bleiben wir stehen. Beten lautlos. Das Beten verbindet uns mit ihnen. Wir sprechen zu ihnen.

Niemand ist nur er selbst. Wir sind viele. Wir sind immer auch die, die bei uns und mit uns waren: Mutter und Vater, Großmutter und Mia und auch Leonhard. Gestalten einer

Zeit, die erloschen ist und immer noch wirkt. Ihre Worte und ihre Taten, die in uns nachhallen und weiterleben, bis zu jenem Tag, an dem Roman und ich den Kreis schließen werden und alles schweigt.

»Lass uns gehen«, sage ich nach einer Weile. Mein Herz ist schwer. So schwer wie bei jedem Abschied von all denen, die hier auf dem Friedhof liegen. Ich hoffe, sie sind auf irgendeine Art vereint. Mutter und Vater. Und mit ihnen Großmutter und Mia und nicht zuletzt Leonhard. Die Sonne steht schon tief. Auf den Grabsteinen und den Kreuzen liegt das Licht des späten Sommernachmittags, aus dem alles Grelle gewichen ist. In der Ferne ist das Tuckern eines Traktors zu hören. Ein Bauer, der von der Feldarbeit heimkehrt.

Roman schaut noch einmal zurück zu Mutter und Vater, sagt dann: »Wir müssen es hinter uns bringen«, und ich weiß, dass er nicht den Friedhof meint, sondern den Ort, den wir nie mehr gemeinsam aufgesucht haben nach unserer Flucht. Einen Ort, der aus der Zeit gefallen war, damals im Jahr 1976. Wir steigen auf die Räder und fahren durch die Felder, auf denen der blaugrüne Porree steht und einen starken Zwiebelduft verströmt. Je näher wir dem Schloss kommen, desto größer wird die Anspannung. Es ist, als ob wir durch die Zeit fahren, und mit jedem Kilometer wird sie dürrer, fasert aus.

Durch die Baumkronen dringt das letzte Licht des Tages und lässt das Ufer des Teichs und die Schattenhöfe der Bäume im Park in einem Goldton glimmen. Zwischen zwei Buchen fällt ein dürres Lichtbündel ein, das in den Himmel zu führen scheint. Eine Jakobsleiter, während vom nahen Wald her schon kühlere Nachtluft einströmt und allmählich die Luft feucht wird und Tau sich auf die Gräser legt.

Der Teich wird grau. Der Wald tritt zurück in die Dämmerung, löscht die Kammlinie der Wipfel, wird zu einer dunklen Wand, über der ein paar Sterne stehen.

Wir sitzen an dem morastigen Teich im Park in der Nähe des Heims, ich höre dem Schweigen zu. Dem Schweigen all der Kinder und Jugendlichen, ihrem lautlosen Leid. Dem Schweigen der Nacht unter der Weide. Kein Vogel fliegt, kein Tier läuft durchs Gras. Alles scheint zu ruhen, und doch spüre ich, nichts ruht. Nicht die Vergangenheit. Sie lebt in uns weiter. In jeder Faser. Wir sind die, die wir waren. Beide sind wir Versehrte.

Roman ist aus einem besonderen Stoff – dem Stoff, aus dem Widerspruchsgeist und so etwas wie Entschlossenheit und der Mut zur Wahrheit entstehen. Als Kind hatte Roman geglaubt, unverwundbar zu sein und das Leben sei ein Spiel. Er und ich, wir erkannten lange nicht, welche Kräfte um uns herum wirkten. Kräfte, die uns das Dorf und die Eltern und alle, die wir liebten, nahmen.

Warum ist er gekommen? Allein, um endlich das Grab der Eltern zu besuchen? Nimmt jetzt etwas seinen Lauf? Etwas, auf das ich all die Jahre gewartet habe? Die Schneidewind lebt in der Kreisstadt, Bracke am Darß an der Ostsee, in der Nähe von Rostock. Dr. Marcus ist die Leerstelle. Er ist der blinde Fleck in meinen Recherchen, schrieb ich Roman vor ein paar Tagen.

Eines Tages werden wir in die Schatten verschwinden. Roman und ich. Zuvor werden wir ein letztes Mal durch den Garten unseres Elternhauses streifen. Wir werden ein letztes Mal das Grab der Eltern besuchen, dann Mias und Leonhards Grab. Wir werden auch bei Leonhard Blumen ablegen. Wir wandern hinaus in die Felder oder den Wald. Befreit von der Zeit, befreit von unserem Verlangen nach dem, was wir verloren haben. Roman wird erzählen. Seine Geschichte. Eine Geschichte, die zu Beginn auch meine Geschichte war. Nicht die ganze Geschichte. Niemand kennt die ganze Geschichte – weder die eigene noch die eines anderen.

Dank

Ich danke meiner Agentin Caterina Kirsten von der Agentur Copywrite und meinem Lektor Hannes Ulbrich für ihre großartige Unterstützung.

Nachweise

Zitiert wurde aus

S. 148 Bob Dylan – Masters of War, © Bob Dylan, Sony/ATV Music Publishing (Germany) GmbH

S.148 Claus Wilcke – Percy Stuart, © Siegfried Franz, Fred Weyrich, Melodie der Welt GmbH & Co. KG

S. 163 Bob Dylan – Knocking on Heaven's Door, © Bob Dylan, Sony/ATV Music Publishing (Germany) GmbH

S. 229 Bob Dylan – I Want You, © Bob Dylan, Sony/ATV Music Publishing (Germany) GmbH

S. 308 Bob Dylan – Lay Lady Lay, © Bob Dylan, Sony/ATV Music Publishing (Germany) GmbH

S.319 f. Bob Dylan – The Lonesome Death of Hattie Carroll, © Bob Dylan, Sony/ATV Music Publishing (Germany) GmbH

Literatur

Andreas Kinast: »Das Kind ist nicht abrichtfähig«. Euthanasie in der Kinderfachabteilung Waldniel 1941–1943. Böhlau Verlag Köln 2014

Sylvia Wagner: »Ein unterdrücktes und verdrängtes Kapitel der Heimgeschichte«. In: Sozial.Geschichte Online. Zeitschrift für historische Analyse des 20. und 21., Heft 19. Universität Duisburg-Essen 2016

Den Soundtrack zu »Die wir liebten« finden Sie hier:

www.piper.de/willi-achten